湖南省社会科学院（湖南省人民政府发展研究中心）
哲学社会科学创新工程丛书（2022）

主　编：钟　君
副主编：贺培育　刘云波　汤建军
　　　　王佳林　侯喜保　蔡建河

湖南文学关键词

（2022）

卓今　主　编
罗山　副主编

中国社会科学出版社

图书在版编目（CIP）数据

湖南文学关键词.2022／卓今主编.—北京：中国社会科学出版社，2023.8
（湖南省社会科学院（湖南省人民政府发展研究中心）哲学社会科学创新工程丛书.2022）

ISBN 978-7-5227-2296-2

Ⅰ.①湖… Ⅱ.①卓… Ⅲ.①中国文学—当代文学—文学研究—湖南—2022 Ⅳ.①I206.7

中国国家版本馆 CIP 数据核字（2023）第 132549 号

出 版 人	赵剑英
责任编辑	王丽媛
责任校对	马婷婷
责任印制	王 超

出　　版	中国社会科学出版社
社　　址	北京鼓楼西大街甲 158 号
邮　　编	100720
网　　址	http://www.csspw.cn
发 行 部	010-84083685
门 市 部	010-84029450
经　　销	新华书店及其他书店

印刷装订	三河市华骏印务包装有限公司
版　　次	2023 年 8 月第 1 版
印　　次	2023 年 8 月第 1 次印刷

开　　本	710×1000　1/16
印　　张	17
插　　页	2
字　　数	270 千字
定　　价	95.00 元

凡购买中国社会科学出版社图书，如有质量问题请与本社营销中心联系调换
电话：010-84083683
版权所有　侵权必究

主　编：钟　若
副主编：贺培育　刘云波　汤建军　王佳林
　　　　侯喜保　蔡建河
委　员：王文强　邓子纲　李　晖　李　斌
　　　　卓　今　罗黎平　童中贤　潘小刚

本册顾问：
　　李敬泽　贺绍俊　张燕玲　王双龙
　　韩春燕　吴子林　王跃文　胡革平

目　　录

前　言 …………………………………………… 卓　今（1）

第一部分　年度文学思潮与现象关键词

关键词一　生活就是人民，人民就是生活 ………… 龙昌黄（3）
关键词二　新时代十年文艺理论与批评 ……………… 卓　今（13）
关键词三　生态文学 …………………………………… 王瑞瑞（21）
关键词四　红色叙事 …………………………………… 罗小培（36）
关键词五　汨罗江作家群 ……………………………… 刘启民（47）
关键词六　衡岳作家群 ………………………………… 任美衡（57）
关键词七　网络文学 …………………………… 贺予飞　叶志谦（71）

第二部分　年度文学力作关键词

关键词一　《大湖消息》 ……………………………… 张　伟（87）
关键词二　《水乡》 …………………………………… 张　伟（101）
关键词三　《新山乡巨变》 …………………………… 贺秋菊（114）
关键词四　《回身集》 ………………………………… 贺绍俊（125）
关键词五　《大地五部曲》 …………………………… 王志清（128）
关键词六　《城堡之外》 ……………………………… 罗　山（133）
关键词七　歌舞剧《大地颂歌》 ……………………… 邓谦林（141）
关键词八　《张战的诗》 ……………………………… 罗　山（149）

目　录

第三部分　年度人物关键词

关键词一　凌宇 ································· 吴正锋（157）
关键词二　蔡测海 ······························· 刘师健（170）
关键词三　欧阳友权 ····························· 罗亦陶（180）
关键词四　王跃文 ······························· 龙昌黄（190）
关键词五　汤素兰 ······························· 李红叶（203）
关键词六　刘年 ································· 田应明（217）
关键词七　李春龙 ······················· 杨靖雯　向志柱（224）
关键词八　郑小驴 ······························· 贺秋菊（233）

第四部分　年度文学机构关键词

关键词一　《芙蓉》杂志 ················· 向志柱　杨晓澜（247）
关键词二　《散文诗》杂志 ······················· 刘师健（257）

前　言

卓　今

　　无序的花海、泛漫的人群、辽阔的思绪，是一种茫然的美。但人们并不满足于这种宽泛的状态，总喜欢探究事物中一些结构性的存在。凡事必有被称为"节骨眼"的东西，这些构成事物重要节点的东西在学术词汇中叫"关键词"。关键词显然是数字化时代的产物，人们通过搜索引擎在数字平台寻找想要的东西，关键词起到提取信息的作用。它与分类号、DOI一样，是云计算背景下"大数据"样本存储和应用技术的最佳抓手，无论这个词代表着宏大还是渺小，以它为出发点，顺藤摸瓜，或许能找到事物更多的信息，并发现其全貌，这是它的价值所在。

　　强调关键词，并不是说其他就不关键，这里的文学关键词表现的仅仅是总结阶段性文学成果的一种方法。我们对过往的历史、资料总有一种焦虑，担心它们随风飘走，被时间之沙掩埋。资料整理就是对抗时间最好的方法。起初，我们采取一种宽泛的方法，抓取尽可能抓取的材料。自2014年起，我们与省作家协会合作编撰《湖南文学蓝皮书》（湖南文情报告），每年出一本，一直持续到2021年。有人曾在苏黎世大学图书馆看到过《湖南文学蓝皮书》，这并不代表它具有国际影响力。作为省级文学蓝皮书，它可能不会畅销，但对需要的人来说，它就是宝贝。蓝皮书涉及更多的作家和更广阔的作品信息，并从中挑重点作品进行分析，其好处是对年度湖南文学全面梳理了一遍，具有文学史和文学年鉴的作用，可成为未来重要的文献资料。蓝皮书这一条线并未中断，省作协还在继续编撰。我们文学所今年开始尝试改变方法，以文学关键词的形式，

前　言

突出年度重点作品、年度活跃的作家以及有影响力的文学平台。好处是对当前文学发展状况一目了然。通过关键词总览文学状况，是一个新的探索，其中也包含对方法的探索和对材料把握的探索。

年度文学关键词虽然只是一个点、一个片段，同时也可以说它有文学史的性质。一年算不算历史？在每个个体有限的生命中也是一段不短的历史，而放在整个人类文明史上，就是一眨眼的工夫。再往大里说，越过柯伊伯带，太阳系都微不足道，整个拥有智慧生命的地球在银河系中也只相当于冒了个气泡，在这个意义上，没有什么东西称得上"关键"。再追问下去就有虚无主义的味道了。回到文学具体的情境，这些关键词在这个特定时段，作为湖南文学要素的构成，它们又坚如磐石，其中有些关键词，任何对湖南文学的历史叙事都无法旁绕。气泡与磐石就是个比喻，两个极端的事物在文学中是和谐的，它们甚至在叙述中"暗通款曲"，随时可以互相转化。这是另外一个学术问题，在此不表。关键词到底有多关键？取决于观察主体站在哪个角度。站在文学的角度，一部作品问世、一个研讨会、一个奖项、一个期刊目录都是天大的事。我们在无数文学事件中挑选一些相对重要的事件加以呈现，所以，我们说这本书所列的关键词在湖南文学发展过程中具有关键性的作用。

书名采取地域＋主体词＋年份形式［《湖南文学关键词（2022）》］，这是一种比较稳妥的做法。实际上，现代性已经打破了地域观念，仅用地域概念越来越难以把握复杂变动的现实。空间概念更符合人群流动的规律，就如同疫情管理中的一个专用名词："时空关联。"时空关联并不指在某一个固定的地域，它是动荡的和不确定性的，比如同在一个机场、同乘一趟航班而"被关联"，这是典型的空间概念，而不是地域概念。还有，时代这个总体性因素，就不是地域能说清楚的。因此，关键词中也引入了大的文艺方针政策，以及社会发展模式下的时代之变，这些"特别大"的因素对一个地方文学的影响，都被考虑进来。作为省社科院（中心）重大课题"湖南社会科学年度发展报告"的文学研究版块，从这一年多来湖南文学热点、重要作家、批评家、文学现象与思潮、重要作品、文化热点中提取关键词，基本能说清文学本身的发展状况，同时也是一个省域文化发展的重要参照。关键词这一研究方法，既符合学术走向深耕细作的潮流，又有"文运同国运相牵，文脉同国脉相连"的内在逻辑。湖南是文化大省，湖南在中国文学版图上曾经占有非常重要的位置，湖南文学界很多人怀着重振"文学湘军"的梦想，年度湖南文学关键词试图将那些在本年度更突出、更耀眼的作品和作家推到前排，激励广大作家批评家出产高质量成果。条件允许的话，我们持续推进，直到看见文学的高原上群峰耸立。

学术论文写法有套路、有程式，关键词的写法也并没有跳出通常意义上的论文模式。关键词从一个小角度进入，看起来比较容易把握，实际上进入问题的内部以后，有一种不可见的难度。本书几乎大部分篇章是文学研究所研究人员所写。选题经过集体讨论和反复论证、筛选，但仍然只能撷取到我们视力所见之处，我相信一定还有"很关键"的作品和作家没有被发现。那些以清冷、偏僻、孤寂自处者，他们凝神屏气，不被干扰地写作。我们期待着他们的好作品横空出世。每一个词条，重点强调这个词条的提出背景，遴选的作品根据文学价值、活跃度、影响力等，遴选的作家和批评家根据他们的文学成就和行业影响力等。通过文献把握与文本细读，采取历史建构与实践研究双重肯定法。其中包括归纳与逻辑抽象相结合的方法、比较研究法、样本萃取法、个案追踪法等。同时也采用新历史主义方法，关注偶然性和非连续性因素。希望能够在最大限度上体现出它的价值，包括文献价值和学术价值。

作为省级文学年度报告，本书以关键词的形式呈现，希望在形式和内容上都带来一定的新意。首先是在问题选择上不畏艰难，并且还有那么一点新意。关键词研究是一种以点带面的研究，写作难度大，研究开掘比较深入，在全面把握资料的基础上进行方法上的探索和学术性提炼。文章篇幅不大，但耗时费力。其次是理论上能够出一点新意。以年度文学关键词的形式进行文学史式的呈现，也算是一种新的文学史书写方法。研究人员在问题把握和问题解决上都有相应的学术准备，因为真正在问题展开时，需要对湖南文学整体情况和内部发展逻辑有基本的判断。所提出的四大版块的具体篇目在该领域具有代表性，在研究过程中通过总结和提炼一整套关键词研究方法，准确恰当地呈现该主题的基本样貌和精神内涵。最后是话语体系方面的新意。

前　言

通过文学关键词研究，创建一些属于该具体问题的术语和概念，或提供一些新的关键词线索。文学学术现代化并未完成，通过地方性文学关键词研究，或可打开新的研究领域，使一些未成型的文学理论和文学批评趋向知识形态化、体系化。

2022 年 9 月 21 日

第一部分

年度文学思潮与现象关键词

关键词一

生活就是人民，人民就是生活

关键词提出背景： 2021年12月14日，中共中央总书记习近平在中国文联十一大、中国作协十大开幕式上发表讲话。讲话中，习近平简要回顾了文艺工作与中国共产党百年征程的紧密联系，再次鲜明指出"文艺战线是党和人民的重要战线"，并对新时代文艺书写提出了须高扬人民性的明确要求，呼吁广大文艺工作者"坚持以人民为中心的创作导向，把人民放在心中最高位置，把人民满意不满意作为检验艺术的最高标准"，以更多更好的优秀文艺作品，奉献给人民。

"生活就是人民，人民就是生活"

龙昌黄

作为马克思主义政党，中国共产党历来重视文艺工作的重要性。早在20世纪40年代初，毛泽东便以一番著名的讲演，宣告了一个崭新的文学时代——以人民生活为原料，经文艺工作者的创造性劳动赋能，形成"观念形态上的为人民大众的文学艺术"的人民文艺时代的到来。[1] 如果从第一次文代会上周扬的以《新的人民的文艺》作解放区文艺总结，并宣言"新的人民的文艺"的"伟大的开始"算起，以同一时刻宣告到来的当代文学创作与研究丰硕成果，也足以让世人见证一段漫长、曲折却又昂扬奋进、走向繁荣辉煌的文艺发展史。

---

[1] 《毛泽东论文艺》，人民文学出版社1983年版，第61页。

第一部分　年度文学思潮与现象关键词

迈入新时代，站在新的历史起点，如何理解和总结过去，并由此阐发和引领未来，成为党和国家，以及团结在周围的广大文艺工作者亟须面对和思考的问题。2021年12月14日，中国文联十一大、中国作协十大开幕式上，中共中央总书记、国家主席习近平发表的讲话，无疑具有鲜明且极其重要的方针引领和政策指导作用。在这一新的历史时刻，习近平总书记高度肯定广大文艺工作者在党的领导下，走出了"一条以马克思主义为指导、符合中国国情和文化传统、高扬人民性的文艺发展道路"，并一再勉励广大文艺工作者始终如一地"坚守人民立场，书写生生不息的人民史诗"。他指出，"人民是文艺之母"，新时代人民文艺的成长"离不开人民的滋养"，人民生活则是"一切文学艺术取之不尽、用之不竭的丰沛源泉"。在此基础上，他指出："生活就是人民，人民就是生活。"广大文艺工作者只有深入人民群众，了解人民群众的生产生活实践，才能够真实而非歪曲、现实而非虚构、热诚而非调侃地去塑造人民、表现人民、歌颂人民，才能真正体悟到人民的心声，和人民一道感受到时代的脉搏，"为时代和人民放歌"。[①]

习近平总书记这篇讲话中关于文艺人民性，以及文艺须反映人民生活的重要阐述，是有着十分清晰的现实意义的。[②] 尽管文艺工作者们绝大多数服膺文艺作品是"一定的社会生活在人类头脑中的反映"[③]，却不可忽视小部分中国当代文学作品当中，仍旧存在不少虚构社会现实、远离乃至歪曲人民生活、丑化人民形象的状况。这不得不引起重视和警惕，并要求我们更加深入地学习领悟，更加全面、细致地辨析和理解文艺、生活与人民之间的辩证关系和内在逻辑。

一　生活与文艺：文艺是生活中"体验了的感情的传达"

"生活"之所以在马克思主义文艺与美学当中具有十分重要的地位，同马克思主义对人类社会生产劳动及其分工的理解有着紧密的联系。按

[①] 习近平：《在中国文联十一大、中国作协十大开幕式上的讲话》（2021年12月14日），人民出版社2021年版。
[②] 郭宝亮：《生活就是人民，人民就是生活》，《文艺报》2022年1月24日。
[③] 《毛泽东论文艺》，人民文学出版社1983年版，第58页。

照经典马克思主义作家的阐述，艺术起源于劳动，且只有人们劳动生产率较高，有剩余的生活资料和劳动产品的交换，及由此促成的物质劳动和精神劳动的分工，艺术和科学才能够得以创立。[1] 因此，在马克思主义看来，文学艺术作为一种精神产品的生产，自然也同人类生产活动以及与之相关的生产、生活关系及环境等，有着紧密的联系，并受其制约。对此，马克思和恩格斯就曾指出，拉斐尔艺术成就的取得，同拉斐尔所身处的那个时代的罗马的繁荣有关；另外，他们同样认为，"拉斐尔也同样受到他以前的艺术所达到的技术成就、社会组织、当地的分工及与当地有交往的世界各国的分工等条件的制约"；拉斐尔的个人天才，完全取决于当时的社会需要，"而这种需要又取决于分工以及由分工产生的人们所受教育的条件"。[2] 这样的艺术起源认知，以及"现实中的个人"（拉斐尔）同特定文艺、特定社会的内在关系，决定了马克思主义经典文艺思想显而易见的社会—历史维度。也正基于此，1888 年 4 月恩格斯批评英国小说家玛格丽特·哈克奈斯的小说《城市姑娘》，不是"充分的现实主义"，给出的理由便是它没有"真实地再现典型环境中的典型人物"。这一典型人物，正如他在另处说过的那样，应既是典型的，"但同时又是一定的单个人"[3]，是特定社会理应会产生或出现的那一个人。

相当程度上，恩格斯对现实主义的重释，也昭示出来马克思主义文艺思想同以往文学再现论的本质区别：同后者相比，马克思主义语境下的现实是特定社会历史背景下的特定存在，其赖以存在的首要前提便是"有生命的个人的存在"[4]，人在其中是能动的、活生生的，有其生产、生活过程和变化的，但同时它又是客观的、可感的、真实的存在物。在此意义上，它足以解释为何传统现实主义的"现实"（客观存在的事物或状况），会被"生活"（为了生存和发展而进行的各种活动）取代。并且，恰恰是"生活"的发现，即如有研究阐明的那样，为历史唯物主义的形

---

[1] 陆梅林辑注：《马克思恩格斯论文学与艺术》，人民文学出版社 1983 年版，第 84、85 页。

[2] 陆梅林辑注：《马克思恩格斯论文学与艺术》，人民文学出版社 1983 年版，第 185、188 页。

[3] 陆梅林辑注：《马克思恩格斯论文学与艺术》，人民文学出版社 1983 年版，第 194 页。

[4] 陆梅林辑注：《马克思恩格斯论文学与艺术》，人民文学出版社 1983 年版，第 24 页。

成奠定了坚实的概念基础。毕竟再现实（客观）的人，首先也必须是"生活着的人"。人赖以存在的现实，首先须是"围绕其物质生活需要展开的生产活动"。而这，便是马克思主义唯物史观的根本前提。[①] 正因如此，也就不难理解"生活"这个原本在马克思主义思想体系缔造者那里没有得以系统诠释和展开的概念，居然会成为后来者建构自身文艺思想体系的重要基石。

在文艺领域，俄国美学家车尔尼雪夫斯基及其中国的早期主要诠释者周扬，无疑是文艺乃社会生活反映论的重要推动者。车尔尼雪夫斯基以为，生活是人在"觉得可爱的东西中最普遍的，也是他在世界上最喜爱的东西"，是一种自然天性，因为人们总是爱生恶死，所以，他以"美是生活"来定义自己的美学观。为此，他进一步说："任何事物，凡是根据我们的见解我们从其中看到应当这样生活的，这就是美的；任何对象，凡是其中表现了生活，并且使我们想起生活的，这就是美的。"并进而推论说，"人在现实世界中见到的正是真正的最高的美，而不是为艺术所创造的美"；"艺术的根本作用就是再现在生活中使人感到兴味的一切事物"。换言之，在他那里，生活中的美高于艺术美，艺术的使命应当是充当有缺陷的现实生活的替代，并给予再现和解释何以为所替代的完美的现实生活。[②] 于是，依此逻辑，最完美的文学艺术，应当说是客观、真实地反映人类现实生活的再现艺术。

周扬对此予以高度认同，以为"美是生活"的定义"包含着深刻的真理"。不过，濡染五四启蒙运动精神的他，并不像车氏一样反对艺术解释生活的功能，甚至还借用王国维的"出入说"，深入浅出地阐述了文艺创作与现实生活的关系：作家既须"深入到生活里面去"，又要"能超越于生活之上"，于此"出""入"之间，体察人生的本来面目，探取其中蕴含的人生至理。可见，周扬认同艺术源于生活又高于生活，而非如车氏那样认定的仅是生活的替代，反倒在充分肯定前者的基础

---

① 孙云龙：《"生活"的发现与历史唯物主义的形成——〈德意志意识形态〉研究》，博士学位论文，复旦大学，2009年，第78页。
② 陆梅林辑注：《马克思恩格斯论文学与艺术》，人民文学出版社1983年版，第9、10、142、146页。

上，一再鼓励作家们深入生活，和周边的人打成一片，理解他们，并向他们学习。①

与周扬偏重于文艺本身作论不同，毛泽东更重视文艺及文艺家的政治属性，也即伸张人民之于文学的主体性。他指出，文艺所反映的生活，不应只是脱离人民的文艺家们体察和感受到的生活，不再是纯然客观地被反映和被用来批判的，而是需要广大革命文艺工作者，务必深入到人民群众中去，"到唯一的最广大最丰富的源泉中去"，从中进行"观察、体验、研究、分析"，从而在"人民生活"这座"文学艺术原料的矿藏"和这股"唯一的源泉"当中成就伟大的文艺作品的。② 很显然，这种具有鲜明政治意识形态偏向的对生活的重新界定，有别于周扬的生活出入说。

如果说"生活"在马克思恩格斯那里是哲学的，在车尔尼雪夫斯基那里是美学的，在周扬还有同样阐述过文艺与生活关系的茅盾、胡风等人那里是文艺的，那么在毛泽东这里，它首先显然是政治的，甚至更直截了当地说，它应当是具有鲜明的无产阶级人民（以工农兵为主体构成）性质的。毛泽东对文艺与生活关系的新阐述，以及由此阐明的人民生活乃文学艺术唯一源泉说，事实上重新规范了党领导下的广大革命文艺工作者展开文艺创作的立场和方向。自此，文艺视野中的生活概念，开始具有鲜明的意识形态属性，生活与人民开始紧密地交织在一起，并因此在中国当代文学中占据"极为显赫的位置"。反映人民生活，既是引领作家创作的基本方向，同时也是文学批评评价作品成功与否的关键尺度。③

习近平总书记对文艺与生活之间关系的论述，很大程度上继承了毛泽东有关人民生活的阐述，认同文艺工作者务必要深入到人民群众中去，去了解和感受人民的勤劳肯干、去感知和体验人民生活当中的情绪和情感，只有这样，才能够真正洞悉生活的本质，才能够为文艺的创作打下坚实的现实基础。同样也只有这样，文艺工作者才能够具备丰富的生活经验，才能够从纷繁芜杂的生活现象当中抽丝剥茧，才能够"以源于生活又高于生活的艺术创造"，实现"体验了的感情的传达"，塑造更多更

---

① 《周扬文集》（第一卷），人民文学出版社1984年版，第325、327、330页。
② 《毛泽东论文艺》，人民文学出版社1983年版，第56、58页。
③ 洪子诚等主编：《当代文学关键词》，广西师范大学出版社2001年版，第218页。

好的艺术形象,为时代铸就永恒的艺术经典。① 按照这一逻辑而言,生活可以是日常的、私人的,但文艺所要反映的生活,则务必是公共的、人民的。在此意义上,对于文艺而言,"生活就是人民"。

二 文艺与人民:"人民是文艺之母"

习近平总书记在毛泽东发表《在延安文艺座谈会上的讲话》的近八十年后,再次提及人民与生活的关系问题,其中相当一部分原因,便是对既往中国当代文艺发展道路的经验教训予以总结,警示当下和未来。

正如有研究者已注意到的是,生活在文艺领域的这种权威性,看似不证自明,却又始终充满着某种张力。表面上借助生活的概念,当代文艺与政治之间找到了一条可通约,并能够运用到实际以指导具体文艺创作实践的桥梁,但事实上文艺工作者所深入和体验的生活本身有着"更为复杂的内容"。② 一旦深入到具体、特定的人民生活当中,文艺工作者们从中真切感受到的,恐怕会同为人民性所规范的文艺政治诉求存在不可弥合的分歧。这种往往为文艺政策制定者所规范,却不能够完全为文艺创作者们所真实、有效地反映或表现、表达出来的"人民生活",要么陷入无休止的争议,要么沦为尴尬的"公式主义"和"概念化"写作。不论是中华人民共和国成立后的头三十年还是改革开放以来的三十年,两种对立性的极端,相当程度上,仍然一直深度影响着当代文学的前进方向。

中华人民共和国成立后头三十年,党引领广大文艺工作者坚定地走工农兵文艺道路,确保了社会主义文艺事业发展的人民方向,但鲜明的意识形态立场也自制樊篱、自我隔绝,特别是到了20世纪70年代,过于激进的"左"倾文艺政策,使得文艺百花最终沦为孤芳自赏,严重损害了文艺工作者们推进文艺创新、精品创造的能力。革命样板戏也成了这种趋于极端的公式化和概念化写作的真正样板。

到了改革开放的新时期,中国继五四新文化运动之后,再次迎来了新一波的思想解放潮流,以及以经济建设为中心的国家政策的重大调整。

---

① 习近平:《在中国文联十一大、中国作协十大开幕式上的讲话》(2021年12月14日),人民出版社2021年版,第12—13页。

② 洪子诚等主编:《当代文学关键词》,广西师范大学出版社2001年版,第219页。

这同样也刺激了新的文艺政策的调整和新的文艺思潮的喷涌。文艺界纷纷检讨和反思过去，接受西方文艺思潮的影响。突破既有樊篱，是当时不论老一辈还是新一辈的文艺工作者们的共同心声。"人民文艺"事业一方面因此得到丰富和拓展，另一方面也在新形势下遭遇愈加错综复杂的挑战。这些挑战不光来自积极借鉴西方现代主义的先锋文学的离经叛道，同样也来自一贯被视作社会主义主旋律文艺的重镇——现实主义创作不断迭代的各种"主义"的冲击。特别是20世纪90年代以后，当文艺事业逐渐成为国家经济文化生产建设的一个部门、一种新型文化产业之后，随之迭起的大众文学、网络文学，彻底分化了文学原本严肃、精英的固有印象，开始塑型新的文学选择和文学业态。这种分化及其引发的种种争议，甚至不再是诸如起初文艺内部的思想观念和价值立场的辩驳，而是不同权力和利益对文学生产消费全链条的占据与影响。

在此过程中，文学所反映的对象——生活——之于人民文学合法性主体地位遭遇暗中侵蚀。关于何为生活，事实上，20世纪40年代左翼阵营内部就存在争论，当毛泽东、周扬将文艺须反映的生活界定为以工农兵为主体的人民生活时，胡风依旧坚持作家在此反映过程中的"主观战斗精神"，以不被人民"潜伏着或扩展着几千年的精神奴役创伤"湮没。[①] 换言之，在胡风看来，文艺所反映的生活应当首先是作家自主感受和体验到的，并因此予以反省和批判以醒悟人民的启蒙对象。1956—1957年"干预生活"口号的提倡，也多少承袭了胡风所及的作家批判与启蒙意识。新时期以来，传统严肃文学和新兴商业文学领域兴起的"新写实主义""新历史主义""私人生活""日常生活""身体写作"等，以及数字媒体时代网络文学当中严重偏离历史和现实的玄幻、穿越、修真、二次元等，极大地冲击着毛泽东、周扬等界定的生活的人民性。这种冲击，一方面的确有效地扩展了"人民文学"的内涵和外延，但同时也势必导致所反映对象——人民生活——主体性的弱化。

针对当代文艺当中种种疏离于人民的现象，习近平总书记发表于2014年10月15日的《在文艺工作座谈会上的讲话》中指出，改革开放以来中国文艺创作既取得了显著成绩，但也存在着不少"抄袭模仿""千

---

① 《胡风评论集》下册，人民文学出版社1985年版，第21页。

篇一律""快餐消费""颠覆历史""丑化人民群众和英雄人物""搜奇猎艳""胡编乱造""脱离大众""脱离现实"等粗制滥造之作。为此他再次重申,文艺应当"融入人民生活","人民生活是一切文学艺术取之不尽、用之不竭的创作源泉",文艺工作者应当为满足人民的精神文化生活的需要而创作,并指出:

> 人民的需要是文艺存在的根本价值所在。能不能搞出优秀作品,最根本的决定于是否能为人民抒写、为人民抒情、为人民抒怀。一切轰动当时、传之后世的文艺作品,反映的都是时代要求和人民心声。①

当然,"人民"在这里指向了更广泛的中华民族伟大复兴新征程上的社会主义建设者和爱国者。以国家意识、民族意识重建的人民概念内涵,无疑是习近平总书记在中华文明再次走向伟大复兴的关键时刻所赋予的新的内涵。这一内涵昭示了新时代中国共产党复兴中国、复兴中华文明的伟大抱负和坚强决心。为此,他一再勉励广大文艺工作者"心系民族复兴伟业","坚守人民立场",深刻认识到人民才是"文艺之母","文学艺术的成长离不开人民的滋养","文艺要对人民创造历史的伟大进程给予最热情的赞颂,对一切为中华民族伟大复兴奋斗的拼搏者、一切为人民牺牲奉献的英雄们给予最深情的褒扬"。② 总起来说,就是人民理应成为文艺反映的生活的中心乃至全部,脱离人民生活、脱离人民旨趣的生活,不应当成为文艺专注书写的对象。

三 作家与人民:"为时代和人民放歌"

如果说生活是文艺所需反映的对象,人民是文艺所需表现和服务的对象,那么文艺工作者或文艺家便是使文艺负起其历史使命的实施者和承担者。自然,当代文艺的任何实现都离不开文艺工作者的辛勤付出。

---

① 习近平:《在文艺工作座谈会上的讲话》(2014年10月15日),人民出版社2015年版,第16页。
② 习近平:《在中国文联十一大、中国作协十大开幕式上的讲话》(2021年12月14日),人民出版社2021年版,第5—12页。

习近平总书记在多个场合、多次发言当中，都毫不吝啬地赞扬文艺家们的积极贡献，赋予文艺家们以崇高的地位。

习近平总书记对文艺的重视，正如他自己所说，这一问题首先需要"放在我国和世界发展大势中来审视"，当前"我们比历史上任何时期都更接近中华民族伟大复兴的目标，比历史上任何时期都更有信心、有能力实现这个目标"，要想实现这一目标，就"必须高度重视和充分发挥文艺和文艺工作者的重要作用"。因为"文艺是时代前进的号角，最能代表一个时代的风貌，最能引领一个时代的风气"，"举精神之旗、立精神支柱、建精神家园，都离不开文艺"，所以他号召当代广大文艺工作者"成为时代风气的先觉者、先行者、先倡者，通过更多有筋骨、有道德、有温度的文艺作品，书写和记录人民的伟大实践、时代的进步要求，彰显信仰之美、崇高之美，弘扬中国精神、凝聚中国力量，鼓舞全国各族人民朝气蓬勃迈向未来"。① 这深刻地揭示了中国当代文艺及文艺家理应在中华民族伟大复兴的新征程上所应具有的地位和作用。

中国文学自古以来就传承着伟大的爱国主义精神，文学创作常常同国家命运紧密联系在一起。汉赋、唐诗、宋词、元曲、明清章回小说，一代文学有一代文学之所胜，一国文学有一国文学之所长。一个时代、一个国家的文学荣光，以及因此标示的文化风采、文明精神，都需要一代代文艺家为之前赴后继、呕心沥血。而这，也正是习近平总书记所寄望于当代广大文艺工作者的。塑造经典艺术形象，铸就新的艺术经典，表现时代文明精神，引领文化价值风尚，也是他对新时代文艺工作者的期待。具体来说，就是要求广大文艺工作者：（1）"心系民族复兴伟业，热忱描绘新时代新征程的恢宏气象"；（2）"坚守人民立场，书写生生不息的人民史诗"；（3）"坚持守正创新，用跟上时代的精品力作开拓文艺新境界"；（4）"用情用力讲好中国故事，向世界展现可信、可爱、可敬的中国形象"，"坚持弘扬正道，在追求德艺双馨中成就人生价值"。② 这些看似严

---

① 习近平：《在文艺工作座谈会上的讲话》（2014年10月15日），人民出版社2015年版，第2—6页。

② 习近平：《在中国文联十一大、中国作协十大开幕式上的讲话》（2021年12月14日），人民出版社2021年版，第5—14页。

苛的要求，也应是不负时代、不负国家、不负民族寄托的任何一个文艺工作者都须遵循的基本底线。

习近平总书记关于文艺的论述和思考，具有更高更深远的国家战略高度和宏观视野，是他在思考面对当前百年未有之大变局的中国应当往何处去的全局战略问题思考当中的一个有机组成部分，且是十分重要的组成部分。在此意义上，时代文艺不再是反映新时代某一局部、某一方面，或者是对新时代中国人民生活的简单速写，而应该能够蕴藉更多、更深、更远的时代内涵、民族精神、文明高度、文化品格。如是，"人民就是生活，生活就是人民"，不光单纯地涉及文艺反映的对象、文艺服务的主体，它更涉及实现这一号召的见证者和承担者——文艺家们，在奋笔疾书的字里行间和游目骋怀后的点染勾勒中，迎接中华文明伟大复兴、中华民族再次屹立东方这一伟大历史时刻的到来，并以敬诚之心书写属于中国、属于新时代的光荣。

关键词二

新时代十年文艺理论与批评

关键词提出背景："新时代文学"发展已经十年，党的十八大以来这十年的文学发生了内生性的变革。2022年党的二十大召开，对十年来的文学理论与批评的回顾与总结，有利于未来更好地开展文学研究。湖南文学作为地方性文学样态，是在大的时代背景下生发出来的形式和内容。

新时代十年文艺理论与批评的"时代之变"

卓 今

"新时代文学"作为一种文学的历史性分期是指党的十八大以来的文学。"新时代"这一概念依据习近平总书记在十九大报告中提出了中国发展新的历史方位——中国特色社会主义进入了新时代。新时代的历史性变革实现了马克思主义同中国实际相结合的构想。这一时期的中国文学理论与批评的创作主体、价值导向、方法路径也都发生了深刻的变革。"新时代文学"迄今为止已近十年。新时代文学的内容和形式，在反映了该时期的社会发展的方方面面，真实、立体、全面地构建了中国形象的同时，还通过历史回顾、现实关怀和未来构想，建构属于中国本土并具有世界影响的学科体系、学术体系和话语体系。

一 文艺理论与批评的主体意识和能动性的"时代之变"

习近平总书记在有关文艺创作的讲话中进一步明确了新形势下繁荣发展社会主义文艺的方向和任务，强调一个时代有一个时代的文艺，一个时代有一个时代的精神。新时代文艺理论家、批评家调整心态,从理论到实践,向外拓展视野,向内审视自我,实现自我革新,取得可喜的成绩,在思想文化建设上更加自信。文艺理论与批评是文学艺术发展的理论基石。这十年的中国文艺理论的建构,在思想资源上跳出了20世纪80年代兴起的西方文论热,学者理性地批判和对待西方资源,重新整理和阐释中国传统资源,对中华优秀传统文化进行创造性转化和创新性发展。在把握丰富的理论资源的基础上,紧贴文艺现实,从社会生活和文艺实践中总结提炼术语和概念,并建立体系。科学发展带来文艺生产和传播方式的改变,文学艺术的价值和意义也被重新定义。理论家和批评家结合文艺现实,对文艺发展提出新的要求,对文艺作品的思想、艺术、价值、意义等方面做出符合时代要求的判断。习近平总书记提出广大文艺家"要树立大历史观、大时代观,眼纳千江水,胸起百万兵"[1],十年来中国文艺理论和批评在面临新任务、新问题、新挑战时,进行了新探索,取得了新成绩,在历史观和时代观方面,又拓展了新视界。

一是修炼内功,注重知识积累和理论能力的提升。理论家、批评家深刻意识到理解中国特色社会主义发展方向和发展目标、掌握马克思主义文论精髓的重要性。习近平总书记在讲话中指出:"一百年来,党领导文艺战线不断探索、实践,走出了一条以马克思主义为指导、符合中国国情和文化传统、高扬人民性的文艺发展道路,为我国文艺繁荣发展指明了前进方向。"[2] 马克思主义文论是一个动态的发展过程,理论联系实际是马克思主义文论的立身之本。理论家和批评家从实践中高度提炼概括出新理论,再将新理论返还到实践中指导文艺创作。理论家和批评家深刻认识到马克思主义文论只有扎根文艺现实,解决实际问题才是有力量的、活的理论。这个程序一旦被简化,脱离实际的理论或者僵死的理论就不再是真正的马克思主义文论。与20世纪八九十年代以及21世纪头十年不同。理论家、批评家热心为民请命,强调民间立场,在服务人民、

---

[1] 习近平:《在中国文联十一大、中国作协十大开幕式上的讲话》(2021年12月14日),人民出版社2021年版,第6页。

[2] 习近平:《在中国文联十一大、中国作协十大开幕式上的讲话》(2021年12月14日),人民出版社2021年版,第3—4页。

扎根文艺现实的同时，能够熟练地区别反建制、反精英（反智主义），精准识别反科学和知识的民粹主义，有效避免极端情绪化和非理性。

二是深入文艺现场，细读文本。出于学术体制和学科属性的原因，学者们守在书斋、象牙塔，一辈子做形而上的理论和经典研究，很少有机会介入中国正在发生和发展的复杂文艺现实。学院派的理论家和批评家意识到理论与实践严重脱钩的问题，他们放下身段，深入文艺现场，深入了解文艺生产和传播过程。中国文论有知人论世的传统，文艺作品创作者的思想情感和人生经历本身是一本大书，是鲜活的研究对象或"活文本"。人文科学不同于自然科学，也不同于工业产品，人文科学的创作主体可以看作作品的一部分。作者的意图在文本中的呈现只是一部分，另一部分需要通过阅读和了解创作主体，才可能获得作品的完整性，尽管世界上没有哪位接受者能全部理解文本的全部意义，但创作主体与主体所生产出来的"产品"在精神气息上是一体的。文艺批评也从过去热衷于宏大概念向文本细读转化，尊重文本原意与作者意图，倡导"接地气"的理论和批评。

三是打开比较视野，吸收其他文明优长。孔子曰："见贤思齐焉，见不贤而内自省也。"这在文艺批评中就是一种比较视野。理性地与其他文明进行比较，发现他人的长处和自身的不足，优化自身的理论和批评方法，避免陷入极端民族主义，避免故步自封、不加辨别地排斥其他文化。民族主义作为增进自我民族的力量、自由或财富的一种愿望，常常是被肯定的。某些特殊时期需要强烈的民族主义。但在全球化、人类命运共同体的大前提下，过度的民族主义，容易变得内心封闭、自卑和盲目自大，从而陷入民族仇恨、与世界为敌的负面情绪。新时代文艺理论与批评通过与其他文化和文明的交流，在创新方法方面持开放的姿态，积极接纳和拥抱新技术（如脑机接口、元宇宙等），构建新的审美维度，在新式生活方面积极进取，避免被动地看，满足于做井底之蛙，适当地跳出自己的专业性和局限性。

四是自我认知的调整。在如何把握新的文艺形式和内涵，如何阐释、概括和总结新时代文艺方面，新时代的文艺理论和文艺批评正在向构建新的话语体系、新的审美范畴、新的文明高度目标迈进。在这一过程中，就需要理论和批评的自我革新。社会发展了，从事文艺理论和文艺批评的工作者的主体意识和能动性也相应成长，努力扩展视野，更新方法，调整目标。在动态中把握世界，是马克思主义文艺理论和文艺批评的成长规律。文艺理论家和批评家的自我认知调整既有来自实践的经验，更多的是来自经典的理论文本。加强对理论文本的辨识力和判断力，避免陷入教条主义。自 20 世纪 80 年代以来对西方文论的学习和引进，造成不加辨别地照搬西方理论，用西方教条"强制阐释"中国文艺实践。造成理论与现实的脱节，从而无法把握新发生的文艺现象和社会问题。新时代理论家批评家及时反思修正，避免陷入教条主义和历史虚无主义。

二 十年来理论创新的"时代之变"

新时代文艺理论家和批评家认识到自己所处的时代和肩负的历史使命。批判性吸收其他文明优长，拆掉西方文论"脚手架"，构建中国学派、中国理论。由于新时代文艺结构变得复杂化，人的生命样貌呈现出新样态和新气象，文艺现实从过去单一样式变为多元立体复杂样式。文艺样式既有可感触的实物现实、无触摸感的网络虚拟现实，还有全息影像的拟真化想象现实。文艺表现形式和内容极大地扩充，文艺生产、传播都交织在上述各种现实之中，文艺理论和文艺批评如何看待多维度现实，进而做出合理的评价？文艺理论家和批评家整合不断变化的文艺现实，调整视界，创新理论，并对未来文艺发展给予预见性判断和建设性的构想。

一是新时代文艺理论的反思与创新。自 20 世纪初"西学东渐"以来，中国理论界长期受西方话语体系影响，用西方理论裁剪中国文艺现实。面临新时代产生诸多文艺新形势，学界意识到西方理论无法有效地解决中国自身问题，学者的群体意识崛起，形成反思与创新的风潮。（1）中国马克思主义文艺理论的"后理论"时代，出现"马克思主义空间理论"、"马克思主义文学反映论的后结构主义"、马克思主义工艺美学、马克思主义生产工艺学批判理论等。人工智能已经开启了文艺的"机械原创"时代，马克思主义文论在面临新的理论挑战时及时做出反应。（2）对西方文论的辩证性批判，出现"强制阐释论""公共阐释论"等重大理论突破和标志性概念。理论家指出"强制阐释"是当代西方文论的基本特征和根本缺陷之一。各种生发于文学场外的理论或科学原理纷纷被调入文学阐释话语中，以"前置立场""非逻辑论证""反序认识"等方式强行阐释文本，或以"词语贴附"和"硬性镶嵌"的方式重构文本。这种强制阐释方法从根本上抹杀了文学理论及批评的本体特征，导引文论偏离文学。"强制阐释论"的持续理论大讨论，基本扭转了"言必称希腊"的学风，学者提出当代文学理论话语应该建构出符合文学实践的新理论系统。（3）根据文艺发展新形势，构建图像叙事和阐释理论。近十年来，信息科学的高速发展，文学艺术载体也多样化和丰富化，文学表现形式向文字以外的领域拓展，文学研究者将图像艺术作为研究对象，文艺理论出现"图像转向"的趋势，研究者打开了图像叙事、图像阐释理论新视域，极大地拓展了文学的叙事空间和阐释空间。（4）媒介技术催生的多媒介传播互动新形态。这种新形态打破了传统的阅读与接受的固定模式，相关"硬件"也被纳入文学理论和批评的讨论范围，出现"媒介存在论"研究。网络媒介与数字媒介时代的文艺理论，还涉及"微时代"的批评与审美、"微时代"的理论发展问题。（5）对现象学与美学基本问题的反思。美学研究更加细化和具体化，如对环境美学、身体美学的探索。（6）"新文科"的提出与反思。新文科的核心是现代性的反思，是对传统的"人"的观念和人文主义的挑战。

  二是新时代文艺批评的反思与重建。人的审美也呈现多层次、多维度状态。边远落后地区还处在以农耕文明为主要生活方式的情境，生产力发展缓慢，生活、娱乐、商品交换的方式简单单一，经济发展较好的地区以及发达地区生产力发展较快，工业化、信息化程度较高，其生活和生产方式基本与世界发达地区相当，人的观念超前。社会基本状况多元复杂，反映在文艺作品上就是有千姿百态的形式和内容，所发生的每一种文明形态放在世界上都是可供参照的样本。单一的批评模式无法满足复杂的文艺现实。新时代的文艺理论家和批评家对此变化有足够的认识，在文艺批评领域，对曾经出现的错位予以批评，及时调和"审美的矛盾"，城市精英古典诗意想象与已经高度工业化信息化乡村现代美的矛盾，城市人口对高消费都市生活的迷恋与中国特色社会主义发展远景的张力与矛盾，等等，批评家在通过批评实践进行大众美学提升后，文艺批评进入"后社会主义现实主义"。

  新时代文艺批评多元批评话语，还反映在文本细读与反文本中心主义同时存在、文本研究与副文本研究交互进行、西方生态批评的借鉴与中国山水诗文传统的生态文学的融合发展中。在文化批评方面还包括以性别平等为前提的女性主义批评，以文化差异化为研究对象的文学地理学，以神话传统为基础的文学人类学，等等。随着新媒介与文学的关系日益紧密，文学批评深入探讨空间与媒介、人工智能与文学、微时代文艺、图像与文学、网络文学批评等前沿性问题。在本土经验与世界性问题上，批评家认为文学"地方性"可以从书写对象延伸到地方性书写经验。并尝试建立由地方延伸出去，进而通达世界的理论构想，以此作为讲述中国故事、与世界沟通对话的有效途径。

三是新时代文化谱系和学术体系化的构建。学术史、文献综述、资料整理的兴起等历史性研究在近十年来成为重要研究方向。文艺理论和批评者在精准把握反映在文艺作品中的中国特色社会主义的文化动态和精神动态的同时，表现出世界视野、心怀天下的自我定位。在对中华传统文化进行创造性转换和创新性发展的同时，提炼和萃取中华文明的精华部分，使其知识形态化和理论体系化，以东方大国的气度将世界文明体系推到更高层次的文明，引领人类走向更高级的文明。新时代文化建设本身面临多层次的复杂局面，世界范围内的农耕文明在广大乡村仍然占主导地位，中国传统文化的知识谱系仍然可成为参照系。同时中国城镇的工业文明、信息化和智能化也已走在世界前列，系统地总结和思考前现代、现代与后现代相互交错的、多层级的文明，对不同发展阶段文明的比较、对历史的反思与借鉴、对前人智慧和思想资源的继承是学术现代化的重要组成部分。学术史、文献综述、资料整理广泛而深刻地开展标志着学术成熟期的到来。近十年来国家重大课题招标项目集中体现了这一研究盛况。

四是网络文学研究的体系完善。网络文学研究尝试建立系统性、整体性的评价体系与批评标准。网络文学评价体系是由思想性、艺术性、产业性、网生性和影响力等因素构成的一个综合指标，同传统文学作品一样，重点强调作品的思想性，作家立场、历史观和价值导向。在此基础上强调艺术创新、传播模式、粉丝经济、IP分发、改编（二次创作）等，催生多媒体（如游戏、动漫、影视等）艺术形态，并通过粉丝互动，实现产业增值，充分体现新时代文艺生产的丰富性和多样性。经过磨炼、调整，网络文学的精品化发展趋势越来越明显。网络文学理论与批评正在探索和定义人工智能、程序写作等问题。

三 新时代文艺理论与批评的职责与使命之变

十年来中国文艺理论家和批评家坚持马克思主义理论在哲学社会科学研究中的指导地位，以习近平新时代中国特色社会主义思想，特别是关于文化、文艺和人文社会科学研究的系列重要讲话为行动指南和根本遵循，从事文艺理论研究工作的学者，在研究和探讨文艺理论的重大问题和发展方向、提出标志性概念、开拓学术新领域等方面，取得不少突破性成绩，同时也还有很大的提升空间。

一是方法路径创新的提升。随着时代发展，某些脱离文艺现实的文艺教条依然被文艺批评界奉为圭臬。审美现代性批判并未完结，数字化、智能化时代正在重塑社会道德伦理结构。新时代文艺理论与批评有责任通过对文艺作品的阐释和评价来激发审美主体拥有饱满、健康的人格。中国特色的社会主义发展之路正在向更高文明发展之路迈进，在这个过程中，文艺往往是最先促其萌芽和发展的动力之一。准确地研究和判断文艺发展问题，对于新时代精神文明发展具有重要的现实意义。文艺创作与批评涉及大量的社会发展问题、精神领域的动荡和变迁以及人类文明认知的变化、观念的更替，是一部人类发展的精神现象史，新时代文艺理论与批评应该成为新时代文化建设重要的思想库，把握变局，不断创新，为未来社会精神文明建设提供思路和决策参考。

二是创作主体的观念的提升。文艺理论某些领域有越来越封闭的倾向，理论远离时代发展和社会现实，无法回应当下重大的现实问题，无法为时代提供有用的思想。在学术体制与论文范式的规范下，许多学者在遵循规范时疏于表述自己的创新观点。文艺理论与批评存在固化倾向，尤其是文艺批评，批评家丢失了本能、直觉和最新鲜的感受力，单纯强调理性与逻辑，一味照搬自然科学的论文范式，缺乏人文科学的情感和温度。理论的封闭还造成故步自封、坐井观天的视野局限，没有能力把握世界大势和前沿问题。文化冲突很大程度上是一种视野的冲突或者见识的不对等的冲突。

三是文艺理论家、批评家创新动力的提升。中国文艺理论与批评如何更好地把握本土经验与世界性的问题。在文献整理和历史研究方面尽管取得了重大突破（如逐渐淡化西方理论思想译介与研究，以及跳出对历史的反思与再阐释的循环研究），但如何持续地激发当代文学理论的创新与生命力，依然是文艺理论家和批评家面临的重大任务和使命。古代文论的当代转化，在当下文学现场仍然停留在引用和点缀的层面，古代文论概念存在着无法有效地解释当下的文艺现实的问题。如何从古代文论思想中长出现代性概念，是理论家和批评家需要解决的问题。无论西方文论还是古代文论，强行嫁接都不是真正有效的转化。

此外，还存在着理论家批评家对自身要求不高、对学界不良风气的批评不够彻底的问题。新时代文艺理论和文艺批评更需要学者有问题意识、敢讲真话，共同建设良好学风和学术环境。在讲好中国故事，推动文艺理论"走出去"方面处于探索阶段。存在着处理现实性与学理性、前沿性与基础性的关系方面不够理想的问题。新时代文艺理论与批评吸收了前三十年的历史经验，全面地认识到了文艺与政治的深刻内涵和辩证关系，拆除了中国文艺理论界依附于西方理论的"脚手架"，建构中国学科体系、学术体系和话语体系，不断开拓出中国文学研究的新形式、新方法。中国文艺理论这十年更加确立了文艺为人民服务、为社会主义服务的信心和方向，同时以大历史观和世界视野，对世界范围的文艺现象和文艺现实表示热切的关注。

新时代文艺理论与批评需要进行系统性反思和批评，并对该时期的文艺创作和文艺批评的历史经验和未来发展进行长时段观察和评估，通过学科交叉性的理论构建，创造新时代文艺理论与批评的新范式，理论家与批评家通过对历史经验的总结和反思，明确当前和今后的问题和价值指向，正视新时代文化发展中的真问题。避免抽象地、无目的地研究和理论空转，力图真正解决中国文艺重大发展问题和正在发生的具体问题。

关键词三

生态文学

关键词提出背景：在全球化的今天，生态危机严重威胁着人类的生存与发展，生态问题成为全人类广泛关注的重要问题。生态学随之成为显学，辐射至社会学、哲学、伦理学、文学等多个领域。文学界，生态创作在世界范围内兴起。在"生态时代"大背景下，我国生态文学与生态批评理论发展迅速。因此，立足当代中国生态文学理论探索与创作实践，廓清"生态文学"内涵的诸多分歧，梳理当代生态文学创作的历史轨迹，聚焦地方生态书写的"在场"表达，在此基础上为中国生态文学的未来走向提供启示，是值得研究的重要议题。

为世界写作：当代文学现场的生态阐释

王瑞瑞

一 概念辨析：从"环境"到"生态"的进阶

"生态文学"是一种世界性的文学。它的产生与后工业社会文明中人与自然关系的改变具有不可分割的密切关联。人们受惠于日新月异的科技成果，同时遭遇着生态破坏带来的生存威胁。在生态危机的倒逼之下，人们的生态意识逐渐觉醒。作家对自然和生命有着深沉的关切，生态文学的繁荣是作家对地球生命之敏锐感知的必然结果，是人类自我警示和自我拯救的实践行动。

学界普遍公认的观点是：20世纪60年代是西方生态文学的发生期，蕾切尔·卡森（也作蕾切尔·卡逊）的代表作《寂静的春天》是世界生态文学时代来临的标志；20世纪80年代是中国生态文学的发生期，沙青、徐刚等人关注自然资源和生态平衡的报告文学作品打开了中国生态文学创作的大门。实质上，生态文学一词首先出现于生态批评领域。1972年，美国学者约瑟夫·密克尔在《生存的喜剧：文学生态学研究》中提出"文学生态学"术语，并指出"文学生态学"是对"出现在文学作品中的生物主题及其关系进行研究，同时试图去发掘文学在人类物种生态学中所起到的作用"[①]。他主张批评应当密切关注人类与其他物种之间的关系，探讨文学对人类行为和自然环境的影响。根据现今可考的资料，在我国，生态文学概念于20世纪80年代末出现于人们的视野中。1987年，许贤绪在对苏联文学的分析中第一次提出了这一概念。"'生态文学'是当代苏联文学中的一个新名词，但所谈的却是一个老问题，即人和自然的关系问题。这一问题在苏联文学中有悠久的传统，即叶赛宁—普里什文传统。"[②] 赵鑫珊在《生态学和文学艺术》（1988）一文中提醒文学艺术家应当注意人类面临的全球性生态威胁，关注我国岌岌可危的生态系统，文学不仅仅只是"人学"，文艺家在关注人与人之间关系的同时，应当将人与大自然的关系议题纳入创作视野。赵鑫珊提出，文艺创作者的使命是"揭示人与自然界的新关系，即发现生态伦理学的新准则"[③]。余谋昌将生态文学视为一种新的文学艺术形式，将其与生态伦理学、生态意识、生态思维一起作为生态文化发展的重要方面。生态文学对于生态问题的认识与解决具有重要意义。上述都是文学研究领域内对"生态文学"的关注，从20世纪80年代开始，学者们意在以一种新的文学概念的提出引发文艺创作领域对我国生态环境问题的关注。

事实上，生态文学发轫期的大多数作家并未启用"生态文学"来指称自己的作品。在我国，"自然写作""自然文学""绿色文学""环保文学""环境文学"等概念相互混用，作者和批评家一般将此类文学作品称

---

① Joseph W. Meeker, *The Comedy of Survival: Studies in Literary Ecology*, New York: Charles Scribner's Sons, 1972, p. 9.
② 许贤绪：《当代苏联生态文学》，《中国俄语教学》1987年第1期。
③ 赵鑫珊：《哲学与人类文化》，上海人民出版社1988年版，第173页。

为"环境文学"。高桦等提出,"环境文学和生态文学就是一种演变关系,一种承接关系,一种延伸扩展关系"。① 应当说,20 世纪 80 年代兴起的"环境文学"是"生态文学"发展的初级阶段。这一时期我国工业急速发展,生态环境急剧恶化,人们开始对经济发展进行反思与批判。高桦作为当代中国环境文学的倡导者与策划者,见证了"环境文学"的诞生。当时她担任中国环境报社《绿地》副刊主编,提出"环境文学"想法后,得到了时任环保局局长曲格平和著名作家冯牧、王蒙、邓友梅等人的支持,经过几次研讨,她的倡议得到了作家和学者的一致认可,最终确定了"环境文学"这一文学新品种。随后,采风、创作、研讨、出版、评奖等一系列活动的开展将"环境文学"推向高潮,产生了一批脍炙人口、发人深省的环境文学作品。"环境文学的提出,是维护生态平衡、加强环境意识在我国由无知转为自觉的一种表现,也是文学的一种自省和进化的体现。"② 环境文学一方面对危害生态环境的行为进行揭露与批判,另一方面歌颂那些自觉维护生态、热心环境保护的行为,意在探索人与自然和谐的新型关系。

不过,这一时期的作家对"生态"的理解还停留于挪威哲学家阿伦·奈斯所说的"浅层生态运动"③ 上。鲁枢元对此深有感触,1995 年 11 月,由海峡两岸作家学者参加的"人与大自然——环境文学研讨会"在威海召开。鲁枢元认为,当时文学成就突出的一些作家谈及文学与生态之关系时还比较随意和感性。阿伦·奈斯的《浅层生态运动与深层、长远生态运动概要》④ 一文于 1998 年被翻译成中文。奈斯在该文中对两种生态运动进行了对比。浅层生态运动属于改良式的,它以人类中心主义作为理论支撑,从人类利益出发,往往只关注污染和资源耗竭这一生态危机的外在"症状",力图在此基础上进行局部改良,以避免影响人类经济的发展。深层生态运动是革命式的,它以生态整体主义作为理论支

---

① 李景平、高桦:《高桦:从环境文学到生态文学》,《绿叶》2020 年第 11 期。
② 高桦:《绿缘往事》,《绿色》2012 年第 5 期。
③ [挪] A. 奈斯:《浅层生态运动与深层、长远生态运动概要》,雷毅译,《哲学译丛》1998 年第 4 期。
④ [挪] A. 奈斯:《浅层生态运动与深层、长远生态运动概要》,雷毅译,《哲学译丛》1998 年第 4 期。

撑，处于生态系统中的一切事物均互相关联、相互作用。他认为人类应当深思生态危机的思想根源，探索构建现代人类生活的合理方式。由此看来，我国20世纪80年代兴起的"环境文学"是浅层生态运动的产物。随着作家的生态意识由朦胧转向自觉，"生态文学"创作开始崭露头角，学者对"生态文学"的讨论也渐渐增多。

"环境文学"与"生态文学"混为一谈的现象直至21世纪才得以改变。2003年，王诺在《欧美生态文学》一书中将自然书写、环境文学、生态文学进行对比，指出它们之间的区别。王诺从思想基础、价值观念、研究核心等层面廓清了"环境文学"与"生态文学"之区别，打破了我国文学创作和研究领域"以人类为中心"的思维桎梏，提出文学不仅是"人学"，还是"生命学"。人作为生态系统中的重要群体，应当以生态整体主义为思想基础，自觉承担相应的生态责任。王诺否定将"自然书写"等同于"生态文学"的观点。他指出，第一，"自然书写"在写作对象上限制为"自然"，而生态文学的落脚点是自然与人之间紧张、疏离、对立、冲突的关系；第二，从思想和体裁方面来看，这一术语又太宽泛。"无论作者对自然持什么观点和态度，只要写的是自然，其作品都可以算作自然书写，甚至包括非生态甚至反生态的作品。"[①] 如果将两者等同，"生态文学"的主要特点便会被湮没。王诺在此基础上对生态文学做了较为全面的概括：生态文学是以生态整体主义为思想基础、以生态系统整体利益为最高价值的考察和表现自然与人之关系和探寻生态危机之社会根源的文学。生态责任、文明批判、生态理想和生态预警是其突出特点。[②]

除了概念辨析，事实上，王诺从一开始就从原因和目的方面道出了不能将"生态文学"与"自然写作""环境文学"相等同的原因。"生态危机的现实促使作家和学者发出自己的声音，在自己所擅长的创作或研究领域探索使地球生态和人类摆脱危机、走出困境的出路，诚如布伊尔在其第二部著作的标题所明确指出的那样，生态文学及其研究都是'为

[①] 王诺：《欧美生态文学》，北京大学出版社2003年版，第6页。
[②] 王诺：《欧美生态文学》，北京大学出版社2003年版，第11页。

处于危险的世界写作'的。"① 正如环境文学是时代的产物，生态文学亦是应"运"而生，是深重的生态危机倒逼的产物，它的崛起是人们生态意识自觉的标志。生态文学创作和研究是广大学人的时代使命。王诺的分析对于解决"中国古代有没有真正的生态文学"这一疑问具有重要作用。部分学者陷入了误区，他们认为中国古代一些描写自然的作品体现出"天人合一、万物有灵"的思想，因此将这些作品认定为"生态文学"，并由此得出生态文学"在中国的历史几乎和文学的历史一样绵长"的错误观点。

后来的众多研究者如张晓琴、钟华、苗翠萍、杨晓辉等人基本沿用王诺的概念来进行区分与界定，拒绝生态文学与其他概念的混用，提出"生态"一词的重要价值。反对和质疑的声音也有一些。吴秀明等人认为王诺的概念忽视了很重要的一环，即文学本身的艺术原则、审美规律和叙事技巧。② 在王诺的概念中，生态而不是文学成为重点。也许是意识到了这一点，王诺在《欧美生态文学》（2011）的修订版中将生态文学概念进行了修改，在原来定义的基础上增添了"生态审美"这一特点，并且在2012年刘青松主编的《生态文学》中负责撰写生态文学概论一章时，将这一修改后的概念纳入其中。胡志红认为王诺的概念界定遗漏了环境公正议题，即环境正义和生态掠夺的问题。他将生态学、具身性和环境公正视作生态文学创作的原则，对生态文学概念进行重新界定，"生态文学是通过描写人类与非人类自然之间的复杂纠葛而揭示生态危机产生的深层思想根源，以探寻走出生态困局的文化和现实路径的文学。其宗旨是实现具有普遍公平正义的人文世界与非人类自然世界之间的永续和谐共生，非人类中心主义取向的生态伦理的建构、对主流科学预设和物质主义文明的批判、生态乌托邦的构建及生态灾难启示录书写是其显著特征"。③

学界之所以产生"生态文学"的广狭之争，在"生态文学"与其他

---

① 王诺：《欧美生态文学》，北京大学出版社2003年版，第5页。
② 具体请参见吴秀明等《新世纪文学现象与文化生态环境研究》，浙江工商大学出版社2010年版。
③ 胡志红：《生态文学讲读》，北京大学出版社2021年版，第17页。

亲缘类型的关系理解上形成截然不同与等同代用两种对立观点，究其原因，在于没有将历时与共时相结合来看待生态文学概念。历史地看，无论是西方还是中国，环境文学与生态文学产生的现实原因皆是日益严重的生态危机。环境文学是生态文学的初始阶段，生态文学是"环境文学"进一步升华出的、精神内涵更丰富的文学形式。"环境文学"的写作推动了生态思想的进一步发展，为理解生态文学提供了思想资源。从"环境文学"向"生态文学"的转变，体现了由浅层生态运动向深层生态运动的跃升。共时地看，"环境文学"和"自然书写"并没有因为生态文学的繁盛而消失。许多"环境文学"和"自然书写"作品同样关注人与自然的关系，同样关注生态危机与保护环境等生态议题，我们不应忽视这些作品存在的价值与意义。生态文学定义的不断丰富与更新，反映了这一文学类型有着生生不息的活力，也说明生态文学研究的不断深化与发展。

二　创作轨迹：当代生态文学写作的历史嬗变

生态文学定义的不断更新与丰富，反映了中国生态文学创作经历了复杂的历史过程。整体来看，我国生态文学大致经历了三个历史阶段：20世纪80年代到90年代中期的发轫期，即"环境文学"阶段；20世纪90年代中期到21世纪初的发展期，即"生态文学"转向期；21世纪以来的繁荣发展期。这些阶段的划分主要是为了研究的方便而设定，实际上，具体到作家的个人创作历程来看，并没有截然清晰的分界。这场从20世纪80年代兴起、繁盛于21世纪的生态文学潮流在中国现当代文学史上具有重要的意义，它意味着我国作家认知视野的提升和写作观念的转变，对于中国文学的未来发展有着不可忽略的作用。纵观当代文坛上活跃的有影响力的作家（比如贾平凹、阿来、韩少功、迟子建、张炜、叶广芩、于坚等人）都创作过生态主题的作品，他们在生态文学的创作过程中逐渐形成了自觉的生态意识，获得了对生态理念的丰富认知。

应当说，"环境文学"是新时期多元文学格局中具有开拓意义的类型。从文学自身发展来看，环境文学的出现是对战天斗地的反生态写作的反拨。在新时期之前的文学中，人们一味强调和夸大人的力量，自然被漠视和排斥。在新时期文学中，自然重回人们的视野。进入80年代以后，我国的环境问题日益严重，植被退化、土地沙化、江河湖泊受到污染、生物多样性受到破坏，环境污染和生态破坏威胁着人们的生存。日益严重的生态环境问题激发了人们的环境保护意识，一批有识之士开始用文学发出内心的呼喊。第一阶段的环境文学创作群体主要为三部分人：首先是知青群体意在反思历史的生态创作，主要有孔捷生的《大林莽》、阿城的《树王》、张抗抗的《沙暴》、傅仇的《绿叶之歌》、老鬼的《血色黄昏》等；其次是寻根派表现人与自然关系、表达生态理想的创作，以李杭育的《最后一个渔佬儿》、张炜的《三想》、邓刚的《大鱼》等为代表；最后是以沙青、徐刚等为代表创作的揭示环境危机并反思这一危机形成的社会根源的报告文学作品，主要有沙青的《北京失去平衡》、徐刚的《伐木者，醒来！》、岳非丘的《只有一条长江》、麦天枢的《挽汾河》、刘贵坚的《生命之源的危机》、马役军的《黄土地，黑土地》、乔迈的《中国：水危机》、张健雄的《崩溃的黄土地》、何博传的《山坳上的中国》、马立诚和钱刚的《三峡三峡》等。

"发现自然"是新时期文学的一个重要特点，不过，当时人们还没有完全从极左意识形态束缚中挣脱出来，受革命意识形态的惯性影响，知青文学和寻根文学的生态创作中往往呈现出人类征服自然的雄心与感悟生态、赞美自然的理想相并置的矛盾心态。比如孔捷生的《大林莽》中，一方面，为了凸显个人英雄主义的行为，作者刻意渲染了大林莽的险恶可怖；另一方面，他又利用简和平这一人物的塑造表达其人与自然和谐的生态理想。在许多寻根作品中，自然往往是人们抒发心灵、缅怀传统的手段，比如李杭育的《最后一个渔佬儿》中，尽管我们能够发现作品中的生态思想，但这种生态意味往往存在于零散的、个别的情节和场景中，还没有形成明确的生态意识，寻觅传统文化之根才是作品的主要价值。当然，作者们开始注意到自然生态与人类文化之关系，这对于生态文学的未来发展无疑是具有积极意义的。相比来看，20世纪80年代兴起的环保主题的报告文学是生态危机直接催生的结果，它更为切近、更为直接地反映了我们所面临的生态环境破坏的现实。报告文学具有的时代性、现实性、批判性的文体特征使其从一开始就迅速地成为作家摇旗呼喊发出环保警示的文学类型。沙青于1986年发表的第一部生态报告文学作品《北京失去平衡》呈现了北京所遭遇的严重水危机：80多座水库蓄水量急剧下降；市民缺水、山村断水、工厂被限制用水。

沙青用大量数据和事例揭示了人口剧增、工业消耗、城市规划不合理、环境污染、浪费水资源等导致了北京地表水和地下水资源的严重匮乏。这些原因的背后归根结底还是片面追求经济发展和全民环保意识的淡漠。徐刚被誉为"中国的蕾切尔·卡逊",他的《伐木者,醒来!》一文发表于1987年,当时人们"靠山吃山,靠水吃水",环境意识淡薄。这篇文章呈现了我国森林资源所遭受的严重破坏。作者毫不掩饰地进行了尖锐的揭露与批判:"毫不夸张地说,阳光下和月光下的砍伐之声,遍布了中国的每一个角落,我们的同胞砍杀的是我们民族赖以生存的肌体、血管,从这个意义上说,中国是一个天天在流血的国家。"[①] 作者对破坏森林资源的野蛮行径控诉力度之大、对现代文明下生活方式的反思之彻底、对生命与自然的体悟之深刻,使得这部作品一出世便震动了文坛,并迅速引起了相关管理部门的注意,从而间接影响了我国的林业发展理念。

1991年1月22日,中国环境文学研究会成立。1992年1月,《绿叶》杂志诞生。1997年,400万字的环境文学丛书"碧蓝绿文丛"出版,这套丛书收入了这一时期具有影响力的环境文学作品。随着一系列相关组织的成立和活动的不断开展,环境文学开始走向繁荣。20世纪90年代中期,由于本国环境文学勃兴和外来生态主义思潮的影响,部分作家对生态学理论有了一定认识,开始调整思路,有意识地从事生态创作。在他们的创作中体现了由单一环保意识向生态意识的转变、由零星的生态思想向明确的生态思想的转变。这一阶段创作情况如下。

第一,纪实性的报告文学蓬勃发展。主要作品有徐刚的《中国,另一种危机》《中国风沙线》《倾听大地》《绿色宣言》《守望家园》《地球传》《长江传》,哲夫的《长江生态报告》《黄河生态报告》《淮河生态报告》,李青松的《告别伐木时代》《最后的种群》《遥远的虎啸》,以及王治安的《悲壮的森林》、陈桂棣的《淮河的警告》、何建明的《共和国告急》、麦天枢的《问苍茫大地》、乔迈的《中国:水危机》等。这些作品揭示了中国的土地资源、水资源、森林资源、矿产资源、动物资源等自然资源所遭遇的危机。作家们从生态视角反思中国生态问题,不仅探索

---

① 徐刚:《伐木者,醒来!》,吉林人民出版社1997年版,第37页。

生态危机产生的经济社会根源,还试图进行文化上的反思,体现出强烈的生态忧患意识。

第二,生态小说、生态诗歌、生态散文、生态戏剧等各种虚构性文体大量出现。"事实上,由纪实走向虚构的写作形态并不是骤然降临的,而是特定时代文化精神的折射。"① 当生态环境问题刚引起人们的注意时,纪实性强的报告文学便于作家直接呈现各种环境污染和生态破坏。随着人们生态意识的觉醒,作家开始注重挖掘生态危机背后的社会、经济、文化等根源,关注作品的审美艺术价值。生态小说主要有张炜《三想》,迟子建《原始风景》,胡发云《老海失踪》,杜光辉"可可西里系列",郭雪波《大漠魂》,张承志《金牧场》,哲夫《毒吻》《天猎》《地猎》,温亚军《驮水的日子》,等等。当初 80 年代那批立足地域试图探寻传统文化之根的小说作家,在这一阶段的创作中显示了较强的生态主义思想。生态散文主要有李存葆的《我为捕虎者说》《大河遗梦》《鲸殇》,李青松的《林区与林区人》《告别伐木时代》,苇岸的《大地上的事情》,刘亮程的《一个人的村庄》,等等。生态诗歌以于坚的作品为主,主要有《事件:棕榈之死》《那人站在河岸》《避雨的鸟》《哀滇池》《黑马》《便条集,292》《作品 57 号》《避雨之树》,另外还有沈苇、李松涛、翟永明、华海等诗人通过诗歌表达了对自然生命的尊重和对理想和谐的人与自然关系的追寻。生态戏剧主要以杨利民的《大荒野》为代表。

21 世纪以来,随着中国现代化进程的推进,生态问题日益复杂,人们的生态意识日益觉醒,越来越多的作家投入生态文学创作中,特别是党的十八大以来,在习近平生态文明思想指导下,生态文明建设各项事业蓬勃发展,在生态文明建设过程中涌现的生动实践成为作者文学创作的丰富素材,因此产生了一大批反映环境保护、倡导生态文明的优秀文学作品,有些作品甚至成为当代文学史上的经典之作。生态小说主要有贾平凹的《怀念狼》,姜戎的《狼图腾》,郭雪波的《大漠狼孩》《银狐》,迟子建的《额尔古纳河右岸》,刘亮程的《凿空》,阿来的《空山》《河上柏影》,赵剑平的《困豹》,杨志军的《藏獒》,张炜的《刺猬歌》,

---

① 龙其林:《自然的诗学:中国当代生态文学新论》,社会科学文献出版社 2015 年版,第 267 页。

杜光辉的《可可西里狼》《哦，我的可可西里》，李克威的《中国虎》，胡冬林的《野猪王》，红柯的《生命树》，叶广芩的《老虎大福》，郭文斌的《农历》，阿云嘎的《黑马奔向狼山》《燃烧的水》，鲁敏的《颠倒的时光》，白雪林的《霍林河歌谣》，周大新的《湖光山色》，赵本夫的《无土时代》，陈应松的"神农架生态小说系列"，等等。生态报告文学有何建明的《山神》《那山那水》，李青松的《开国林垦部长》《万物笔记》《哈拉哈河》《一匹穿山甲》《猕猴桃传奇》《大地伦理》《一种精神》《油茶时代》《塞罕坝时间》，哲夫的《大爱无形》《执政能力》《水土》《辋川烟云——王维传》《爱的奉献》。生态散文有韩少功的《山南水北》，胡冬林的《青羊消息》《拍溅》《原始森林手记》《蘑菇课》《狐狸的微笑》《山猫河谷》《鹰屯》，等等。

这一阶段的生态文学活动非常丰富。2003年7月，由国家环保总局和中国作家协会联合举办的全国环境文学优秀作品奖颁布，参评作品2200多件，徐刚的报告文学《伐木者，醒来！》、杜光辉的小说《哦，我的可可西里》、胡冬林的散文《青羊消息》和李松涛的诗集《拒绝末日》等22篇（部）作品获奖。2016年3月，《当代中国生态文学读本》在深圳创刊，这是当代文坛上唯一一本以生态文学为主的刊物，截至2022年8月，该读本已经出版19卷。2017年，生态环境部和中国环境报社联合举办了"大地文心——首届生态文学作品征文活动"，共收到3000余篇来稿，遴选了31篇，汇集成册，《大地文心——中国生态文学优秀作品集》于2017年6月由中国环境出版社出版。活动得到了社会各界的支持，到2020年，已连续成功举办了三次"大地文心"中国生态文学作品征文活动。2014年1月，上海文艺出版社出版了由陈思和主编的《新世纪小说大系2000—2010》系列丛书，该丛书对21世纪十年文学作品进行全新选编。其中，"生态卷"为九册之一。2022年1月，由李青松主编的《中国2021生态文学年选》在百花文艺出版社出版，此书为中国首个生态文学年度选本，书中收录了梁衡、施战军、刘醒龙、李青松、陆梅、张炜、徐可、杨晓升、李朝全、刘汉俊、王樵夫、葛水平、刘慧娟、杨栎、周建新、辛茜等45位新老名家的生态文学佳作。2004年创办的《绿叶》杂志，经过十几年的时间，从环境文学刊物转向积极推进生态文学振兴的重要平台。

21世纪以来的生态文学创作体现出如下特征。一是从理论基础来看，由弱人类中心主义走向"生态整体主义"。作家对生态环境危机的思考不再只是从人类的生存角度出发，而是在结合中西生态文明思想的基础上，把人与自然看作相互联系的整体，认识到人只是整个生态网中的一环。人类应当把自身视为内在于整个生态环境的一部分，对自身之外的生命给予平等的关爱，思考生态系统的平衡与稳定。二是从表达形式上看，生态科幻小说兴起。相比主流生态文学说教意味的行文方式，科幻关注生态的视野更为开阔，人与自然、生命与环境、社会与宇宙都是它关注的范围。科幻作家的生态观念更为成熟，他们往往以"未来"投射现实，以未来高科技背景下城市空间形态的独特想象观照城市生态，对生态危机、空间非正义、人类生存危机等问题给予深入思考，以期反思和批判全球化进程中技术与资本合谋所造成的社会生态、精神生态、自然生态困境。主要代表作品有王晋康的《替天行道》，刘慈欣的《地火》，郝景芳的《北京折叠》，韩松的《红色海洋》《高铁》《地铁》《医院》，陈楸帆的《荒潮》，灰狐的《固体海洋》，宝树的《雾霾少女》，等等。三是从传播平台上看，生态文学在网络媒体的加持下打开了新的可能。网络作家加入生态文学创作的阵营，比如描写生态农业的《山洼小富农》《悠然农庄》等作品皆是体现新时代生态文学理念和价值观的优秀网文。借助网络平台，《探秘全球：从发现绿尾虹雉开始》等作品将生态书写与直播、漫画、视频等可视化形式相结合，使生态文学能够符合当代读者的阅读需求。这对当代生态思想的广泛普及和生态文学的未来发展极为有益。

三 地方视角：湖南生态书写的"在场"表达

生态文明建设是关乎国家发展和民族未来的大计，生态环保理念已经成为深入人心的国家理念。党的十八大以来，湖南作为具有深厚文化底蕴的大省，为充分发挥文学在推进生态文明建设中的重要作用，在生态文学建设和生态文学创作实践方面进行了大量探索，推出了一批优秀的具有湖湘文化特色的生态文学作品。

在生态文学建设方面，积极组织开展相关的文学采风、创作研讨、征文评奖、编辑出版等活动，推进湖南生态文学的繁荣发展。2018年1

月20日，湖南省作家协会和湖南省林业厅共同主办了湖南省首届生态自然文学创作研讨会，来自全省的学者、作家共三十多人参加了会议。与会者探讨了湖南生态文学的现状与不足，对新时代生态文学的发展方向进行了勾勒。全国政协常委、民进湖南省委会主委潘碧灵在2021年全国两会上提交了"繁荣生态文学"的政协提案。2021年9月27日，湖南省文学评论学会会刊《南方文学评论》开辟"天人合一：生态文学研究"专题。2021年10月，为加快推进生态强省和文化强省建设，省委宣传部、省水利厅、省生态环境厅、省林业局、省作协、省摄协联合开展"青山碧水新湖南"文艺创作活动。湖南生态文学创作氛围日隆。经作品申报、推荐、评审等程序，于2022年7月评选出一等奖三名，二等奖六名，三等奖九名。2022年6月2日，湖南省湘西自治州作家协会生态文学委员会成立，这是湖南首个市州级作家协会生态文学委员会，旨在打造湘西生态文学品牌，繁荣湘西生态文学创作。2022年6月5日，六五环境日国家主场活动在辽宁沈阳举办。湖南省生态环境事务中心党委书记、主任刘翔等代表参加了国家主场活动，并在2022中国生态文学论坛上作典型发言，分享了推动生态文学繁荣发展的做法和经验。2022年7月28日，"奋进新征程 精彩新长沙"第九届"三江笔会"启动仪式暨"生态文学的大江大河"专题研讨座谈会在长沙举行。来自武汉、南昌、长沙的作家和网络作家围绕"生态文学的大江大河"这一主题相互交流创作心得。2022年7月29—31日，怀化学院文学与新闻传播学院与湖南省现当代文学研究会、怀化市文艺评论家协会联合举办的"乡村振兴背景下的生态文学创作趋势"学术研讨会在怀化黄岩召开，全省10所高校的30多位专家学者参加研讨会。专家学者们从不同的角度就生态文学的使命责任、未来走向、创作趋势进行了交流。专家学者们认识到，新时代的生态文学是反映人与自然关系的文学，是美的文学，是推动生态文明建设的有生力量。

在生态文学创作方面取得了不俗的成绩。2021年10月15日，湖南省作家谈雅丽的散文集《江湖记：河流上的中国》、黄孝纪的散文集《一个村庄的食单》和陈夏雨的单篇散文《湘江源记》获第九届冰心散文奖。这三部（篇）作品均是生态文学作品。自2021年在全省开展"青山碧水新湖南"主题文学创作活动以来，湖南省作家创作了120多部（篇）优秀生态文学作品。其中，沈念的散文《大湖消息》出版后在国内引起了广泛关注，贺绍俊、孙郁、卓今、刘军、王瑞瑞、冯祉艾、陈丹、张伟、张家鸿等批评家专门撰写文章评论。2022年8月25日，《大湖消息》荣获了第八届鲁迅文学奖。

2021—2022年是湖南生态文学创作的爆发期，主要有如下作品。

生态散文方面，作家沈念的散文集《大湖消息》既是一部具有科普意义的美文，又是一部生动的洞庭湖生态变迁史。作者通过数年的行走与观察，历数候鸟、鱼类、麋鹿、江豚等生物在时代变迁中的命运遭际，细致呈现洞庭湖区人与物的复杂纠葛，向人们描画大湖的新面貌，展现了一个生态行动主义者的人文关怀。《醒来的河流》是三湘第一女"鸟人"肖辉跃的长篇散文。该作品主要描述了2013—2022年十年时间靳江流域的野生动植物的生存现状。作者通过细微平淡的日常展现人与自然和谐相处的关系。作者对动植物的深爱流露于字里行间，除了雀鹰、苍鹭、翠鸟、野鸡这些珍稀野生动物，燕子、鲤鱼、麻雀甚至癞蛤蟆这些常见的动物也进入作者的眼帘，极富意趣。张远文在《河流在人间》中通过一条不息的大河告诉我们人类文明未来的希望在于对自然的崇敬与理解，人与河流之生命同在，因此，善待河流、重建河流生命的本来生态是人类应当肩负的责任与义务。谢宗玉《云上的日子》描绘了雪峰山中的花瑶人民诗意自然的生活状态。在这里，人们不因人口繁衍而破坏雪峰山的生态平衡、高山台地，台地用来繁衍生息，山腰辟田，蓄林生水，生生不息。雪峰山也不因文旅开发损伤其自然容颜，城市的人们可以一窥自由的生命之态。雪峰山的自然美景引发人们的无穷向往。赵燕飞的《也是你的完美生活》从城市生态视角出发，在细碎庸常的城市生活的娓娓道来中书写了一条河流——圭塘河的重生。水运宪的《话说洞庭湖》忆古书今，过去人与命运的抗争、湖跟自然的绞斗与当下人与湖的和谐共赢形成鲜明对比，昔日斑驳沧桑的洞庭湖已变为资源富集的生态之湖。除此以外，还有谈雅丽的《河流潇湘：四水溯源》、杨凌的《苗寨的香格里拉》、叶梦的《福村》、姜贻斌的《麋鹿记》、郭光文的《和美堂里和美多》、梁瑞郴的《湖光山色大草原》等生态散文作品。

生态报告文学方面，余艳在《与鹤一起飞》中为感人至深的人鹤情谱写了一曲真挚的赞歌。该作品呈现了人们从人类中心主义走向生态整体主义的生态价值观的转变，以拍鸟人、养鸟人、送鸟人等人物形象的塑造展示了湖区生态实践行为的多样化开展。黄亮斌的《湘江向北》讲述百年湘江经济社会和环保历史，诠释人类社会必然由工业文明走向生态文明的历史真谛。韩生学的《行走的山脊》为我们呈现了"一道行走在绿色世界里的山脊"——树痴夫妇。四十年里，唐自田、李庆莲夫妇造林、抚林、护林，日复一日年复一年地痴守着白土冲林场。张雄文的《渌水曲》记录了在"共抓大保护、不搞大开发"的绿色生态之路的引领之下，湖南醴陵人民守护渌江一江清水的艰难历程。在人们的共同努力下，沉疴已久的渌江逐渐恢复了其澄澈、苍碧如许的容颜。胡小平的《油茶飘香》聚焦乡村振兴战略视角下的绿色经济发展问题，对油茶这一湖南省区域性优势产业和地方特色产业的发展状况进行了较为深入细致的描写。除此以外，还有方雪梅的《清水塘叙事》、曾散的《青山不老》、邓宏顺的《灵树》、谭仲池的《壶瓶山告诉我们》、罗长江的《不负青山》、潘刚强的《归去来兮，麋鹿记》等生态报告文学作品。

生态小说的主要代表作是残雪的《水乡》。《水乡》是一篇颇富象征意味的作品。寻找"理想之地"是作品里人与动物的共同行为，人们在寻找灵魂之所的旅程中会聚水乡野鸭滩，实现了精神的重生。生态诗歌方面，主要有刘舰平的《水调歌头·湘江》、吴良琴的《红瓦分人家——洞庭组诗》、吴新宇的《湖湘山水吟》等。

总体来看，近年来，湖南生态文学创作呈现出一些新意：更加注重文学审美价值的建构；用发展的眼光看待生态文学，不仅直面生态保护和治理的难题，表达对人与自然关系的批判和忧思，倡导绿色环保的生活方式，而且走进生态建设的广阔实践，把湖南生态环境保护中的成果以生动鲜活的故事予以展现。湖南生态文学创作也存在一些不足：从文学类别来看，主要为散文和报告文学，其他文学类型的作品比较少；生态书写既是区域性的，更是世界性的，作家应当秉持世界与区域的双重视角，关注当下的政治、经济、科技现实。当前湖南省的一些生态文学作品往往忽视世界视野，不能从人与自然这一"生命共同体"的总体视域出发看问题，因此在面对一些生态环保问题时往往出现理解上的偏差；部分创作有观点而无思想深度、有现实事件的密布而缺乏艺术审美的营构，不能确立属于自己的独特审美风格。当前，生态环境保护已成为国家理念，文学理应反映这一时代现实，并成为新时代的引领。湖南作为文化大省，应当扛起生态文学的大旗，积极推动生态文学的繁荣发展，让生态文明意识深入人心。

关键词四

红色叙事

关键词提出背景： 2021年适逢中国共产党百年华诞，在这一特殊的时间节点，回望百年峥嵘，讲述红色故事、传承红色基因，张扬理想主义与英雄主义情怀，乃题中应有之义。在已知的红色故事成书充栋、已有的红色经典家喻户晓这样的前提下，如何挖掘出新的红色题材，如何创新写作路径，如何达成集体认同、时代价值与历史文本的统一，如何突破地域限制推动"一步一芳草"的湖南红色故事溢香华夏等议题构成了湖南红色叙事的挑战，同时也是突围所在。本年度湖南出版了《一生的长征》《红土地上的寻找》《诗志：1921—2021》《格局》《潮卷南海——深圳风雨一百年》等一批献礼作品，也是入选湖南省庆祝中国共产党成立100周年主题文学创作的选题之作。通过这些作品多视角、多层级的红色书写，以期通过描画红色叙事的常见样貌，探寻红色叙事的未来可能。

十步遇芳草

——建党百年的湖南红色书写

罗小培

"十步芳草"出于汉代刘向的《说苑·谈丛》，原为"十步之泽，必有香草；十室之邑，必有俊士"，极言人才济济之状。以"十步芳草"来概括为革命与建设前赴后继的代代湖湘儿女及其英雄传奇亦是妥帖。在

关键词四 红色叙事

湖湘大地上，红色故事与红色英雄确是处处流芳。而湖南作家对重大红色题材的再现、对典型英雄人物的歌颂从未间断，他们用手中之笔，实现了红色故事与英雄传奇芳华永播、香远益清。2021年，时值建党百年，恭逢盛世，红色热土之上，自有华章。本年度湖南作家出版了《一生的长征》《红土地上的寻找》《诗志：1921—2021》《格局》《潮卷南海——深圳风雨一百年》等一批献礼之作，它们也是入选湖南省庆祝中国共产党成立100周年主题文学创作的选题之作。根据不同的书写层次与呈现幅度面对这批红色主题创作进行划分，形成了以一定时空下整体时代风貌与社会面貌的全景式史诗再现，立足某一特殊地域或具体行业等社会局部进行深度勘探，为个体英雄立传张扬其坚定信仰、昂扬斗志、家国情怀等崇伟精神力量这三大类别的红色叙事。通过对本年度红色叙事多视角、多层次的梳理，或可约取当下红色叙事的常见特征，以期探寻红色叙事的更多可能。

一 全景式的史诗再现

文学作品的史诗性审美品格对作品的表现范畴、艺术呈现都有所要求，红色叙事亦不例外。作品当以家国民族的大事件为书写对象，由此对一定时空中整体性的社会状况作出全景式展现，在宏大的叙事中，艺术真实、细节还原又成为作者的自觉追求，以期宏观与微观相得益彰。

胡丘陵的政治抒情长诗《诗志：1921—2021》以编年体的写法撷取中国共产党第一个百年光辉历程中每一年度的代表性事件，艺术再现了党领导全国各族人民砥砺奋进、继往开来的百年风华。

政治抒情诗追求社会效应和政治效应，这本无可厚非，但在现代新诗中，政治抒情诗因艺术性的乏善一再为人诟病，尤其常见的粗疏空洞、缺乏个性等弊端，就像袁可嘉在《论新诗现代化》一文中所说："这类作者借他人的意象而意象，继他人的象征而象征，一种形象代替了千万种形象，我们休目于创造的贫乏。黎明似乎一定带来希望，暴风雨似乎一定象征革命，黑夜也永远只能表示反动派的迫害。人类的思想感觉停留在一个平面上，似乎不敢再有新的探险。"[1] 为避政治抒情诗常见积弊，

---

[1] 袁可嘉：《论新诗现代化》，生活·读书·新知三联书店1988年版，第54页。

胡丘陵在选材上讲究紧跟时代脉络，赋予历史的杂芜以理性的整饬、辩证的反思，以每年度的重大事件、重要节点、重点人物作为诗的生长点，做到了一诗一景、移步换景。在具体的书写中，他又以大量细节充实事件叙述、以生动意象取代概念阐释，以个性化生命体验和深层次情感震撼对宏大历史、重大事件与重点人物予以观照，臻至政治抒情诗社会性与政治性的彼岸。

以《1949：天安门》为例，作者虽然也以领袖毛泽东响彻寰宇的庄严宣告、震鸣的礼炮、欢庆的人海等常见的细节描绘了中华人民共和国成立的欢庆场景，但同时作者也从党执政的角度适时加入了自己的清醒思考。作者以"开国仪式，也是开考仪式[①]"笔锋一转，将镜头切换到了安静肃穆的考试现场，在问答之间展开了考题与答卷。在当代个体寻常亲历的考试场景中，他以"名词解释""填空题""问答""论述"等个体熟知概念置换出党和国家要直面的外忧内患、精神与物质等多重宏大议题，又从党的执政能力和检验标准上给予了肯定性回答。由此，热烈的情感与理性的思辨、个体认知与家国顶层设计实现了经验置换，让读者深切体会到了共产党引领全国各族人民从胜利走向另一个胜利的决心与必然。

如果说胡丘陵的政治抒情长诗《诗志：1921—2021》是以点带面呈现建党百年的历史进程，有着串珠成玉的质地，那么陈茂智的长篇小说《白帆船》则以瑶湾村甘氏族人的三代历史变迁为主要脉络折射出民国草创之初至改革开放之间的中华百年沧桑。

小说的叙事时间虽有涉洋洋百年，事关甘孟两家三代变迁，但叙事中心放在大革命时期党组织在湘南暴动、红七军征战湘南、红军长征过湘南的历程上。为便于对这一时段的湘南革命进行全景展现，小说采用了家族史与革命史并置的言说方式。小说开篇以甘家后人甘文愚的口吻将大瑶河简史与家族小史娓娓道来，为后文的核心叙事铺设了自然环境与人文地理。切题后，小说将瑶湾村甘家与莫柯寨孟家两族从儿女亲家到杀亲至恨的恩怨情仇作为风暴前奏。莫柯寨孟家人多势众，富甲一方，且门中子弟在地方位高权重，但这样的朱门富户却有子弟为富不仁，对

[①] 胡丘陵：《诗志：1921—2021》，中国言实出版社2021年版，第58页。

身为弱门、原是儿女亲家的瑶湾村甘家步步紧逼。瑶湾村甘家儿女历经大儒甘新亭被害、长子甘俊仁惨死、甘俊喜被诬陷关押、甘家族长等人面临择日问斩等一系列屈辱之后,忍无可忍、奋起反抗,为求生路,决心外出闯荡。甘家儿女走出瑶湾村,更走出了家族纠纷,与孟家仁义之子老二孟贤平一道,舍小我为大我,走上了为家国谋大义的革命之路。而道路的选择、革命的淬炼,于无形中又为两个家族力量的消长、命运的走向、积怨的增减带来了影响。由此,小说以一个家族在革命中对党组织的明智选择与毅然坚守展示了中国共产党从群众中来到群众中去的奋斗历程,讴歌了仁人志士与革命先烈为了革命不惜牺牲小我的伟大情怀与坚定信仰。

将边地风情和少数民族特色融入革命叙事的红色经典较少,《白帆船》由此珍贵。作为一位生在江华、长在江华、工作在江华的瑶族作家,陈茂智的作品从未脱离大瑶山和大瑶河。小说是作者带着深厚情结的家乡式书写,却也于无形中生成了凸显民族性和地缘性的特别叙事与审美风格。旖旎的自然风光、特别的地理状况与自然现象、殊异的人文环境以及瑶族特有的民风民俗的描写体现了民族革命叙事的审美风格。小说中的自然风光凸显了湘南山区的山水地貌,既充满乡土田园气息,又富有山水的峭拔俊秀,如大瑶河的清澈柔美、河畔草木的丰茂多姿。人文状况的书写则展示了潇湘大地民情民性的历代延续与瑶乡生活方式的别具一格。如凤城民间多械斗、参军行伍者众的剽悍民风,以宗室分群的乡村社会体系,放排、拍渔鼓唱戏、收摘油茶等生活方式,娘家铺床、哭嫁等婚俗礼仪。

从审美功能来看,这些自然人文的描写并非游离小说叙述之外,也不仅仅是环境氛围的营建。它们往往与情节的推进与演变、人物的命运发展与精神成长融为一体。如小说写洪水驾排,本就是"覃水"求生的死亡冒险,甘家三兄弟帮排古佬驾排于洪流之上,大哥甘俊仁却最终命殒于世仇莫柯寨孟老三之手的故事,彰显了人祸烈于天灾的世相真谛,并在三兄弟之父甘新亭惨死孟家之手的基础上进一步将甘孟双方本就紧张的家族关系推向势不两立、一触即发的尖锐境地。而油茶采摘事件甘家人受陷被捕则直接表现了地方富户与政治势力勾结下草菅人命的社会黑暗及官逼民反的社会震荡,并由此触发了骆黑马乌托邦社会理想的破灭与甘家后人的寻路革命。

人物群像的塑造、文野兼备的语言、以社会改良的失败反证革命唯一性的构思等亦是小说可圈可点之处，但开篇以散文笔法描绘大瑶河两岸风物却有性别冒犯之感。

二　地方与行业的深度透视

深度聚焦地方与行业的红色叙事对于作者来说是一项巨大挑战。人生经历、知识结构、社会分工等诸多限制，对作者深潜进一片特殊领域构成了难以逾越的壁垒。湖南作家张雄文却跨越区域障碍，"弄潮"南海，对深圳这座沐着改革开放春风的特区城市进行了全方位呈现。胡小平也以自己深耕金融十多年的行业经验为建党百年的金融文学打开了"格局"。

张雄文长篇报告文学《潮卷南海——深圳风雨一百年》为深圳这座城市立传，线索清晰，一方面写了深圳党组织的从无到有，另一方面写了深圳这座城市的由小到大、由弱到强。

为城市立传，为建党百年献礼，作者自然将创作的时间跨度定位在党的成立到 2021 年之间，即党百年领导下深圳的发展。由此，作者鸟瞰深圳，将笔触伸展到深圳建设的各个侧面，如城市历史文化品格，党领导下的革命运动、建设举措及改革开放的锐意探索。在这种全景式的地方画卷中，作者又极力突出深圳改革开放这一与众不同之处，且在书写过程中不避深圳发展过程中的缺陷与不足，尽可能为读者还原一座真实的深圳。

与此同时，作者又深知，城市之美在于"气"，烟火气与精神气。于是，为了书写出城市的活力、点燃城市的人间烟火，作者在表现深圳不同侧面的每章往往采取以事绘人、以人绘城的行文方式，使纪实文本难能可贵地充满故事性与可读性。在每章的开篇作者先简明扼要地点出时间地点，再干净利落地切入具体场景，以具体的场景描写人物活动，再以人物为具体的现象与问题的奔走织就一片经纬，明晰来龙去脉，最后又回到本章关键人物身上，以定格的场景讲述他们的奋斗与深圳发展的关联。由此，作者在这样一部 36 万字的皇皇巨著中描绘出一幅英雄谱，书写他们以自身熠熠生光的坚守与奉献点亮了深圳这片原本沉寂的天空，汇成璀璨星云，流光溢彩。

而为了重点凝聚和塑造深圳这座城市的精神气质，作者的笔触往往突破时空，逸出百年的时间界限与深圳的城市建设本体。最为明显之处在于首尾两章的安排。上篇《萌芽》的序章，作者如起兴般选择了先书写文天祥、林则徐、赖恩爵、黄福等民族英雄、仁人志士在历史上与深圳的相关经历，他们或是面对朝廷更迭持节不屈，或是面对列强鸦片倾销坚决抵制，或是面对列强侵略奋起反击，或是面对封建压迫辗转起义，虽事有所别，但家国情怀与担当意识一以贯之，作者通过铺展他们的英雄群像，牵引出深圳这座城市的历史文化底蕴与人文精神底色。作者将尾章命名为"衔食而反哺"，主要书写了深圳特区在取得自身建设成功之后对内地与国家的支援与回报。深圳特区的成功也离不开内地与全党、全国人民的鼎力支持，深圳特区自身建设的成功亦并非终点，贯彻实现邓小平等国家领导人"以先富带后富，逐步实现共同富裕"的社会主义目标才是担当所在、未来所期。因此，作者在最后一章具体而微地书写了深圳勇担使命，援疆援藏、脱贫攻坚、支援抗疫等支援家国、回馈社会的故事。

国有银行股改和国有企业改制是中国经济金融改革的重要篇章，对中国及世界的经济金融改革产生了巨大的积极而深远的影响。而《格局》的创作意图在于通过展现国有银行和国有企业"改革和发展的厚重画卷"，由此奏响党组织、党员"初心与使命的深情颂歌"，为建党百年献礼。基于此，作者顺理成章地将主要书写对象放在了国有银行和国有企业中的党组织与党员身上，尤其是党组织的领导层上，叙事时分别以沧江支行和沧江机械厂的各自发展为主要脉络，又与银企一家的命运攸关形成交叠。

人物群像打造与正面人物形塑是《格局》的优势所在。

小说涉及的人物众多，仅正面的党员便是以群像形式出现。人物之间的社会关系复杂多样，涉及上下级、前后辈、竞争与合作、政银企各方等。面对庞大的人物群体，作者在游刃有余的层层叙事中——交代，廓清了他们之间错综复杂的社会关系，且尽力避免脸谱化、片面感，突出各自鲜明的人物性格。

作者为我们提供了塑造正面人物的可行性样板。在重大现实题材本身所呈现的现象与内涵错综复杂,而小说中的人物造型艺术又五花八门、层出不穷的当下,如何塑造"正面人物"无疑是摆在作者面前的一大难题。

正面人物要加以"正面"张扬,但正面不等于片面、单薄和虚浮,以考验为核心的重重事件是作者的解决之道。如题所示,"格局"是全书的题眼所在,作者用它讴歌党的组织或先进个人在面对抽象未明的局面时认知明辨的过程,是先进个人与集体的眼光、胸襟、胆识等心理质素的综合体现与才能外化。对人物正面素质的呈现,最容易落入以论代写的窠臼。而在这部小说中,作者为他们设下了一个个具体的"格"与全面的"局",亦即个人的与整体的考验,形成了以事件为依托刻画人物正面形象的特征。而这些考验,也因着主体和层次的不同大致可分为来自宏观社会时代环境的、来自更高级别党组织的、来自群众的、来自个人灵魂的。面对以国有银行股改和国有企业改制为缩影的中国经济金融改革这一时代潮流的巨大考验,小说从以沧江支行为代表的金融机构和以沧江机械厂为代表的国有企业双方党组织、全体党员积极进行的人事制度、管理模式、经营模式的调整全面展开。高级别党组织的考验,则集中体现为对邓昌明对谷为怀退位让贤的决心与胸怀的考验,对以凌志云为代表的沧江银行党组织业务能力、组织能力的考验。来自群众的考验在小说中俯拾即是,如银行股份制改造过程中沧江支行党组如何为分流员工解决工作需求。来自自身的考验更为深入人心,如凌志云对自己与高艳情感关系的面对与解决。在重重考验面前,党组织和党员个人的党心党性得到了试炼与展现,塑造了血肉饱满的正面形象。

普通群体在文本中的存在感较弱是《格局》在人物造型和社会图景展现上的薄弱环节。正如王健老师所说,《格局》是多层次的社会书写,普通员工群体亦是其中一支。但在实际文本中,作者"将自己的着力点更多放在了改革中的领导层部分,以此为重点来描绘改革中社会群体对转型阵痛的处理方式"[1],但给予谷为怀、凌志云等党员领导层精神支柱的家国情怀与责任意识能否给予普通人同样的精神支持与行为导向实难

---

[1] 王健:《"全面现实"与"层级群像"的魅力——评胡小平长篇小说〈格局〉》,https://baijiahao.baidu.com/s?id=1726087590592287754&wfr=spider&for=pc,2022年3月1日。

定论。他进一步论述道："我们的经济改革涉及到的是社会秩序整个的变化，这种变化一定是各阶层合力的结果"①，于是，如何从个体的现实需要和现实追求与国家的宏观政策、改革推行的一致性来书写作为普通群体投身改革的动力成为主题创作可以持久探索的议题。在寻找党领导层与寻常大众的精神契合点、情感共鸣点的过程中，作品呈现出的社会变革、人性探索也将趋向更为深刻生动的境界。

三　英雄的个人传记

从时间上看，为英雄立传的作品或是全方位展现英雄个体的一生，或是片断式地择取其人生中意义最为丰厚的一段。本着为人物立传的原则，对于英雄个体的一生，作者往往在尊重其生活事实的基础上突出其传奇性。这些传奇性或是个体人生本身经历在作者笔下得以放大，或是作者沿着个体性格与情节发展进行的合理想象。

彭东明的长篇纪实文学《一生的长征》为喻杰立传，着力突出喻杰离休回乡的作为。此时的喻杰，年将古稀，历经重重革命淬炼，投身新中国建设，在宦海沉浮中目睹次次辉煌也遍尝种种艰辛。但在这个常人看来可含饴弄孙、安享晚年的人生阶段，喻杰仍然矢志不渝，策杖奔走，为民请命，展现出了鞠躬尽瘁的家国情怀和责任担当。

作为一个意义不断迭代附加的词语，"长征"在这部纪实文本中也充满着丰富的象征意义。而"长征"象征意义在文本中的实现来自作者对几个特殊时间节点的把握，并以巧妙的构思与呼应实现了以这些时间节点对喻杰人生传奇性的挖掘与放大。

1970年1月20日，作者将其作为叙事起点。此时的喻杰本人、家乡、国家三个层面都正值暖春前的寒冬。就喻杰个人境遇而言，他在政治运动浪潮的击打下离休回乡，落户丽江村，上边下达的通知是"不冷不热，不接不送"八个字，是"泥菩萨过江——自身难保"的状态；就家乡丽江村而言，屋无全瓦，食无饱粮，还沉浸在非理性的狂飙与攀比之中；就国家而言，"文化大革命""农业学大寨"等政治运动冲击着正

---

① 王健：《"全面现实"与"层级群像"的魅力——评胡小平长篇小说〈格局〉》，https: //baijiahao. baidu. com/s? id=1726087590592287754&wfr=spider&for=pc，2022年3月1日。

常的国家建设秩序。而喻杰，正是在这样的复杂状态下积极参与到乡村事务之中，这无异于一种"长征"的开始。

叙事的终点，作者将它精确至时与分——1989年2月4日清晨6时10分。这是喻杰生命停止的庄严与凝重的时刻，在生命终结的一刻，他的人生"长征"才宣告结束。喻杰是红军长征的亲历者，在生命的最后时刻，作者以喻杰跌入前半生为革命踏上长征的幻境连接其后半生回乡为人民服务的"长征"实际，生动而巧妙地展现了喻杰"一生的长征"全景，由此张扬了一位共产党人的心怀信仰、矢志不渝。

另一个时刻，6时8分立春，与喻杰逝世的6时10分，比肩而立。作者以最高的敬意落笔定音："他爬进了又一个春天。"[1] 在这之前，是作者缓慢而庄严的镜头特写："他继续爬行在黄沙弥漫的原野上。他四肢乏力，气喘吁吁，口干舌苦，汗如雨下……爬啊，爬啊，他终于看见黄土弥漫的尽头，飘扬着镰刀锤子的旗帜……"[2] 从会师在即、胜利在望，到"春天的故事"，处在文本两端的重要时间节点，共同支撑起"冬天已经来了，春天还会远吗"的精神逻辑与精神动力。

虽是纪实文学，但作者的小说创作思维却令文本增色。如每章行文作者皆以事件的完整讲述保证情节性与可读性，并在此基础上做相关性延伸；又如在文中适时穿插喻杰对革命长征的幻觉描写，在虚实之间拉开了文本张力。

徐秋良长篇小说《红土地上的寻找》是对英雄黄公略的书写，但作者把英雄书写的时间起点放在了英雄身后。

结构和叙事策略是这部小说最值得称道之处。与以往的经典红色主题小说常用的线性叙事、全景式叙述策略不同，《红土地上的寻找》从两个不同叙事主体（黄公略曾经的警卫员牛均田、国民党军官江天健）的视角出发，以他们各自对黄公略将军墓地的寻找与回忆，双线并进地讲述了黄公略将军短暂而光辉的一生，循次而进地塑造出黄公略将军的人物形象，最后以发生在黄公略将军壮烈牺牲之地东固的两方巧遇绾结起平行之线，结构立体圆融。

---

[1] 彭东明：《一生的长征》，湖南文艺出版社2021年版，第277页。
[2] 彭东明：《一生的长征》，湖南文艺出版社2021年版，第277页。

这样的结构安排与视角选择，在塑造主要人物黄公略形象、深化小说主题内蕴、反映更为阔大的历史等方面都大有裨益。

牛均田和江天健是塑造黄公略的双声部。作为黄公略曾经的警卫员，牛均田自13岁起便跟随黄公略左右，他对黄公略的了解是细致而微的，他对黄公略的寻找亦是光明正大的。通过他三次找寻黄公略墓地过程中对黄公略人生事迹的回忆，黄公略信仰坚定、军功赫赫、文韬武略、治军有方、铁骨铮铮的形象变得亲切可感。而作为曾经的国民党军官、敌对阵营的一员，江天健不仅与红军战场厮杀，且在第三次"围剿"之前，直接参与了挖掘黄公略祖坟、将其祖先遗骸投掷湘江中的阴损活动。而后他作为俘虏数次被俘于黄公略部队，皆获得红军优待俘虏的宽大处理。为了自我救赎，退出国民党的江天健最终踏上偷偷摸摸寻找黄公略墓地之路。同时，沿着这两条线索，旁逸出一个个老区老乡及后人对黄公略生平的回忆，连点成面。亲者爱，仇者敬，在这一明一暗的寻找、一正一反的衬托中，黄公略的形象便逐渐清晰起来、鲜活起来。

作者为军长黄公略立传，但却以"寻找"的方式展开，于是"寻找"成为小说主题内蕴的"富矿"所在。对牛均田而言，寻找黄公略墓地实际上意味着对黄公略人格与追求坚定不移的跟随。他虽三次寻黄公略墓地未果，但黄公略的精神已然内化为他的人生信仰。在他面临许多人生选择的关口，黄公略的精神都成了他的指路明灯。江天健对黄公略墓地的寻找则是出于救赎、追悔，是从歧途回归正道后对自身道德修养的透彻反省、对民族与战争的严正反思。从寻找结局来看，墓地寻找未果，但黄公略已化作无形的精神丰碑矗立在心。

通过他们各自的经历，作品得以拼接出一幅壮大感人的战争历史画卷。这样，小说既能完整呈现黄公略在第三次反"围剿"前后的故事，又能辐射到更为广阔的时空：小说中的故事时间跨越七十余年，从20世纪20年代开始一直延续至90年代中期，呈现了中国现当代波澜壮阔的革命史与建设史，内容涉及红军武装力量的建立、五次反"围剿"战争、解放战争、中华人民共和国成立、抗美援朝战争、改革开放等宏大的历史场景。

结　语

通过对本年度红色叙事作品分层次、多角度的解读，我们可以勾勒出当前红色叙事的某些常见面向。如在叙事方式上，大多选择线性叙事，以时间为发展脉络展开故事情节，家国同构是常见结构方式。如特别注重挖掘事件与人物形象的象征意义与隐喻色彩，并最终指向精神启迪。在具体的环境描写与氛围渲染上，以浓烈的主观色彩描绘客观事物，是王国维《人间词话》中所总结的"以我观物，故物我皆着我之色彩"的"有我之境"。在人物形象塑造上，除了英雄个体的传记式书写，长篇小说、诗歌、纪实文学等体裁往往都采用群像式的人物表现模式。而就本年度的红色叙事而言，在结构模式、叙事策略、细节充实、象征意义开掘等方面已取得较大突破，但在战争场景正面强攻乏力、战争体验真实感缺失、人物形象片面、单向度情感宣泄等传统弱项上仍大有可为。

关键词五

汨罗江作家群

关键词提出背景： 汨罗江被称为"蓝墨水的上游"，流域内文脉悠远，自古以来，屈原、黄庭坚、杜甫等大文人都在汨罗江留有浓重的生命痕迹和文学。近现代以来更是涌现出了左宗棠、郭嵩焘、李元度、向恺然、彭家煌、康濯、李六如、杨沫、韩少功、张步真、李自由、甘征文、吴傲君、彭见明、熊育群等作家。当下，在韩少功的影响下，黄灯、舒文治、潘绍东、蒋人瑞、魏建华、吴尚平、逆舟等作家集体爆发，形成了"汨罗江作家群"现象。

新世纪地域文学群落的代表

——汨罗江作家群

刘启民

2000年时，著名作家韩少功从海南回到曾经插队的岳阳汨罗，开始阶段性地住在八景峒乡，劳动、写作。这成为21世纪湖南文坛的一个重要事件，韩少功在汨罗的"梓园"，也成了汨罗青年们的文学殿堂。这些本地的文学青年，受到韩少功由城入乡行为的感发震动，虔心向韩少功学习，也得到韩少功手把手的指教、提点，在其启发下思考创作。经过较长时间的磨炼，他们已经取得了不少成果，开始成为一个地域性的文学集群，受到省内外文学界的广泛关注。

第一部分　年度文学思潮与现象关键词

一　地域文学群落的亮相

首先是《湖南文学》2018年12月号重磅推出了舒文治、潘绍东、魏建华、逆舟、蒋人瑞、吴尚平六位汨罗作家的专辑，并约请了同样汨罗籍的黄灯撰写了专题批评；其次《湘江文艺》2020年第5期推出六位作家的小辑，批评家刘起林将他们命名为"汨罗六蛟龙"。2021年9月，伴随着韩少功文学馆落户汨罗建成开馆，"韩少功与新世纪以来汨罗江作家群"全国研讨会在湖南理工学院召开，在会议上，"汨罗江作家群"正式在学界亮相，它作为一个亮眼而显豁的当下文学现象，带动了诸多相关文学议题，得到了来自省内外十余家科研院所专家们的深入讨论。随后《南方文学评论》2022年第2辑也为之开辟了研究专栏，杨厚均等批评家撰写了重要研究论文。从文学期刊编辑们有意有心地挖掘、组稿，到批评家们满怀着惊喜亦不无呵护口吻地观察、评介，再到专业的当代文学研究者们举办研讨会，并由学院派教授对"汨罗江作家群"现象的出现进行带有文学史色彩的总结，它作为一个区域性的作家群体逐渐浮现出来，面目渐次清晰。

狭义的"汨罗江作家群"，一般指的是《湖南文学》和《湘江文艺》杂志小辑中收入作品的"汨罗六蛟龙"。他们中除了逆舟是去到长沙投入建筑、装修行业的农民工，其余的五位则都是生活在汨罗的公务员，并或多或少在20世纪80年代末90年代初就活跃于汨罗市内的文学文化圈子，[①] 逐渐走上文学创作道路。而在后来的讨论中，同样来自汨罗的作家、批评家，供职于广东高校的黄灯，由于作品关注视域及内在文学精神的相近，在"汨罗六蛟龙"浮出水面的过程中同气相投、评介支持，尤其是同样在写作道路上受到著名湖南作家韩少功的很大影响，于是研究者们亦会将她的创作、批评活动纳入"汨罗江作家群"的文学实践之中。广义的"汨罗江作家群"，因而还要加上黄灯。

放眼改革开放以来，尤其是21世纪以来的当代中国文学现场，"汨罗江作家群"的出现有着别样的文化意义。改革开放初期，人们的生存

---

① 参考刘起林《"汨罗六蛟龙"：基层写作中脱颖而出的小说创作群体》，《湘江文艺》2020年第5期。

方式、文化感觉还浸润氤氲于乡土社会之中，文学创作的地域集群现象、地域性的风格特征仍然显著，文学"湘军"的浪漫与赤诚、"陕军"的坚韧与奇崛、"晋军"的务实与素朴，都还能够得到有效的识认。而随着改革大潮的全面铺就，现代性的逻辑重新规划了整个社会空间，积淀于乡土社会和生活土壤之中带有地域性特征的生活方式、感觉形态、文化遗产，都迅速被甩离，生活于其中的人的内在文化感觉，那些地域性的精神人格、文化逻辑、美学倾向，也都被新的受孕于"现代"城市空间的精神形态（如个人主义、现代主义）取代。关联着乡土文明基因的"地域"要素，似乎再难深入影响文学文化的生态。

而汨罗江作家群的出现，成为一个强劲的反证，它打破了我们对于当代生活、当下文化的刻板认知，作为一个真正在当代自然孕育于内陆地区——而不是上海、北京、深圳这样的"现代"生活前沿地，并仍然伏荫于古远人文传统的作家群落，无论是它滋长生发的过程、作家间的交往形态和方式，还是作家们内在的人格精神，包括作品的关注视域和所呈现的风格气质，乡土文明时期遗留在汨罗地区的地域性文化因子仍然生发着较大的影响效力。汨罗江作家群正是21世纪以来地域文学群落的突出代表。在他们身上，可以看见"活"的乡土文化风习和文化精神，如何与当下同样鲜活的现代生存、现代逻辑、现代文明之间发生极为有趣而又意涵深远的相互冲撞、观照、迸发、耦合。

二 文学群落的孕育：文化、体制与"盟主"

在汨罗江作家群孕育滋生并逐渐崛起的过程中，"地域"作为首要的影响范畴，具体可以表现为以下三个不同的影响因素。首先，它指向了地理上水土物候的滋养，以及积淀其中的楚巫文化对作家们的幽远召唤。

楚文化是春秋战国时期在江汉一带形成的区域文化，在几千年里与始终占据文明主流的中原文化的交融衍生过程中，逐渐成为华夏文明光辉璀璨的南枝。汨罗作为最伟大的楚诗人屈原的投江地，自然也成为楚文化之渊薮，成为其不断向后世繁衍滋长、鼓噪生机的一块灵地。近现代以来，汨罗地区就诞生了左宗棠、郭嵩焘、李元度、向恺然、彭家煌、康濯、李六如等政教与文学领域的大家，在当代则涌现出杨沫、韩少功、张步真等享誉海内外的文坛圣手。汨罗文脉之发达，自有实证；也因此在 21 世纪商业文明的刮拂之下，楚巫文化仍然能迸发出剧烈的文化磁场，强劲地吸引着生养于此的人们，投身于更悠久亦更高贵的精神创造，用更传统也更纯粹的形式——文学，思索人的存在并为之立言。黄灯不无骄傲地对广州与汨罗的文学气候做过对比，"广东以经济为中心和为人做实的低调务实，让我深深感到，谈论文学，是一件忍不住要藏起来的事情……但只要回到汨罗，气氛完全改变，小小的县城，常有热烈、纯粹的讨论，一群被各色生活包裹的写作者，他们对文学和诗性的兴趣与执着，已经超越了功利的目的，眼睛里闪烁奇异的光，因这光的拂照，骨子里都有一份张扬的傲气和互不服输的倔强"①。作为汨罗江作家群的一员，黄灯的亲身体验，可作为汨罗勃勃生气的文学文化气氛的一份证言。

据批评家刘起林的记述，自 20 世纪 80 年代末 90 年代初时起，在县级市汨罗，就已经逐渐形成了一种"活跃而洋溢着内在灵性与激情的小城文学生态"②。不同职业的文学爱好者常常三五成群地聚集、讨论，摩挲着各自的创作与阅读。舒文治、蒋人瑞、吴尚平、赵俊、龚雄飞等人成立了"我们文学社"，类似的还有汨语读书会、种稻记等文学组织，吴尚平还创立了人文基地"野草部落"，成为本地文学爱好者们谈论诗文的固定场所。这些蓬勃发育的、纯粹民间的文学共同体，受孕、受启于楚文化的熏染感召，又为作家们真正的腾飞——汨罗江作家集群式地崛起提供了基础性的文化氛围。

楚文化不仅为汨罗江作家群落的聚集、相互应和激荡提供了土壤，亦为他们的创作注入了本底的文化基因。潘绍东对此有着自觉，"而我的作品基调，则发源于家乡那块绵绵不绝飘荡着楚风楚韵的土地；散发楚巫气息的各种仪式，既悲怀又乐死的悠扬夜歌……他们合力制造了我的文学基因，制造了我作品的染色体"③。舒文治尽管没有明言，不过他对文学创作的认知、对于现代生活的批评态度，仍然体现着来自楚地的骄

---

① 黄灯：《文学现场的采掘和呈现——汨罗作家的一次集体出场》，《湖南文学》2018 年 12 月号。

② 刘起林：《"汨罗六蛟龙"：基层写作中脱颖而出的小说创作群体》，《湘江文艺》2020 年第 5 期。

③ 潘绍东：《歌郎·后记》，湖南文艺出版社 2017 年版，第 305—306 页。

傲。他将一个来自《山海经》的拗口词"息壤"——神话里长生长胀、永无消息的土壤，作为自己创作的图腾，对他来说写作者也"更像相信万物有灵的原始部落的巫师，跪拜大地，呼告于天"，"一旦灵性和巫气失去，小说便变得面目可憎，味同嚼蜡。小说在现代性和技术性的祛魅撕裂之下，进入了它的衰落期，也是变化期，小说需要走一条反向之路：复魅"。[1] 在作家群作家的创作谈中，可以普遍看到他们对汨罗一地巫楚文化根脉的自觉追认，甚至汲汲于用楚巫的奇崛灵性，来重铸更造现代文化。楚地文化的确在这个时代仍然提供了这些写作者最深的文化认同，也提供给他们观照现代生存一份最深的底气。

其次，"地域"范畴也指向了包含市、县级文联作协体制在内的基层体制力量，汨罗地区的基层体制不仅长期扶掖、鼓励文学活动，从而有效推进了基层创作的发展，同时也促使地方上的文学力量得以以集群式的形态存在。

20世纪80年代以来，大中城市的商业化浪潮渐次推开，文化市场拓宽了文艺发表和交流的渠道，不过一直没有得到研究界重视的是，80年代到21世纪也是一个文学体制逐渐向基层小城镇夯实完备的时期，市州、县域一级的文联作协机构，不仅能对辖域内的创作者起到组织联络的作用，同时也在创作上为他们提供指导、鼓励，并给予他们的作品以最初的发表平台。当大城市的商业杂志、商业文艺比赛和新兴网络平台培养了一批更具城市感的作家时，80年代以来小城镇的文艺环境的确得益于基层文艺体制的有力支撑。汨罗所在的岳阳市文联成立于1984年，汨罗市文联成立于1988年，之后当地的文联作协系统建制逐渐完备；根据刘起林的考证，汨罗江作家群里作家们最初的作品，大多就是在市文联刊物《汨罗江》《汨罗江社区·文学沙龙》，以及汨罗市委机关刊物《汨罗周刊·副刊》上发表的。[2] 而且别有意味的是，除了在广东高校就职的黄灯和农民工逆舟，作家群其他作者都生活在汨罗，有着长期从事公务员的职业经历，这里的"体制"力量，也就不仅仅是文学体制，同

---

[1] 舒文治：《永生策划师·后记》，湖南文艺出版社2019年版，第622页。

[2] 刘起林：《"汨罗六蛟龙"：基层写作中脱颖而出的小说创作群体》，《湘江文艺》2020年第5期。

时也意味着基层政府在当地的确有效吸纳了文学政教人才,同时在活跃文化氛围、培育基层作家方面发挥着长期性、基础性的作用。依托体制的力量和平台发展文学,在客观上也利于作家们反哺深耕本土地域文化,同时使得区域性的文学力量能够以群落的形式得到发展。

最后,作为带有偶然性、在其他地方多少难以复制的因素,当代著名作家韩少功在 2000 年前后到汨罗"再插队",间歇性隐居于八景峒乡,对于点化汨罗地区的文化风气、作家群落式崛起起到了关键性影响。

韩少功是享誉海内外的著名湘籍作家,人格魅力和文学声望极高,曾经在汨罗插队的他在 2000 年回到汨罗,每年有半年时间居住于此,这为当地的中青年作家们接近文学大师、切磋求教提供了机遇。据杨厚均的叙述,汨罗当地的文学爱好者们跟韩少功私交甚密,时常来到韩少功的"梓园"聊天、喝茶、吃饭,听韩少功谈论其关于文学和人生的新思考,也把自己的创作拿来与韩交流;他们还举办各种读书会,讨论韩少功的书,成立韩少功研究所。① 特别是舒文治、潘绍东、黄灯这几位作家,与韩少功几乎存在着一种特殊的师徒关系,在韩少功的指点下,成长迅速。与 20 世纪 50 年代周立波回长沙时带动了一批"茶子花派"作家类似,韩少功回汨罗定居也极大地支持了本土文坛发育,韩少功俨然成了汨罗的文坛盟主。在一个绝大多数人都投奔大城市的时代里,韩少功的落居不仅极大地提振了当地文学爱好者们的信心,获得一种心理上的正信,吸引了更多青年人热忱地投身文学创作,同时他也以实打实的交往、指导、关怀提携着青年作家们。这对于汨罗地区作家们成簇地涌现,是具有极大催化作用的。

通过以上不同"地域"要素的综合作用,汨罗地区逐渐形成了一个借力甚至直接座驾着基层文艺体制,② 以著名作家韩少功为盟主而领衔,深植于本地楚巫文化的地域型作家群落。这样一种迥异于个人主义式城市写作的创作生态、文化生态,让人联想起乡土文明时代的士文化和乡

---

① 杨厚均《新世纪以来汨罗江作家群的形成及创作特征》,《南方文学评论》总第 2 辑,2022 年。

② 汨罗江作家群中的代表作家舒文治、潘绍东,分别是岳阳市作协主席、汨罗市文联副主席。

贤传统，又或者说这本就是士文化在当代的有机复活。

三 创作特征：基层视野与巫楚基因

乡土文明内地方性的文化传统不仅滋养孕育了汨罗江作家群，其内在的文化精神亦被熔铸进作家们的作品之中。正如批评家们已经意识到的，作家群作家们文笔风格和具体的书写内容差别其实不小，不过，超越这些表层的文本差异，他们所共有的文学精神和文化因子仍然鲜明。

其中最引人注目的一点，是作家们都对基层民众鲜活的生命经验，投注了旷日持久的打捞和关注。所谓"基层"，涵盖的人群很广。魏建华关心城乡转换和城镇化过程中那些被掠夺者、丧失尊严者的揪心痛处（《此身何处》《暗夜狂奔》），也书写他所置身的基层官场的本真生态（《请您去喝茶》）；蒋人瑞善于洞视、体察日常生活里的幽微人心，和他们或荒诞或乖戾的生存处境（《虚汗淋漓》《阿托品狂人》《车站南路旅馆》）；潘绍东熟稔于楚地的风俗人情，尤其能体察那些用生命来灌注楚地文化的鲜活个体的有情故事（《歌郎》《天涯歌女》），也善于书写小城镇婚姻里的人心曲折（《空箱子》《柒号仓库》）；吴尚平用看上去炫酷的科幻、网络世界包裹着普通而日常的尊严和爱情故事（《出离》《地铁书》）；逆舟对于农村人在当代生存中的心理意识和变迁充满体认（《抗病》《三好学生王威》）。舒文治是将小说的探灯伸得最远最深的一位，韩少功曾称他"于社会深处长期卧底"，从他的小说当中的确能看到那些就活在你我身边却少有人挖掘其内在心灵和命途的人，籍籍无名将大把人生空置于牌桌的县城警察（《罗成牌》），天桥下卖烧烤却受尽凌辱的残疾烧烤摊主（《咕噜烧烤》），算命先生、上访者、车祸死亡的青年……那些在底层社会里踌躇失志甚至生死无人探问的人，舒文治都为他们在小说里寻求一份用力存在过的证言，一个用灿烂的语言来搭建的美学时空。与之对应的还有黄灯，她取消了虚构的有效性，直接采用非虚构的形式，"以自己为方法"，来体察当下社会里农村家庭的命运，或观察她的二本学生们的人生——无疑，她所关注的都是在当下中国逐渐被甩离的弱势人群（《大地上的亲人——一个农村儿媳眼中的乡村图景》《我的二本学生》）。

观照对象的选择背后，是作家们的价值姿态，是作家选择和谁站在一起。在光鲜、时髦的大词亮语，和在社会话语层面匿名却又永远鲜活滚烫的个体生命存在之间，作家们近乎一致地选择了后者，选择了那些边缘的、模糊了面貌的人，他们将文学的奥义锚定在生活的深处、微处，用温热的心去体贴那里无名者的苦乐酸辛，认知和理解他们生存的智慧与经验；他们本身处这个现代世界的微处和边缘处，却又倔强地相信微处和边缘处的踏实生活，自有其饱满熨帖的尊严、意义和魅力。这样一种内含着基本价值取向的文学精神，摩挲于他们长期所处的生活基层，是"在底层现实中摸爬滚打多年的基层写作者所独具的审美优势"①；同时也遥接了楚地屈原所传下的人文传统，"是对人生万物、宇宙奥秘的沉思发问，必然会对现实和存在时时表现出深切焦虑"②。一言以蔽之，作家群作家内在的文学精神是一种虽悠远却又极为朴素的写作姿态，即文学为弱者立言。

作家们创作的共同性，还表现在他们作品里参差不齐地流露出的楚文化因子，并整体性地呈现出古远的楚文化和部分乡土文化，与现代文明、现代性文化之间相互碰撞耦合的形态来。不过，不同作家对于楚地文化的体认、领会和运用，进而将之嵌合进现代语境的程度方式又不一致。潘绍东喜欢围绕着一个熟稔楚地文化事项的人物，来推衍出一整个生动的故事，由此将楚地还遗留至今的风俗人情热闹闹地编织在故事里，多少有种展览文化、表演文化的意味在里面。他的代表作《歌郎》就精彩地呈现出汨罗一带老人去世后对歌的情形；《故显考》则在故事中描绘了当地中元节为去世亲人烧冥包的习俗。本就处在衰亡路上的地方性文化，伴着人物的沉沦，尤生出动人的悲悼感来。舒文治也有着展览地域性风俗的倾向，不过他故事里的地域性风俗都不怎么做实，而尤其喜欢在现代故事里的人物、当代语境里的楚地空间、完全现实的情境情节，与口传歌谣里的将军仙神（如《来神腔》）、缥缈无着的幽冥世界（如《钓黑坑》）与奇异的想象事件（如《永生策划师》）之间构筑起似是而

---

① 刘起林：《"汨罗六蛟龙"：基层写作中脱颖而出的小说创作群体》，《湘江文艺》2020年第5期。

② 黄灯：《文学现场的采掘和呈现——汨罗作家的一次集体出场》，《湖南文学》2018年12月号。

非的关联性，正是在两者似是又非是之间，造就出荒诞暧昧的叙述效果，充满着现代性的气息，又或者说，借助于处于虚实之间的楚文化世界，作者找到了一个撬动日常现实，进而对之进行想象性超越的飞地，小说的浪漫瑰丽、嬉闹滑稽、无限情思、神秘诡谲、智性思辨等的美学情态和观照形态都由此绽开。应该说舒文治找到了一个将楚文化"活"化的方式，楚文化由此不是死气沉沉的已逝者，反而成为让现实生存获得现代性观照的文化契机。与之类同的还有蒋人瑞，尽管他的小说里楚地风俗的痕迹要显露得少，不过作品中的鬼魅恍惚（《车站南路旅馆》）、流离冷峻（《虚汗淋漓》）甚至是荒诞怪异（《阿托品狂人》），种种现代主义与后现代主义式的气质，显然跟楚地文化的折射相关。

自现代以来，许多湖南作家都喜欢在作品中留下楚地的风俗人情、山水俚语，沈从文、何立伟、黄永玉等喜欢沿着现实中的巫楚遗迹回溯式地搭建一个完满纯粹的楚乡世界；而自周立波的某些篇目开始，再到残雪、韩少功，以至晚年的孙健忠，一些作家能够跳脱出文化守灵者的身份，站在文化的交界带上，让古朴的楚文化和现代生存之间相互蹭亮，并逐渐借由舶来的现代主义文学，反过来链接激活巫楚文化本有的灵动与玄奥，由此为现代生存打磨出一个新的美学天地。对于这两种创作的方式——作为巫楚文化为湖南现当代文学的两份馈赠，作家群作家们皆有领受，并且通过他们的艰辛磨砺，将后一种更具生机的创作方式推至了一个新的境界。

四 "地域"的意味

汨罗江作家群的孕育和崛起，不仅仅是文学内部的事情，同时亦是一个发生在当下的文化事实，它对于我们重新理解中国国情、理解湖南在中国的位置具有一定的启示意义。

首先，在人们纷纷逃离基层去往大城市追求"现代"生活的时代，在汨罗这样一个县级市里，乡土文明时期积淀于地方上的文化还对生活于此的人们有较强的吸引力，并在基层文化体制的护佑培育下逐渐萌发出一个具有影响力的作家群落，这说明了乡土性的地域文化并非只是一种噱头，而是的的确确鲜活地生长于我们当下的基层生活之中的，并且，已经趋于完备的基层文化体制、现代生存在基层与地域文化之间的碰撞交融，恰为地域性文化带来了发展的契机。汨罗江作家群的出现也意味着当代中国并不是一个四处"均匀"的、被现代商品逻辑规划的纯粹空间，至少，以个人主义为基本语义的商业逻辑还没有洞穿整个中国；乡土文明时期遗留下的一些生存形态、文化精神仍然潜伏于内陆和基层，等待机遇而得到激活。

其次，这样一个带有浓重地域文化气息的写作群落诞生于湖南也是很有意味的。自进入现代以来，湖南作家对于现代与传统的差异就极为敏感，从沈从文、周立波到韩少功，再到汨罗江的作家们，无不在两种迥异的文明形态之间摩挲，展开他们的文学创造。为什么湖南作家们在现代以后始终不愿简单地抛弃传统，至少要在现代与传统之间找到一个中间的位置，进行更具深度的文化观照、思考；为什么在不同历史时期和历史语境里，家乡对于湖南作家来说都有极大的吸引力——韩少功回汨罗的偶然性背后的必然性又是什么。这些问题，可能都指向了湖南在整个中国的特殊区域位置。无论是从地理阶梯、水文气候还是民族人口、经济形态，湖南都处西部地区与中部地区的边界带上，正是这种"内陆之边疆"的区域位置，为其文学、文化的发育提供了一个极为独特的观照视角，人们的历史感觉、文化意识因此具有了临界带的特征。不过，以上比较宏观的观点，还有待研究者对现实的文化实践进行进一步的观察、认识、讨论。

关键词六

衡岳作家群

关键词提出背景： 衡岳大地处在湘南，文脉赓续弦歌铮鸣，诗仙李白、诗圣杜甫等历代诗文大家都来过这块热土，并留下了瑰丽的华章。而王夫之与洛夫更以其非凡的诗文成就，彰显了这方土地的人杰地灵，以及诗意盎然的文化传承。感受于当今时代火热的盛世繁荣，诗人们会如何面对、如何书写，以及如何歌颂抑或批判？衡岳作家群以不断的坚持，进行了生动的开掘与回答。

衡岳作家群

任美衡

改革开放以来，衡阳文学也经历了由复苏到兴盛的过程。随着社会的发展，许多作家爆发了空前的创作活力，尽情地挥洒着他们的文学才华，书写着衡州大地翻天覆地的变化，并翩翩地走进了中国当代文学的大潮。他们的创作以丰厚的文化底蕴，更为鲜明也更为沉实地烙印着时代深处的脉动、社会的底色，以及基层的核心精神。由于湖湘文化，尤其是共同的"传统"的熏陶，在面对着纷繁复杂的外在世界时，尽管他们都极度地张扬了自我的个性与特色，但在历史的"合力"之作用下，却逐渐地聚拢起来，形成了具有若干稳定特征的作家群落，沸腾的衡阳文学开始走向了具有主体精神与现代意义的"衡岳作家群"，在文学地理学的版图中，显示了不可替代也难以忽略的存在。

第一部分　年度文学思潮与现象关键词

一　衡岳作家群的概念阐述

从衡阳文学的概念出发，衡岳作家群其实也称得上内涵复杂。如果宽泛地说，凡是湖湘（衡岳）文化所孕育的文学都可被称为衡岳文学的话，那么，也可以相应地认为，凡是湖湘（衡岳）文化所孕育的作家及其所形成的群落，可以被称为衡岳作家群。

1. 作家地域身份分布情况

从改革开放至今，由衡阳文学所聚拢的作家群落，从主体身份而言，包括了如下几类人群。一是衡籍外域的作家，即祖籍都是衡阳的。在时代的大变化中，他们的祖辈或是本人辗转流离，在外面扎根生存。这些作家所接受的早期教育，或者通过祖辈以及父辈的言传身教，经历了湖湘（衡岳）文化的深刻熏陶，地方文化基因像鲜血一般，流在他们的身体与灵魂里。在传统、观念与价值取向上，湖湘（衡岳）文化是底盘的、根深蒂固的，于实践也是最显示本色的。对于他们的文学创作而言，虽然在与多种文化的对话中显示了千姿百态的变化，但这种割不断的血脉亲情，仍可将他们归于衡岳作家群的"关键构成"。这类作家，很多都成就不菲，如洛夫、刘和平、琼瑶、龙应台、唐浩明、海岩、陈衡哲、残雪、聂茂等。其中，洛夫文学起步于衡阳；刘和平成名于衡阳；唐浩明作为省作协主席，与衡阳渊源甚深；琼瑶、海岩、残雪等人，或到过衡阳，或回望或怀念过衡阳。另外，像周迅、吴志菲、谢湘南、倮倮、冰洁等人，他们的户籍、关系与亲属等都在衡阳，是地道的衡阳人，长期在外打拼并取得了一定的影响与成就，其文学创作是当代衡阳文学不可分割的一部分。总之，不论何种方式，这些人都通过本土亲缘而与衡阳文坛保持了极为密切的关联。

二是曾经寓居衡阳的作家。出于人生际遇与其他种种原因，他们候鸟般地来到了衡阳，感触着衡阳的文化气氛，情不自禁地用心、用笔描下了衡阳的山水田园、人事景物，为衡阳留下来宝贵的文学财富。虽然不是最初的衡阳人，但源于"第二故乡"的情愫，他们总是将自己当作真正的衡阳人。他们的情感是真挚的，书写是多姿多彩的。这主要体现为许多作家对南岳等风光的赞颂，对衡阳保卫战等历史事件的审美呈现，对朴素、善良、聪明的衡阳人之赞颂，或者对其人性弱点之批判，等等。

衡阳成为他们创作灵感的触发点，帮助他们成就了经典佳作。总之，凡是与衡阳有关的文学作品及其作者，都促成了衡岳作家群的新陈代谢，以及现代认同。这类作家人数不少，但有待具体统计。

三是长期扎根于本土的作家。他们成长于斯，工作于斯，生活于斯。这使他们非常熟悉湖湘（衡岳）文化，以及本地的风俗民情、传统习惯与生存状态，所以，他们的创作是最地道的，既能够充分地反映衡阳的心跳与变化，也化石般地烙印了湖湘（衡岳）文化的年轮与沧桑，记载着衡阳的历史与未来。这类作家众多，通过不同层级的作家协会会员之考察，他们仿佛构成了一个金字塔式之"像"。如：既有在全国已具备了相当知名度的刘和平、胡丘陵、李升平、林植峰等人，也有在文学湘军视域中引领风骚的聂沛、陈群洲、郭龙、甘建华等人。更多的作者，则以自己锐气而独立的创作，凝聚成衡岳军团不可替代的精神雕像及其高昂的气势。他们是丰腴、肥沃与美丽的文学土壤，培育着、成就着参天大树的成长。

2. 衡岳作家群创作代际划分情况

从改革开放至今，衡阳的作家群落及其文学的成就、声誉与影响虽有大小之分，但新人不断涌现，尤其是借助于网络平台，衡阳的作家群落及其文学不仅在横截面上广泛铺展，而且在纵向上产生了明确的代际划分。从黄金创作时间、代表作之出版，以及在文坛的活跃程度等因素看，当代衡阳的作家群落可以划分为五个代际。第一代作家是指在中华人民共和国成立以前就已开始了文学创作，在新时期之初，他们作为本土的文坛领袖而发挥着巨大的引领作用，可谓当代衡岳作家群之标志性人物。主要是指吕亮耕、王晨牧、李升平等这类在全国文坛乃至文学史上都不可忽视的诗人与杂文家等。

第二代作家是指在共和国时期开始走向文坛，但真正的爆发则在20世纪80年代之后的刘和平、郭龙、陈阵、李昂、林植峰、邓开善等人。他们的创作与全国的文学思潮相呼应，凭借深厚的文学功底，初次出手便获得了与全国文学"对话"的资格，也显示了衡阳文坛在全国文学格局中的分量，并成为文学湘军的重要构成。

第三代作家是指改革开放以来走上文坛，并在20世纪八九十年代之交捧出了他们的代表作，在文学界反响极大的"60后"作家。他们综合素质高、写作能力强,毫无保留地热爱文学,风格多样化,如聂沛、胡丘陵、秦建国、郭林春、甘建华、李志高、刘定安、蒋勋功、邝厚勤、彭绍章、子非鱼等人。

第四代作家是指21世纪初走上文坛,目前势头正健的那些"70后""80后"等人,如一枚糖果、李响、谢应龙、倮倮、谢湘南、李镇东、曹志辉、王启生等一批作家。他们现在已有了广阔的生活阅历,创作技术与经验也日益丰富、老练,都在酝酿并寻求自己的突破与爆发。

第五代作家也开始首秀登场,如康伟明、刘牧黎、甘恬等人。另外,假如我们不从年龄划分来审视网络文学写手的话,他们可谓"数世同堂",这也预示了衡阳文学及其作家群落的未来广阔的发展空间。

二 衡岳作家群的创作概况

如果从文体划分的话,全国文学发展此起彼伏,文体创新日新月异,但衡阳文坛相对保守一些。尽管某些作家也尝试着进行文体探索,但总体而言,衡阳的作家群落还是更青睐于小说、诗歌、散文、戏剧等几种传统文体,以及网络文学。

小说创作方面。在衡阳文学界,"业余创作"的小说家还是不少的,但能够引起外面关注的并不多。最近比较出名的如一枚糖果以"惊人的创作能力和才华,创作了十余部畅销恐怖小说,如《鼠皮玉人》《抓狂》《迷醉》《心中有鬼》《心怀鬼胎》《妖折》《阴花三月》及三本海外繁体版小说的骄人成绩,奠定了她在恐怖悬疑圈里不可动摇的天后地位",[①]以及其他在外打拼着的衡阳人,如唐玉萍、吴志菲、周迅等人,都取得了文学界的某种认可。其他小说作品如李昂的《太阳从这里升起》,子非鱼的《死活》,费亚伶的《消逝的狼烟》,邓斌的《痛·活》,何彩维的《官场高速线》,陈沸湃的《放纵的秋天》与《老同学》,肖定宗的《问谁亭》,彭昭维的《天堂山歌神》,邹学君的《南国金镕山》,倪介江的《清水芙蓉》与《代理村支书》,陈寿群与许焕杰的《蔡伦传奇》,陈徐德的《茶楼女》《寒月梦》《耒水之阳》,童佳兰的《风雨伊人》,欧阳正

---

① 参见好搜百科之"一枚糖果"词条,http://baike.haosou.com/doc/6413459-6627128.html,2022年7月6日。

平的《风展红旗如画》与《竹叶深深》，谷经农的《花落》，刘华江的《援越战歌》与《越南战争》，黄正军的《叶落知何去》与《漱玉江》，梁莹玉的《沧桑岁月》，梁瑞宜的《探宝记》，伍艾友的《仙人球》等作品，从文学土壤学的角度察之，都有着值得深入探究的学术价值。

诗歌是衡阳文坛的重镇。在湖南的文学格局中，衡阳诗歌占据了相当分量，也形成了一批有个性的诗派，如流派主义诗人（主要包括新时期以来典型的乡土诗人陈阵、"第三代抒情诗代表诗人"胡丘陵、"诗散文"之倡导者陈群洲、新军旅诗人冷燕虎、"新乡土诗人"吕宗林、"新闻诗"之实践者张沐兴）、先锋主义诗人（包括聂沛等人）、现实主义诗人（易龙云、谢湘南、傈傈）等。说句实在话，要将他们准确地"归类"，实际上是不太可能的。每位诗人都有着自己的个性与独特的标记；另外，某些诗人还以其他文体而扬名于文坛。陈群洲的《当代衡阳诗歌》已作了较为全面与中肯的分析，可作为我们继续研究之导引。

散文创作方面，衡阳是出了"奇兵"的。当杂文界万马齐喑的时候，蒋勋功的"官场"笔记并非只瞩目官场，而是深入生活的人生启悟。李升平倡导"乡土杂文"并身体力行，取得了非凡的反响。甘建华的文史笔记赢得了海内外的热烈赞颂，尤其是对衡阳文化的筚路蓝缕之力，令人钦佩。雷安青、魏启用则或于生活或于反腐，做出了智慧的呼应。另外，刘定安、彭绍章等人地道的乡土散文，充满了浓浓的衡阳味道，对方言土语之传承做出了可贵的探索。曹志辉的生命散文温暖、舒缓，承袭着冰心、泰戈尔、纪伯伦等人之余荫。其实，当代衡阳散文应该是普及面最广，却也难为人所知的"巨大"存在。仅从县区文学档案考察，有刘伟湘的《命运红帆船》、张文凯的《笔触衡州》、张振萍的《聆听青春的风铃》与《有一种亲吻叫拯救》、肖素芳的《九月到来》、王月华的《树园随笔》、赵晓芳的《一起看云去》、陈检春的《在家门口转悠》、刘立文的《头等大事》、曹珂的《尘埃深处》、许焕杰的《诗化的精灵》、郑菊芳的《女人四十更美丽》与《生活，其实可以如诗》、梁莹玉的《生活的印痕》、曹抗生的《乡音乡情》等著作；而从事散文创作并在全国各大报纸杂志发表散文之精品佳作的作家就更多了，在此不一一枚举。

此外，与上述文体成就相比，别种文体创作显得寂寞，但是充满了锐性。如林植峰对寓言的认真与执着、周作君对古典戏曲的潜心探索、刘和平对影视剧本创作的广泛拓展、子非鱼对历史人物传记的审美创新,以及吴晋对电视剧《风雪夺魁》的精雕细刻;许睫擅长多种文体,出版有《绿色的小屋》《等你在秋天》《落泪的情人节》《沙漠里的太阳》《青青的百叶窗》等文集,编剧并拍摄过《金项链》《小月亮》《青青的百叶窗》《月亮山的故事》等电视剧,尤其对《陪读》做出了大胆的艺术创新;等等,这些领域都出现了可喜的现象。总之,从身份、代际、文体而言,衡阳的作家群落之构成既复杂又简单,但靠着他们的勤奋与丰厚的实绩,确证了他们湖南文学史乃至当代文学史的独特存在及其形态。

除了上述分类总结之外,衡阳的作家群落及其所创作的当代衡阳本土文学还带有浓重"乡土档案"的特征,如子非鱼、陈雯等人的乡土情结与使命精神,肖勇、王国芳、李志高等人的乡土意识与底层诗学,李镇东、朱文科、王雁鸣等人的乡土呢喃与灵魂温度,成新平、萧通湖、王启生等人的乡土传奇与时代叩问,谢应龙、陶雄喜、李响、朱丽娜等人的乡土根柢与社会世相,也包括了郭龙、郭密林、一枚糖果、康伟明,以及景耕等人的人文情怀。

最后,作为背景、主体与现象的"内容",如对湖湘(衡岳)文化与现当代衡岳作家群之考察,21世纪以来衡阳文学之发展,20世纪80年代的文学之起步及其盛况,文学民刊对当代文学的推动与繁荣,以及县区文学辑佚(其中包括衡南的文学矿脉、耒阳文学的春天、常宁文学的影像与地图、祁东文学成果及相关史志资料、衡东文学的基本脉络,和衡阳文学、船山精神及其当代形态,等等)。以上,就立体地构成了当代衡岳作家群文学创作的全部景观!

三 当代衡岳作家群的创作特征

改革开放以来,随着当代文学在内地复苏的节奏,衡阳本土的文学格局也在瞬息万变中发生了巨大的变化。老一代作家抖落了历史的阴影和包袱,在时代的浪潮中重新引吭高歌;新生代的作家们沐浴着思想解放的春风,尽情地啜饮世界文学的营养,茁壮地成长;更加令人期待的是,几乎所有的作家都在自由开放的环境中主动求新、求变,从而使衡阳本土文学繁花似锦、百鸟争鸣,出现了蒸蒸日上的气势。在文学创作的内容和风格方面具有以下的特征。

1. 对现实的审视

新时期以来，本土作家以饱满的热情、厚重的使命意识和温暖的情怀，深刻地反映了衡阳和中国社会的改革开放及其引起的巨大变化。在创作主题上，衡阳本土文学立足于丰厚的湖湘（衡岳）文化蕴含与现实变迁。诸多作家在频繁的交流中，继承了传统知识分子放眼天下的胸襟、眼光和湖湘文化精神的济世情怀。因之，他们的创作是与中国的改革开放同步的，不但多方面地描写中国的全球化进程，以改革开放之喜为喜，以改革开放之忧为忧，而且传神地记录了衡阳人在精神、道德、伦理、心灵和价值观等方面的痛苦蜕变。如胡丘陵常常选择中国最具有标志性的事件、时间或者人物进行宏阔的书写，境界大，气魄足，蕴涵深，视野广，哲学的氛围比较浓厚，浓墨重彩地渲染了气吞万里如虎的中国风韵；既站在历史的峰巅豪迈地抒情，又站在现实的深处自信地展望，在精神的制高点上和着社会变革的主潮，畅快淋漓地抒情，波澜壮阔地展示了中国不可遏制的冉冉上升；同时，他的语言、意境和价值取向等方面，都深刻地浸透了湖湘文化的核心精神，是普遍与独特的统一、个性与集体的糅合、边缘和中心的互渗。读他的政治诗，仿佛在享受着轻重缓急的音乐节奏，在舒展着中国不同时期的彩色画卷。如果说，胡丘陵是在高端进行着宏大的政治抒情的话，那么，张沐兴就精心地择取了某些特殊的"点"（尤其是影响大的新闻事件），以审美的方式重新发掘了某些事实的人文价值，也发现了被日常湮没的人性之光。甘建华的文化散文则对衡阳比较典型的案件进行追踪，不但最真实地上演了衡阳人们的欢乐与忧愁，而且涉及了法制、改革、传统、习俗等诸多范畴，为我们铺开了一幅幅衡阳的民俗图和生活秀。雷安青的《茶楼闲谈》充分地运用晚报这一阵地，对世事怪相进行闲谈，尤其是着眼于衡阳本土的大城小事，蜇痛着人们的灵魂，也寓教于乐并警醒他们与时俱进。尤其是李升平、蒋勋功、雷安青、李康杏、刘运仕等人的杂文创作，以及陶雄喜、欧阳强、何彩维、朱丽娜等人的小说，几乎就是衡阳人们的记事本；作者或为公务员，或为记者，都是从基层一步一步走过来的，每天都与群众打交道，最充分地感受到了衡阳人的呼吸和心跳，每有所感就书之于文，因之我们能够原汁原味地触摸到衡阳人的日常生活。

这些作家撇开了外在世界的浮华，而是以理性、科学的眼光来深切地关注衡阳人的悲欢离合与喜怒哀乐,从中找出社会转型所产生的利益纠葛及其代价,细腻地抒写或者剖析每个生命所蕴含的丰富内涵。他们在为时代鼓与呼的同时,也从自己的良知出发,批判那些不良的社会现象和道德伦理,弘扬崇高的价值观和典型人物的优秀品质,更为社会的将来发展提出了自己探索性的意见。他们爱着这片热土,以悲悯的情怀和批判的眼光看着他们在改革进程中的功与过,思考着与他们命运休戚相关的土地的过去与未来,理性地评价着改革开放在衡阳的曲折与发展,甚至从道德精神等方面来反映乡土衡阳是如何迈入现代都市的,他们自觉地承担起了衡阳代言人的责任。

2. 对历史的反思

在衡阳人看来,这块土地虽然比不上北京、西安、洛阳的文化底蕴,但南岳衡山、湘水明珠、大禹治水衡岳求策、嫘祖巡幸身献寿岳、纸圣蔡伦、六经责我开生面的王船山、南学津梁曾熙、一代女魂唐群英等人文资源非常丰富。为此,许多作家力图回到浩渺的过去,从丰富繁杂的历史中寻找创作的灵感和契机。

一是对衡阳历史名人钩沉并予以重新认识。湮没的历史已经无形,但这些曾经影响甚至改变历史的衡阳人,却是一座座山峰,把历史绵延地贯穿了起来,通过为他们作传记,不但闪亮了衡阳的过去,而且重新牢固了我们的筋骨、增添了我们的信心。如《蔡伦传奇》就通过对"纸圣"蔡伦的颠沛、辉煌而又凶险一生的描述,不但写出了衡阳人的骨气,而且写出了这片土地上人们的执着、坚韧和不可遏制的创造力。蔡伦成了一个太监,但他并没有自甘堕落,了无声息地度过一生,而是在不同的打击、陷害和污蔑之下忍受了人生极限的考验,终于发明了造纸术并成为中华文明的标志成果。作者有意识地把蔡伦置于复杂的环境之中,写出了他的"倔",也有意识地拷问了这种"倔"的根源在于湖湘(衡岳)文化的蛮悍与"置之死地而后生"的内在之"硬",由此重新唤醒了今天衡阳人的血性。其他比较出色的还有《唐群英评传》《王船山评传》《马英九评传》《琼瑶评传》等。二是除了这些经典的名人传记之外,一些作家还根据衡阳的民间传说进行孵化、推演,写出了许多惊险的传奇,如《黑蝴蝶》就在"简介"中这样提及,要为读者呈现一帧血与火的画卷,正义与罪恶的血刃之战,拯救与陷落的短兵相接,奇诡雄浑的生死传奇，缠绵悱恻的爱情绝唱，一首埋葬地狱之火的挽歌，一部涅槃人间凄美的诗章。还有李响等作家以辉煌的想象方式，写出了一个普通人对伟大历史的独特看法，从而重新诠释历史的可行性。也有一些诗人以诗歌的形式，描画了过去岁月帧帧充满关节性的画卷。

另外，周作君的历史剧、子非鱼的历史小说、冰洁的歌词创作，都在业内取得了不错的反响。尤其是享誉全国的刘和平，尽管已经常住北京，但与衡阳的血缘关系，使他的创作染上了浓郁的湖湘（衡岳）文化之精神。刘和平的代表作品有电视剧《雍正王朝》《大明王朝1566》《北平无战事》等。它们经常以历史的典型案例为对象，剖析历史成败之因，感悟哲理人生之味，寻求现实解决之道。在这些作家看来，历史是一座丰富的矿藏，从不同的角度进入，我们将获得更为丰富的馈赠。

3. 个体情感的现代抒写

处在改革开放的旋涡中，衡阳也和其他的地区一样，经历了转型的阵痛、秩序的重建、文化的更迭、伦理的更新。在天翻地覆又不可逆转的时代潮流中，衡阳人与世浮沉，跌倒爬起来，不断地经受着时代的捶打和人性的裂变。因此，由乡土传统所形成的一整套的生活行为方式，都渐渐地坍塌了，他们也不得不和着时代的节拍，不断地投身、融入时代的节奏中去。正是在这种精神的演变中，许多衡阳人沉浸到记忆、性格和集体无意识的深处，对个体的现代化的情感进行了哲理的和不无矛盾的阐发。这类创作主要集中在诗歌和散文方面。一批老词人以古体诗词的形式反映他们与世纪同行的世纪风貌。由于亲身经历过历史、感受过历史的巨变，他们回望过去的时光，更清楚地意识到了他们参与时代的、历史的全过程。如戴述秋、曹中庆、蒋薛、刘政、唐昭学、萧润波等。古体诗词的形式虽然是旧的，但流泻其中的则是各种现代精神，也充满了使命意识、责任意识和担当意识，无疑渲染了衡阳人内在的精神风貌和勇往直前的奋斗气概。

更多的是一批新生代的诗人，他们的诗歌创作直触现代人的心灵，感受着现代人的呼吸和脉动，无尽地演绎现代人在日常生活中的点点滴滴与悲欢离合。他们在充满诗意的运营中，努力打碎现代人的概念化和神秘感，把自身还原到人的零度，使之呈现出生存的稚态和粗糙，然后又不惜把他们在现实语境中隔离起来，力图用思想的火花去碰撞出片片绚丽的情诗，以有限的笔墨凸显了现代人丰富的参差的情感景观和执着的理性判断。这主要体现在聂沛、陈群洲、张沐兴、吕宗林、西怪江荣、充原、许睫、曹志辉、郭密林、颜娃沙等人的诗歌中。其中，陈群洲被喻为雁城的"情诗王子"，他从朴实的土地上走来，以对生活充沛的爱、永不屈服的进取精神、顽强不息的韧劲来表达对生命的赞颂、对爱情的渴盼、对理想的坚守。他不是单纯地依赖于原发的现代情感，而是回到古典和传统，从那里找到与生命相契合的情感基础，然后经过现实的渲染，从而锻铸出一段段温婉的沁人心脾和最朴实的人情之爱。虽然，他的文化资源是庞杂的，因此诗中不可避免地充满了一种杂乱和背离，不过作者并不以此为"隔"，而是力图从别人止步的地方发现诗歌新的起点。其实，他提出"诗散文"的概念，除了形式的讲究，也渗透了他对情感的逆向探索，因为，在别人看似混乱之处，却恰恰吸引着他有意为之，在他看来，不同的意象在变化的语境中重新组合或者剥离，产生了极大的陌生性，也打碎了诗歌固有的框架及其词语的操作范式，从而也把现代人驳杂、冲突的矛盾非常逼真地和冲击性地表现出来。郭密林则惜墨如金，冷燕虎则努力寻找与现实对应的情感模式，聂沛把自己处在孤独的现代化之墙中，力图建构起与之对称的情感形象，还原人的真实处境。

其他诗人（如刘伟湘）以感恩的姿态，抒发了在命运坚硬的磨砺中的挣扎与痛苦、收获与欢欣，以及在冥冥之中对启示的祈求与等待，注入了无限的感伤与爱情。邝厚勤则以极度抒情的方式，唱出了心底对三湘四水无私的爱与热情。郭龙更把世俗社会的冷酷与无情、诗人对理想的浪漫追求与不可实现的悲哀与绝望、超越芸芸众生的优裕与道德感、拯救世人的豪情与尴尬等，都在浓缩的抒情中进行了有效的阐发。还有许睫、欧阳卓智、陈雯等人的个性化小说创作，也多方面地展示了现代人错综复杂的人生思考。

由此看来，他们都是敏感地以个体为立足点，探讨面对汹涌而来的现代化大潮时个体的拯救与溃败、独立与被集体化、感动与冷漠。虽然价值取向不同，但他们都不约而同地写出了对现代情感的亲近及其不同面向，从而横截面地显现出了衡阳人在近三十年间的精神嬗变及其哲理思考。

4. 乡土诗意的激情迸发

许多衡阳人仍然把自己看成乡村之子，因之，吟咏乡土也就成了本能的事情，成了他们写作的根本理由：用原汁原味的方言土语来勾勒衡阳乡下的生活，邻里之间的相亲相爱，以及无尽的斗嘴饶舌，改革开放大潮在农村中引起的人际关系、人情世态、伦理道德等方面的变化。

刘定安的散文集《黑竹林》就表达得极为传神。尽管生活在城市，但刘定安并未认为自己离开乡村，而且每年几次到乡村或者居住，或者检查工作，或者看望父母，或者游山玩水。他始终把自己当成农民的一员，始终以农民的心态来看待这块土地上的人与事，也深情地抒发了他对农村的赤子情怀。所以，虽然身处闹市的霓虹灯里，但他的笔尖往往飘过丝丝清凉的泥土气息。沟前杂草，沟里的肥鱼，老屋场背后的竹林和鸟鸣，邻家饱经沧桑的老奶奶，曾经寄托了青春和梦想的伸向远方的石子路，集市上亲切的乡音和粗野的骂语，每年走亲戚烦琐而又腻人的仪式和礼节，等等，都成了他取之不尽的源泉。只有在对乡村的留恋中，他才感受到了人性的纯朴与沁凉的人生滋味。他的散文不追求猎奇，也努力避开现代文明的污染，力图追求最原始的标本和存在，还原人的最根柢的生活状态，乡村成了他的创作乃至人生的大书。彭绍章则在小说中着力地、形象地表达了扩散在平凡人身上的时代苦闷和精神荒芜，他直追赵树理的山药蛋派，力图以不可复制的写作姿态来凸显衡阳的底层真实。这种过于零度的创作姿态强化了衡阳文学的独特性。

谢应龙则以童真的眼光追逐逝去岁月里的片段与刹那的真实性。显然，他对乡土的吟诵不在乎外像的模拟，而更着重于情感的深度介入，我们既可以触摸到他对生活的浓厚的爱，也可以感受到他对这片热土无法割断的眷念。朱文科作为衡阳土生土长的子民，复杂地道出了衡阳过去时代的辛酸与温馨，也写出了成长的苦痛与快乐。而影响颇大的新乡土诗派诗人吕亮耕、吕宗林父子，在将自己的土地情结经过长期发酵之后，超越了对具体事物的局限，上升到了哲学和美学的高度，重新审视这块多灾多难而又热血沸腾的土地。他们的情感真实得无以复加，他们的抒情也力所能及地普遍化，从而与古往今来的土地之歌进行对接。其中，我们看到了沈从文的湘西情结、周立波的益阳情结在恍惚地飘过。

王晨牧、易龙云、邝厚勤、王国芳、萧通湖、李志高、李镇东、王启生、彭绍章、王雁鸣、曹志辉、魏启用、成新平、苦楝、肖勇、颜娃沙、充原、邓开善、邓湘源、郭龙、朱文科、李昂、李剑君等人各具特色的创作，体现了他们对乡土的吟诵：既有对乡土的人与事的叙述，也有对乡土作为精神家园的追问；无论是对乡土的审美化还是对乡土的严厉批判，都渗透了他们不变的地之子情怀，乡土也成了他们的灵魂支柱及其创作源源不断的动力。

5. 艺术的坚守与突围

新时期以来，当代中国文学已经历了眼花缭乱的变革，综观近四十年以来衡阳文学的发展，现实主义仍然是其中的主潮，并以强大的惯性显示了非同寻常的执着及其不容置疑的权威性。首先，许多作家回归现实主义，追寻着典型性、真实性、倾向性等现实主义的标准，从细节和场面中去寻求艺术的突破，或者以朴素的语言直截了当地表达内心的情感，寻求与读者面对面的交流和理解的冲击力，有的作者甚至采取了实录的笔法，追求非虚构化，如《陪读》驱逐概念、呈现生活、不作判断、还原真相、抵制想象、追求实录。通过几个家长酸甜苦辣的陪读生活，写出了应试背景下这一独特的现象。其次，许多衡阳作家做出了艰巨的理论探索，如诗散文、新闻诗等。最后，由于背靠着邻近的乡村牧歌文化，所以，在气质上，衡阳人就体现了极为安闲、温文尔雅的姿态，也显示了做工的精巧。许多作家不刻意追求宏大的场面，却往往像一个勤奋的农夫一样力求精耕细作，如语言的精准、结构的玲珑、格局的阔大，并努力追求简单、朴素与平凡之美。

新时期以来的衡阳本土文学创作，也塑造了一批有个性有光彩的人物形象：一是对衡阳历史上的文化名人进行复活，如蔡伦、王船山、夏明翰、彭玉麟等；二是写出了忍辱负重地生活在这片土地上的人们，他们都有着"犟"的性格，敢于与天斗、与地斗、与人斗，越是艰难的环境越显示了他们的韧性及其不甘屈服的内在风骨。如果从类型来划分，这些人物形象可分为如下几类：一是草莽英雄，他们敢爱敢恨，敢冲敢杀，快意恩仇；二是平凡的农民，他们淳朴，恪守传统文化规范，安分守己；三是都市男女，这些人追逐时髦，在婚外恋、卡拉 OK、霓虹灯等灯红酒绿的生活中，陶醉于各种刺激，灵魂空虚，自以为是；四是艰苦的建设者，他们敢于屹立潮头，敢于与各种旧的制度进行斗争，敢于担当起振兴衡阳的使命和大任；五是某些朴素的奉献者的形象，如乡村教师、基层农民和一些处在底层的打工者。

从以上的总结，可以看出衡阳的小说、戏剧乃至散文的创作，在衡岳作家群的努力下，为衡阳本土文学的兴起奠定了坚实的基础。他们创作的一些人物形象活跃在衡阳的文学舞台上，赢得了衡阳本地人民的喜爱，尤其是他们文字中的乡情乡音，以及对衡阳本土人民生活的精确呈现，更使之成了衡阳人民心目中的"土经典"，有的甚至超越了衡阳的地界，而在省内乃至全国产生广泛的影响。当然，在概略地梳理了衡阳的本土文学之后，面对其现状，我们也不得不承认，相对于其他地区文学的快速发展，衡阳文学已步伐缓慢，须奋起直追了。

艺术方面还凸显了许多独特的"病灶"，并面临着未来发展的更大危机。一是文学创作影响力仍需增强，衡岳作家群的影响力还主要在省内，目前缺少具有号召力的、在全国影响巨大的领军人物。二是文学创作深度不够，很多文学作品基本上还处在一种感性的层面，缺乏一种理性的、哲学的深入思考。三是文学作品存在一定的同质化问题，衡阳本土文学创作尽管个性多多，但在创作上也不自觉地存在类同现象，如邯郸学步、效仿跟风、闭门造车、移花接木、拼凑一番、杜撰一通，或者复制自己或者重复别人。[①] 四是文化底蕴还需要进一步挖掘和提升，在精神气质上，衡阳的本土文学还不乏内虚，直截了当地说，就是缺乏经典的衡阳精神。此外，衡岳文学还表现出视野狭窄和短浅的短板。这些都使得衡阳文学难以引起别人的长久关注，也难以昂首大步地走出衡阳。

面对这些问题，衡阳文学工作者也开启了自己的反思和变革，近年来，衡岳作家群的作家们创作意识更加明确，创作个性也明显加强，对于打造衡岳作家群体的共识也更加自觉。他们充分认识到打造拳头产品的重要性，力避浮躁，潜心创作，努力追求大作品的诞生。为了鼓励本土作家，衡阳市启动了文学艺术奖的评选，推动衡阳本土文学发展。衡阳人还在采取"请进来、送出去"的方式到各地取经，不断丰富自己、

---

① 魏玲玲：《当代青春文学创作的局限性》，《山花》2010年第8期。

充实自己、提升自己。在各方面的努力下，以衡岳作家群为代表的衡阳本土文学正在向人文性、经典性和现实性发展，必将走向丰富和壮大，多彩瑰丽的文学景观还在前头。

关键词七

网络文学

关键词提出背景：湖南是网络文学的创作大省和创作强省。一批网文湘军以高质量的作品彰显湖湘精神和人文担当。网络文学研究在全国起步早，积累了丰硕成果。网络文学的影视、动漫、有声读物转化率高，产业发展态势良好。网络文学组织管理平台成熟，活动举办如火如荼，打造出网文圈的"湖南现象"。

传承与建构中的湖南网络文学风景[①]

贺予飞　叶志谦[*]

近年来，网络文学以海量作品、超高点击率与庞大的读者群体制造了文学的"数字奇观"，并在影视、游戏、动漫等跨界改编中连创佳绩，成为新时代文学的潮动坐标和网络文艺的主流样式。湖南网络文学是全国网络文学版图中不容小觑的新生力量，网文湘军的发展成绩全国瞩目。从这里走出了中国最早的年薪超百万的湘籍网络作家血红，梦入神机、血红、妖夜等大神级作家连续多届跻身全国网络作家富豪榜，在茅盾文学奖·网络文学新人奖、中国作协网络文学排行榜、国家广电总局网络文学推优作品以及中国作协重点扶持作品等国家级大奖与榜单中更是不

[①] 本文为山东省社科规划项目"网络类型小说的审美特色与优化路径研究"（22DZWJ04）阶段性成果。

[*] 贺予飞，博士，湖南工商大学讲师，山东大学博士后，长沙市网络作协副主席，研究方向：网络文学、文艺理论与批评；叶志谦，湖南工商大学本科生。

乏湖南作家的身影。无论是研究中国网络文学还是研究湖南文学，都无法绕过湖南网络文学。网络作家、学者与评论家、产业经营者与组织管理平台对湖南网络文学的发展发挥了至关重要的作用。湖南网络文学研究应该包括以下维度：一是湖南网络文学创作研究；二是湖南网络文学研究情况；三是湖南网络文学产业发展态势；四是湖南网络文学活动情况。系统地摸排与厘清湖南网络文学资源，从"湖南经验"中总结出网络文学的特点和规律，既可以为省域网络文学的发展提供可资借鉴的操作范式，又能为中国网络文学在全球文化竞争中凝练地方性标志，对于网络文学乃至当代文学的发展都具有启发意义。

一 网络文学创作精品迭出，彰显湖湘文化精神

湖南是网络文学的创作大省和创作强省，网文湘军之所以能在全国取得一系列的标志性荣誉成果，离不开湖湘地域文化精神的滋养。"惟楚有才，于斯为盛"，在千年文脉传承之下，妖夜、愤怒的香蕉、丁墨、流浪的军刀、丛林狼等湖南网络作家赓续传统，高扬湖湘文化精神，以极具辨识度的类型写作创造性地改写了文学的创作法则与生态面貌。纵观近年来湖南网络文学涌现的精品力作，其湖湘文气质主要体现在灵气与霸气两方面。

湖湘大地钟灵毓秀，孕育了千年文脉之灵气。清代文艺理论家袁枚曾在《随园诗话补遗》中探讨过"笔性"之灵与笨的问题。这里所提的"笔性"之灵，实际上指的就是创作的灵气。袁枚认为，人有灵气，诗才可能会有生气和才气。不同的作家有着不一样的性情和悟性，对待周遭的世界与生活也秉持着一套属于自己的观念和灵感，形成了独到的想象方式和远思。灵气是创作者自身基于先天条件与后天土壤而形成的一种顿悟直觉，体现为对外物的感受力与理解力，具有天赋性、独创性与敏锐性的特点。从湖南网络文学作品中，可以窥见作家对于世界、生命、自然、人性的认知理念与价值导向，其灵气具体表现为对浪漫精神与求实精神的继承与观照。

如果追溯中国浪漫主义文学的发源地，可以从湘楚大地上寻见踪影。从《楚辞》中，我们可以看到古代文人已将天马行空的想象力、感兴诗学的抒情传统、诡谲多变的文风凝结为一种独特的浪漫主义话语体系。

尽管历经时代更迭，网络文学的骨血里依旧流淌着楚人的浪漫主义基因。妖夜、极品妖孽以及湘籍作家血红的玄幻小说行文大开大合，想象奇特，情感热烈而奔放，其中尤以"巫文化"书写最具特点。早在东汉时期，王逸的《楚辞章句》中便有记载："昔楚国南郢之邑，沅湘之间，其俗信鬼而好祠。其祠必作歌乐鼓舞以乐诸神。屈原放逐，窜伏其域，怀忧苦毒，忧思沸郁，出见俗人祭祀之礼，歌舞之乐，其辞鄙陋，因为作《九歌》之曲。"[①] 带有苗族血统的湘籍网络作家血红以"巫术"为切入点，创作了一系列玄幻小说，其代表作《巫颂》以抒情笔调书写了远古巫族的神话，其续作《巫神纪》更是让发源于楚地的"巫文化"以当代传承的方式焕发生机。

网文湘军的浪漫主义情怀还体现在对超现实理念的执着追求上。网络作家常在作品中表达对超越现实的政治理想和人格理想的无限向往。其中，玄幻、奇幻、修真小说创作以妖夜、皇甫奇、一梦黄粱、极品妖孽为代表，他们笔下的故事主角皆以降妖除魔、斩奸除恶的行动路线抒发自己"先天下之忧而忧，后天下之乐而乐"的理想抱负。在历史类题材书写中，愤怒的香蕉、贼眉鼠眼、开荒、赵晓枫等人均将个人命运放置于时代浪潮之中，在动荡的岁月中展现出宏阔的人生格局和理想追求。譬如，愤怒的香蕉的《赘婿》以小人物的命运抗争诠释了湖湘精神气质。小说的男主角宁毅以金融巨头的身份穿越回古代，成为一个商贾之家地位最末端的赘婿。他在国家与时代的动荡之下打消了原本想要游手好闲、安度余生的计划，从家族经营一步步迈入朝堂，拯救国家人民于水火之中。愤怒的香蕉将价值表达包裹在"爽文"的外衣内，是国内"以爽文写情怀"的典型代表。与此同时，湖南的女频作家作品中也有不少格局开阔之作。比如应景小蝶的抗疫小说《共待花开时》、谍战小说《风骨》都是讲述了主角临危不惧、敢于担当，并巧妙地化解危难的故事。湘人作家的浪漫情怀已浸润到人格理想书写之中，以"情义"与"担当"塑成了湖南网络文学的审美品格。

经世致用是湖湘文化精神的重要表现，务实、重行是湖湘文人志士的普遍风格。自鸦片战争以来，魏源作为中国"开眼看世界"的第一人，

---

① （汉）王逸撰，黄灵庚点校：《楚辞章句》，上海古籍出版社2017年版，第42页。

创作了许多反映人民疾苦和爱国之情的诗篇，开近代进步文学潮流之先河。戊戌变法时期，被后世称为"六君子"之一的谭嗣同，不仅在文学创作中揭露社会现实针砭时弊，而且通过"我以我血荐轩辕"的行动表达救亡图存的决心。湖南网络文学创作延续了湖湘文化中的经世致用传统，网络作家创作的目的不仅仅是舞文弄墨、码字赚钱，而是要以心忧天下为己任，关注新时代的社会现实与社会矛盾，体现了思古审今、推陈出新的气魄。网络作家应当积极创作无愧于时代、无愧于人民的网络文学精品。网络文学湘军经世致用的态度大致分为三种。第一，肩负时代使命。在如今国际形势错综复杂的大背景下，湖南本土网络文学作家决不能袖手旁观。网络文学湘军必须立足本土，深入挖掘本土文化，全面把握时代脉搏，创作出体现湖湘特色、时代特色的文学佳作。譬如，湖南省网络作家协会主席余艳的《新山乡巨变》用网络报告文学的形式呈现了数字化时代下的新农村，留下了伟大时代激荡不息的回响，与时代同频共振。第二，弘扬湖湘文化。湖湘文化源远流长、博大精深，湖南网络文学作家自幼受湖湘文化的滋养，其作品将"修齐治平""家国天下"理念以人民喜闻乐见的艺术形式进行了现代转化。第三，壮大网络文学湘军。随着网络文学的不断发展，网络作家自觉扛起时代大旗，通过创作更多有温度、有深度、有态度的网络文学作品来丰富湖南网络文学内涵与外延，越来越多的网络文学创作者从湖南这片热土中走出，登上了全国乃至世界文化的舞台。

"霸气"是湖南网络文学独特魅力之所在，这一精神气质主要来源于湖湘儿女性格中的血性基因。自古以来，湖南人的精神气质、文化性格等与湖湘血统颇有渊源。《礼记·王制》有云："中国、戎夷五方之民，皆有性也，不可推移。"[1] 这种个性烙印在湖湘血统中，表现为原始的生命野性以及骁勇善战、刚强不屈的性格特点。湖南网络文学继承了湖湘血性的基因，许多网络作品彰显出敢为人先、勇于冒险的精神品质，以流浪的军刀、丛林狼、可大可小、风卷红旗、菜刀姓李、却却、水边梳子等为代表的军事文学创作正是湖湘血性的典型代表。其中，流浪的军刀素有国内军文创作的"扛鼎斗士"之称，其作品《终身制职业》《愤怒

---

[1] （西汉）戴圣编著，张博编译：《礼记》，万卷出版公司2019年版，第160页。

的子弹》《使命召唤》《请让我牺牲》《斗兽》《抗命》《不存在的部队》《熵次元》《极限拯救》等吸引了大批铁杆粉丝,在国内掀起了一股军旅题材热潮。他本人有过特种兵的从军经历,曾在生死场上跃马横刀,是一位身经百战的"中国军爷"。这种亲身经历使得他作品中的血性与生俱来。流浪的军刀在谈及创作时曾坦言:"有句话叫慷慨从容易,忍辱负重难。我希望能写出前辈们所经历的那种刀尖上的舞蹈、绝境中求生的感觉。"他的小说不仅倾注了浓烈的爱国情感,而且文风彪悍粗粝,富有阳刚之气,获得了广大读者的追捧。丛林狼在网络军文创作中自成一派,其作品《丛林战神》《最强兵王》《战神之王》等使他成为国内"兵王流"题材的旗帜人物。他的小说以冷静、热血、细腻、新奇著称,常赋予故事主角以背负"血海深仇"的命运,主角通过一次又一次的冒险与磨难,最终成长为铮铮铁骨的英雄人物。血红作品中的血性则带有一种苗族匪气。他笔下的主人公带有反抗强权的叛逆色彩,高手修仙斗法、将士驰骋沙场、主角复仇除恶的情节在小说中俯拾即是,其文风具有排山倒海的气势,读来令人热血沸腾。妖夜和极品妖孽作品中的血性则体现出一种"犟气"。"犟气"其实就是一股倔强霸蛮之气。大凡湖南人只要认准了一个目标就不会轻易改变,势之顺逆、人之毁誉全不顾及,断头流血、粉身碎骨也在所不惜。妖夜和极品妖孽笔下的主角常受尽屈辱但并不向命运低头,而是通过骨子里的犟气一步一步踏上巅峰,成为至尊强者。这种屌丝逆袭、废柴英雄的叙事在网络小说中颇受欢迎。

与男频网络作家不同,女频作家的"霸气"带有湘妹子特有的"辣劲儿",展现了"巾帼不让须眉"的力量。丁墨将悬疑题材和爱情题材糅合在一起,开创了女频创作的"悬爱"路线。她将湘妹子的爽辣个性融入创作,塑造了一批带有"御姐范儿"的女主角形象。《他来了,请闭眼》《美人为馅》《如果蜗牛有爱情》被陆续改编成电视剧、网剧,为其收获了高黏度的读者用户群。湖南网络文学作品中围绕爱情来创作的作家不在少数。天下尘埃是湖南首批加入中国作协的网络作家,擅长古风小说写作。其作品中的女性既有小女儿的柔情,又有大丈夫的豪情,这种"雌雄同体"的女性形象在古典言情创作中独树一帜。天下尘埃的许多作品获得了主流文坛的认可,《囚心》被《人民文学》刊载,《咸雪》被《今古传奇》选为头条。安如好擅长现实婚恋题材网文,她的小说主角大多是大女主人设，作品《铜婚》讲述了一对夫妻七年之痒的故事，以男女婚恋中的爱恨情仇来表现人间百态和自己的人生感悟，具有强烈的现实主义色彩。同样擅长现实婚恋题材的女性网文作家曾紫若则更侧重于在作品中强调女性独立意识。她笔下的女主角又飒又美，身陷泥潭却顽强生长，创造了"虐心"与"打脸"兼具的叙事模式。和那些花前月下的浪漫主义式婚姻网文不同，曾紫若塑造的女性往往是婚姻的受害者。女性们在尘埃里翻身，走向飒爽大女主的形象，显得真实而又有说服力。她在作品中不断地为女性发声，展现湘军女作家的"她力量"。

二 网络文学研究成果丰硕，创下多个"第一"纪录

湖南的网络文学研究在全国负有盛名，创下了多个"第一"的纪录。高校科研机构与学者批评家聚集一堂，打造了网络文学研究的"湘军阵营"。

湖南的网络文学研究起步、发展快。自1999年开始，欧阳友权教授带领中南大学一批教师走进网络文学批评领域，通过二十余年的砥志研思，建立了一个全国首屈一指的研究阵地。2000年，中国第一个网络文学研究团队在中南大学诞生，2002年成立网络文学研究所。2005年，湖南省网络文学研究基地在中南大学挂牌成立，这是湖南省人文社会科学重点研究基地，也是全国首家网络文学研究基地。2013年，中国文艺理论学会网络文学研究分会成立，中南大学为会长单位和秘书处单位。2016年，中国作协第一家网络文学研究基地落户中南大学，标志着全国首家国家级基地在湖南创立。2019年，中南大学网络文学研究基地入选全国CTTI来源智库。此外，在科研水平方面，我国网络文学第一部理论专著、第一套理论研究丛书、国家社科基金、教育部课题以及国家社科基金重大招标课题的第一个网络文学项目均来自中南大学。作为全国网络文学的研究重镇，中南大学网络文学研究团队已累计出版网络文学理论著作56部（理论丛书5套），先后完成了"网络文学教授论丛"、"文艺学前沿丛书"、"网络文学新视野丛书"、"新媒体文学丛书"和"网络文学100丛书"等重要读物，在《中国社会科学》《文学评论》等权威核心期刊发表网络文学理论批评论文350余篇，中南大学以其深厚、扎实的研究，积极推进网络文学理论批判研究建设，研究成果涉及网络文学编年史、发展史、断代史、批评史、数据库、工具书、批评标准、评价体系、网络文艺学构建等各个方面,并且在网络文学国家重大项目科研攻关、基础理论研究、应用研究、课程设置、教材建设、人才培养等领域,以及学会、社团、基地、研究所、精品课、教学团队等不同层次,为中国网络文学理论批评的健康快速发展积累了经验,做出了积极贡献,全方位促进网络文学创作的高质量发展。由此可见,全国网络文学研究的开端与发展,和湖南这片沃土有着莫大的渊源。湖南的网络文学研究秉持"敢为人先"精神,开创了全国网络文学的多个"第一"纪录,形成了校级科研机构、省级研究基地、国家级研究基地联动的研究矩阵,创建了学术界的网文研究高地。

在网络文学研究的学者与人才培养方面,湖南也走在全国前列。以中南大学为代表的研究重镇将课程教学与学术研究相结合,建成了一批老中青分布科学化的人才队伍。欧阳友权教授是国内第一批研究网络文学的学者,他以网络文学本体论为出发点,就数字化语境中的文艺学、网络文学技术与艺术的学理思辨、网络文学的史学建构与评价体系建构等问题进行了系统化思考,开创了网络文学文艺学理论体系。如果以2008年中国作协"网络文学十年盘点"为历史分界线,湖南进行网络文学研究的学者有赵炎秋、谭伟平、谭德晶、蓝爱国、禹建湘、聂庆璞、何学威、阎真、杨雨、白寅、苏晓芳等人,这一批学者如今有许多仍活跃在网络文学批评场域,成为网络文学研究的主力军。自2009年以后,湖南的网络文学研究由于许多新成员的加入,研究实力得到了更为长足的发展。欧阳文风、曾繁亭、李星辉、聂茂、钟虎妹、陈国雄、纪海龙、刘新少、王晓生等学者围绕网络文学的创作内容、批评主体、传播媒介、活动事件、网站发展等进行了专门研究,使得网络文学理论体系更加精细化与纵深化。在青年学人方面,贺予飞、吴钊、邓祯、程海威、曾照智、严立刚、吴英文、罗亦陶、付慧青、游兴莹等高校青年教师、博士、博士后等开始走向网络文学学术研究前沿,成为湖南网络文学颇具活力的新锐力量。此外,湖南网络文学学界尤为注重网络文学的人才培养工作。2003年,国内首个网络文学本科课程于中南大学开设。2006年,该网络文学课程获得湖南精品课。2007年,中南大学新媒体文学教学团队获评湖南省优秀教学团队。2008年,欧阳友权教授出版了国内第一本网络文学教材。2012年，中南大学建成了教育部国家精品视频课。正是由于湖南所创建的网络文学体系化培养机制，才能为本土的网络文学研究提供源源不断的学术人才和有生力量。

三　网络文学产业发展良好，跨界融合提高文化影响力

与其他省份相比，湖南的网络文学产业的发展具有得天独厚的条件。我国最早一批在商业浪潮中诞生的网络文学大神来自湖南，他们的作品历经文学网站与影视、动漫、游戏以及文化传媒公司的操盘，打造了一批知名IP品牌，并形成了一条完整的网络文学产业链。成熟的文化产业和娱乐产业成为湖南网络文学产业发展的强劲动力。

随着《步步惊心》《琅琊榜》等网络小说经由影视改编走出国门，中国网络文学IP开发与运营越来越成为承载中国文化的重要产业形态。湖南网络文学IP在讲述中国故事、传递中国声音、彰显中国文化上做出了重要贡献。在男频作家中，妖夜凭借小说《兽破苍穹》一举夺得塔读文学网站新人气奖，他的第二部作品《妖者为王》被改编成漫画，两书均获得繁体简体出版。他加盟腾讯文学后的作品《焚天之怒》是腾讯泛娱乐"定制IP"的第一例，小说发表时其同名游戏也一起上线。2015年，在福布斯中国原创风云榜中妖夜荣获年度人气作者第三名。同年，妖夜凭借畅销作品《焚天之怒》获得第10届网络作家富豪榜第十二名的成绩。流浪的军刀的《终生制职业》《愤怒的子弹》《使命召唤》《请让我牺牲》《斗兽》《抗命》《不存在的部队》《熵次元》《极限拯救》《打行八将》等作品皆已售出版权。《终身制职业》《愤怒的子弹》已获得影视改编，《非法拯救》出版、影视、游戏等版权已独家签约星智影业。此外，他作为编剧还参与了《熵次元》《极限拯救》《抗命》等书的改编工作。愤怒的香蕉的《赘婿》横扫各大榜单，经影视改编后大获成功，入选由中国版权协会主办的2020年度最具版权价值网络文学排行榜，受到了观众网友的热评。极品妖孽的《绝世战魂》荣获第三届橙瓜网络文学奖"年度百强作品"，并已改编成网络电影、手游、漫画、有声读物、繁体读物。他的另一部作品《吞噬永恒》已改编成漫画、动态漫画、有声读物、繁体读物。寂寞读南华的《布衣官道》是网络2012年度畅销作品，作品粉丝超过千万人，作品《仙王》已改编成漫画作品和网络游戏。

他的小说《夺嫡》由北京磨铁文学投资五百万元重点打造，目前已经上架畅销，影视及周边开发正在紧锣密鼓地沟通谈判。他的另一部作品《夺位》已签订影视改编授权合同，电影的改编也正在洽谈中。穿黄衣的阿肥的《我的细胞监狱》总订阅量近 100 万，漫画版权已售出，已翻译并登陆起点国际站。欧阳烈的《比蒙传》《双锋》《锦衣柱国》等作品已出售版权，部分已经进入影视改编流程，其中《双锋》获磨铁中文网黄金联赛军事类第一名。乙已的《凶狗》《斗狗赌宝》等多部作品的有声版权已开发。由此可见，湖南男频作家的网文作品产业转化涉及影视、动漫、游戏、有声读物等领域，形成了多样化的产品矩阵。

在女频作家中，丁墨的作品是国内影视改编的香饽饽。她的《乌云遇皎月》《莫负寒夏》《明月曾照江东寒》《他与月光为邻》《你和我的倾城时光》《美人为馅》《如果蜗牛有爱情》《他来了，请闭眼》均已改编成影视作品，并收获了一大批忠实粉丝，被观众誉为"口碑收割机"。空留的小说《惜花芷》全网点击超 10 亿次，获咪咕最高人气奖、金鲛奖十佳 IP，已售出影视版权并进入筹拍阶段，泰国即将上线，韩国 nover 平台销量第一，已和韩国签订漫画版权，并成功参展戛纳国际电影节。长安微暖的《凤鸣长安》入围爱奇艺云腾影视计划，在爱奇艺榜单古言榜和完结榜排名第一。她的另一部作品《民初奇人传》已改编为影视剧在爱奇艺播出，主演为谭松韵、欧豪、秦岚，收视火爆。半弯弯的《霸道帝少惹不得》在掌阅平台的粉丝量已经高达 120 多万，点赞破 200 万，人气近 5 亿，读者评分 9.0，书评 20 多万条，创下日销 6 位数的惊人成绩，单日收入更是打破了掌阅书架订阅纪录。该作已改编成有声读物，漫画正在改编中，销量成绩都非常火爆。天下尘埃著有《星星亮晶晶》《苍灵渡》等 11 部网文作品，其中线下出版 7 部，影视改编 1 部，广播剧改编 2 部，分别在北京电台和腾讯网站播出。钱塘苏小的《世家公卿之乐霖传》抖音推广小视频播放量 306 万次，快手推广小视频播放量 100 万次，2021 年 3 月 21 日在 YouTube、亚马逊、B 站上架 PV 版本影视集。安如好的《铜婚》进入金海欧国际新媒体影视 IP 百强榜，并售出影视版权。

从上述作品的产业转化成绩可知，湖南的网络文学 IP 已经形成完整的产业链，涵盖内容生产、运营以及下游的出版、影视、动漫、有声读物等环节。网络文学湘军在付费阅读、广告、IP 运作等多种变现方式上齐发力，为湖南网络文学产业链提供了大量的机会，不仅吸引了众多互联网公司落户，而且促进了湖南文学产业链的专精化与特色化。具体来说，宏观上，湖南网络文学产业实行"内容"与"形式"双面开花的策略，在泛娱乐化商业模式的引导下开展全方位、系统性的网络文学IP培育与开发工作。微观上，湖南网络文学以IP的深度开发为着力点，通过"网络文学+出版、动漫、影视剧、游戏、有声读物、音乐"等为代表的全产业链运营模式进行资本吸纳与粉丝联动，打造网络文学集群产业，扩大网络文学的社会文化影响力。基于此，湖南在网络文学的创作、生产、运营、消费各个环节积极发力，从内容层、开发层、运营层到分销层形成了一套上下衔接、协作运行的网络文学产业生态圈。湖南网络文学的上游地带依赖于阿里巴巴和阅文等集团公司。妖夜、愤怒的香蕉、丁墨、极品妖孽等湖南大神级作家签约了国内最大的网络文学集团阅文集团。该集团于2017年11月正式挂牌上市，旗下既有创世中文网、起点中文网、起点国际、云起书院、起点女生网、红袖添香、潇湘书院、小说阅读网、言情小说吧等网络原创与阅读品牌，也有中智博文、华文天下、聚石文华、榕树下等图书出版及数字发行品牌，还有天方听书网、懒人听书等音频听书品牌。这些平台为网络文学IP发展建构了良好的产业生态。在湖南本土，以芒果TV和中南传媒为代表的影视传媒公司掌握了变现的渠道和衍生层，其平台通过广告、付费服务、打赏、产品销售收益、流量补贴等方式进行产业变现。2020年，中国网络文学小镇正式在湖南长沙落户，成为湖南网络文学运营重地。众多网络文学大神签约入驻，把湖南网络文学产业推上了更高的舞台。中国网络文学小镇着力于打造中国网络文学新地标，吸引产业、文化、人才等资源集聚，形成集网络文学作品创作、出版、项目化、版权交易、作品改编、互动交流，以及影视、动漫、游戏、有声、无声等衍生开发于一体的完整产业生态链，为长沙的文化产业贡献新增量，目前已成为继广电、出版之后湖南文化第三张新名片。可以说，湖南网络文学的下游产业已与上中游产业协同运作，在这条环环相扣的网络文学产业链中，网络文学湘军正在迅速渗入各个领域，发挥产业链上下游联动效应，努力构建网络文学新生态。

四 网络文学活动精彩纷呈，打造网文圈的"湖南现象"

近年来，湖南在作家管理平台建构、作家成长培育、行业活动交流等方面取得了突破性进展，这些进展的取得离不开一个凝心聚力的组织管理平台。自 2017 年湖南省网络作家协会成立后，湖南建成了全国最大的网络作协会员组织平台，湖南的网络文学活动朝着一个新台阶迈进。据湖南省网络作家协会统计，目前活跃在全国的湖南省网络作家有两万余人，湖南省网络作家协会拥有在册会员 1892 人，是目前全国会员人数最多也是唯一会员人数破千人的省级网络作家协会。

从作家培养方面来说，首先，湖南省网络作协积极推荐网络作家加入中国作协、湖南省作协及各地市作协，为各级作协输入了大批新鲜的血液；其次，湖南积极举办网络文学研讨活动。自 2017 年开始举办的湖南青年网络作家培训班进一步整合了共青团组织的作家协会的优势资源，开展了形式多样、针对性明确的交流研讨和培训课程，助推了青年作家写作规范的有序向好发展。2018 年举办的湖南作家创作研讨会就当下热门的网络文学议题进行讨论，取得了不错的社会反响。中国网络文学小镇与长沙学院联合举办网络文学新人培训班，这是中国网络文学小镇与湖南省内高校合作模式的首次探索，有助于培养和选拔网络文学湘军新人。同时，各地市也积极举办各类网络文学活动，如第二届网络作家益阳行暨益阳青年网络作家公益培训、株洲市第一届网络文学论坛等活动获得网络作家同行交口称赞。2021 年 9 月 15 日，湖南省网络作协启动网络文学专业职称专场评审活动。该活动工作从 2020 年开始筹备，经过多方协商、沟通，最终在省人社厅、省作协、马栏山视频文创园的指导与支持下顺利举行。在此之前，全国没有任何一个省、自治区、市进行过网络文学创作职称专场评审，湖南此举说明政府有关部门与官方组织机构对于湖南网络文学的发展给予了高度关注与期待。这不仅给湖南网络文学、网络作家的发展灌注了政策驱力，镀亮了"网络文学湘军"的金字招牌，而且将吸引更多的网络文学人才落户湖南。

从文艺活动方面来说，湖南举行了一系列网络文艺盛会。"新时代·新悦读"红色经典朗读分享会、"砥砺奋进·阅行万里"红色文化学习等活动提高了湖南省网络作家的凝聚力。由湖南省广播电视局指导，湖南省网络视听协会、湖南省网络作家协会、中国网络文学小镇主办的"文创湘军湖畔沙龙——湖南省重点网络影视剧创作谈"活动是全国第一次网络作家联盟直接与影视制作平台面对面的对话沙龙,以合作洽谈的形式助力网络文创湘军发展。值得称道的是,面对疫情大考,湖南省网络作家协会组织动员全省网络作家积极参与疫情防控阻击战,通过发挥自身的职业优势,推出系列战"疫"主题作品,先后募集爱心捐款18万多元,为打赢疫情防控阻击战贡献网络作家的力量,彰显了网络作家的爱国担当。此外,湖南积极发挥省网络作协网站、公众号的宣传主阵地作用,打造网络湘军的宣传矩阵,依托红网等媒体提高了湖南网络文学的影响力。

从网络文学赛事方面来说,湖南积极提升网络作家创作的精品意识,举办了网络文学创作推优等大型活动。例如,湖南网络作协与红网文化传播公司联合举办了2018年度湖南省十大网络作家评先活动。二目、丁墨、不信天上掉馅饼、极品妖孽、妖夜、罗霸道、贼眉鼠眼、流浪的军刀、愤怒的香蕉、蔡晋被评为湖南省十大网络文学作家。一梦黄粱、乙己、风卷红旗、可大可小、叶天南、只是小虾米、半弯弯、浅茶戈绿、乘风御剑、酒中酒霸被评为湖南省十大网络文学新锐作家。在长沙市委宣传部和长沙市网信办的指导下,长沙市文联从2019年8月开始启动第一届长沙市优秀网络文艺作品评选工作。《贞观大闲人》《放开那个女巫》《极限拯救》《降龙觉醒》《荣耀之路》获得优秀网络文学作品奖,《三尸语》《少女心永不毕业》获得优秀网络文学新人新作奖,《一碗粉温暖一座城》获得优秀网络微电影作品奖。

回顾湖南网络文学发展历史,网络文学湘军已具有较大规模,整体创作水平位于全国先锋位置。不过湖南网络文学发展也面临一些问题。一是缺乏大型文学网站。虽然湖南网络作家人才济济,网文作品各竞芳菲,但不少读者并不知道他们所津津乐道的作品出自湖南网络作家之手。起点中文网、创世中文网、晋江文学城等IP地址来自北京、上海的大型网站将网络作家的地域性遮盖。由此可见,网络湘军建设的问题不仅是作家作品的问题,更是平台建设的问题。二是衍生产品缺乏活力。许多湖南的热门网络文学IP被阅文、爱奇艺、咪咕等大型网络文学运营公司买断与开发,导致湖南网文企业的产业开发呈现疲态,本土优质的IP资源匮乏，网络湘军建设需要更加强有力的开发模式。三是网络文学批评存在"失语"现象。一些批评家套用陈旧的理论模式评鉴创作更迭迅速的网络文学，使得批评观念与批评话语趋于陈腐。今后，湖南网络文学需进一步优化资源配置，吸引社会各界参与，构建全新的网络文学"文—艺—产—学—研"模式，推动湖南网络文学从"高原"走向"高峰"。

第二部分

年度文学力作关键词

关键词一

《大湖消息》

关键词提出背景：2022年8月，湖南作家沈念的《大湖消息》获鲁迅文学奖。《大湖消息》呈现了洞庭湖生态历史文化的时间史、空间史，包括人文精神、地理环境、风土人情、生存状态等方面，融入了生态环保的时代主题和现实政策等。《大湖消息》是沈念反哺和回馈大湖的精神产品，是一部反映新时代乡村精神面貌的新经典。

"回报"与"创作"

——论沈念《大湖消息》的生态书写

张 伟

引 子

《大湖消息》是湖南作家沈念讲述洞庭湖生态变迁的散文集新作。该书是沈念带着"回报"心理反哺出生地的创作实践，目的是从洞庭湖的过去、现在中寻求一个更美好的未来。沈念写洞庭湖的生态变迁具有天然的优势，但地缘方面的优势并不足以保证他写出一部优秀的作品，沈念将地缘优势放大到了极致，为生态文学的书写开辟了一条新路。

作为湖区人，自幼在湖区长大，沈念熟悉湖区的生活。离开湖区的沈念更加眷恋出生地、出发地，抱着"回报"的心态撰写此书。"这些年过去，我没有中断过返回，回到湖的身旁。我睁眼闭眼就能看到它的波澜，听到它的涛声，闻到它的呼吸，但我似乎一直在与之擦肩而过。我掩护着'我'躲闪、撤离,我也扶持着'我'遇见、深入。对一个写作者而言,毫无疑问,这是最有力量、最富情感的一块福地。它生长万事万物,也生长欲望人心。也许我毕生内疚的,也是我从这块土地上索取过那么多,却还没有过任何回报。我想从水流中'创作'一个未来,那里有对这块土地最坦诚的信任和依赖。"① "回报"是沈念创作此书的心理动机。这种心理将其与普通作家区分开来。普通作家采访渔民,注重突出人物经历的独特性,带有一种窥探和发掘的意味,② "回报"则有更强大的情感动力,带有反哺意味。"共情"是作家创作的基本能力,但有过类似的经历所产生的"共情"在层次上是不同的。沈念从小随父辈在湖区生活,许多人生印迹和记忆都在这里。沈念在"共情"的基础上,在他人的故事里渗入自己的情感、表达自己的爱憎,分享从中所获得的领悟。沈念说:"是时代和人民给了我灵感。在多次到这些地方走访之后,时代的变化、人民的奋斗和命运变迁,感动了我,鼓舞了我。"③ 作家徐则臣用"归去来"来形容沈念与大湖的关系,非常贴切。《归去来兮辞》是陶渊明离开官场之后所写的作品,反映了脱离官场、回归田园的决绝与内心中充盈的愉悦,是陶渊明的"重生"。沈念回到洞庭湖,不是从此与人世隔绝,而是回到出生地,通过他的创作,让出生地"重生"。从这一点来看,沈念的"回报"与"创作一个未来"是一种另样的、有大抱负、大情怀的"归去来"。

一 时间维度:历史性与现实性的结合

《大湖消息》既是书名,也是集中第一篇的篇名。"消息"是指有关洞庭湖的各种音信。上编第一篇《大湖消息》结尾处说:"虽然我也像候鸟一样飞在外面,但这些'大湖消息'时常从各种途径传递到我耳

---

① 沈念:《大湖消息》,北岳文艺出版社2021年版,第259页。下引此书皆为同一版本,仅在文中标明页码。

② "我有位在媒体从业的朋友,说想写一部渔民的故事,类似博尔赫斯的《恶棍列传》。每一个渔民都是一滴水,每一滴水都有它的传奇。"沈念:《大湖消息》,北岳文艺出版社2021年版,第111页。

③ 只恒文:《沈念〈大湖消息〉:一部厚重深情的水之书》,《中国青年报》2022年3月8日。

畔。"(P55)沈念将有意识地拉长时间维度考察洞庭湖的今夕变迁,讲述了人与湖的关系从和谐到紧张至逐步恢复和谐的过程。期间,保护性的力量、破坏性的力量此消彼长。沈念以非虚构叙事的手法编织起洞庭湖过去、现在、未来,对洞庭湖的未来寄寓了深切的期盼。

从时间维度来看,《大湖消息》将洞庭湖的开发、利用、破坏、保护史追溯至清代,勾勒了清晚期以来洞庭湖的历史变迁,突出了近几十年围湖垦田、洪水泛滥到退田还湖、十年禁渔等标志性事件,展现了人与湖从斗争走向和谐的历史进程。清代洞庭湖的水面全盛时期有六千平方千米。曾经烟波浩渺、物产丰富的洞庭湖进入20世纪90年代以后负面消息不断。《大湖消息》挑选候鸟、江豚、麋鹿、黑杨四种标志性物种的遭遇,以此展现洞庭湖生态的动态变迁,勾勒了洞庭湖近几十年发生的重大事件,从多方面探索造成洞庭湖衰落的根源。这些故事各自独立而有着内在关联,形成连环的逻辑结构,将这些故事串起来,即便是对水环境、生态保护一无所知的读者也可以轻松理解,洞庭湖的衰落非一朝一夕之事,今天洞庭湖生态面临的种种问题皆与历史遗留的积弊有关。

沈念采用了非虚构叙事的手法,对洞庭湖生态衰落的现象和对造成衰落的原因进行了多方面的溯源,如从江上集成故道的典型事例入手,厘清围湖垦田的来源、造成的巨大危害、由此引发的退田还湖等系列问题。他认为洞庭湖面积的萎缩有泥沙淤积形成洲滩的自然因素,但最主要的原因还是人为的造田运动。人们最初聚集到洞庭湖是灾荒导致的自发行为,此后就演变成了造田运动,愈演愈烈。围湖造田造成湖面从全盛时期的六千平方千米到现在不足全盛期的百分之二十。随着洞庭湖对长江上游来水的调蓄功能减弱,年年夏季洪灾泛滥,大湖让湖区人付出了沉重的代价。1958年修筑的采桑湖大堤虽经过多次进行修复,但年深日久,这条病险长堤时常出现沉陷、变形、开裂、外鼓和滑坡,直到1998年洪灾引发的特大灾难。这直接导致了集成故道居民的整体搬迁,成为湖区人不可磨灭的悲伤记忆。

渔业资源的萎缩是洞庭湖生态衰落重要表征。在写渔业资源萎缩时,沈念指出,渔民并不是天然的利己主义者,早先渔民对水有敬畏之心,他们将江豚视为河神,不捕杀江豚,不食用江豚。长江流域捕捞实施地方保护后,外地渔民禁入,于是一窝蜂地挤去了洞庭湖水域,高峰期达到十万渔民，过度捕捞远超出了鱼的再生能力。供需平衡一旦被破坏，渔民的敬畏之心在大规模的渔业生产中消失了。大鱼少了，渔民连小鱼也不放过，采取枯竭式捕捞，造成渔业资源的进一步萎缩。私下交易江豚则使得洞庭湖标志性物种面临极危的境地。在写到洞庭湖公共渔业资源萎缩的最深层原因时，沈念突然讳莫如深。老张是"元老级"的人物，也愿意满足沈念的好奇心，但他也认为这是不能说、说不清的秘密。他之所以不说，有可能是因为不好说。其实，以沈念二十余年在湖洲行走的经历，他不会不清楚这其中的奥秘。在此，他巧妙地使用了"互现法"，含蓄地批判地方政府的"小算盘"。"互现法"又称"互见法"，是中国古代历史散文常用的一种方法，或将人物事迹分散在各处，而以本传为主；或同一事件分散在不同的地方，而以某处的叙述为主。使用"互现法"的好处是既顾及了各篇内部的完整性，主题突出，同时又使得各章之间互相衬托，相得益彰。《大湖消息》在其他篇章谈到地方政府某些急功近利的发展模式对当地传统自然人文环境造成了不同程度的破坏。譬如"外来户"欧美黑杨是由政府率先推动，在湿地生态遭到严重破坏、水质受到严重污染后紧急叫停；江豚保护区升级的搁置也与地方政府狠抓经济、忽略生态有密切关系。县里怕江豚保护区升级前的环评工作影响核电项目发展，有意搁置晋升国家级保护区的工作，导致保护区无法提升档次，许多保护工作无法落实到位。通读全书，细心的读者不难理解，洞庭湖公共渔业资源萎缩的"幕后操纵者"，牵涉到形形色色的利益，其中与地方政府的"小算盘"脱不了干系。"互现法"既揭露了问题，又避免了尖锐的对立，决定了这部作品既有严肃的批判性，同时又是相对温和的。不过"互现法"对作者和读者都提出了挑战。它要求作者对现象与现象之间的本质联系有深切的了解，同时也对读者提出了要求，那些一目十行、追求"爽感"的读者很难了解作者的用心。

有关洞庭湖当前问题的症结，沈念通过小吴站长的一段话进行了精辟的归纳，指出当今洞庭湖所面临的诸多困境与不同历史积累的问题有关："人与自然之间生发的矛盾，在水流之地演变成资源环境问题，不外乎可以总结为上游与下游、左岸与右岸、调蓄与泄洪、防洪与灌溉、行洪水力利用与航运等矛盾，这些问题在漫长的历史岁月中，几乎应有尽有，不同历史时期都会遇到……历史的问题，历史也在不断解决它们。"(P103)关于未来,《大湖消息》指出,在国家出台的湿地保护法的大环境下,在渔民、农民、基层干部、专家和志愿者的共同努力下,湿地生态将日趋恢复平衡。

《大湖消息》是沈念"回报"大湖的精神产物,也是他"创作"出来的一个崭新的文学世界。贺绍俊认为,大湖是沈念的精神原乡,他重塑了大湖,将洞庭湖确立为自己的文学原乡。"沈念自认为他的性格和灵魂都打上了水的印记,因此他也自觉地在文学上追求水的风格。每一个作家都应该努力构建属于自己的文学世界,就像哪怕是'邮票大小的故乡'也造就了福克纳的文学世界一样。沈念显然将洞庭湖确立为自己的文学原乡。他要打造的文学世界就是一个水世界。《大湖消息》可以视作他在自己的水世界里所建造的一座高楼。但沈念并没有将自己的水世界局限在洞庭湖区,而是随着水的意象拓展其文学空间。在他看来,水是没有边界的,'高空的飞鸟、远游的鱼、丰茂的植物、穿越湖区的人,都会把水带走,带到未曾想到达的地方。水的边界也无限扩大。'因此他给自己订了一个文学规划:'我想从水流中"创作"一个未来,那里有对这块土地最坦诚的信任和依赖。'"① 从《大湖消息》的文本来看,沈念所谓"从水流中'创作'一个未来",不仅是对自己的文学规划,也希望通过生态写作,引起人们对洞庭湖的生态问题的重视,让更多的人参与进来,让专业的人做好专业的事,假以时日,逐步解决在历史过程中累积起来的诸多矛盾,为洞庭湖寻求一个更美好的未来。

二 叙事维度:渔民"口述史"

在叙事方法上,沈念采取了三种方式来展现洞庭湖的变迁。一是文献资料,包括历史上有关洞庭湖的文献和各种调查报告、新闻报道,展现洞庭湖的基本面貌。如"清道光年间《洞庭湖志》中,全盛时期面积有六千平方公里,差不多是现在的三倍。那张传播刻印的《舆图》,描绘的是湖的全盛期和最大值,此后步步走向的都是湖的衰落……"(P5)二是田野调查,与文献资料互为补充。为了展现大湖的面貌,《大湖消息》将

---

① 贺绍俊:《沈念散文集〈大湖消息〉:湿润、深邃的水世界》,《中国艺术报》2022年8月3日。

清代地图《洞庭湖三府一州八县四大水入湖全图》与现在的洞庭湖地区地图对比，发现现有湖面面积萎缩到了不到清代全盛期的百分之二十。为什么会出现如此之大的湖面萎缩？沈念借鉴社会学田野调察的方法，绘制调察地图，以图文的方式展示调查对象的全貌，反映洞庭湖生态变迁。《大湖消息·行走路线图》《孤岛与故道》直观地反映了沈念的采访行进路线。三是采访湖区百姓，对百姓的日常生活和洞庭湖的重大事件进行口述史写作，沈念多次回到故地，与当地百姓、专家、保护站的工作人员等接触，获取有关洞庭湖的口述资料。为了撰述此书，他与当地的朋友安排了多次"看水的行程"，"从慈氏塔、街河口、鱼巷子出发，沿着水岸线，跨桥往西，过君山岛、钱粮湖、注滋口，深入湖的腹地"(P253)。他采访毒鸟者、渔民、志愿者、保护区的基层干部，与他们同住渔船，通过田野调查，获得了大量与湖有关的日常生活经验。通过这三种方式，沈念立体地展示了洞庭湖生态，既具有专业性，又有可读性。本文重点考察渔民"口述史"。

  口述史属于公共史学的范畴。官方历史文献青睐精英阶层，口述史则不管名人还是普通人都可以作为对象。从某种程度上看，《大湖消息》是一部反映乡村时代和后乡村时代的渔民生活的乡村史。渔民是"大湖之子"，是这部书的真正主体。沈念以渔民作为采访的主体，表现了他自觉的"口述史"写作意识。"如果说传统史学，特别是文献史学，是一种有组织、有选择、有立意的史学研究，代表着官方或者（有话语权的）史家立场的'本位史学'的话，那么口述史则显示出一种以'人'为本位的史述记载，参与者更多，史学探究也更加广泛且自由，让史学研究真正成为具有大众特性的学问。"[①] 口述史注重"人"的本位意识。《大湖消息》借鉴了口述史的模式，突出"人"在历史中的作用。书中刻画了各种形象、各种性格的渔民。如老匡爹（当地称呼年老的男子为爹，发音 dia）与江豚结下了"梁子"。老匡爹在鱼群出没处撒网时，江豚正在追逐鱼群，为了警告匡爹，江豚拱他的船，让他长长记性。这段"梁子"让老匡爹对江豚充满敬畏，只用鸬鹚捕鱼，绝不非法捕捞；"麋鹿先生"李新建一心扑在鹿上，俨然是麋鹿的家人；随父亲来洞庭湖割芦苇

---

① 夏晓燕：《口述史的价值在于追忆亲历的历史》，《文摘报》2021年3月4日。

而丢了性命的少年，化成了湖里的水，见到水都是他们的再次相逢；大规模种植黑杨而血本无归的玉山；被自己的铳打死的鹿佬……这些故事或采取直接口述，或采用转述的方式来讲述。不过即便转述的故事有道听途说的成分，仍是基本可靠的。渔民的"口述史"是以个人的生活为主体的，在讲述或转述的过程中，《大湖消息》不知不觉写出了人间的烟火气。

于寻常烟火气之中，沈念转换角度，从"湖区人"的视角来认识人、认识世界，同时也潜移默化地加深了人们对湖区人内心世界的理解。阎连科认为："《大湖消息》在人世间的烟火气中恰恰从另一个角度加深了对人的理解、对自然性的理解。"[①] 他们对于世界，有一套自己的看法。沈念注重从湖区人的角度来描述生死、爱恨、对命运的终极思考，不作刻意拔高。在沈念笔下，当湖区人对生命中发生的不幸不理解、感到困惑时，将一切归结于命、归结于生养自己的大湖。"水上的生死不是头一次见识，苦命的渔人泪，终归是要流进湖水中。"(P228)这种看法看似悲观，实则给了他们巨大的精神力量，让他们能够在这艰难的人世间坚强地、有滋有味地生活下去。

沈念虽然自觉借鉴了口述史的创作模式，但与真正的口述史还是有所不同。一般口述史的采访者需保持中立的立场，不能将"讲述"变为"编导"，不能带有偏见。但沈念明言自己是带着"偏见"采访的。正如他在《水的行走》中所说："我带着敬畏、悲悯、体恤的'偏见'，沿着水的足迹寻访。"(P260)这些"偏见"实际上是偏爱、是理解。沈念自幼在湖区长大，熟稔湖区的一切，能够与湖区人产生共鸣，对他们的行为有着发自内心的理解。在写到科考数据显示江豚数量回升到一千零一十二头时，沈念写道："江哥感到胸中有一股游荡的充沛之气，潮湿的眼睛模糊地浮现过去许多个记忆交错、斑驳的白天黑夜。那些过去的时光，化成水中的一朵浪花与一片水波。水里有世界上所有的事物。他觉得对水，陡然多了许多另样的期待与亲近。"(P115)"游荡的充沛之气"就是"浩然正气"。《孟子·公孙丑》说："其为气也，至大至刚，以直养而无害，则

---

① 《"入世"写自然 散文集〈大湖消息〉中的生命与人间》，https：//baijiahao.baidu.com/s？id=1726730540316629024&wr=spider&for=pc，2022年3月8日。

塞于天地之间。其为气也,配义与道;无是,馁也。是集义所生者,非义袭而取之也。行有不慊于心,则馁矣。"① 沈念对渔民兄弟有"偏爱"是理所应当的,因为他们虽是普通人,却自觉坚守了天地间最可贵的义与道,正是有了他们的无私守护,保护区江豚的数量才得以迅速回升。

在以男性为主体的作品中,《大湖消息》刻画了一位女性。她是一位外来移民,一个因不甘戏班主的侮辱而出逃的戏子,嫁给了大户人家许飞龙,却不幸守寡流产,最终在时光中寂寞衰老。沈念将她与湖的故事写成了"与风有关的故事"。"她说的这一切,在我脑海中速写成了画面,却并没有我特别想看到的那张。"(P169)描写她自述过往时说:"她叙说着那些过往,每一个字眼都发出了波浪起伏的共鸣,如一名大提琴手演奏者所有悲伤的低音部。"(P181)这两处描写都采用了移情的手法,巧妙地把作者的感受融入了客观描写之中,将对湖区人的"偏爱"表现得不着痕迹。

在讲述湖区人的日常生活时,沈念是有所偏爱的,但作为"外面来的人",他与渔民之间存在着物理和心理的距离。这双重的距离使得他能够以旁观者的视角来讲述故事,保持情感的克制。这种叙事角度决定了文章的抒情既力度饱满,又有所克制,张弛有度。面对有故事而并不愿意分享的人,他并不强迫,有时甚至故意回避,以免让人想起伤心的过往。他在采访一位从狂风恶浪中救起十七条人命却意外失去了儿子的父亲时,自始至终没有透露这位父亲的名字,全程用人称代词"他"来替代。这个"他"吃苦、霸蛮、节俭,拼了全身的力气,克服了不敢回想的艰难,却遭遇了命运带来的重重打击。"他"好不容易跑船买了一套集资房,却被不争气的儿子气得卖了房子,租住在简陋阴暗随时可能被拆掉的旧平房里。最终,儿子没了,儿媳跑了,妻子病了,孙子残疾了,女儿女婿闹离婚,他只有抱着将孙子抚养长大的朴实念想,活着。面对这位现实版的"福贵",沈念不舍得去唤醒他痛苦的记忆。"我陪着他坐了很久,看着夕阳落下,看着火红的圆球悄无声息地潜入水中,都想放弃采访了。我不忍心再让他经历一次失子之痛。"(P201—202)他与被请来驾驶蒲滚船当向导的谭宙地交谈时,也有类似的"不忍"。谭宙地当了四十年渔民,却因为一个小混混的混账行为,无辜失去了自己的孩子。沈念在

---

① 杨伯峻译注:《孟子译注》,中华书局 1960 年版,第 57 页。

面对他时,也显出了一种善良的"迟钝"。"我一时不知要跟他说些什么,或者是我在琢磨说哪些话能给一个鳏夫安慰。他定定地看着我,又深深地吸完最后一口烟,烟头慢慢暗下来,一支烟他抽完,干净得恰到好处。我笑了笑,他突然问我,一个以水为生的人要怎样度过他的一生?"(P223)正因为懂得渔民的艰辛与不易,内怀着慈悲之心,沈念能够深入他们的心理,真正与采访对象达到心灵的同频共振。

三 情感维度:大格局与大情怀

与《瓦尔登湖》写孤立的个体与湖的关系不同,《大湖消息》是"入世"的文学,探讨的是生活于其中的群体与大湖的关系。这里的群体既包括人,也包括与湖相关的鸟兽、植物。《大湖消息》的格局与情怀体现在两个方面:一是将洞庭湖生态治理与历史生态链相关,从全球视野的角度关注洞庭湖标志性物种;二是从人性角度来写湖区人的生存故事,通过细腻深沉的情感书写,展现湖区人丰富的精神世界,体现湖区人的遭际、性格,表现湖区人朴素的人生观、炽热的情怀和温润的人性光辉,为《大湖消息》塑造了丰富的情感肌理。

环境治理是系统工程,不是一时、一地的问题,而是全球性问题。《大湖消息》虽然以洞庭湖生态治理为切入点,书写湖区的生态变迁,但沈念有意识地将本土性写作与历史生态链相关,将地区环境治理与全球环境治理相关,提升了本土写作的格局。这一点在《大湖消息》的上编中得到了充分的体现。作者通过候鸟、麋鹿、江豚、黑杨四种标志性物种,勾连起了洞庭湖生态链。

从地域的角度来看,候鸟(部分)与黑杨都是来自异域的物种。《所有水的到访》讲述了候鸟的迁徙。候鸟是天空最美的笔触,它们飞越了遥远的地域。"从北方的寒冷海域到南方的热带珊瑚礁、沙滩和深海槽,峰巅、高原、台地、荒漠、湿地、草原、海滩、森林、热带雨林,鸟的身影穿行于这些大跨度的栖息生境。"(P34—35)它们的到来,使湿冷的东洞庭湖有了生命的气息。黑杨原产地是北美洲,学名叫欧美黑杨、美洲黑杨。在"林纸一体化"的推手下,政府鼓励大家变种田为种树,黑杨种植面积迅速扩大。这种外来物种的生命力超过任何一种本地物种,绰号"湿地抽水机",它能迅速抽干水分,使得柔软的湿地日益陆地化,阻滞湖水流动，湿地调蓄功能减弱，洪水季节阻碍行洪。最终，不得不进行全面清理。麋鹿和江豚都是中国，尤其是洞庭湖的本土物种。麋鹿原产地中国，这是中国地理特有的"四不像"，古代的灵兽。1865 年秋天，法国传教士阿尔芒·大卫首次发现北京南海子皇家猎苑中的麋鹿，制作了两头麋鹿标本寄到巴黎自然历史博物馆。麋鹿的逃亡史自此开始。此后，各国传教士弄走数十头回国饲养。1898 年英国十一世贝德福特公爵花重金把十八头麋鹿带去乌邦寺庄园。乌邦寺庄园挽救了一个濒临灭绝的物种。全世界的麋鹿都是这十八头麋鹿的后裔。一百年后，乌邦寺庄园主向中国捐赠麋鹿。现在，中国的麋鹿种群占世界总数五分之四，数量达到五千多头。在灾难面前，麋鹿未能幸免。不幸中的万幸，江上集成故道在居民整体搬迁之后成为"息壤"，人退鹿进，麋鹿苑为麋鹿保留了最后的净土。沈念写道："麋鹿的回来，放在时间的线轴之中，我突然想到，它的身体就是一面镜子，显影着朝代的没落、西方文明的介入。有关战争、迁徙、对抗和征服，都在这面'镜子'里有着清晰或隐晦的痕迹，其背后何尝不是一种人类史的建构和地方性叙事。"[P72]这一段历史叙事看似闲笔，实则极为重要。有了这一段叙事，作者所采访的江中集成孤岛麋鹿苑中的三只麋鹿就不再是三只孤立的个体，而是一个庞大种群的幸存者，是一段颠沛流离的历史的见证者。麋鹿的逃亡与回归，显影着近代以来中国国力的衰与盛。

相比麋鹿，江豚的命运更为多舛。沈念从历史的变迁和相关物种的灭亡两方面来讲述江豚的遭遇。江豚在长江上生活了两千五百万年。古代关于江豚的最早记载是在东汉许慎《说文解字》中出现的。江豚的受关注与白鳍豚的"功能性灭绝"有关。而白鳍豚的灭绝是一次人类历史上的大灾难。"美国《时代周刊》将其列为当年全球十大灾难之一：'这是人类历史上第一种因人类活动而消亡的脊椎动物，也是近五十年第一种灭绝动物。'"[P105]江豚虽然没有灭绝，但已经列为极危动物。候鸟、黑杨、江豚、麋鹿这四种动植物既是洞庭湖的标志性物种，也是全球生态的重要一环。对于越冬的候鸟来说，湿地不应该是它们的葬身之地；本地的濒危、极危物种已经处于极端脆弱境地，保护它们，实际上就是保护地球、保护人类自身。政府贸然引进外来物种，有可能对湿地生态带来毁灭性打击。从这些角度来看，《大湖消息》的切口虽小，却彰显了全球视野、气度和格局。徐则臣说:"我们每个人都想写宇宙,但是我们写不了,如果你真写,可能反而变得什么都不是。如果先将一个小切口作为样本,把它研究透以后会发现,这个小的样本就是整个世界。我认为沈念抓到非常好的一个点,跟大湖之间建立写作者跟他的文学根据地之间的关系。"① 沈念写的是大湖,但不仅是大湖,由此出发,可以抵达更远的文学边界。星星之火,可以燎原。文学的火种可以传播到更广阔、更遥远的地方。

生态环境的好坏与人类活动息息相关,《大湖消息》从人性的角度,写出了湖区人炽热的情怀。"情"是《大湖消息》隐性的主题,如湖区的晨雾在书中弥散开来。在沈念笔下,湖区人与湖、人与动物都有着内嵌的生命联系,有着解不开的"情缘"。以渔民为例,在沈念的笔下,渔民不是什么空洞的概念,而是一个个具体的人。渔民与大湖有着天然的联系。渔民对大湖是爱恨交织的。沈念从渔民的日常生活出发写大湖的重大事件,赋予了文章以独属于渔民的生存思考和触手可及的生活质感。

"自二十世纪二十年代开始……顺水而来的开荒者,赤膊吊胯,或者一担箩筐挑着儿女和全部家当,跟着春天一起到来,插根扁担在金子般的泥地里,三天就能'发芽'。"(P6—7) 这段话形象地描绘了饥荒时代人们来到洞庭湖这片沃土时的欣喜。洞庭湖的湖洲、沃野给了饥饿中的人们最后的希望,他们一无所有而来,在这里繁衍生息,但夏季的洪水又无情地夺走了人们辛辛苦苦经营的一切。书中叙事的节奏与所叙述的对象形成呼应。有关溃口抢险的描写节奏很快,与当时现场抢险时的紧张感相呼应。抢险失败之后,节奏舒缓下来了。至于灾后的情形,他只用了寥寥数语就写出了水退之后灾民的狼狈和失去一切的落魄形象:"当年水退之后,乡下人嘴中的二十四个秋老虎还没离开,回到村里的人穿着从捐赠处领来的各式各样的衣服。他的叔伯嫂子站在自家门口,一脸茫然地看着颓倒的屋墙,脚边躺着一头皮囊肿胀没法辨认的黄牛尸体。"(P76—77)

《大湖消息》采取了叙事与抒情有机结合的讲述方式。为了保障蓄洪区人民的生产、生活和生命安全,避免更多人身和财产损失,国家出台

---

① 《"入世"写自然 散文集〈大湖消息〉中的生命与人间》,https://baijiahao.baidu.com/s?id=17267305403166290248&wfr=spider&for=pc,2022年3月8日。

移民搬迁政策,将蓄洪区的村民整体搬迁,退田还耕、退林还水、平垸行洪。麋鹿保护区位于集成长江故道,是一个江中孤岛,必须整体移民。中国人历来有安土重迁的习俗。离散的人对故土怀着深深的眷恋,不断有人搬回来,又被干部劝导着离开。算大账,搬迁如开弓没有回头箭,真要实行起来却不是易事。村民们认为"外面再好,觉得还是这块生养之地待着最舒服,反正有一半已经死在了这边"(P78)。然而在宏大的历史潮流面前,终究还是要离开。在这过程中,难以割舍的故土情结在《麋鹿先生》中表现得淋漓尽致。村民整体搬迁后,沈念以麋鹿饲养员李新建时时念诵当地农民的诗的方式,表现了被迫迁往异乡者的感伤:"身在异乡,有些句子不忍和酒去饮/思念比淹没故乡的洪水/来得汹涌,容易冲垮父母/老迈的身躯,在父母面前/对故乡,我不忍提只言片语。"(P79)沈念问他记不记得诗的题目,他脱口而出:"记得的,叫作《哪里有路回故乡》。"(P79)农民诗人的诗歌文字不一定精致、结构不一定精巧,但情感浓烈、情怀动天。沈念通过农民来写搬迁农民的心态,保证了叙事的真实性,也让读者以更直接的方式了解被迫迁徙者的内心世界。这里既有村民舍小家为大家的情怀,又有真正的人性书写。难舍之情则为这史无前例的整体搬迁工程增添了悲怆的味道,使得相关描写具有一种悲剧之美。

宿命是民间故事、民间传说对命运的一种总结,是对不可知力量的盲目崇拜,带有巫术的色彩。楚地重巫,有淫祠之风。岳阳地区自古是巫风盛行的地方。文中鹿后义父子之死带有浓厚的传奇色彩。《湖上宽》写道:"凡事都有预兆,命运安排好的不可改变。"(P246)父亲鹿佬喝得微醺,想起曾祖母在梦里告诉他金子就埋在宅基地旁边,奋力挥锄,真的挖出一口破缸,缸里有绞成一团的土公蛇。土公蛇是不幸命运的预兆。在乡下,这是件顶不吉利的事,结果晚上去伏鸟的鹿佬死在了自己的铳下。儿子鹿后义曾在20世纪70年代发明排铳,一铳打死五千九百八十斤鸟,获得喜报和物质奖励,被誉为"神枪鸟王",风头无两。此后场部规定不准打鸟,鹿后义如同丢了魂魄。一次偶然的机会,他救了一只白鹤,取名飞飞。放生后,白鹤飞飞每年都飞回来看他。孙女不小心失足落水,白鹤飞到家里啄鹿后义的腿,用翅膀推着他的腿。他意识到白鹤是让他去救人,赶到红旗湖边,救回了孙女。这段神奇的人鹤奇缘被当地渔民津津乐道。鹿后义死前每晚都做噩梦,梦见自己变成飞鱼,长嘴白鹭尖嘴啄在他身上，鳞甲一片片掉落，像从身上撕下皮肉，像是铁籽一粒粒打在身上。人与鸟的奇缘，既有灾报也有福报，都与大湖有着密不可分的联系。

　　沈念不只写了渔民的情怀，也间接地表现了自己对大湖的情怀。作者与大湖的关系是"回报""反哺"的关系，作者对书中人物，除了偏爱，还有共情与关怀、有敬重与钦佩。如《后记》所说："这些忽略的、消逝的、遗忘的过往被我逐一唤醒。我像是撒下对人的生存状态共情与关怀的种子，也愈加敬重那些历经艰难的开拓、生生不息的勇毅。因为有那些纷纭、繁杂，也就有了澄明、肃穆的镜像。我心中流淌感伤、悲情，也流淌感动、豪迈。总会有莫名的时刻，于江湖之上、时空之中碰撞，江湖儿女的命运也于此引啸长鸣。"(P260)作者将自己代入了湖区人的生活，由此与之产生心灵的共鸣，由此而感伤、悲情、感动、豪迈，继而通过讲述湖区人的故事，表达他对大湖的情怀。

　　在表现人物情感时，沈念有意识地采取了诗性叙事。诗性叙事是对传统文学中抒情方法的继承。中国古老的抒情诗极为重视语言。诗性叙事赋予了《大湖消息》以精致、凝练的美感，使得情感表达富有艺术气息。上编标题"黑杨在野"化用了《诗经·豳风·七月》中的"七月在野"。"七月在野"省略了主语"蟋蟀"。"黑杨在野"（黑杨树在野外）不如"野有黑杨"（如"隰有苌楚"）更符合现代人的阅读习惯，但倒装语序更能引起人们对黑杨的关注，强调了"黑杨"这个外来物种对湿地生态的破坏作用。借助于点化后的《诗经》诗句来做标题，沈念营造了典雅的艺术氛围。

　　诗性叙事不仅体现在有生命的人和动物之中，无生命的风、光、水，甚至寂静也被作者赋予了灵性。灵性如庄子所说的"道"，在蝼蚁、在稊稗、在屎溺……无处不在。《红楼梦》以风来写女子的性格，"好风凭借力，送我上青云"写出了宝钗隐秘而幽微的意识。沈念笔下的风也是有性格、有情绪的。湖风有调皮、可爱、有益的一面，也有猛烈、可怕的一面。"往湖的腹地走，走多远，风像野孩子般尾随，撒开脚丫子奔跑。老张说，风是候鸟的生命的一部分，只有在风中，它们才算真正地活着。万里之外的生灵，全靠风力的托送，才完成生命的迁徙。"(P28)"风还是不管不顾，贴着地，像一头暴躁的野猪，用尖锹般的嘴，在墙根、屋角、房门底下猛拱,关在屋里的人,听着门外翻江倒海的声音,身体里的骨头和关节会不自觉地战栗起来。"(P169) "风中掺着食物的味道,掠过鼻翼。风太猛烈了,好像有人用手挡着你,前面是地雷阵是万丈深渊。"(P236)沈念笔下的洞庭湖,是一个万物有灵的世界。

结　论

《大湖消息》以洞庭湖及湖区标志性的生物(候鸟、麋鹿、江豚、黑杨)作为叙述对象,有意识地拉开时间的距离,通过历史性与现实性的结合,充分展现了不同时空下洞庭湖的不同状态,勾勒了洞庭湖的变迁史、湖区人的迁徙史、湖区动植物的兴衰史,赋予了作品以历史的纵深感和鲜明的现实感。沈念通过大量的文献资料,赋予了这部作品以极高的知识密度。他从洞庭湖的生态变迁切入,将本土写作上升到了文明史的高度,彰显了宏阔的全球视野。沈念在非虚构性叙事的基础上,结合诗性叙事的方式讲述湖区人的故事,将大湖的重大事件与渔民、村民的日常生活相结合,赋予了重大事件以触手可及的质感。《大湖消息》作为沈念行走湖区二十年之后"回报"故土的作品,具有一种深沉厚重的情感力量。他通过细腻深沉的情感书写展现了湖区人丰富的精神世界,表现了湖区人炽热的情怀和温润的人性光辉。

关键词二

《水乡》

关键词提出背景：残雪，本名邓小华，1953年生于长沙。残雪是中国当代少数具有世界影响力的作家，被美国和日本文学界视为20世纪中叶以来中国文学最具创造性的作家之一。《水乡》是其作为2019年诺贝尔文学奖热门人选之后推出的第一部长篇小说。这部作品以真实存在的洞庭湖为载体，以天马行空的想象，为读者营造了一个充满神秘色彩的精神家园。相比于从前的作品，这部小说的可读性更强，体现了残雪不断突破自我的超越精神。

独自建造的天堂：论残雪《水乡》对中国式乌托邦的书写

张 伟

《水乡》是残雪于2021年出版的长篇小说，是其作为2019年诺贝尔文学奖热门人选之后推出的第一部长篇小说。这部小说延续了残雪一贯的风格，带有浓厚的虚构色彩。故事中的洞庭湖野鸭滩是乐土、天堂，吸引着形形色色的人会聚于此进行精神的冒险。与残雪早年的文学创作不同，《水乡》中的人物虽是人群中的"异类"，却因某种特殊的契机和精神的契合相聚在一起，他们不再因身为"异类"而感到痛苦，彼此互助，勠力同心，守护着共同的精神家园。这是一部在西方文学影响下创作的、具有本土情怀的虚构主义文学作品，反映了残雪创作心境的重大转变，是她塑造的中国式乌托邦。

一 诗意而痛苦：湖区意象在残雪以往作品中的呈现

残雪没有在湖区生活过，她关于湖区的描绘主要基于两点：一是来自哥哥唐复华的描述，[①] 一是源于其自身卓绝的想象。

残雪关于洞庭湖的描绘有些很真实，不过大多数时候，她对洞庭湖的描绘是艺术真实。在早年的文学创作中，残雪笔下的洞庭湖是如梦境般的"异境"，湖区的一切有着非同一般的色彩。这"异境"给主人公带来富有快感的痛苦，结局要么指向死亡，要么指向虚无。在抵达命运终点的过程中，主人公始终怀有鲜明的"异类"意识。

诗意而痛苦的意境在《生死搏斗》中有着集中体现。老裴的小侄子给远蒲描述湖区不堪忍受的日子，最不堪忍受的是星星。"说起来您也许不相信，我们生活里最可怕的东西是那些星星。人们缩在茅棚子里不敢出来，晚风很凉，匆匆走在小路上的人都低着头，有的还戴着斗笠，要是朝天看一眼啊，就要发狂，生活就要乱套。您可以想象一下，那些东西眨巴着眼同你对视，什么问题不会生出来啊。要是问起来呢，就没个完了，一生的时间都不够。那么大的星星啊，简直怀疑是自己的幻觉……当繁星密集时，它们就像压在你的心上。"[②] 卓今指出："这个画面让人不禁想起画家凡·高的一幅名叫《星夜》的画，那些辉煌的未经调和的蓝色和紫罗兰色，那些爆发着激情的星星微微泛着黄光。那光芒既热情似火而又冰冷刺骨，它们在天空中旋转着。"[③] 卓今指出了文中所具有的美感，却没有点出这富有美感的星空为什么让湖区人觉得可怕。之所以觉得星星可怕，是因为与它们的对视激发了人的自我意识。莎士比亚的戏剧《麦克白》中主人公麦克白的台词："星星啊，收起你们的火

[①] "'文革'前唐复华毕业于零陵师范。由于家庭政治问题没有分配工作。他经常与弟弟妹妹们谈文学谈理想。邓晓芒、残雪都深受他的影响。他恃才傲物，与众不同。因为城里没法找工作，他报名去了千山红农场。在湖区，他经常写信给家里，鼓励弟弟妹妹们要树立远大的人生理想。讲述湖区那边有趣的人和事。残雪的许多短篇小说都以湖区为题材，如《山乡之夜》《生死搏斗》《算盘》《金天鹅》，等等。湖区的那种潮湿、闷热、疯长的芦苇，要命的血吸虫，不期而至的洪灾等等。一望无边的湖区啊，人在那里显得多么的渺小和无助。"卓今：《残雪评传》，湖南文艺出版社2008年版，第91页。

[②] 残雪：《从未描述过的梦境》，作家出版社2004年版，第615页。

[③] 卓今：《残雪评传》，湖南文艺出版社2008年版，第91页。

关键词二 《水乡》

焰!不要让光亮照见我的黑暗幽深的欲望。"残雪说:"麦克白的典型就是人的典型,当心中的渴望控制了人的时候,人常常面临着麦克白似的选择,莎士比亚不过是将这种选择极端化了而已,目的当然是促进人的自我意识。"① 在蒙昧中生活的人不肯也不敢直视自己的内心,因为自我意识一旦觉醒,人就不再甘心过着"不堪忍受"的日子。但他们没有新的出路,只能自我蒙蔽。正因为自省使得人生变得惊心动魄、变得"发狂""生活乱套",因此,越美的星空,与之对视就会带来越深的痛苦。在极度的痛苦中爆发令人销魂的诗意,这是残雪早期小说的基本特点。

小说《金天鹅》也是痛苦与诗意的集合体。金天鹅是一个变异的天鹅品种。"我"的祖父的祖父说"阳光落在它身上就好像烧起了一蓬火"②,他遇到过金鸟两次。"我"因对金天鹅故事的痴迷而成为村子里的"异类"。实际上不只是"我","我"们这一支从外地来到湖区的村民都是村子里的"异类"。因此,"我"只能在幻想中与金天鹅这个稀有的异类交流。这些设想中的情形是富有诗意、充满梦幻色彩的。有关金天鹅的一切恍如一场迷离的梦境,"我"知道这些充满诗意的、梦幻的描绘不过是"无聊之中的胡思乱想""子虚乌有之事","我"想找一个人倾诉,却遭到了村里人集体的排斥和轻视。"我"一旦鼓起勇气开口谈起金天鹅的传闻,人们就很不耐烦,不愿谈。"因为我的这个企图,我的个人生活变得艰难起来了——没有人愿意同我发生任何关系。我住在这栋房子里,时刻感到自己被强盗包围着。"③ 流浪汉都觉得我唠叨金天鹅令人很担忧,在这样的氛围中,"我"常常感到毁灭性的灾难临近。

在早期的文学创作中,残雪笔下的人物绝大多处于孤立状态,每个人都是人群中的"异类",遭到集体的排斥与蔑视。"异类"感是人物痛苦的精神根源。《湖藕》可被视为"异类"诞生记。"我"因离家出走被母亲抛弃,从有朋友、有家的孩子变成没有家的"二流子",成为新的"异类"。《山乡之夜》写的是"异类"被"同化"的过程。我随麻婆进入山区,被山民视为"异类"。"我"的高大、爱干净、视力和勇气不及

---

① 残雪:《地狱中的独行者》,湖南文艺出版社2019年版,第50页。
② 残雪:《从未描述过的梦境》,作家出版社2004年版,第767页。
③ 残雪:《从未描述过的梦境》,作家出版社2004年版,第768页。

他们，都成了被鄙夷的理由。不过，进入山里人的村子才过了一天，"我"对以往的生活产生了一种不真实的感觉。小说的结尾，"我"和麻婆在猪栏里安了家，同身旁的麻婆产生精神的共鸣，由此完成了从被迫到自愿成为山里人、从洁身自好向世俗和现实妥协的过程。

湖区人身为"异类"而体会到的锥心之痛，正是残雪早期被排斥、被蔑视之后的心态写照。残雪个性内向，没读完小学就因病辍学，失学时正是"文化大革命"刚开始的时候。时代的大环境让她远离了学校教育。"从12岁到18岁，是一个人青春期成长的重要阶段，生性内向的残雪恰好又在这个阶段走出了学校，远离集体生活，性格越发地内向孤独。成天在书本和幻想中度过，她的个人做派甚至人生的命运就因此而铸造和改变。"① "异类"意识扎根于残雪内心深处。起先，她因融不进集体被迫作为"异类"。成为专业作家后，她意识到"一个脑子里塞满了事务的人，他的本质是很难崭露的"。残雪在访谈中说："提到我的作品为什么会成为现在的样子，我想那多半与我个人的性格有关。我从小时候起，总是与世界作对。大人说'东'，我偏说'西'。不理解周围的人为什么会是那样。而且，不赞成他们所做的一切。因此，我能采取的方法就是封闭自己，一直都是那样做的。"② 残雪刻意保持与人群的距离，深居简出，过着一种半封闭的家庭生活。主动远离事务使她沉入潜意识，过一种高品质的生活，其小说中的诗意就是这种深入潜意识的产物，而小说中的人物所经历的痛苦则与其自觉的"异类"意识密不可分。

二 神秘而乐观：中国式乌托邦的精神特质

《水乡》是一部充满神秘感和乐观精神的作品。残雪在原始力量的冲动下，深入潜意识，通过理性对潜意识中"异境"的打捞，"创作出一个什么也不依赖的、独立的空间"③。《水乡》中这个空间就是洞庭湖，是残雪塑造的中国式乌托邦，它是一个超越实体的象征性场域，充满神秘感与理想主义情怀。湖区的神秘主要体现在历史与个人的经历融合无间，

---

① 卓今：《残雪评传》，湖南文艺出版社2008年版，第24页。
② 残雪：《为了报仇写小说——残雪访谈录》，湖南文艺出版社2003年版，第6—7页。
③ 残雪：《为了报仇写小说——残雪访谈录》，湖南文艺出版社2003年版，第6页。

关键词二　《水乡》

个人生活中充满神秘的氛围，人物在日常生活中经历无数离奇的遭遇。残雪将虚构的野鸭滩塑造成"大湖的历史的中心"[①]，"有无数的故事在水中摇曳——童年的故事，青年的故事，本地的故事，外乡的故事，古老的故事，新的故事，等等"[(P271)]。《水乡》与早期写作最大的差别在于，与早期作品中"我"强烈的"异类"感、被排斥感不同，水乡的永久住民是"同一种类型"的人，他们在湖区获得了高度的精神满足。

就历史感而言，残雪有意虚化《水乡》的时间背景，仅透过个人的经历间接带出洞庭湖的"昔"与"今"。"昔"以围湖造田（小说中一再提到"一九五八"年）、退耕还湖为代表，"今"以"毒王"出现，四面八方的人来到野鸭滩作为开端。常永三是一个具有历史感的人。作者赋予了他若干标签——"过去时代的幽灵""过去时代的人物""历史老人"。在残雪笔下，轰轰烈烈的改造洞庭湖的运动——"围湖造田""退田还湖"都与常永三个人的性情、癖好和转型有关。常永三祖上三代都是渔民，少年时也曾出湖捕鱼，后来响应政府号召才成了农耕户。他因小时候去小姨家在稻田迷路而对种田产生了稀有的狂热，成为大队长之后"走火入魔"，以强硬的手段管理村民，立志围湖造田。之后出于某种神秘的原因放弃了自己的想法，从"狱卒"般的大队长转型为种莲藕的个体户，而这神秘的转折竟然是由一只龟引起。退耕还湖使得野鸭滩从热闹的集体农场成了寂静、沉睡的荒滩。野鸭滩人纷纷走向城市，从事为城里人服务的工作，偌大的野鸭滩最终只剩下了四户人家。在此过程中，城乡之间的隐秘的交流始终未曾断绝。随着"毒王"这个不占地方的影子将野鸭滩从半睡半醒的状态唤醒，外地人和曾经的原住民不约而同来到野鸭滩，普通的荒滩变成大湖历史的中心。与此同时，常永三悦纳湖区的诸多改变，成为秀钟眼中"通灵"[(P15)]的人，洞悉了正从沉睡中苏醒的洞庭湖诸多的秘密。而那只引起常永三命运转折的龟，在小说的结尾终于揭示谜底，与美人鱼、龙鱼、巨蟒等生物一样，它是洞庭湖的古老生物。它的出现不仅勾连起了洞庭湖的历史，同时预示着现实将面临的诸多变革。

---

① 残雪：《水乡》，湖南文艺出版社2021年版，第267—271页。下引此书皆为同一版本，仅在文中标明页码。

就整体的氛围而言,水乡是既喧嚣又平静的。生活在芦苇荡的外地来客和野鸭滩的原住民没有生活的压力,衣食无忧、平静祥和,他们生活于其间的水乡是一片乐土、天堂。湖底下则是一个喧嚣的世界、一个神秘莫测的"厮杀的战场"[P325]。平静与喧嚣、乐园与战场构成叙事的张力。湖区土地下有美人鱼的鱼骨,黄土踩上去就会发出嗡嗡声音,那是美人鱼在与人对话;埋在地下的盒子里有很大的活的鱼眼珠,黄土猜测这种眼珠很可能属于某种巨大的食人鱼;三角梅听到两个人窃窃私语时提到"龙鱼"[P271];亮在湖底听到死者举行拔河比赛的声音;欢与湖里的怪兽进行殊死搏斗……湖底的世界如此可怕,生活在上面的乐园里的人们却都愿意去那下面,不会游泳的秀钟的老婆珠主动投水去看个究竟;从四面八方来到这里的这些居民,骨子里也都渴望那种厮杀的生活。[P326]他们坐着机帆船去捕鱼,但捕鱼并不是这些人的主要目的,他们另有所图。"他们的事业是没人帮得了忙的吧。要让死人复活,这雄心太大了。"[P19]他们通过某些偏僻的角落进入湖底后,与逝去的人开启短暂的共同生活。三角梅无意间参加了"历史的盛宴"(死者的宴会),"见证了大湖的一段历史"[P277]。然而在某些时候,湖面与湖底似乎又互换了角色。村长对黄土说:"地上不就是地下吗?"[P323]"毒王"对老赵说:"你在湖面,她在湖里,这只是表面的。说不定情况正好反过来……我的意思是,所有发生的情况都有一厢情愿的成分。"[P289]这就更让人疑惑:湖区到底是一个怎样的神奇世界?

就人物的遭遇而言,湖区人生活中奇奇怪怪的事情数不胜数。经常有人出现,然后又毫无征兆地消失了,人仿佛由空气聚散而成。"毒王"有时是瘦小的男人,有时是硕大无朋的黑影。有些人看着有实体,然而什么都没有。老曹在来水乡的火车上与遇到的邮差握手,却握了个空。生与死似乎毫无界限。老曹家的孩子们在湖底下欢乐地奔跑。明明是活着的秀钟在前往湖底的船上没有了鼻息,只有一张死人的脸,但并没有死去……从诸多"异象"来看,水乡弥漫着神秘甚至是诡异的氛围。

从精神生活来看,虽然生死界限模糊,水乡的永久住民却不但没有恐惧,反而获得了巨大、空前的幸福感。这种幸福感的来源,正如辜鸿铭在《中国人的精神》中所指出的,是一种孩童般的精神和成熟头脑的智慧。"简言之,真正中国人是有着孩童般的精神和成熟头脑的人。因

关键词二 《水乡》

此,中国人的精神是一种永葆青春的精神,是不朽的民族精神。那么,中国人具有不朽的民族魂的秘密究竟是什么呢?你们会记起我在讨论一开始就说过,赋予中国式的人性,赋予真正的中国人以无法言表的温顺,正是源于他们拥有我所谓的同情心或真实的人类智慧。这种真实的人类智慧,我认为,是同情心与智慧两者相结合的产物,它使人的心和脑协调起来共同工作。简单地说,它是灵魂与智慧的完美结合。如果中国人的精神是一种永葆青春的精神,是不朽的民族精神,其不朽的秘密就是灵魂与智慧的完美结合。"[①] 水乡中的永久住民拥有孩童般的情感,满足于过一种简朴、纯洁、互助的精神生活;拥有成熟头脑的智慧,使得他们能够处理复杂的状况,化解生活中的危机。

  自我实现的需求是人的最高需求,是人的价值的集中体现。对每个人而言,自我实现的含义是不同的。对黄土而言,他到达湖区,不仅得到土地,获得永生,而且得到了灵感(P315),时时感受到无名的激情(P326)。这激情使得他"打定了主意"(P326),"走在正道上"(P237),"每天都是如此沉浸在幸福之中"(P325)。对维吾尔族的女人欢而言,经历射虎、与湖底的怪兽斗争等诸多磨难,与孪生姐妹荆云相遇,就是她人生意义的自我实现。对老曹来说,从谨小慎微的男人到成为勇气超凡的英雄,感受到"活得多么痛快"(P258),就是他的本质蜕变。对老曹家的孩子来说,他们一到湖区就离开了父母,独立生活,与"毒王"巧妙周旋,从中获得了无上的心灵满足。最小的孩子兜到达湖区之后,反复地将一句话说了三遍。"爹爹,我这么高兴,恨不得马上死在这路上。"(P191)南是在城市里有着体面工作的人,但他在城市的生活是烦恼、空虚的。他"心中有渴望"(P92),而水乡,是"一个梦都梦不到的地方"(P93),一个"能让您心花怒放的地方"(P93)。他在水乡与秀原相遇,彼此欣赏。对秀原来说,重回湖区,意味着人生开启了新的一页:"人到了湖里,人生就在面前展开了。"(P245)

  水乡是一个美好的天堂、一个生气勃勃的世界,除了满足人们基本的物质需求,还给了人们开始新生活的勇气,重新燃起了人们对于自由、爱情、斗争和探索未知的欲望。最重要的是,在这个乌托邦中,每个人

[①] 辜鸿铭:《中国人的精神》,李若华译,中国画报出版社2012年版,第25页。

都有这样一种感受,"可不要虚度光阴啊"(P314)。总之,水乡中的人们所过的是真正的生活、精神的生活。

三 叙事和哲学层面的《水乡》

从叙事层面来看,《水乡》描绘的是外地人和水乡的原住民奔赴水乡的"大返程"。在这个过程中,湖底的世界、湖的历史如同谜中之谜,吸引着各色人等奔赴野鸭滩,探索历史与未知世界。"大返程"是整部故事的主体线索。残雪采用了《红楼梦》式的网状结构、《水浒传》式的线性结构相结合的方式,揭示了各色人等"大返程"的历程。第二章"老赵和他的女伴"和第十一章"女英雄"都是写维吾尔族女人欢的故事,分为了两个章节。第五章以"一个过去时代的人物"为题,写常永三的生平,间接写洞庭湖的"昔"与"今"。第七章以"铁锤和铁扇"为题,写常永三的两个儿子到城里谋生活。中间间隔着第六章"老曹和他的家人",第九章又写"荆云和老曹与孩子们重逢"。老曹一家奔赴水乡与常家两个孩子到城里谋生活,并非发生在同一时间。交错叙述是网状结构的典型写法。每章写一到两个人的线性叙事,有助于打造人物正传。在章节与章节之间,如蛛网般交错的网状叙事能够将事件与事件之间的交叉、连接体现出来,立体地展现环境及人物关系。打个比方,线性叙事和网状叙事的区别就像是 2D 与 3D 绘图的区别。2D 表现的是平面图形,虽然形象,但不具有立体感,3D 则是立体图形,给人以身临其境的感觉,带有生活的粗粝感和真实感。

网状结构表现在人物关系上,即毫不相干的、各个阶层的人具有隐形的内在联系。铁扇在城里的工作是给人送纸扎的寿衣,而他送的第一户人家就姓余。老余作为"毒王"的助手负责接待来野鸭滩的外地人,作为联系人,勾连起了若干不相干的人。"毒王"是《水乡》中最为神秘的人物,他"从来不占地方",可以凭空消失,也可以突然出现。铁锤、铁扇兄弟到达城市之后,两兄弟睡觉时夹着一个第三者,"而且这个人身上长着角质的刺,刺得他俩身上很痛"(P211)。他自称邻居,一起来打工的,"我从来就是这个样啊,以前在村里时你没仔细观察我"(P211)。尽管刺得他们很痛,第二天醒来时兄弟俩身上却没有任何伤痕。从后文来推测,这个长刺的黑影应该就是"毒王"。他的目的是考验人的勇气。"毒王"是赋予野鸭滩生气的一股势力。"没有了毒王，这世界还有什么意义？"[P252] "毒王"只是一个名号，每一代毒王都不相同。得龙的父亲是老一辈的"毒王"，很有势力。"享受生活的女王"欢来到湖区，成为一股新的势力，可以预见，她将成为新一代"毒王"，因为"毒王是不会看错人的"[P288]。"老毒王""毒王"与未来的"毒王"将湖区的历史勾连起来。通过这三个人物，湖区的过去、现在与未来，一一呈现在读者的面前。

"毒王"为野鸭滩挑选了合适的永久住民。与残雪早年小说中"异类"遭到集体蔑视和抵抗，独自在人群中摸索不同，野鸭滩的来客尽管在人群中是"异类"，而且各自所处的社会阶层都不相同，但他们都是"同类型的人"。他们聚在一处，同声相应、同气相求，形成了一个既团结互助又自由探索的共同体。在事务所做审计工作的南、工地的看管人黄土、小工阿四、工头和厨师麻姐、老曹、荆云和三个年幼的孩子……在奔赴水乡之前，都有一个心灵开窍的过程。令他们开窍的人既有熟悉的人（如老曹和荆云的邻居得龙、朋友瓦连、黄土的村长、好友厨师麻姐等）也有陌生人（比如南从未谋面的妹夫）。经过"毒王"的选择，最终湖区的永久住民都是"同类型的人"："这大湖地区，有那么多的契机让同类型的人相聚，他活了这么多年，仍对这种事惊讶不已。"[P270] 在残雪看来，"同类型的人"具有这样的品质："他们热爱生活而又不随波逐流，总是在追寻生命的真谛，执着地分析和运用自身的自由本能。"①

除了人与人的联系，网状叙事的勾连者还有一种神秘的介质——水。"水和水总是连通的。"[P187—188] 水是将这些富有冒险精神的"不安分"的人召唤到野鸭滩开启新生活的信号，将过去与现在、城市与乡村沟通起来。竹为了他和南的"事业"，在"封闭的塑料薄膜罩"里潜水。在工地做小工的黄土总有一种远游的冲动，在村长的劝说下来到水乡，来时多次受到"水"的启示。在工厂打杂的老曹、家境窘迫的家庭妇女荆云在瓦连、得龙的启发和水的召唤下，来到了洞庭湖区的野鸭滩。还有一些人（如老"毒王"的儿子得龙、原住民瓦连）虽然没回来，但借助着帮助对象老曹和他的妻子荆云，间接地回到了野鸭滩，开启了传说中的

---

① 残雪微博：http://blog.sina.com.cn/u/1189793737，2020年4月30日。

"大返程"。他们奔着全新的生活来的,这些具有冒险精神的人回到湖区后,寂寞的野鸭滩又热闹了起来。

从哲学意蕴上说,《水乡》有两层意蕴:一是中国式乌托邦,主要是指超越死亡的永生之境;二是艺术的乌托邦,即从潜意识中打捞出来"异境",创造一个艺术的世界。《水乡》是将触角伸向灵魂内部,描绘最普遍人性的精神产物。作者将奔赴水乡的主体置于"死"的绝境之中,描述主体经历的由生到死到永生的过程,这个结构与但丁《神曲》中主人公从地狱、炼狱到天堂的过程有着高度的精神契合。在《水乡》富有暗示性的话语背后,包含着一个隐性的主题,即艺术家的自我意识的升华,"从自发冲力到有意识的探讨,再到自觉的创造的历程"[①]。《水乡》写的既是人的本身的故事,也是艺术家突破世俗的障碍,通过心灵的冒险,找到灵感,以精妙的方式表现心灵幻境的故事。因而水乡这个"天堂"并非宗教意义上的"天堂",而是艺术的"天堂"。

由"死亡"过渡到"永生",佛、道均有此观念。佛教称之为"脱壳",道教称之为"羽化"成仙。《西游记》第九十八回,唐僧登了灵山,渡过凌云渡,上了接引佛祖的无敌舟。刚上船时踏不住脚,跌在水里。上流漂下来一个死尸,唐僧见了大惊,不料那就是他的肉身。唐僧作为肉体凡胎的人所经历的"死亡"并不是真正的死亡,而是"脱壳"。肉体化为尸身,而精神则已成佛。

洞庭湖畔的野鸭滩是残雪独自建构的"天堂",是一个超越死亡的永生之境。大部分来这里的人都有经历过死亡的感觉。书中关于水乡与死亡相关的描述,表明来到此处的人都经历了一番与肉体和欲望搏斗的历程。但外地人来野鸭滩并不是冲着死亡,而是奔着一种令人激动的、刺激的新生活来的。对大多数来野鸭滩的人来说,他们并没有真正死去,而是进入了一种永生的意境,只是失去了往日对世俗生活的兴趣、对日常事务的留恋。残雪让他们经历死亡的恐惧,只是由此让他们摆脱超脱肉体与无尽的欲望,进行超脱性的创造,获得新生。

与一般作家认为死亡是悲惨的结局不同,残雪笔下的死亡带有一种极致的美感。在新作《水乡》之中,死亡意味着进入新的乐土和天堂。

---

① 残雪:《永生的操练:解读〈神曲〉》,湖南文艺出版社2019年版,第12页。

不过，与一般作品中对天堂的描绘不同，水乡是一个充满着阴谋、挣扎、搏斗、交锋的所在。人与湖的相通是新的斗争的开始。秀钟回答女儿，湖底的场面"应该是生死搏斗的场面吧。我也说不清。反正是各种交锋，古时的和现在的，旧恨新仇"[P245]。常永三知道野鸭滩的平和只是表象。"这表面的平静下面掩盖着许许多多的挣扎和搏斗，也掩盖着各式各样的阴谋。"[P298] 水乡充满着挣扎、搏斗、阴谋，说明到达水乡并不意味着斗争的终结，而是新的斗争的开始。人们从斗争中获得更多的快乐，收获更大的勇气。总的来说，水乡是一个能让所有人都能迸发生命力的乌托邦，是一个能让人痛痛快快大干一场的自由王国。

中国人对死亡的态度大概有以下几种。或讳莫如深，避而不谈，如孔子"未知生，焉知死"；或认为死与生可以转化，如庄子"方生方死，方死方生"；或对统治者而言带有警示意味，如老子"民不畏死，奈何以死惧之"；或认为死是永生的开端，如道教羽化成仙，佛教六道轮回；或认为死是世间最痛苦之事，如王羲之"死生亦大矣，岂不痛哉"……像残雪这样集中地让人物直面死亡，书写对死亡的感受，在中国古往今来的作品中都极为少见。残雪借鉴西方文学的表现手法，在题材上丰富和发展了中国文学的表现对象，将人对死亡的体验书写得淋漓尽致，塑造了一个具有永生意境的乌托邦。

从艺术上来说，残雪在深度上挖掘了文学的表现力，将不可捉摸、难以表现的潜意识以"死亡"—"永生"（实际上是"新生"）的形式，通过精美绝伦的故事表现出来。

《水乡》是艺术家突破传统的桎梏，开启新的艺术探索，渐入佳境的艺术历险。在这历险中，艺术家是不安分的，他/她要有豁得出去的勇气，敢于摆脱自我，跟过去的"我"说再见，去迎接"战斗"，去"厮杀"，如此方能以高度集中的精神冲破表层欲望，深入探索自我意识，将自我意识对象化。自我意识是混沌不清的，有时只是一些缥缈的意境。就像某些卓越的科学家可以"看到"宇宙的奥秘，并且用公式描述出来一样，残雪对于这些缥缈的意境是可视的，她在理性的指导下，付出艰苦卓绝的努力，突破原始、混沌的状态，给自我意识以出口，用文字将这些缥缈的、混沌不清的意境表现出来。

残雪说："我到过那种异境，我看见了，有时看见的是一条鱼，有时看见的则是可以在其间长久跋涉的大山。小的异物透明而精致,放到耳边,便响起宇宙的回声。这样的异物可以无限地变换,正如人在异境可以无限地分身。每天,我有一段时间离开人间,下降到黑暗的王国去历险,我在那里看见异物,妙不可言的异物。我上升到地面之后,便匆匆对它们进行粗疏的描述。我的描述工具是何等的拙劣。然而没有关系,明快的、荡气回肠的东西会从文字间的暗示里被释放出来。"[1] 所谓"异境",就是作者的潜意识所呈现出来的景象。残雪从小是个"满脑子幻想、梦想着飞翔"的孩子。她的潜意识超常活跃。成为作家后,她有意训练控制潜意识的能力,创作新实验小说。《水乡》中,残雪将她在潜意识所看到的"异境"赋予了一个实体——野鸭滩。

残雪说她的创作是对于经典作品,尤其是西方经典的应和。她认为唯有运用西方经典,方能激活中国的文学传统。残雪在获得大益文学奖特别奖答记者问时说:"要激活传统就必须采用其他文化来作为工具。我通过吸取西方文化和俄罗斯文化的精华获得了创造的灵感,再回过头来反观我们自己的文化,反而能将中国传统文化的精华在创作中发挥,在作品中结合,让其获得一种特殊的魅力。这也是外国读者欣赏我的作品的原因。"[2]

残雪为什么要让《水乡》中的人物经历死亡,才能到达永生的意境呢?或许可以从但丁的《神曲》中找到答案。她在解读维吉尔"你必须走另一条路"时说:"所谓'另一条路'其实是无路之路,它是人凭着蛮力和勇气在空虚中打开的通道,也是人执着于远古的模糊记忆而树立的信心。沉迷在世俗中的个人是无法主宰自己的欲望的,已有的那一点脆弱的理智在同猛兽一般的肉欲的搏斗中注定要失败。要想精神不死,唯一的出路就是进行超脱性的创造,在创造中让欲望释放。"[3] 《水乡》中蛊告诉铁扇:"在皇城,所有的路线都是不确定的。"(P223) 铁扇问路时,指路的人两次对他说:"你往这条街走走,不行的话再退回来,一直往前。"(P223) 在《水乡》中,不确定的路线隐喻艺术创作的不确定性。到达

---

[1] 残雪:《从未被描述的梦境》,作家出版社2004年版,封底。
[2] 残雪微博: http://blog.sina.com.cn/u/1189793737。(2020-04-30)
[3] 残雪:《永生的操练:解读〈神曲〉》,湖南文艺出版社2019年版,第29页。

终点的唯一方法,就是不断地尝试、不断地突围,失败了,换条路再来过。对艺术而言,"死亡"意味着超越艺术家过去的成就,"永生"代表着艺术的至高境界。水乡的存在,反映了人的理性与感性、灵魂与肉体的冲突,是艺术家以小说的方式表现的人的本质力量的对象化。从表面上看,《水乡》所写的是各色人物经历诸多困境奔赴水乡的经历,实际上写的是人摆脱世俗的障碍,主动寻求精神突破的历程;是艺术家从传统中脱壳,追求新的艺术境界的过程。这其中有痛苦、迷茫,也有获得新生后的喜悦。只有富有"厮杀"精神、不安分的人,才有资格配得上这份荣耀,才有资格真正抵达这块乐土。

结　论

在残雪早年的文学创作中,洞庭湖是一个兼具痛苦与诗意的地方。这个意象的特质与她早年的孤僻个性和"异类"体验有深刻的关联。《水乡》是一个"同类型的人"相聚的所在,是残雪用"原始的冲动"构建的中国式乌托邦,是一个具有永生意境的所在,是艺术家突破自我,臻于艺术极境的艺术化写照,其精神特质是神秘而乐观。

水乡是一个从潜意识的"异境"中打捞出来的艺术世界。与早期创作中无处不在的紧张感、异类感不同,残雪实现了与自我的和解,从诗意而痛苦到神秘而乐观,湖区的精神特质的变化,折射出了残雪创作心境的变化。不过,和解并不意味着妥协。即便在野鸭滩这块乐土上,也有争斗、阴谋、交锋。《水乡》既有世界性视野,又有个性化、本土化的呈现,凸显了不畏困境、勇于挑战的乐观主义精神。这部小说是残雪对中国当代文学新的重要贡献。

关键词三

《新山乡巨变》

关键词提出背景：新时代呼唤富有思想艺术高度、展现波澜壮阔伟大实践的文学作品。六十多年前，周立波先生以满腔的热情投入农业合作化运动，催生了长篇小说《山乡巨变》。老一辈作家深入田间地头，与人民同吃住、共劳作，凝聚起创作的奋斗精神，激荡起磅礴的文学力量。湖南作家余艳沿着周立波的足迹，扎根人民、深入生活，创作完成了长篇报告文学《新山乡巨变》。

在生产生活之上深情描绘

——读余艳长篇报告文学《新山乡巨变》

贺秋菊

20世纪50年代，作家周立波完成长篇小说《暴风骤雨》后，响应中央号召，回到家乡邓石桥村，在这里采访、生活和创作，完成了长篇小说《山乡巨变》。在《山乡巨变》中，周立波虚构了一个名叫"清溪村"的故事发生地。多年以后，周立波的家乡将邓石桥村更名为清溪村以此纪念和致敬作家及其作品。报告文学作家余艳始终聚焦壮阔的历史和恢宏的时代，扎根湖南这片红色热土，响应时代号召，她走进了火热的乡村生活，深入探访脱贫攻坚、乡村振兴、农业农村现代化建设的深刻变革和伟大实践，完成了长篇报告文学《新山乡巨变》，深情描绘了新时代的山乡巨变，书写了新时代农民的奋斗精神，为新时代文学如何书写新

关键词三 《新山乡巨变》

农村提供了有益的探索。

一 深情描绘新时代的山乡巨变

乡村是中国社会持续发展的重要基石。在各个历史时期，乡村都展示出令人瞩目的力量，在当今国际国内局势的变化中，乡村又成了"双循环"中不可或缺的部分。作家余艳深入研究党和国家对农村问题的战略部署和当下乡村发展格局的变化后，深入生活、扎根人民，考察乡村的生产生活状态，以文学的方式呈现新农村的全貌。

《新山乡巨变》呈现了城乡一体化发展趋势下，乡村焕发出别样的自然与社会之美。费孝通在《乡土中国》《生育制度》《乡土重建》三部曲中，描绘了一个"离乡不离土""人才不离草根"的乡土中国。当时的中国乡村一如周立波的家乡邓石桥村，贫穷落后，没有溪，也没有富足的乡村生活。在作家余艳的笔下，如今的清溪村将周立波笔下的美丽田园清溪化为现实，有了一条清冽的清溪，种上了荷塘、柏油路、磁悬浮路灯、清一色的小洋楼一栋栋错落有致，家家户户开上了小汽车。村子里打造了立波小街，村民在小街摆个小摊，为游客奉上自家生产的擂茶、麻辣烫，就可以养活一家人。村里建起了印象广场、清溪长廊、连环画桥墩、立波梨园和清溪剧院、映山红花谷，夜晚的清溪村，更是美轮美奂。更令人惊叹的是，作者写到了智慧清溪建设正在拉开大幕。电子政务、电子商务和智慧云平台三网融合，在城市兴起不久的新事物，在清溪村已经落地生根。每年接待30多个国家和地区、超过60万人次游客的清溪村显然已经走出乡村，走向世界。作者欣喜地写到基层政务服务正在利用建起来的"互联网+政务"，优化服务功能，提升政务效能，真正畅通服务群众"最后一公里"。不仅如此，作者敏锐地发现，清溪村的发展正在领衔周边乡村的发展，谢林港镇的北峰垸村、谢林港村、玉皇庙村、复兴村、鸦鹊塘村争相利用优势资源走上了城乡融合、产业融合的乡村振兴之路。现代化农业生产新气象在作品中欣然呈现。一粒米实现了规模化经营、标准化生产、数字化管理、品牌化销售的壮阔发展史，"烂泥湖"上种出了全国十大米市之一的"赫山兰溪米市"。"南竹之乡"办起了村办企业竹笋加工厂，成就全国十大"竹子之乡"之一的创业发展史，"互联网+"给竹笋加工产业插上了新翅膀。这些故事传递着创业的精神，感染着新时代新农村的创业者。

《新山乡巨变》展现了农村生产方式的创新与发展。如今的农村，种田、养猪这些自给自足的传统农业生产正在退出农民的日常生活，取而代之的是产业化、规模化生产。村民们纷纷把种粮、养猪、养虾、做凉席作为自己的事业，找到了专业化、产业化的发展路径。种田的大户一心学习钻研科学先进的种田方法，创新生产方式，种出了水稻新品种。不种田的村民，有的成了养虾大户。夏曲辉则把凉席小产业做成了大事业。他打造了竹凉席加工产业园，"梅花牌"凉席远销全国及东南亚国际市场。他还研发了碳化蒸煮机，黄泥湖的小萝卜远销各地，也成了农民的"致富宝"。何梅轩、胡建芳夫妇以工匠精神种丝瓜，带领120多户村民致了富，很多外出打工的青年也回乡种"富兴瓜"，打造了名副其实的丝瓜小镇。小产业成就大事业的故事在清溪村持续发生。除了立足本地农业产业创新发展，《新山乡巨变》写到，清溪村集中了150多家规模以上的高科技企业。[①] 国联水产在清溪村设厂，对稻田虾进行深加工，村民在家门口上班，近千人的就业问题得到了解决。(P43)作者还关注到集中乡村力量发展产业的创新性做法。村办企业成立了合作社，注册了自己的商标，在合作社的合力作用下，整合资源建成了冷链仓库，形成规模产业，远销全国各地。北京大学毕业的袁鹏看准了生态农场的前景，创建了"远鹏生态农场"，又前往澳洲学习农场经营，在"恰创客"平台探索种植、销售、配送模式，找到了新的商机。随着乡村基础设施的逐步完善，智慧农业得到了快速的推进和发展，作者写下了乡村的无人机施肥、自动种植养殖场景。这些技术即使在城市也都是新兴事物，但如今的清溪村，地上水稻直播机来回穿梭，田野上的繁忙景象透着浓浓的"科技范"。电商、直播等所有的新事物，已经深入乡村的每一个角落。温室大棚传感器装满了7个大棚，温度、湿度、光照等数据随时采集，在传输到数据控制中心智慧农业云平台，技术人员就可以对大棚喷雾、降温、加湿、施水肥进行一体化自动循环操作。村民陈旺家通过电商平台售出了2000多斤黑茶，还有腊肉和村里务工收入。华为云也在益阳清溪村连

---

① 余艳：《新山乡巨变》，湖南文艺出版社2021年版，第65页。下引此书皆为同一版本，仅在文中标明页码。

续举办了三届农业互联网大会。(P290)

《新山乡巨变》对生活方式的变化进行了全景式的透视。作品中写到返乡的村民，有的进入当地工厂，有的在家经商，都有了相对稳定的收入，村子里的清溪剧院文艺大戏正在点亮乡村的文化天空。旅游观光、土地认耕、农事体验、产品供应，一场场文化与产业相结合的活动，在乡村热火朝天地开展着。"90 后"村民邓旭东的农家庭院，在一园、一圈、一屋、一池、一沟、一函等"六个一"公共区域治理下，鸡鸭分区、庭院干净整洁、菜地青翠欲滴，彰显了农村优化的人居环境。文化生活方式日新月异，夜幕降临后的文化广场，村民和城市的大爷大妈一样，跳起了广场舞、练起了太极拳、抽起了陀螺。(P43)以前闲起来打麻将，现在可以跳舞、健身，还可以到农家书屋看书读报。村民杨爱元带领的农民队伍在广场舞大赛中拿了大奖，67 岁的郝奶奶成了广场舞明星。村民们都反映，现在的农村，跟城里的生活没两样。农民家里装上了宽带，通过"天翼想家"与远方的亲人视频通话。用上了智能手机的农民会发微信红包，会在"益村"平台上网购，还给自己的农产品打开了销路。夏次龙传统手工制作的甜酒产业扩大了生产规模，王一纯在女儿被确诊为白血病以后几乎丧失了生活的勇气，却在网络销售平台上找回了勇气。还有的干脆当起了销售网红，质朴善良、一辈子和土地打交道的农民，直播带货的能力甚至超过了流量明星。农村作为"信息孤岛"的历史一去不复返了。(P67)乡村和生活在乡村的人们正在用全新的方式，展示着新时代的美丽乡村图景。

《新山乡巨变》关注到乡村消费方式的变化，成为乡村新的增长点，并进一步拉近乡村与城市的距离。深入乡村采访又长期关注网络文学及其传播的作家余艳敏锐地发现，由城市发展起来的电商平台在乡村迅速推广，获得了巨大生机。"恰创客"平台着力挖掘农村的消费市场，(P260)将商务中心建到了村部，生活在乡村的农民，也可以通过指尖一键搞定买卖交易。尤其是在疫情到来之际，"恰创客"既找到了商机，又服务了乡村群众。除了"恰创客"，作者还写了"兴盛优选"成长的故事，让读者惊讶的是，城市星罗棋布的芙蓉兴盛便利店和"兴盛优选"App 竟然是来自乡村的创业者的智慧。乡村青年岳立华在创业中艰难跋涉，不屈不挠地坚守，在城市边缘打拼，试水电商，获得巨大成功后，又把事业引向穷乡僻壤的乡村,服务"无人问津"的农民,送到了偏远山村的老人和留守儿童身边。这是从乡村走出来的人对乡村的牵挂与反哺,他们正在成为乡村振兴道路上的重要推动力量。

《新山乡巨变》呈现了乡村的新气象和崭新的精神面貌。作者写下了乡村的忙碌。村民赵应飞一家忙碌的场景:"杀鸡宰鸭地忙活了好一阵子,炉火正旺,游客进店,他们开始为订餐的客人烹饪各种菜肴,腊肉、干鱼之类的农家菜也陆续上桌,一家人忙得热汗直流,脸上却漾着笑容。"[P42]忙碌的场景展现的是村民蓬勃向上的精神面貌。作者还写下了乡村的那些温馨场景,这是乡村最质朴的期盼,在新时代的乡村随处可见。在外创业的青年回到了家乡,把外地大学生媳妇也带回了清溪村,一男一女两个孙儿绕膝,一家三代人幸福感爆棚。[P398]"太好了""不得了哒",这些赞叹声在《新山乡巨变》中时常可以读到,这是村民们发自内心的满足与幸福,也是作者在采访过程中由衷的赞叹。杨爱元带领的16人"清溪文旅队"精神昂扬、笑容满面地登上了舞台[P71]颇具象征意义,新时代的农民生活富足,笑容是洋溢在脸上的,幸福是沉淀在日子里的。

二 聚焦新时代农民的奋斗精神

《新山乡巨变》以文学的方式向每一位新时代的奋斗者致敬。作品把着力点放在一个个干事创业的人物故事上,聚焦新时代的农民怎样种粮养虾、怎样生活、怎样与命运抗争,纯真地展现新农村的发展面貌,真诚地还原新时代农民的生活原状,真切地表达对广大农民奋斗精神的致敬,生动地塑造了一群奋斗中的新农民形象,体现出浓郁的人民性和生活性。走出传统意义上农民的"职业农民",出生于乡村却勤奋好学、勇于探索,干事创业不输于城市各行各业的从业者,他们的事业既接地气,又有生气,还冒着热气。他们的创业故事,也在重建新农村的精神文化,为时代谱写了一曲感天动地的创业史。

《新山乡巨变》注重书写农民勤劳拼搏精神的传承。不同作家笔下的农民具有不同的类型特征,余艳笔下的新时代农民既有祖祖辈辈种田的老农民,也有新一代的职业农民。随着城市化、工业化过程的不断加深,越来越多的农民走出乡村到城市谋生,"打工潮"之下仍然有一批农村的坚守者。陶世群就是这样一位,作者写到:他一个人热血沸腾地往村里

关键词三 《新山乡巨变》

走，走村串户，跟村民聊天，狂风暴雨之夜敲开了村民周铁牛家的门，借了把伞。正是这样不怕吃苦、不畏艰难的精神，开启了"山乡巨变第一村，乡村体验第一游"的规划。费孝通在《乡土中国》中写下中国农民的特点是"直接靠农业谋生的人是粘着在土地上的"。① 传统的农民毫无疑问是勤劳、坚忍、不轻言放弃的，新时代农民生产生活变了，但那种勤劳刻苦的精神从未改变过。谌支书经历了养猪、养虾的惨淡生意依然不放弃，依然在探索。投资"清溪耕心园"的胡千驹也是这样一位坚守者，在三年没有翻身的情况下，他犹豫过，也被家人质疑过，但他很坚定，那句"乡村建设需要一代又一代人的不懈努力，有传承和接力才会有强盛和希望"，令人印象深刻。

《新山乡巨变》首次以文学的方式书写"职业农民"。"职业农民"是21世纪以来才出现的新提法。2003年新华每日电讯的报道首次使用"职业农民"这一概念。② 同年，《四川日报》报道了旺苍县农民的新生活，使用了"职业农民"这一概念。③ 随后，有关报道和研究界对"职业农民"有了越来越多的关注，但在文学作品中鲜有对"职业农民"的书写。种粮大户王保良早年一心只想把田种好，通过外出学习种田技术，扩大和优化种植，深刻理解"时代变化了，种田也要改变思路"。(P311) 在学习探索研究种粮技术的过程中，他注册了新商标，创新了轻简化的水稻种植模式，还做起了"抗倒"实验，并探索与智能机器人种粮接轨，彻底将繁重的体力劳动从传统意义上的农民身上解放出来。在王保良身上，我们读到了新时代农民的蝶变，与传统意义上的农民不同，他们已经是典型的职业农民。李进因为坚守农村种田，被妻子瞧不起，离了婚后参加了赫山区的新型职业农民培训，一心扎根农村种田，走出了一条属于自己的职业农民之路。(P353) 村主任贺志昂要求自己"做农民，也要做个有用的农民"。胡千驹回到清溪村承包稻田，负责景区的农业生产，他要做的是生态农业和旅游的融合，要做新时代的新型农场主。他在乡村种了60多亩稻田，采用生态种养相结合的方法，套养稻田禾花鱼、泥

---

① 费孝通：《乡土中国》，北京大学出版社2012年版，第11页。
② 季明、崔砺金：《长三角出现职业农民群体》，《新华每日电讯》2003年9月8日。
③ 王剑、曾剑、杜阳：《旺苍出现"职业农民"》，《四川日报》2003年11月11日。

鳅，选定区域放养雏鸭、种植鸭稻，还在景区开了一个特色餐饮店。胡千驹不仅在农业产业发展上有自己的一套思路，还注重产业的升级发展，他在益阳率先引种株高2米多的巨型稻，又去省种子协会讨要了五彩稻种，种出了五彩稻田。除此之外，他还开发了掌上租地体验式认耕，人人都可以体验当农场主的愉悦与收获。同时，提供依托5G技术的VR实景体验耕种，打造非物质文化遗产展厅，配合"益阳5G智慧信息岛"系统工程。这些走在时代前列的新农民，是这个时代最富典型的"职业农民"，他们正在引领乡村向更加美好的方向奔跑。

然而，做一个职业农民并不容易，要面临很多职业风险，更要有化解风险的能力和魄力，《新山乡巨变》记录了他们的探索之路。"种粮能手"钟育贤成立了合作社，推行"代购种育秧、代翻耕、代抛插、代测土配方施肥、代统防统治、代收割、代烘干、代储藏、代加工、代销售"等"十代"社会化服务模式，从种子到大米，全流程由合作社来做。每年他都能够在种粮上使出一些新花样。挖金的邓春生，后来开了大理石厂，但都经营惨淡，但他的妻子却一直在关注油茶产业，时机成熟时就流转了村里的一百多亩地，还采纳儿媳的意见，探索了产业化、规模化发展道路。虽然创业之路像坐过山车一样跌宕起伏，他们身上的精神却依旧熠熠闪光。走出去的农民想到了"农产品出村"和"工业品下乡"。大学生蔡小鹏、潘远征跑遍了80多个乡镇之后，建立了首家"消费扶贫线下体验馆"，成为集结了大量农副产品的销售平台。"天之骄"与米儿农场、强龙食品公司携手创办了"益湘农业合作社"，探索出了"基地＋生产＋邮乐购直播＋电商平台"的智慧运营模式。村支书谌清平远赴广东争取"国联水产"落户村里，探索了"稻虾共养"的养殖模式，建构了一个稻熟、虾跳、人欢笑的富足热闹场景。新一代职业农民的探索和努力，在田野上升起了新希望。

《新山乡巨变》里的农民有理想、有闯劲，特别爱学习，正如58同城董事长姚劲波所说："现在的农村，新时代农民对于新事物的接受程度远远超出你的想象。"(P279)姚劲波把大事业做回了小村庄，他打造的"益村"App平台，每天有10万农村用户活跃在平台上。探索与学习往往是并行不悖的，走进乡村采访的余艳写下了农民让知识产权撬动山乡的故事。清溪村取得了多项农业专利，其中就包括红薯专利等。村子里建起了"青创基地",(P360)引进了一大批优秀的创业青年回乡,牵引着乡村振兴事业的发展,成为"互联网+"的生力军。为了打造一流景区,清溪人主动走出去,先后前往四川的"五朵金花"、农科村和江苏华西村考察学习,扩大了村民视野,改变了村民观念。对于在清溪改硬渠,又恢复自然溪的过程,作者记录下了生态文明理念在乡村建设过程中发挥的重要作用。为了养好猪,"猪司令"谌支书从选种开始,跑到农科所讨技术,又访问了邻村的养殖大户讨经验,几经考察才选好种苗。他自己学好了养猪的技术,成了行家里手,又手把手教各家各户养猪。养猪造成环境污染后,他果断拆掉自己的猪场,带头治理臭黑水。为了养好虾,谌支书跑到广东学养基围虾,经历了多次自然灾害和环境污染导致的惨败后,他仍旧乐观积极,亲自带人到广东学养虾,如今的龙虾养殖已经成为清溪村的支柱产业,清溪也成为休闲美食基地。胡千驹为了种好再生稻,专程到湖南农业大学聘请专家,又到广西、广东和湖北取经学习、引种,还到中科院亚热带农业生态研究所找到"巨型稻之父"。

在《新山乡巨变》中,作者满怀激情地记录下了农民质朴的生态文明思想。生态文明是工业文明发展到一定阶段,在对工业文明带来严重生态安全进行深刻反思的基础上,逐步形成和正在积极推进的一种文明形态。从城市走向乡村采访的作家余艳在日新月异的农村中发现并展现了农民质朴的生态理念。村民自发地开展了民居"改厕"运动。"改厕"运动进一步拉近了城乡差距。作者在作品中通过清溪村的城里媳妇吴芬之口感慨,今天的清溪村,"绿草蓝天,空气清新;景致优美,环境舒适;马路宽阔,交通便捷……丝毫不比城里差"。(P39—41)除了"改厕"运动,在乡村创业的盛伟男推动了"废水革命",将厕所粪污、生活污水一并纳入村里的城镇污水管网集中处理。乡村的垃圾也进行了分类处理,形成了有专人把控、有固定流程的农村生活垃圾收运处置体系。清溪村仍然保持着乡村的田园风貌,但却没有了从前杂乱无章、尘土飞扬的模样,村民住着舒适的小楼,用节能、环保的沼气池,整洁、干净。周立波笔下的"我要经手把清溪乡打扮起来,美化起来,使它变成一座美丽的花园,耕田的人架起拖拉机……"[①] 如今已经成为现实。《新山乡

---

① 周立波:《山乡巨变》,上海文艺出版社2021年版,第164页。

巨变》记下了清溪村村民张维兵的骄傲："清溪村早变成了大花园，城里人都直往这里涌。"正是这些生态保护行动，让清溪村走在了生态旅游的前列。

三 乡村题材文学创作的尝试与可能

当越来越多的作家对乡村采取回望式的书写或者开始转向其他题材，离乡村、农民的生活越来越远时，报告文学作家余艳却从其他题材转到了乡村。讴歌新人新事物，她满怀激情；书写乡村新变化，她热情洋溢。《新山乡巨变》是一部令人振奋的文学作品。

作品传递着大量的新农村的新信息、新事物，让人耳目一新。报告文学作家徐剑曾说，报告文学"真实的，却又是文学的，构成了巨大的挑战性与创新性"[①]。在真实呈现农村之新和抵达文学之美方面，语言在不断尝试。《新山乡巨变》不遗余力地书写乡村之变得益于"互联网+"，拉近城乡距离，把乡村物美价廉的农产品直接搬进了千家万户，这是新时代现代化发展的重要腾飞点。智慧农村作为一种新探索，在新农村大量运用并取得实质性成效，《新山乡巨变》对这一系列的变化进行了深情的描绘和热情的讴歌。作品赞颂了紫薇村引进以"58农服"为代表的农村互联网企业和"认养紫薇树"的互动模式。书写了沧水铺镇建立全国首个5G小镇，田间地头有传感器、摄像头、灭虫灯、信息采集箱等现代化的设施设备的美好画面。记录下了"蔬菜大王"杨利明的欣喜，不再起早贪黑地往田地里跑，只需要按一下几个开关，就可以实现自动化的乡村作业。种植大棚蔬菜的龚仁辉搭上了"互联网+"的顺风车，学习"互联网+智慧农业"新模式，远程控制大棚施肥、喷药，实时监测农田作物生长，在线提供农技服务，全产业链追溯农产品源头，自动检测病虫害情况。作者记下了农民对新事物的欣喜与接纳，"他现在有点上瘾，只要是互联网、大数据的东西他都特别感兴趣"。村子里还举办了捞虾、说虾、品虾、卖虾大赛，还举办三农主播海选大赛，专业打造农作物采摘、野营，以虎牙直播，成就了网红打卡新阵地。作者深切感受到，过

[①] 徐剑：《报告文学、非虚构的理性辨识与文学分合》，《中国作家·纪实版》2022年第1期。

关键词三 《新山乡巨变》

去的农业是"人找货",现在的智慧农村是"货找人"。

从《山乡巨变》到《新山乡巨变》,曾经那些整日忙碌在土地上的农民,今日已是拿着手机刷抖音、快手,一键完成田地作业的新时代农民,现代化的新农村正在引领时代发展。城乡二元发展格局已然瓦解,城乡一体化建设的盛景在徐徐展开。新时代的农民正在书写生生不息的人民史诗。新农村、新农民怎么去表现?新农民的精神面貌是什么样的?余艳通过过去与现在的接续,通过当年与如今的对比,写出了山乡巨变诞生地——清溪村和益阳市的翻天覆地的变化,"新清溪""新农村""新农业""新农民"形象地表现了山乡的新巨变。《新山乡巨变》找到了新时代与中国传统文化之间的联结方式。在塑造新人物、展现新气象时,作家有热血上涌的激情,文字里因此就有了一种冲劲儿,弥漫着一种昂扬的奋斗精神。在《新山乡巨变》里,每一个人都是朝气蓬勃的。我们读到了贺志昂、谌清平、王保良、岳立华等一批新时代的邓秀梅、刘雨生、李月辉和"亭面糊"。不论是行将退休的老一辈奋斗者,还是"90后"的新时代青年,都在为新生活努力和憧憬。盛伟男的工作和生活往返于城乡之间,这是新时代农民的共同特点。创业守家两不误是返乡创业的新时代职业农民的最大福利。盛伟男说:"现在国家提倡城乡一体化,优化环境,城乡差别就能逐渐缩小。"

作家余艳驻村采访创作,感受到了新时代农民蓬勃向上的精神面貌,而这种精神正源于周立波及其《山乡巨变》潜移默化的影响。她说:"在整个采访创作过程中,让我感受深刻的是'立波精神'所催生的力量。"从清溪村出发,她采访的足迹遍布益阳的七个县市区。既聚焦于清溪村日新月异的变化,又着力于表现清溪村的带头作用。余艳的采访创作是脚踏实地的,她的创作是极富激情和勇气的,她将历史的普遍性和个体的丰富性相结合,或体现传统农业现代化转型的历史真实,或反映乡村社会振兴发展的社会真实,充满着奔放豪迈的时代正气,正在唤醒乡土社会的文化自觉和文化自信,形成再出发的强大内生动力。

优秀文学作品既是一面镜子,又是一面旗帜,从中可以审视天下民心,可以观照四方风俗,也可以为乡村化人养心。乡村振兴的号角已经吹响,时代、历史在召唤,坚持为时代存真、为农民塑像和为社会分忧的创作情怀,新时代山乡巨变文学创作大有可为。很显然,《新山乡巨变》是一部走在时代前列,有社会价值、历史价值和文学突破的优秀作品,它在写作方法和文本结构、人物书写上的探索也都值得肯定和研究。

关键词四

《回身集》

关键词提出背景： 马笑泉，回族，1978 年出生于湖南隆回。湖南省作协副主席、湖南省作协少数民族文学创作委员会主任。《回身集》为马笑泉全新短篇小说集，是一部向传统文化之深、中华语言文字之美致敬的力作。收入其中的八个短篇是作者近年来发表在《新华文摘》《小说月报》《十月》《当代》《天涯》《芙蓉》等权威文学期刊的小说精品。小说集出版之后，大受好评，多位知名文学评论家发表评论，力推该作品。

期待武术文化的一次闪亮"回身"

——读马笑泉《回身集》

贺绍俊

《回身集》是马笑泉的一本短篇小说集，但它不同于一般的小说集，而是一本有着明确主题和精心构思的小说集，仅凭这一点，我们就不应该将这本小说集轻看了。

坦率地说，我这是在批评我自己，因为一开始我拿到这本集子时就把它轻看了，以为这不过是作者将自己的几篇作品结集出版了而已。在文学图书市场特别不景气的当下，一个出版社能够答应为作家出一本小说集还真是很不容易的事情。想必当作家都期待有这样的机会降临到自己头上，遇到这样的机会，赶紧将自己近些年写出的小说收集到一起出版，也算是向读者作一次总结式的汇报，幸莫大焉。我读到的小说集基本都是这样的，因此想当然地认为，《回身集》大概就是马笑泉近些年写的一些小说吧。但当我读了以后，才发现，与其说这本集子收录的是马笑泉近些年的小说，不如说是收录了马笑泉近些年一直萦绕在心头的一种想法，收录了马笑泉近些年始终如一在表达的一个主题，或者说是收录了马笑泉近些年尝试从故事中探求哲学意蕴的艺术追求。

马笑泉的想法和小说的主题都与武术有关。小说集收录了八个短篇，有的一看题目便知是以武术为题材，如《回身掌》《宗师的死亡方式》《直拳》《轻功考》《阴手》，至于另外三篇，《女匪首》讲的是匪，《赶尸三人组》讲的是巫，《水师的秘密》讲的是医，看上去不是直接以武术为题材，仔细读进去则可以发现这些内容其实都是武术的延伸，匪自然是离不开武，而巫术、医术乃至法术又何尝不是武术必不可少的要素？讲中国传统文化其实是离不开"武"的。文与武，可以说是中国传统文化的左手与右手，所以古人说要文才武略，要能文能武。武术看上去是修习一种制止侵袭的高度自保的技术，但它更与修炼人的品性相连，所以古人又说"上武得道，平天下"。马笑泉对武术感兴趣可能也是他的天性使然，当年读他早期的小说如《愤怒青年》《打铁打铁》等就觉得这是一位具有硬汉性格的年轻人写的小说，叙述中虽有暴力美学的痕迹，却明显感到这不过是作者表达英雄气概的方式。《回身集》想必是他长年钟情于武术的结果，我不知道在生活中他是否也习得一些武术，但在《回身集》里，他显然是奔着"道"而去的，这分明是修炼"上武"的姿态。所以多篇小说马笑泉谈的都是哲学问题。如《轻功考》俨然就是一篇考证的文章，而所有考证轻功的材料与其说是要给轻功的存在提供论据，还不如说是在为一种自由的心态作铺垫。马笑泉发现，武术不仅修习功夫，也是在修炼精神，真正的轻功便是存在于精神里："我磨炼自己的筋骨，激发体内的元气，一次又一次腾空而起，冲进最大限度的自由。"《回身掌》是探寻哲学最典型的一篇，小说的情节很简单，临时主持事务的二师兄一个回身掌将心怀不满的三师弟打出了窗外，多年后武术修炼到更高层次的三师弟回来要与二师兄一决高下，是大师兄与三师弟一番劝说，终于化解了三师弟心中的怨气。情节虽然简单，但马笑泉围绕着"回身"一词的所思所想全都藏掖在情节里，让人感觉百转千回。如同他在自序中所言："回身，是一个看似优雅和谦退的动作，但当中往往潜伏着果决与凌厉,接下来的一击可能立判输赢,甚至立见生死。"既然马笑泉对回身有如此多的感悟,我不免就有这样的猜想:这本小说集也许就是马笑泉在写作中的一次有意识的"回身"。

马笑泉并非以一个武术爱好者的姿态在钻研武术,从《回身集》就能看出他的钻研有着鲜明的现实定位。这个定位便是他在一篇小说中所说的,那些痴迷于武术的人却"活在一个不能以武谋生的年代"。这无疑是武术的尴尬,但武术在这个年代似乎被人们吹得神乎其神,似乎要振兴传统文化就要从振兴武术开始。马笑泉对此有着清醒的认识,《宗师的死亡方式》写了一个武术门派的兴衰历史,它也象征着中国武术近百年来逐渐萎缩的事实,但即使如此,马笑泉始终对武术抱有一种敬仰之情,因此面对武术萎缩的现实,他侧重于表现武术界的宗师们那种维护武术尊严的悲凉情怀。同时他也非常在意武术今后的命运,在他看来,我们应该不再纠结于武术的实用性,而应该挖掘其文化内涵。"还是有文化好啊",这是师父一生行武的感叹,也是拯救武术的正道。然而让马笑泉忧虑的是,在人们只热衷于加入"鏖战麻坛的行列"的状态中,是否还有人真正关心武术的未来命运。马笑泉的这本小说集也许就是要表达这样一层意思:我们期待中国武术文化的一次闪亮"回身"。

关键词五

《大地五部曲》

关键词提出背景： 罗长江一辈子都在文坛中辛勤耕耘着，出版过大量作品，报告文学《石头开花》曾获梦圆2020征文一等奖，根植于湘西大地的散文诗《大地五部曲》（5卷本）出版后即产生一定的影响，谢冕、张清华等评论家曾给予高度评价。

植根湘西大地的散文诗巨制

——喜读长篇叙事散文诗《大地五部曲》

王志清

湖南作家罗长江《大地五部曲》（山东人民出版社2021年版）可谓创作巨构，卷帙浩繁。著名诗论家、北大教授谢冕先生在序言中抑制不住内心的激动，呼之为"伟大交响曲"；鲁迅文学奖得主、湖南省作协主席王跃文说"这是一部宏大立体的大湘西人文历史与自然生态的全景式诗篇"。

在散文诗沦为病弱、甜腻的小摆设之当下，长江的鸿篇巨制横空出世，这种追求壮大宏阔的散文诗探索，一扫散文诗的当代纤弱，给人强烈的印象就是一个"大"字，大气魄、大情怀、大主题、大格局，堂庑特大、气象宏大，熔铸史诗品质，将繁富复杂的社会生活内容与日渐陌生辽远的历史场景引入诗中，纵横捭阖而激越奔放，创造出现代立体、宏阔壮大的艺术时空，成为反映时代精神、表现盛世面影的经典之作。

关键词五 《大地五部曲》

一 "跨界写作"的格局

真不知是什么原因，散文诗则以一种小摆设、小格局、小气度的病弱之躯而自降品格。谢冕先生指出："不少作者执着地坚持散文诗'美文'的性质，他们认为既是散文诗就只能是写那些清雅娟丽的画面，调子也只能是那样美和轻柔。习惯成自然，这一文体便和题材的狭小、风格的轻婉联系了起来。这是一种自我封闭。"由于社会对散文诗的误解，散文诗通常也是"矮人一等"的（陈平原）。也由于散文诗作家对散文诗文体的误解，散文诗通常也自囿于精致微型而成为一种"小摆设"。而《大地五部曲》55万余字，多声部大交响，联袂组唱，由《大地苍黄》、《大地气象》、《大地涅槃》、《大地芬芳》与《大地梦想》组成，突破了散文诗以精约见长的文体认知，体现了现代散文诗开阔自由、兼容并包的美学品质。

罗长江睿智地选择了散文诗，选择了散文诗无所不能的自由空间；而散文诗的自由精神，也适应了长江思想与才情的挥洒，从内容到形式所具备的原创性和开拓性，体现了这种自由精神。《大地五部曲》属于"跨界写作"，熔铸各种艺术表现手法与生活元素，展示了散文诗之诗性叙事的最大可能，创造出以往艺术经验无法涵盖的高度自由的广袤艺术空间，为中国散文诗的开拓创新，提供了具有启示意义的文体文本。罗长江自己这样说："形式上，则致力于跨文体，在保持和彰显散文诗本质特征和属性的前提下，将散文、小说、自由体新诗、纪实文学、戏剧、电影、民间歌谣、旧体辞赋乃至音乐、绘画、摄影等各个艺术门类的元素糅于一体。以其充满张力的诗性叙事，提供一个'散文诗还可以这样写'的新文本、全文本，为丰富散文诗这一文学样式和文体表现力，为提振当代散文诗写作的信心与前景，做切实努力。"这段表白，也暴露了作者越界写作、自铸一体的"野心"。罗长江自己这样说："我们需要自己照耀自己，同时照耀世界。身为湘人，体内流贯着'敢为天下先'的血液。做一名文体作家，写一部散文诗领域的里程碑式作品，是我致力长篇叙事散文诗写作的初心。"罗长江以他的"五部曲"告诉世人，散文诗具有"跨文体"写作的充分自由性，而作者也在跨越文体的写作中自由跨越且充分享受着自由跨越的深度自由。他的五部曲极其自由，什么都可以借鉴、什么都可以移入、什么都可以搬取，而在形式与表现上则超出了文学文体的狭隘局限，尽可能多地发掘与借鉴一切新的艺术，涵容了各种文学文体的生命基因、艺术优势与精神气质，而形成多元、开放、自由的艺术集合体，显示出对于长诗写作的把控能力，创造出以往艺术经验无法涵盖的高度自由的诗性时空，充分地表现出散文诗形体散漫的包容性，也表现出了散文诗的磊落风神与时代壮美。

罗长江的《大地五部曲》可谓自铸新体，五部曲气象恢宏，大气磅礴，形成了极具张力的诗性叙事，建构起了散文诗同样可以反映家国情怀与人类命运的文学大气象，提供一个"散文诗还可以这样写"的新文本、全文本，在文本创新方面独具价值与意义。笔者在长江作品的一次研讨会上说："罗长江找到了最适合自己慷慨任气而磊落使才的文学体式，并且获得了重大突破，表现出前无古人的壮阔恢弘。"

二　生活的源头活水

当下散文诗严重的"同质化"现象，最大限度地限制了散文诗的自身发展，也使散文诗这种文体陷入"寂寞开无主"的尴尬。从根本上说，这是散文诗作家缺乏生活积累、生活体验与生活感悟而造成的。作家的生活库藏陈旧、生活感悟浅薄，造成了文学创造力的萎靡与文学生命力的贫血，导致了散文诗作品的模式化和概念化，而缺乏大视野、大情怀与大景象的大手笔。

伟人毛泽东说过，生活是取之不尽、用之不竭的创作源泉。中国历来提倡读万卷书、行万里路的为学之道。也就是说，光读书读得多还不行，中国古代作家漫游成风，行走也是深入生活、丰富扩大自己经验和阅历的必然途径。21世纪以来，社会生活更是日新月异，散文诗作家需要生活，需要深入生活、扩大生活范围的实践，更需要在丰富和更新生活库藏、熟悉和了解生活新变化的同时，把深入生活的重心调整到思考生活上来。"诗魔"洛夫说："长诗并不是人人可写，也不是每个诗人都得写长诗。"洛夫是在强调诗人的才情以及生活与文化方面的准备。罗长江根植于湘西，深受湘西风光与楚地巫风的浸渍与陶冶，有着深入楚歌、巫风、傩舞之乡的得天独厚的生活优势，也形成了他浪漫主义的艺术绮思。改革开放大潮兴起，更加激发了罗长江深入生活的热情，开阔了他的视野，让他不只是热衷于从西方引进的各种观念、方法和技巧，而是积极投身到农村和城市经济改革的大潮之中，身历心受，力践躬行，获得了直接参与改革的经验，获得了反映这场深刻社会变革的灵感与冲动。《大地五部曲》全方位展示湘西乡村的历史沧桑、风情民俗与人物际遇，充分显示了他丰厚的生活底蕴与开阔的文化艺术视野。五部曲的第一部《大地苍黄》，用廿四节气的"竹枝词"为贯串线索，以绾带乡风、民俗、村事，乡土味十足。第二部《大地气象》则袭用屈原《九歌》框架，以为抗日阵亡将士招魂的民间祭祀，展示民族抗战的国家记忆与民族血性，重拾一段国家记忆、一场昨天的战争。第三部《大地涅槃》书写的是城市化进程中的阵痛，揭示老街"拆迁"引发的一场文化遗产拯救活动，表现出城市化进程的嬗变。第四部《大地芬芳》按七周的度假时间为架构元件，将每周之所见所闻所写设置为一个板块，从世界自然遗产地张家界砂岩大峰林的绝版风景，生发自然与人类生态的深度关联、严峻状况和命运前景，写出了诗人对地球生命的深切关注与多重叩问。第五部《大地梦想》里共"大地""天空""追梦人"三个乐章，聚焦千年鸟道，奏响天、地、人、鸟的交响，将人类的丰茂梦想从大地升华，飞向广袤的天空宇宙。《大地五部曲》展示了一幅沧桑而婉丽、深沉而生动的风情风俗的立体长卷，以金木水火土发声，演奏出一阕大地精神、中国底色、人类视野的伟大交响曲！

十年磨一剑，罗长江2010年起步，坚忍不拔的十年苦工，完成了55万字的系列长篇。"字字看来皆是血，十年辛苦不寻常"，这是曹雪芹《红楼梦》完成后的创作体会。我们作这样的自然联想，是因为十分欣赏罗长江的艺术责任感与使命感，也特别推崇这种精品意识与水磨功夫。其站在新的时代高点，思想触角深入当代社会生活的方方面面，形成了独特的生命体验与思想感悟，完成了浩大的散文诗创作的工程，在规模和体量上都堪称叙事散文诗之最。

三 大地精神之直抵人心

人道是，中国作家只有土地意识，而缺少大地意识和大地精神。罗长江说，这是促使他着手以"大地"为主题写作的主要动因。罗长江立足大湘西，根植大地，拥抱时代，抚摸历史，审察现实，从乡土文明、旧城改造、民族战争、环境保护、人类梦想等方面切入，跨越了已有的乡土书写和出场方式。《大地五部曲》中的大地，是世界的大地，是人类的家园，而不是哪一处的风景，也不是哪一处的乡土。诗人超越了一般性乡土文学的概念，不是简单的对乡土的回望与眷顾，而是突破了湘西地域的限制、冲破了故乡怀旧的情怀，对中国历史、自然、社会、战争、文化、现实生活、城市与乡村、传统与现代等，进行了全方位的审视，而作整个人类命运的思考。

罗长江关注的是人类命运共同体，关注的是整个人类的家园大地，关注的是万物共生共荣的美好愿景。大地题材，湘西故乡的那些历史与故事，已成历史的悲壮抗战、即将被拆迁的老河街，还有楚歌巫风和土家族法师，等等，浸透了作者的经验和感受的场景和细节，包含着作者对时代、社会与生活的理性思考。诗人突破了古今之囿，也疏离了具体现实和当下心灵，以当代意识烛照这些历史的、现实的、原生态的生活形态，让湘西这片热土，进入了诗性的文化的关怀，得到了真正文学的淬炼与精神的升华，其笔下的湘西大地色彩无限迷幻而充满了生命韵律，反映出湘西地域的成长史、文明史、民族史、风俗史、精神史。罗长江从湘西的一方山水中反映中国社会现代化的进程，反映一定时代社会生活的面貌，比较深入地揭示了伟大社会变革的本质内涵，湘西大地也便具有了比较普遍的社会意义和价值。

罗长江摄取重大题材，熔铸史诗品质，将丰繁、复杂和辽远的社会生活场景引入叙事散文诗写作，其成功经验表明，真正的文学创作需要作家全心全意地深入生活。散文诗与分行新诗比，其社会性似更强，社会化程度也更高，或者说，其可以更紧地贴近社会，表现社会的程度也更高。

罗长江充满了深入生活的热情，并有着从生活中获取理性认识的自觉，在深入生活的过程中对生活进行深入的理性思考，创作植根于湘西大地，深刻地反映了伟大变革进程中的时代风貌，在叙事散文诗的文体探索上获得了可贵成功，走出了一条属于自己的路。在跨界写作、自铸一体、史诗品格诸多方面，为中国散文诗的开拓创新，乃至整个现代诗的写作提供了若干宝贵的启示。

关键词六

《城堡之外》

关键词提出背景：《城堡之外》是株洲作协主席万宁2022年出版的力作，为2019年中国作协重点扶持项目、湖南省现实题材重点项目，纳入国家"十三五""十四五"规划重点项目——湖南文艺出版社大风原创小说系列出版物。该书是万宁第一本长篇小说，创作主题也从她擅长的当代都市题材扩展到乡村生活和心灵史的书写，从小说立意、人物塑造、历史书写到语言表达都有很大的突破，展现了作者小说创作的新高度，该书也获得市场的高度认可，出版不久即斩获腾讯集团＋阅文集团主办的探照灯好书3月中外小说人气榜Top 3。

小说创作的新探索
——评万宁的《城堡之外》

罗　山

《城堡之外》是株洲作协主席万宁2022年在湖南文艺出版社出版的力作，围绕沐家和麦家两大家族女性的命运，着力刻画了一群不同年代的女性形象，她们轮番登场展演着自己的故事，多线条的叙事交织成一张密密的网，勾勒出风云时代中人物命运的起伏。《城堡之外》从以往万宁擅长的当代都市题材扩展到乡村生活和心灵史的书写，从小说立意、人物塑造、历史书写到语言表达都有很大的突破，展现了作者小说创作的新高度。

第二部分　年度文学力作关键词

一　多元化的城堡意象

"城堡"在卡夫卡的著名小说《城堡》之中，是"城堡山笼罩在雾霭和夜色中毫无踪迹，也没有一丝灯光显示巨大城堡的存在"[1]，既模糊又神秘。而在《城堡之外》中，"城堡"出场就是一片衰败的景象，"那一片废墟，曾经的轮廓，清晰分明"[2]，它曾经是村民们生活的住处，村里人后来逐渐迁移到山下，城堡内的房子就逐渐破败不堪。城堡的墙壁却还依然矗立，三米高的城墙，用石块垒成，沿着山坡弯弯绕绕呈现出当年的坚固。最为关键的是，城墙上有用于射击的枪眼，还有用于瞭望的天塔。住在这里的麦家、陆家、高家、戚家、赵家五个家族似乎不再在乎城堡原本的功能，在和平的时代，嫌弃住在城堡内所带来的不便，纷纷搬离。这与卡夫卡的"城堡"大相径庭，那里是主人公想尽办法要融入的权力中心。《城堡之外》一开始就把城堡描写成为被人们遗弃的废墟，虽然村民世代生活在这里，却没有挽回他们逃离的步伐，都生活在"城堡"之外。在小说中，有一群人总关注着城堡，女主蓝青林的外婆在这里陷入了深深的回忆，要不是外孙女的呼喊，她"肯定会陷进城堡里"。蓝青林却常常在城堡边的山坡上静坐，"一坐就是一下午"，在她的体悟中，"每个人都是个体，所拥有的能量就是一个城堡，多数城堡内空洞、平庸、甚至贫穷，可是有的城堡里，神秘、厚实、储蓄着无尽的宝藏"(P89)，她就认为自己的爱人郁澍就是这样的人。而在郁澍的眼中，城堡似乎是一段探险的路程，在这里他发现城堡历史的蛛丝马迹，可以为建设村史馆提供更多素材。

纵观整部小说，时间跨度近百年，空间跨度也是天南地北，集中在主人公生活的枫城和古罗村，却有一个基点——城堡之外。仿佛城堡成为每一个故事的看客，它已经走向了生命的终点，却又凝视着之外林林总总，而随着它过往经历慢慢地浮现，这之外的故事或多或少又与之有着千丝万缕的联系。这样的城堡，不免让人觉得有着跨越时空的实在，

---

[1] [奥地利]卡夫卡：《城堡》，高年生译，人民文学出版社1998年版，第1页。
[2] 万宁：《城堡之外》，湖南文艺出版社2022年版，第4页。下引此书皆为同一版本，仅在文中标明页码。

无论我们身处何地,都能感到它的存在:我们在城堡之外,又仿佛身处之中。

从文化寻根视角来看,城堡意象是小说的文化之根,是植入骨髓的传统,虽然现代社会中传统支离破碎,但是其又无时不左右着我们的思想和行为。从人物命运来看,无疑城堡意象是小说中的宿命之惑,小说中的人物都在摆脱着一种命运的城堡,而摆脱之后,却又陷入另一个城堡,命运的归宿就在旧的城堡之外坠入了新的城堡之内。从生命个体来看,无疑城堡意象是每个人内心独有的能量,万宁借蓝青林说出了这一层含义,无论空虚还是富足,个人都要面对自身城堡之外的世界,有的人获得最终的安宁与收获,有的人却沉沦在城堡之外的世界之中。乡村的传说、城市的日常、革命历史的波澜、家族的起伏,作者用宏大的叙事、丰富的细节支撑起"城堡"意象。城堡在小说中出现的场次并不多,却成为小说的精神根基,它所蕴含的多彩意象,让这部小说意味悠长,折射出世界的多样与统一。

二 淡然与坚强并存的女性群像塑造

《城堡之外》具有历史小说的一些特质,主要是在于描写了百年的时代变迁,而这些变迁并不是在大开大合的历史叙事中完成的,而是在几位女性人物经历中体现的。尽管时代主题和环境有着巨大的变化,这些女性人物却有着相同的人格和特性。通过她们,我们能够感觉到中国女性特有的淡然与坚强,无论是幸福还是艰难,都有着一种岁月如歌的从容之美。

主人公蓝青林,出场时就已经身怀二胎,即便在临产的时候,丈夫郁澍也不在身边。似乎没有听过她有多少埋怨,经营着自己的小店,给人以岁月静好的悠然之感。而随着小说的展开,我们多少能感到她隐藏的痛点,"本来以为,她不会再去爱了,她来到这里的初衷是要孤独终老,在古罗村一个人过完自己的每一天"。遇到郁澍才让她"不自觉地又开始爱起来"。[P25]这样的情愫,直到小说最后才揭示其中缘由。原来,她曾经陷入一场不伦之恋,与已婚之夫相恋并产下一子,最终黯然离开。直到过往被再次提起时,我们才看到她的一丝慌乱,"蓝青林的眼珠子都快掉下来了,她从床上坐起来"[P338]。但也很快将自己的经历告诉了丈夫。要不是看到小说的最后,谁能知道这样沉静的女子有着一段难以启齿的故事。小说中,她没有自哀自怨地消沉,而是潇洒转身开始新的生活,并且开始新的恋情,结婚生子。她的外婆,麦含芳遭歹人强暴,又不幸怀上孩子,嫁给家里的厨子,远走他乡。但是,岁月的困苦并没有打消外婆对精致生活的追求,当外孙女恳求她回来照顾自己时,她还因为年轻时的创伤"头皮一炸,脑袋爬进了蚂蚁,麻麻热热的,细密的针刺感在快速流动"[P50],却也毅然决然地回到不想回去的古罗村,用她精致的食物为蓝青林养育生命提供充足的营养。蓝青林觉得"只要跟与外婆一说,自己就淡定了,就觉得外婆会把一切张罗得礼貌周到有条不紊"[P333]这样的淡定,不仅仅是蓝青林在外婆身边的淡定,更是她们的特质,是在经历不幸之后,生命的韧性所带来的处事态度。

　　沐家的女性也是如此,出身名门,受到良好教育的沐上川选择了军人郁黄,而后者却隐瞒了已婚的事实,直到有一天郁黄留在老家的发妻拖着一双儿女来到家里,她才知道真相。女儿郁寒雨见过郁黄和沐上川无数次争吵,母亲骂得最多的话就是"你是个骗子!"[P11]沐上川纠结了半辈子,在最后却释怀了。她立下遗嘱要将郁黄的骨灰运回老家与原配赵凤妹葬在一起,"他们毕竟是原配,他也牵挂了这些年,让他们在阴间叙叙旧"[P221]。而她也有自己的寄托,那就是牺牲在枫城的三哥,"这么多年过去,三哥沐淳翔一直在她心里,她有任何困惑,都会第一时间向他请教,而他总是眯眼笑着,认真的仔细地聆听,再一一予以回复"[P58]。我们不难想象,沐上川在心中不忿时,一次次与三哥对话倾诉,并得到安慰。在自我心灵解脱之后,丈夫的欺骗甚至成为老夫老妻间的玩笑,她问郁黄还惦记着张凤妹吗?而郁黄没有回答,"嘴角扯出几缕笑意,只是笑过之后,又望着远处的那抹夕阳"[P112]。俨然有一种城堡内看城堡外的超脱。她女儿郁寒雨婚姻也是不幸的,丈夫谢一民在外地工作,十几年一直分居。他们从开始"眉目里也是有情意传达"到"不知不觉,一些表情不见了","只有这个东西,消失,就找不回来"[P29—30]她带大了儿子,承受着夫家的埋怨,照顾家里的病人,日子被琐碎的事情填得满满的,哪怕丈夫消失(被调查),都在默默地忍受着。直到儿子回来,她"在郁澍怀里安静了一会儿,又狠劲地推开,她泪眼横视,声音突然提高:'你怎么还记得回来呀?你们不是都不要这个家吗?回来干什么?!'"(P18)这是她在小说中唯一一次情绪的爆发,我们更多地看到的是郁寒雨为家庭辛苦操劳。沐家的女性是被家庭所伤害,但是,家庭又是她们的归宿和寄托。

相比女性群像,郁黄、谢一民都是我们常见的以事业为重的男性,他们为了事业牺牲了家庭,但是结局都不太好:郁黄得了老年痴呆,谢一民被调查,最后锒铛入狱。作为醉心于事业的人,他们的失败是一落千丈的,是无法再用其他来弥补和救赎的。郁漱作为新的一代人,没有大追求,以网络写作为生,获得颇丰的收获,而又与爱人在古村栖身,抚养儿女,并且在乡村发现中获得巨大的满足。他对蓝青林的过往有着巨大的宽容,以自己的经历来平衡内心,充满了以己度人的大度,他是小说中少见的没有经历过苦难的人物。与之对比,女性人物的不幸,却因善良、重情、坚韧获得淡然和坚强的能量,在庸庸忙碌的日常中被消解了。女人如水,岁月如水,至柔至刚,以其特有的柔性磨平了棱角,拂拭了伤痕,圆满了人生。作者真实细致地抒写了女性独有的美丽,但对男性的无奈并没有强加斥责,而是报以同情,展现了超越性别的洞察力。

三 村落文化的魅力展现

小说是从古罗村山坡上的黄昏开始,乡村的美首先是自然之美。万宁生活在南方,她对水乡山丘的景物是无比的熟悉。对古罗村的描写,是这些景物的集中展现。南方丘陵水系,与大江高山有着不一样的气质,峻险少了一点,更多的是小塘小山的幽静。即便在危机的时刻,也可以让人平静下来。当蓝青林将要生产的时候,她坐船赶往镇医院,她"坐在木凳上,斜靠着栏杆,湖面的夜色让她暂时忘记了疼痛",是怎样的夜色有这样的魔力呢?作者细细地描绘道,"白天伫立不动的青山,这会儿全走动起来,而且还拖着笨重的身子开始舞蹈,开始吟笑,是的,瑟瑟凉风,竦竦山木,在群山里起伏跌宕,朦胧中像有一群人,若有若无的,浅笑低吟"。(P100)这样的山水不仅让处在紧急中的人得到片刻的宁静,也是人物日常发呆的地方。书中,蓝青林在城堡边的山坡上发呆,郁漱在院子里的合欢树下发呆,他们在这样的山水中的所得所获,是在城市中难以达成的。这是古罗村自然的魅力。

山水育人，乡村文化因此获得恬静的底色；人们在这里生活，自然又有了人的味道，作者写道："瓦片下屋里的油盐味，已经聚集在村庄的上空，辣椒味、花椒味、蒜籽味、生姜味，这些味儿重的植物作料，不管不顾地霸占这个时段的空气，紊乱着人们的嗅觉。"(P3)南方农村的气味因为人的活动异常丰富，浸染了人间的生气。人们在这里创造出了古朴的文化产物（如好听的山歌），这让郁澍格外惊喜。每个月的十五，村里人就会聚集在村中心的四方坪，男人一堆，女人一团，相互对歌。歌声和笑声在村落里格外敞亮，"月光把这些笑脸照来照去，也跟着快活"(P5)。而古罗村的魅力，也是随着故事主角的眼睛和耳朵逐渐展现出来的。

其中最为神秘的是古罗村的历史。他们发现与外面相比，古罗村的人似乎有点不同，除了豪爽，还格外剽悍，还秉持着"不惹事，不张扬"的原则。这似乎预示着古罗村的不寻常。解开谜团的钥匙，也就在山顶上的城堡之中。蓝青林和郁澍陪外婆麦含芳来到城堡，她回忆到在祖父的书房曾经见到画在牛皮纸上的"麦氏方舆图"，图上有山有水，有城墙，有城堡，有数字标识。麦含芳的哥哥指出，"麦家的祖先来到古罗村是避难的，古罗村在他们之前，就是深山老林，没有任何人居住"(P71)。城堡对面，还有一座寺庙，也不是一般的寺庙，似城似堡，可以看清城堡内的蛛丝马迹。庙里面的和尚打坐练功只是幌子，真实目的是放哨。小说前面的这一处闲笔，把读者的好奇心给吊住了，也吊住了郁澍的好奇心。他想了解古罗村的历史，并组织张罗建立村史馆。之后，他又发现了像"承先祖克勤克俭，启后嗣曰读曰耕""耕读传家久，诗书济世长"这样的楹联大量出现在村里，又发现了深山中的悬棺，这些又让郁澍觉得"对古罗村的村史馆又生出了无限向往，觉得这是一件功在千秋的好事"(P144)。层层的累积，让古罗村越发神秘，直到小说最后一节，通过二姨父将谜底解开，"古罗大庙这位住持，曾是几十万大军的首领，金戈铁马，横扫大地……进到京城，天子自尽，而他领导的部队顿时失控……"这位首领是谁？我们大概也能猜到。郁澍之后进入城堡继续探寻，他得到一个结论，"城堡原来是个备战备荒之地，战争终究没来，战士归隐农耕，一代又一代，在此繁衍生息"(P340—341)古罗村是真的有故事了，村史馆不愁没内容了。

《城堡之外》在讲述几个家族故事的同时，又断断续续将古罗村的故事揭示了出来。这个小小的村里，集自然美景、乡村文化、历史传说于一体，有美景，有乡情，有故事。古村因此得到了开发，成为网红古村落，小说也在这里圆满结束，岁月流转沉淀成了魅力古村。

四　优雅味深的叙述语言

万宁以往的小说主要是都市题材，其中的语言与《城堡之外》有一些差别，有一种都市女性的直白和爽辣，如《纸牌》"她洗牌动作娴熟麻利，两垛牌，端在手心，轻轻一搭，就完美切入。切入时不但发出嗞嗞的脆响，还窝出两道弧线"[1]。节奏明快地将洗牌的动作展现了出来。到了《城堡之外》，我们看到作者的语言节奏慢了下来，情感更加节制，用词也平淡了许多。小说中那种千帆过尽后的淡然之味，也正是在这样的叙述语言中弥漫开来。

小说的叙事，有紧有慢。总体来看，小说情节并不复杂，很多是家长里短的日常记录。对历史事件的描述，也是蕴含在个人回忆的情节中暗示或者一笔带过。如郁黄南下的背景，"郁黄南下土改，他从辽宁一路向南，走走停停，经河南、湖北，最后停在了枫城"(P77)。寥寥几笔就把这段历史给交代了。而对沐上川个人感受，特别是水土不服的感受，作者就花了大量的笔墨，从刚到枫城冬天冷时即便生炭火也没有用，到一年下不停的雨，仔细地述说了一遍。反之再回北方的不适应，又用干燥、饮食的不同来展现，再写到下一代的变化，娓娓道来。人物大段的回忆描写，不仅仅是抒情，实际上也是在叙事。人的瞬间思虑可以跨过时空的局限，将波澜壮阔的大时代，融入个体的敏锐体验之中。

大段的回忆并没有带来冗长的拖沓，这得力于万宁有如"金句"般的点睛之笔。这样的句子，在文中俯仰拾之，如对婚姻关系的点评，"家庭博弈后，最终的结果，是心软退让的这位，开始承担自己心软退让的所有后果"(P113)。"爱情里的荷尔蒙只有十几个月，而蓝青林与郁澍在一起四年多了，那就意味着他们之间身体里基本上不怎么分泌荷尔蒙了。在一起，更多的是亲情与习惯。"(P149)再如对于病人的看法，"自从得知爸爸得了这个病后，妈妈就不再跟他吵架了，像现在，她只是坐边上看他，

---

[1] 万宁：《纸牌》，《当代》2015年第1期。

眼神里有了怜悯"[P11]。就连对出国留学的一点感悟,"每个月的生活费父母会定时打来,他们走在校园里,享受的是爷爷奶奶外公外婆几代人的积蓄,从这方面说,他们又是幸运的"[P17],真可谓一针见血,人间清醒。我们能够感觉万宁将自己人生感悟一股脑地投入小说之中。她看到了时间对于某些固执观念的消解,同样的她用自己的语言也将小说人物的苦难和矛盾进行了解构。这些金句,我们有可能也似曾相识,有的并不是那么的深刻,但是放在小说人物内心又是那么的贴切。日常生活中的所思所悟,虽非大彻大悟,却更容易打动人心,得到共鸣。

最后,在小说语言中,我们看到万宁对于方言运用的节制。小说中有一半人是南方人,还有古罗村的村民,用方言来表达他们的语言特征是无可厚非的。但大量的方言又往往会影响小说语言的质感,作者很聪明地点到为止,偶尔出现"落屋""岳老子""你咯个化生子""百事不探""灵泛""净做点空事"等方言。适可而止的方言运用,增加了语言的活力,却没有喧宾夺主,显示出作者对于语言的选择和锤炼,对于湖南作家如何处理好方言运用来说,展现了一种书写的方式。

关键词七

歌舞剧《大地颂歌》

关键词提出背景： 中国取得了脱贫攻坚的全面胜利。文艺工作者围绕这个时代主题创作了大量扶贫文艺。《大地颂歌》是这个创作潮流中出现的、在中共湖南省委宣传部的领导下创作的一部优秀剧情歌舞剧。它以湘西扶贫事迹讲湖南扶贫之绩，以湖南之事带出全国扶贫伟业，显示了湖南实施"精准扶贫"的决心和精神，传递了湖南人民取得脱贫攻坚战胜利后的获得感、幸福感，呈现了一幅波澜壮阔、感人肺腑的精准扶贫中国画卷。它在全国巡演也获得了广泛好评。

《大地颂歌》：雅俗融合的扶贫史诗

邓谦林

大型扶贫史诗歌舞剧《大地颂歌》于 2020 年 9 月 27 日在湖南长沙首演。它是由中共湖南省委宣传部主办，周雄导演，冯必烈编剧作词，谷智鑫、何炅等主演的剧情歌舞剧。该剧以湘西土家族苗族自治州花垣县十八洞村的脱贫故事为原型，展现了以扶贫队长龙书记为首的广大扶贫干部在习近平总书记"精准扶贫"思想的指引下，团结带领人民脱贫致富的感人事迹。它以湘西扶贫事迹反映湖南扶贫事业，以湖南之绩折射全国扶贫伟业，展现了湖南实施"精准扶贫"的决心、精神和举措，传递了人民取得脱贫攻坚战胜利后的获得感、幸福感，呈现了一幅波澜壮阔、感人肺腑的精准扶贫中国画卷。它采用典型的扶贫叙事模式，雅俗共赏，具有史诗性和鲜明的地域性，在全国巡演获得了广泛好评。

第二部分　年度文学力作关键词

一　典型的扶贫叙事模式

叙事是对故事、事件的讲述。它是与形式主义、结构主义理论密切相关的一个概念。扶贫叙事是对中国存在的贫困问题和脱贫攻坚事业的叙述，是对中国共产党团结带领中国人民为创造自己的美好生活进行艰辛奋斗、脱贫致富过程的现实反映。扶贫叙事的审美意识形态特性极其鲜明，中国共产党坚持"为中国人民谋幸福、为中华民族谋复兴"的初心使命和习近平总书记的"精准扶贫"思想，深深影响着叙述的结构内容和叙述方式。扶贫叙事大都采用"贫困—扶贫—脱贫"这样层层递进的叙事结构，一般是先呈现贫困，然后是党员干部为消除贫困不懈努力，最后是人们在党的领导下艰苦奋斗，脱贫致富过上幸福生活；它叙述的扶贫内容基本包括经济、文化、生态三个方面，扶贫策略多是修路建桥、发展绿色生态产业、对人们进行思想文化教育和情感上的帮扶等；它以思想觉悟高低来设置人物形象，不忘初心的党员干部思想觉悟高，思想"落后"的人物最有趣。

首先，扶贫叙事规约着扶贫文艺对脱贫攻坚事业的呈现和解释方式。2012年党的十八大召开，拉开了新时代脱贫攻坚的序幕。脱贫攻坚被放在了治国理政的突出位置，成了一个重大时代主题。文艺界涌现了大量反映我国脱贫攻坚伟业的文艺作品，并形成了一种扶贫叙事模式。在《大地颂歌》中，这个叙事模式清晰可见。在情节结构上它反映了十八洞村由贫苦到富裕幸福的发展变化历程。该剧除了序曲"浏阳河"、尾声"在灿烂阳光下"外，共有六幕，分别是"风起十八洞""奋斗""夜空中最亮的星""一步千年""幸福山歌""大地赤子"。所叙述的内容分别是贫穷、扶贫创业、教育医疗扶贫、搬迁扶贫、爱情婚姻帮扶，第六幕是对牺牲在扶贫一线的扶贫干部及其家属的致敬，致敬的范围由十八洞村扩展到整个湖南，再放眼全国，显示了中国共产党党员在党中央的领导下在全国扶贫工作中的艰苦奋斗、忘我牺牲精神。这个关于"脱贫"的情节结构告诉人们，中国共产党人一直在为自己的初心使命不懈奋斗，没有共产党就没有新中国，所以生在阳光下、春风里的我们，要"吃水不忘挖井人"，要懂得感恩，要永远跟党走，共圆中国梦。这正是这个情节结构所要达到的主要叙事效果。

其次，如何脱贫致富的叙述，体现了习近平总书记的"精准扶贫"重要理念。贫困是古今中外都面临的一个世界性难题，贫困的原因多种多样。在我们的扶贫文艺中，恶劣的自然生存环境是贫困产生的主要原因。十八洞村是湖南湘西大山深处的苗族小村庄，"千百年来，这里的人们走不出大山，送不走贫穷"。2013 年 11 月，习近平总书记来到这里考察时首次作出了"实事求是、因地制宜、分类指导、精准扶贫"的重要指示。2015 年，党中央召开扶贫开发工作会议，提出实现脱贫攻坚目标的总体要求，实行扶持对象、项目安排、资金使用、措施到户、因村派人、脱贫成效"六个精准"，实行发展生产、易地搬迁、生态补偿、发展教育、社会保障兜底"五个一批"，发出打赢脱贫攻坚战的总攻令。十八洞村在扶贫工作队的带领下，实施"精准扶贫"方针，面貌发生了天翻地覆的变化。精准，在这部戏里主要体现在产业发展、帮扶对象、对村民需求的认识、帮扶手段选用等方面。通过扶贫工作队的调研，在这里因地制宜地发展出绿茶产业、猕猴桃产业、苗绣产业、乡村旅游业，并帮助村民采用新媒体进行营销。小雅是一名留守儿童，奶奶生病，父母在外打工，家里房子曾倒塌。扶贫工作队为小雅一家建档立卡，重点帮扶，将小雅奶奶送到医院治疗并为其办理医疗报销、轮流照看；让辍学在家的小雅住进扶贫工作队为留守儿童在小学旁边搭建的宿舍，由学校老师来照看。对村里深山峡谷中十年九灾、一方水土养不起一方人、就地脱贫难度太大的老寨子，实行易地搬迁；为村民建好住房，在周边创建村民赖以生存的产业，建起医院、学校等配套设施，让村民走出大山，过上富足幸福的生活。针对村里光棍多、"有女不嫁十八洞村"的问题，扶贫工作队在村里举办相亲会，为嫁到十八洞村的姑娘解决工作，帮助村民脱贫的同时解决"脱单"的问题。因为扶贫工作队念"民之所忧"，行"民之所盼"，不仅为十八洞村村民实现了"两不愁三保障"目标，而且实现了全面小康。

最后，在戏剧人物塑造上，体现党员的核心、模范作用，人物设置类型化。近年的扶贫文艺作品，常按人物的思想觉悟程度设置人物类型，分别承担不同的叙事功能。第一，觉悟最高的中国共产党党员，是扶贫工作的领导力量。扶贫工作队的龙书记是核心，包括村支部、村委会的工作人员和小学的王老师，他们不忘初心，牢记使命，忘我工作，团结带领村民施行精准扶贫。第二，是一小部分思想觉悟尚不高，甚至有些短视、自私的农民。以田二毛、施满金为代表，最初对新的扶贫方式有些不理解，是脱贫攻坚路上的暂时性的"障碍"。扶贫工作队在村里变过去的输血式扶贫为后来的造血式扶贫，将村里的扶贫款作为村民的股本用来建合作社和发展产业，等赢利后给大家分红，这样可以不断地"钱生钱"，每年都会有收入。田二毛对扶贫工作队只做村情统计、谈规划理想却不分发扶贫款，很不理解，编了顺口溜在村里唱，"讽刺"扶贫队。为了消除田二毛之类村民的误会、顾虑，龙队长对广大村民说明了国家配套扶贫资金的新用法，并和村支部成员给村民写下承诺书，在上面按了手指印。思想扶贫与经济扶贫同步进行，以龙书记为代表的扶贫工作队，改变了田二毛、施满金等村民的思想，和大家一起奋斗渐渐将扶贫计划和幸福生活变成现实。这类人物形象，反映了脱贫攻坚任务的多面性、艰巨性、复杂性，他们的言行多夸张、有趣，在叙事上具有制造戏剧冲突、营造喜剧效果、调节叙事氛围的作用。第三，是无个人意见的纯朴村民，他们数量多，但在剧中基本没有发声，是一种附和性的存在。

二 主旋律与流行文化的结合

主旋律的本义是指音乐演奏中一个声部的主要曲调，后引申指文艺作品的主要精神或基调。主旋律文艺一般是指在政府部门指导下创作的，以弘扬国家主流意识为目的，选择具有革命性、政治性的题材，弘扬主流价值观和时代主题的作品，如《金刚川》《我和我的家乡》《高山清渠》《江山如此多娇》等就是近年影响较大的主旋律影视作品。《大地颂歌》是一部反映我国脱贫攻坚伟业、弘扬扶贫精神的主旋律歌舞剧。同时，它运用了流行文化的形式来表现。流行文化是一段时期内广泛传播，为广大普通民众所喜爱并相互追随仿效，具有时尚性、消费性、娱乐性、选择性的文化。《大地颂歌》较好地融合了两类文艺形式进行表现。

首先，《大地颂歌》主要选用过去耳熟能详的流行歌曲来表现。作为一部歌舞剧，原创性的词曲在剧中占比少，大部分是对各个时期的流行音乐根据剧作的主题稍作改动然后使用。它所采用的流行音乐有《又唱浏阳河》《我们共产党人好比种子》《夜空中最亮的星》《马桑树儿搭灯台》《在灿烂阳光下》等。这些被借用的歌曲，有的是流传至今的古代民歌，有的是 20 世纪五六十年代广为传唱的经典红歌，有的是近十年来的流行歌曲，各个年龄段的、各种流行音乐爱好者，都有机会在剧中听到熟悉的旋律。《我们共产党人好比种子》之类的红歌虽然与当下流行的通俗歌曲，在主题、唱法、曲风等方面都不一样，但都是一个时代的"流行"歌曲。每一首流行音乐，都是一个时代的音符，承载着一个时代的记忆和个人的心路历程。因而，当音乐响起时，唤醒的是过去，观众走进的是眼前的戏剧梦境，在今昔交融、戏剧内外互相升发的情境中，剧作变得平易近人和通俗易懂，这很容易满足观众的审美期待和情感需求。当然，流行不等于低俗，剧作只是将主旋律的思想内容用流行的音乐符码来传达表现而已。《夜空中最亮的星》原是一首主张抛开质疑、相信爱情的情歌，剧作者对它进行了"驯化"，通过剧中王老师的解说，将它由情歌变成励志、感恩的歌曲，即希望贫困地区的孩子们勤奋努力让自己变成夜空中闪亮的星，并知道回馈社会、报效祖国，在照亮自己的同时照亮别人，让世界变得更加美好。这种旋律依旧、置换主题的"驯化"，可能让原音乐变得扁平单一，但是熟悉旋律对人们的"感染力"还是存在的，它如施拉姆所说的"魔弹"一样，将戏剧的某些思想注入观众的头脑，方式虽有些霸道，但魔弹在体内"爆炸"产生的威力不容小觑。

其次，选择具有鲜明流行文化特性的演员来表演和宣传。这部剧作的演员不下百人，贯穿剧情始终的主要角色有扶贫工作队、村委会、重要村民等近十人。演职人员表上的领衔主演有谷智鑫、何炅、张凯丽、万茜。主要使用的剧作海报上也是这四位演员的图像，谷、何居中，张、万在两旁。谷智鑫饰演扶贫工作队龙书记，是剧作的核心人物；何炅饰演在小学支教的王老师，出现于第三幕；张凯丽饰演"全国脱贫攻坚先进个人"炎陵县委书记黄诗燕的妻子彭建兰，万茜饰演"全国脱贫攻坚先进个人"常德薛家村名誉村主任王新法的女儿王婷，二人均出现于第六幕。这样的角色安排和演员使用方式，用明星"引流"的意图明显。何炅作为湖南卫视"快乐大本营"（2021 年 12 月停播）的当家主持人，是中国当下娱乐文化界的一位代表，粉丝众多。剧作的第六幕，是对湖南乃至全国的、牺牲在扶贫一线的扶贫干部及其家属的致敬，是游离于十八洞村脱贫攻坚这个情节结构之外的，所以彭建兰、王婷是脱离剧情的两个角色，如果从剧情本身的逻辑来看，别说是重要角色，一般角色都算不上，也就不能说是领衔主演了。为了反映脱贫攻坚的全局和提升共产党员为脱贫攻坚忘我奋斗的主题，跳出剧情增加这一幕，虽在立意上顺理成章，但在"领衔主演"的指认上与实情不符。然而，张凯丽是中国电视剧发展史上具有里程碑意义的《渴望》中的主演，在近年热播的《咱们结婚吧》《人民的名义》等剧中也饰演重要角色，而万茜是近年走红的流量明星，二人加盟作为领衔主演，无疑可以扩大剧作的影响和受众。我们生活在一个符号化社会中，符号具有分类识别、意义传达等作用，它代表着某种价值，影响着社会生产和人们的消费。面对海量信息和数量庞大的文艺作品，普通大众只能根据一些文化符号来选择和消费。何炅、张凯丽、万茜作为领衔主演，给这部剧作贴上了流行文化的符号，让原则性强的主旋律变得柔软和面目可亲，大大增强了其观赏、传播效果。

三 艺术呈现的史诗性与地域性

这部剧作对我国脱贫攻坚伟业的舞台呈现具有史诗性和地方色彩。

史诗一般是指反映重大历史事件或古代重要传说、塑造著名英雄形象、结构宏大、充满幻想和神话色彩的长篇叙事诗。史诗性则是指比较全面反映一个时期社会历史面貌和人民生活的长篇叙事作品所体现出来的艺术特征。《大地颂歌》的史诗性特征主要表现在它反映了精准扶贫的重大时代主题、塑造了扶贫英雄形象、气势恢宏。贫困是全人类面临的顽疾。古今中外的人们都曾为摆脱贫困而奋斗。消除贫困、实现共同富裕是社会主义的本质要求，让人民过上幸福生活是中国共产党的初心和使命。改革开放以来，国家有计划地实施减贫工程。2013年11月，习近平总书记提出"精准扶贫"理念，随后形成了"精准扶贫"政策体系。它的基本含义是指扶贫政策、措施要针对真正的贫困家庭和人口，通过有针对性的帮扶，从根本上消除导致贫困的各种因素，达到可持续脱贫的目标。围绕这个时代主题，近十年来涌现出了《马向阳下乡记》《花繁叶茂》《江山如此多娇》《山海情》《扶贫路上》等众多文艺作品，《大地颂歌》是其中的优秀代表。在它的第一幕开篇就声画（字）同步，点明了剧作的主题——十八洞村的人们千百年来走不出大山、送不走贫穷；2013年11月3日，习近平总书记来到这里，首次提出"精准扶贫"的"十六字"方针，为全国人民打赢脱贫攻坚战指明了方向；三湘儿女团结奋斗，书写了壮阔的"精准扶贫"时代画卷。整部剧作的情节结构都是根据"精准扶贫"理念来设置的，如精准确定帮扶对象，为小雅一家建档立卡，解决留守儿童的教育问题、留守老人的医疗看护问题；因地制宜发展产业并采用新的营销手段、易地搬迁、解决光棍的婚姻问题是扶贫措施的精准，而且这些措施具有长效性，消除了导致贫困的因素。通过七年的奋斗，所有十八洞村村民都脱贫致富过上了幸福生活。在第六幕中，扶贫队长龙书记介绍了全国的扶贫战友，特别是以黄诗燕、王新法为代表的扶贫英雄和全国的脱贫攻坚态势，从而让剧作实现了对全国脱贫攻坚事业的全景式叙述，反映了我国解决绝对贫困问题、全面建成小康社会这个重大历史进程。而且它使用了许多壮阔、大景深的舞台布景，雄浑的合唱和大规模的抒情性、情节性的群舞，与剧中的宏大时代主题相应和，给人气势恢宏之感。

这部剧作的地域特色主要体现在它表现的对象十八洞村具有民族特色和它选用的音乐具有湖南特色。十八洞村是湖南省湘西土家族苗族自治州花垣县下的一个以苗族为主的传统村落。剧作或舞台背景使用十八洞村的照片，完整呈现当地的村落和传统民居，或场景中融入苗族阁楼、院落，在舞台布景上呈现鲜明的民族特色。剧中村民大都穿着苗族服装和佩戴简单的苗族首饰，说的是湖南特色的普通话，特别是大部分村民都具有坚忍倔强的苗族性格。剧作所选用的音乐基本上是辨识度高、特色鲜明、传唱广的湖南歌曲。如序幕中的《又唱浏阳河》一下就将观众引入了伟人故里，让人感受到了党的温暖和湖南人的英勇开拓精神。《马桑树儿搭灯台》是湖南桑芷古老的民歌，原本是表达思妇对征夫的坚贞和想念，剧作采用了新版的歌词和新的编曲，更欢快活泼。剧中男女相亲对唱山歌的歌舞表演，既生动有趣又有苗族风味。《苗岭连北京》是花垣民歌，歌唱军民鱼水深情，歌词修改后变为歌颂党的领导和恩情，歌颂人民的勤劳奋斗精神，反映农村的绿色发展和幸福生活。王一川认为，这部剧作从开头到结尾都具有"鲜亮的地缘美学风貌"，"湖南民情风俗、时代风貌的表达上"有力度。[①] 这种地方性、民族性的艺术表现，在一定

---

① 王一川：《晓畅与蕴藉——〈大地颂歌〉的艺术形式探索》，《文艺论坛》2021年第1期。

程度上破除了"主旋律"的单一性，让剧作变得丰富、厚重和有个性、有趣味。

总的来说，《大地颂歌》是时代的产物，它以扶贫叙事模式、流行文艺的表现形式和地方性、民族性元素，表现了"脱贫攻坚"这个重大时代主题和贫困乡村在新时代的蜕变，虽然人物形象塑造的典型性、思想的穿透力、社会生活表现的复杂性稍显不足，但舞台呈现效果好，是一部成功的剧作。

关键词八

《张战的诗》

关键词提出背景：张战，湖南长沙人，现从教于湖南第一师范学院，中国作家协会会员。已出版诗集《黑色糖果屋》《陌生人》《写给人类孩子的诗》。2021年11月海天出版社出版的《张战的诗》，共收录张战诗作160余首。当月，《张战的诗》《喊山应》新书联合发布暨分享会在深圳中心书城举行，获得读者强烈反响。该书也获得了海天出版社2021年度"十大好书"。

悲伤的杯子与欢乐的酒
——评《张战的诗》

罗　山

"可是欢乐的酒为什么/总是从悲伤的杯子里倒出来"[①]，看似欢乐的诗句，实则是从过往的生活中滴滴渗透而来的，细细品来，带着丝丝的苦涩。张战的诗就如上面诗句的标题，是一种闺女酒酣耳热后的丝丝窃语，用本色的话语反复述说着那放不下的情愫，而又因为微醺之后时而清醒时而混沌将现实与幻象娓娓道来，有些话语不是知根知底的好友难以体会，而在座的人却能会心一笑而有所得。这样的"私语"，类似女性文学中的私语写作，以个人化的抒情视角抒发个人的生命体验，展现了

---

① 张战：《女友们都醉了》，《张战的诗》，海天出版社2021年版，第18页。下引此书皆为同一版本，仅在文中标明页码。

私人的日常生活。张战虽然是女诗人，诗歌带有女性的那一份细腻和柔美，但她的私语并不是从女性文学的创作理念出发，不追求女性视角所带来的性别差异。诗人用平静的口吻，道出了生活中欢乐与悲伤交集，更多地抒发蕴含在日常生活中的生命哲思，特别是对生死、亲情、悲悯、宿命等主题的思考，让她的私语有了更阔大的境界。

一 生命难以承受之"亲"，亲情难舍的浓情重意

读《张战的诗》，最突出的感觉，就是她对父母亲情的展现。根据她相关访谈的介绍，她父亲投笔从戎参加了解放军，跟随部队从湖南、贵州、广东打到广西，后来曾经到钱粮湖农场生活。张战也随着父亲辗转在洞庭湖边，但这些经历并没有给她带来很多苦难的回忆。父亲对生活的热爱深深地影响着她，"钱粮湖农场又有那么美的一望无际的湖光、一望无际的蔗林。父亲似乎也没有多少痛苦。无数个夏夜，我们一家人在星月下纳凉，父亲赤膊大短裤，拉着京胡唱京剧"[①]。张战还提及过，父亲每年都要在中秋节看月亮，冬天踏雪。残酷的战斗生活并没有磨灭文人浪漫，父亲在诗中是一种俊美的形象，"满城泡桐花是我的父亲/满城泡桐花是我父亲每个春天醒来/吹奏起一只次中音号/非常紫白/非常轻"[(P142)]。诗中还回忆道，她问父亲泡桐树除了开花长叶子还能做什么，父亲回答还可以"拿来做琴"。这里的回忆是带着淡淡的甜。而父亲陪伴她成长，她陪伴父亲度过最后的时光，目睹了三年时间内父亲身体的衰落，这又让她看到了父亲的另外一面。《苦艾》写病中的父亲，"在医院/我轻轻搂着父亲肩膀/他是一只薄胎瓷酒盅/布满浅褐裂纹/他的胳膊/羽毛一样轻/我暗暗轻轻用力/不让他飞走"[(P215)]，重症病人的那种"轻""弱"，就如在眼前一般。父亲从壮年而迟暮而终老，诗人反复咀嚼的其中细节，沁入诗中，已经不再是对父亲的思念，更是对生命的思考。《七月半，我接父亲回来》中她选取了父亲33岁在桂林时，将人群中"我"高举过头；43岁在钱粮湖时，深夜划船去给鱼塘布草；83岁时，"我们抱着凉凉的盒子接他回来"[(P195)]，蒙太奇似的三个场景回顾了他的生平，

---

① 李婷婷、张战：《我想喊出每一粒米饭的名字》，载于中国作家网，http：//www.chinaw-riter.com.cn/n1/2019/0328/c405057-31000578.html，2019年3月28日。

不仅仅寄托了作者的哀思，更将"人生一世间，如白驹过隙"的千古感叹再一次呈现出来。

我们能相信，生死离别是最令人难忘的，在《西藏十章》里面，张战将这一场景几乎白描似的展现了出来："我已流了太多泪水/我记得爹爹临走前那一个傍晚/我们和他告别/隔着玻璃窗/他向我们扬手致意/这一次/他忘记了向我们笑/他的手掌惨白/眼神凄恐"，她还诉说道"爹爹，爹爹/你害不害怕"。^(P285—286)这组诗收入在诗集最后，与前面的诗歌风格相比要沉重得多。火车上眺望到唐古拉山，山上的冰川就联想到父亲写毛笔字用的纸，再回忆起他去世的那一幕。失眠又让她脑中闪现在西藏的一幕幕经历，跑马似的将关于生命、宗教、幸福、来生等疑问释放出来。我们可以时时在诗集中看到诗人睿智的闪光点，但由父亲引起的巨大悲痛，让诗人一时陷入意识流的迷茫之中，"父亲"相关的诗句构成了诗集中苦涩、凝重的那一部分。

另外，诗集中写母亲的诗句却是欢快和愉悦的，就像她在《母亲节》中感叹的"突然想到/母亲现在身体很好呢/这一刻/眼前什么都明亮起来/觉得自己好幸福"^(P107)。前面说到"父亲"是泡桐树花，与母亲相配的是"榆叶李"，《我的母亲今天很美丽》中写道，"只有盛开的榆叶李配做她姐妹/榆叶李盛开/我母亲白发明亮/榆叶李如烟似幻/我母亲一生轻盈"^(P3)。全诗的语调亲切感人，节奏明快。亲情让她体会到生命的苦，也体会到生命的甜。但是无论是苦是甜，我们都可以看到诗人的情深意切。就是这样无法割裂的亲情，让诗人无时不被勾起，充盈在诗集的各处。《今日检讨》首先写到自己去山里游荡，转而写到去母亲家，紧紧被抓住了手，她感叹道："妈妈你要紧紧拉着我我也要紧紧拉着你。"^(P17)《为逃避辩护》先是要为自己的"逃避"而辩护，虽然也感到"羞耻"，但最后她说道"但我总逃不出一个界限/只要我母亲说/'我不知为你流了多少眼泪'"^(P37)。这样的诗歌，就如同她的其他一些作品一样，前后诗意出现不经意的转变，上面两首诗的转变是有迹可循的亲情流露，但有些诗歌意思转变就有点难寻踪迹。

二 柳暗花明又一村，不受主题束缚的诗意流动

读《张战的诗》，有时候就像在林间散步，不知怎么就被引到了一面

与来之前迥然不同的风景之中，展现眼前的是一个出乎意料的结尾。在诗集中，这样的诗歌仿佛开始就没有什么主题。题目就只是诗歌的一个标记，一个引子。如《我的平安夜》："平安夜/雨像鸟打湿的翅膀/越收越紧/低低逼到脸前/已停电八小时/烛光中/在旧榆木长桌旁对坐。"前半部分，我们可以看到诗人在雨夜停电中与家人对坐，这和"平安夜"几乎没有关系，后面的诗句也没有点题。"眼睛像鼹鼠一样圆亮/你说好呀，又回到了洞穴/猛兽咆哮在高山草原/小动物藏在洞穴/黑暗才有安全。"家人的一句话将诗意拉入洞穴藏身的意境，"你说，坐过来/和我挤在一起/小动物们是这样取暖/我抚摸着你毛茸茸的爪/它有时也尖利伤人"。仿佛述说着对家庭生活的感慨，家人平时有些抵牾，但在黑暗中依然是相互依靠。有着一种甜蜜，也有着一份无奈。而诗的最后，"此时恰好听见婴儿啼哭/有人降生/我站起身/去把厨房打扫干净"。[P223—224]这一声啼哭，相互温暖的意境戛然而止，诗人从诗意中走出来收拾起其日常生活的琐碎。我们期待应该有一个主题的升华，而转眼和作者一样平淡转身，留下独坐的家人，在厨房的忙碌中，淡化内心的波澜。

再如《一部电影的台词》，通篇没有提及那句"台词"，而是一个场景，有鱼儿跳出水面、田野、很脏的河、柿子树。我们也猜不到这是哪一部电影的台词或场景，她也在问"记得这是哪部电影的台词吗"，最后诗人感叹"现在谁能对上我的暗号啊/我就这样起了执着心"。[P225]了解诗人的生活过往，也许能感觉这不是什么电影场景，就是她曾经生活过的湖区风光。这突如其来的回忆，是作者的"暗号"，却恍如电影的"台词"。诗人率性而来的诗意，具体鲜活，似乎她也不知道要表达什么，就像某种暗号，虽不知道要说明什么，却总是萦绕在心头。这样率性的写作，就像在诗意中散步，漫不经心却又心事重重。这"心事"并不是具体的事情，而是潜在内心的各种情愫，有时突出一处，有时交杂一起。诗人捕捉到这一段，又被下一段吸引。这样的诗歌，主题不明确，看了前面一段，下一段或者结尾又不知道通往何处，难以琢磨，形成了张战诗歌反主题、反结构的特征。我们常常要求诗歌有明确的主题，而朦胧诗歌是有着多种意象形成主题的暗示。张战的创作真诚地展现诗人的诗意流动，展现丰富的可能性，是不是也可以成为诗歌创作的一个方向。

关键词八 《张战的诗》

三 自然灵动，回归真性灵的诗歌创作

张战在诗坛似乎是一种特殊的存在，供职于湖南省内高校，安静地生活，也安静地写作，自许"自我掩埋"式诗人。她很少有高深艰涩的诗句，所写的都是生活中一些常见的事情所带来的感悟。张战的诗歌率真地展现自我，"文如其人"，我们在她的诗歌中感受到的正是如本人一样的声音，由非常自然的语言所呈现的效果，与她所体验到并表达的情绪并无二致。她具有一种难得的亲和力，将自己的故事淡淡地说出来，并谈及自己的看法和感悟。她的诗句带着一种微醺似的轻松，可以将自己真实的一面展现出来，就像她说过的，"我写诗时变得勇敢，敢于凝神于那个躲藏在日常中的自己，敢于说出自己内心的话，敢于说出自己更真实的那一部分"[①]。真是这样的真实，使得张战诗歌有着特殊的真诚之美。

张战称自己喜欢做饭，从选料到烹饪，甚至器皿都有着讲究。对烹饪的感悟，也反映在诗歌之中，《张战的诗》中有许多对食物的感想。苦与甜，是人们基本的味觉感受，她也将之入诗，"不用很多苦瓜/已经很苦/不能说出的苦/若能变成一排排铅字/齐刷刷跑上草原/苦字花/会一下铺到天边"（《苦》）(P39)。食物的苦，与人生的苦相比已经不算什么，成为生命的底色。而甜，她又写道，"好吃的东西都甜/红薯悬在屋檐下被风吹甜/……挨过你衣角的那只手甜/全心全意爱不了解的人/用尽全力抱紧不存在的人/一触即燃的水啊/好甜"（《如果甜不能吃还有什么可吃》）(P53)，将不可得到的"苦"，也视为甜。

还有一些常见的食物都带有作者自己的味道，《喝了一碗鹅汤》，"想尝尝鹅菜的味道呀/白米粥里放点鹅菜多么清香/用粗陶的锅子慢煮着/田埂上挨着鹅菜长的是莎草和马绊筋"。"鹅菜"就是茼蒿，在她生活过的湖区是常见的野菜。食物唤起的是儿时的记忆，由鹅菜又想起了童年时抱过的吃鹅菜长大的鹅。"它结实、沉重、雪白/带着暖扑扑的尘土气"(P49—50)，这样的鹅力气很大，蹬一脚差点让作者摔倒。一份土菜的味道、对鹅生动的白描，将我们带入质朴的农家生活意境之中。沉淀在食

[①] 张战：《写诗应该是种勇闯绝境的冒险》，《潇湘晨报》2021年12月12日第8版。

材之中的,是时光的味道,让这样的诗歌充满了诗人独特的体现,又因为我们有类似的经验,使我们产生强烈的共鸣。看似平淡的一首诗歌,就如这鹅菜汤一样,清香而又回味无穷。再如其他的食材,《盐》"溺在生活里的女人/煮沸了的灵魂/犹如烹调一锅浓汤"(P178);《葱油饼》"当我突然想呼唤一个人/我会做葱油饼/37度的温水和面/那是他皮肤的温度"(P190);《南瓜怎样吃》"问南瓜这样吃/其实在问/在晚秋/一个人的夕阳怎样吃"(P124);《剥板栗的时候你在想什么》"板栗刺球老了更扎人/可是剥开刺壳/板栗烤出桂花香/多么软,多么甜呀"(P58)。仿佛,在烹调或品尝食物的时候,她不仅仅在处理食材或咀嚼菜肴,而是将对生活和情感的感叹,融入敏感的味觉感受,折射出自己体验复杂现实所产生的思考,激烈的情感矛盾融入平淡的述说,正是诗人恬静外表与丰富情感的内心性情流入。

除了与食物相关的内容,张战写诗基本上将眼光放在日常经历之中,仿佛什么都可以被诗歌书写。《高速公路上的后悔事》写了一只被碾死的黄狗,"像一卷随意扔着的抹布";另一只受伤瘸腿狗,她因为没有停下来"自那以后我不知道想起来多少次/我好后悔/我好牵挂"。(P22)一首诗能够让我们感动,并无数次回忆起它,不正是像那两只狗引发作者的悲悯一样吗?作者注入了对命运、情感的思考,这些生活日常因此得到了引人共情的因子,直接注入了我们的内心,难以忘怀。

张战对于诗歌创作,认为要"诗必发乎情,这情其实也是思,有什么样的思,才会有什么样的情"①。这类诗歌正体现这样的创作思想。当然,并不是所有细微的情感都能成为诗,能为这些自然诗句所体现。平淡的诗歌,并不是轻易书写的。作者的安静写作,让她有更多的时间和心境来体会日常的诗意,让她能够有更多的自由和坚持来锤炼与性情圆融的语言。张战诗歌所具有的情与思,能够打动人,正源于这样的写作状态和追求。回看这光怪陆离的诗坛,不正需要这样的诗人和诗作吗?

---

① 张战:《写诗应该是种勇闯绝境的冒险》,《潇湘晨报》2021年12月12日第8版。

第三部分

年度人物关键词

关键词一

凌　宇

关键词提出背景：凌宇是国内有影响力的老一辈湖南批评家，他的学术著作《从边城走向世界》（1985）、《沈从文传》（1988）等从湘西地域文化角度解读沈从文，获得了国内外同行专家的高度评价，是从区域文化角度研究现代文学思潮与流派的具有代表性成就的专家。著名文学学术期刊《南方文坛》2018年第5期组织国内著名学者吴福辉、张新颖等为凌宇做了一期专题研究。

论凌宇先生的学术思想

吴正锋

凌宇先生是全国著名的沈从文研究专家。在20世纪80年代初期沈从文研究还是一个颇为敏感的研究领域之时，凌宇先生便像发掘文物一样，将沈从文作品从故纸堆中收集整理出来，并进行深入的研究，先后出版了专著《从边城走向世界》（生活·读书·新知三联书店1985年版）和《沈从文传》（北京十月文艺出版社1988年版），此外，凌宇先生还发表了一系列具有重要影响力的沈从文研究论文，在学术界引起强烈的反响。可以说，凌宇先生对沈从文研究具有开拓之功，为后来的沈从文研究打下了坚实的基础，在沈从文研究领域具有广泛而深远的学术影响。凌宇先生除了在沈从文研究领域取得了杰出的学术贡献，还对20世纪八九十年代湖南当代著名作家作品进行了广泛而深入的研究，著有《重建楚文学的神话系统》（湖南文艺出版社1995年版）。此外，凌宇先生还对《三国演义》的文化意蕴进行创新性的探讨，著有《符号——生命的虚妄与辉煌：〈三国演义〉的文化意蕴》（湖南师范大学出版社1997年版）。2016年12月，湖南文艺出版社出版了凌宇先生的四卷本《凌宇文集》，这可以说是凌宇先生大部分学术成果的总结。凌宇先生之所以取得如此多的重要学术成果，是因为他辛勤的学术钻研，也与他的学术思想及学术方法具有紧密的关系。我以为凌宇先生的学术思想主要表现在以下几个方面。

一 坚持人文主义的学术立场与坚守"文学是人学"的信仰

凌宇先生坚持人文主义的学术立场，他在文学研究过程中始终关注人的生命、人的命运，坚守文学的使命，他从来没有动摇过"文学是人学"这一信仰，表现出对人的存在的终极关怀，体现出中国知识分子的人文传统和价值立场。凌宇先生曾经对于自己的学术生涯作了这样的总结，他说："首先，坚持中国的人文传统的学术立场，对人的现实存在和终极存在保持着高度关怀。这点不仅仅贯穿在我的整个沈从文研究中，在对当代文学、古代文学的研究中也是始终如一坚持的一点。无论是我对沈从文文学世界中城—乡、苗—汉二元对立中人的悲剧性存在的解读，在当代湖南作家群尝试建构当代神话内蕴，对人的现实生存方式的质疑与浪漫主义理性追求的关注，还是在对《三国演义》的解读中，涉及对儒家伦理问题的历史追寻与当下思考，引发了自'五四'以来对传统文化——伦理价值判断的反思，其间都倾注着一种人文主义的人生价值立场和属于我自己的生命激情。"[①]

凌宇先生的这一表述，对我们探寻其学术追求的人文主义立场具有重要的作用。凌宇先生的沈从文研究就非常突出地体现了人文主义的学术立场。凌宇先生无论是在《从边城走向世界》还是在《沈从文传》中，对沈从文的人生经历的叙述，使我们认识到沈从文在"五四"思想启蒙下，从随顺命运的浮沉到决心挣脱命运的安排，掌握自己的命运，独立地支配自己，无论是"左"或右的思潮，也无法动摇他的人生航线，走着一条孤独的人生之路，奋勇向前。凌宇先生的这种叙述，就是从沈从

[①] 凌宇：《凌宇文集》（第3卷），湖南文艺出版社2016年版，第443页。

文的生命出发,始终围绕沈从文生命的抉择与坚守这一人文主义的立场进行的。凌宇先生在对沈从文作品进行分析评论时,也是坚持人文主义立场的。譬如,凌宇先生对于《边城》中翠翠、傩送之间的爱情,作了如此的分析评论,他说:"我们从翠翠、傩送身上,看到了沈从文笔下乡村世界的又一种生命形式。它内涵着勤劳、朴实、善良、热情,信守着自己的本来,在爱情、婚姻关系上,它表现为自然、纯真、健康;它又是自主自为的,抗拒着封建文明的污染,在关系到人生命运结局的重大问题上,它不同于萧萧辈的那种生命形式,处于被环境支配与左右的地位。它有主心骨,坚定地把住命运的航舵。"① 凌宇先生揭示出翠翠、傩送抗拒外在的压力,敢于追求自己人生幸福的"自主自为"的生命形式,坚定地把握自己命运的航舵,这种人生形式便是人文主义精神的体现,这样,凌宇先生从人文主义立场对于《边城》的主题意蕴作了很好的阐释。又如,凌宇先生对于《丈夫》的评论,我们只要看一下标题《灵魂的战栗与人的尊严的觉醒——沈从文的小说〈丈夫〉读后》,就可以感觉到凌宇先生同样是从人的尊严的觉醒这一人文主义立场来进行论述的。凌宇先生在分析评论当代湖南作家作品时,人文主义的价值立场依然是他观察社会人生的重要原则。譬如,凌宇先生对于孙健忠《醉乡》主人公矮子贵二的形象分析,就是从矮子贵二的觉醒与人的价值的确立来进行的,论文写道:"从贵二的崛起中,你不只是看到经济翻身的表层意义,而且深一层地发现了他的人的价值的重新确立。""你没有简化人物精神转变的过程,而是真实地、极有层次地描绘了贵二自我意识觉醒缓慢得令人焦急的心理过程。随着这一过程的完成,贵二开始摆脱命运对自己生命的支配。"② 再如,凌宇先生在他的著作《符号—生命的虚妄与辉煌:〈三国演义〉的文化意蕴》中对于诸葛亮人生悲剧的论述,同样是从人文主体自我的视角进行论述的,指出诸葛亮"士为知己者死,战胜了知其不可而为,即对文化规范的认同战胜了智者之智,却成全了仁、义、礼、智、信这一符号序列中的智——对仁、义的理解","这种对伦理规范的高度认同,所导致的只能是对人的自我的严重压抑","主臣尊

---

① 凌宇:《从边城走向世界·题辞》,生活·读书·新知三联书店1985年版,第243页。
② 凌宇:《凌宇文集》(第4卷),湖南文艺出版社2016年版,第27页。

卑,从根本上决定了人与人之间的不平等关系。无论诸葛亮具有怎样的经天纬地之才,都只能在这种尚未出仕便被预设的宿命式关系中施展,同时也宿命式地预定着诸葛亮这一类'士',无法真正成为历史的主角,也无法真正成为自己命运的主人"[①]。可见,凌宇先生的人文主义学术立场贯穿于他的学术始终,其中也流注着他自己对于生命的感悟与激情。

凌宇先生的人文主义的学术立场与坚守"文学是人学"的信仰来源于"五四"以来的人文主义思想启蒙运动,来源于新时期拨乱反正的思想解放运动,以及他对随之而来的西方现代人学思想的借鉴与吸收。凌宇先生指出:"'对中国传统文化——符号的全面反思与叛逆,肇始于"五四"'新文化运动……'五四'新文化运动极大地促进了这种人的自我意识的觉醒。'五四运动的最大成功,第一要算"个人"的发见。'于是,对人的自我权利与尊严的诉求,成为'五四'新文学的中心话题。"[②]凌宇先生身处拨乱反正思想解放运动的历史时期,新时期思想解放运动给他以精神的洗礼,随着国外大量的人学思潮的涌入,他广泛阅读苏联学者伊·谢·科恩的《自我论》、卡西尔的《人论》,以及弗洛姆的《为自己的人》《逃避自由》等书籍,萨特的存在主义、尼采的超人理论、弗洛伊德精神分析理论,甚至马克思关于劳动的双重性形成的人的自我实现与人性异化等人文主义理论都使他受益匪浅,凌宇先生通过对这些理论的借鉴与吸收,形成他自己的独特的人文主义学术立场。哪怕在20世纪形式—结构主义的文学批评形成潮流,甚至一些学派认为文学不过是一种与现实人生毫不相干的"纸上的符号",不过是一种结构的游戏时,凌宇先生却依然坚守"文学是人学"这一信仰而未动摇。

二 在历史文化情境与现实语境中进行学术探寻

凌宇先生在进行文学研究时,不仅将研究对象放入特定的历史文化情境去探寻,而且坚持站在当下的现实语境中,揭示出研究对象在当下的历史意义及价值,呈现出学术研究的双重视角,形成历史与现实的对话,体现出其研究的较为鲜明的历史性与现实性相结合的特征。凌宇先

---

① 凌宇:《凌宇文集》(第4卷),湖南文艺出版社2016年版,第394—395页。
② 凌宇:《凌宇文集》(第4卷),湖南文艺出版社2016年版,第380—381页。

生的这种学术思想在沈从文研究和当代湖南文学湘军的研究上体现得非常明显。

　　凌宇先生在其沈从文研究中，总是将沈从文的文学创作放进那个具体的历史文化之中进行考察，放在城市文化与乡村文化的对立之中，放在苗族文化与汉族文化的对立之中进行。如果说，凌宇先生早期还从社会学的视角论证沈从文不是"反动作家"的话，那么他后来越来越明确将沈从文创作作品放在特定的历史文化情境中进行分析研究，揭示其内在的思想内涵。譬如，凌宇先生在分析沈从文创作时，就紧紧抓住沈从文笔下的"都市"与"乡村"这两个世界所呈现的不同的人生情状进行论述，他说："都市与乡村的不同颜色、声音、气味，'绅士阶级'与'抹布阶级'迥异的人生情状，结构成沈从文建造的文学世界的两极。做为这两极的内在联系线索的，是沈从文从道德角度提出的人生价值估量。"① 正因为如此，凌宇先生的《从边城走向世界》在探讨沈从文的小说创作时，分别从沈从文小说的"都市面影"、"乡村世界"及"乡村与都市的交流"的视角进行论述。同样，凌宇先生的著作《沈从文传》在对沈从文精彩而传奇的人生进行书写之前，用了长长的一个章节"在别一个国度"来介绍湘西独特的历史文化背景，用来突出沈从文的少数民族身份以及独特的民族历史文化。只有将沈从文放进这样的历史文化情境之中进行书写，读者才能真正理解沈从文独特的人生。此外，凌宇先生的不少论文都是从少数民族文化与汉族文化的视角来对沈从文创作进行分析评论的，譬如：《从苗汉文化和中西文化的撞击看沈从文》《沈从文创作的思想价值论——写在沈从文百年诞辰之际》等论文便是如此。为此，凌宇先生说道："湘西历史文化对我研究课题即沈从文研究而言，更是一种无法绕开的存在。我曾说过，与其说是我选择了沈从文研究，不如说是沈从文研究选择了我。这就是说，沈从文笔下的湘西，就是对湘西人的文化存在方式出神入化的书写。缺乏对作为中介的湘西历史文化的切身体验与相应的理性认知，真正认识沈从文是不可能的。"② 凌宇先生对于当代湖南作家作品的评论也往往从社会历史的视角进行，将人

---

① 凌宇：《从边城走向世界》，生活·读书·新知三联书店1985年版，第212页。
② 吴正锋：《学术赓续与文化传承——凌宇先生访谈录》，《南方文坛》2018年第5期。

物事件放在历史事变中进行论述。譬如,凌宇先生评价任光椿的长篇历史小说《戊戌喋血记》就是坚持马克思文艺理论的"历史"的观点进行的,他指出这部小说的艺术构思的一个重要的特点:"就是从历史事件客观反映出来的必然性中展示其内在的美学价值,从那些在特定历史环境中追随历史前进的人物中去发现'中国的脊梁',阐扬民族的精魂。"[①] 凌宇先生在分析人物形象时,也是坚持将人物放在复杂的历史环境中进行,他分析赛金花如此,分析袁世凯同样如此,发掘这些形象的历史真实性。又如,凌宇先生对于孙健忠长篇小说《醉乡》的评论,努力揭示小说主人公矮子贵二人生前进得"沉重又缓慢"的原因,就联系到矮子贵二所受到的外在的压力进行分析,分析指出贵二与玉杉之间的爱由一张不健全的关系网隔开了,"你是那样精细地揭示着人物情感演变的前因后果,勾画出他们各自的心理轨迹",而他们之间情感的这种演变,"是与他们经济地位的改变、自我价值的发现、精神上摆脱对外界的依附交织在一起的。这样,你通过经济、政治、道德、婚姻与爱情关系等多角度的透视,立体地再现了农村经济改革后,湘西山村出现的人的精神从必然走向自由的变化过程,完成了《醉乡》里人对命运自主把握这一人生审美追求"[②]。凌宇先生的这种将人物放置在特定的历史背景中进行分析的方法,把握住了人物的精神内涵,这是十分准确而深刻的。

另外,凌宇先生并不是将自己的学术研究与当下现实脱节、与时代脱节,他紧密地联系当下时代,站在当下现实的语境中,与研究对象形成一种特殊的"对话"关系,揭示研究对象对于当下社会现实的价值与意义,从而表达自己对于社会人生的看法。凌宇先生在学术研究中表达自己深切的人生情怀,体现了一个知识分子的责任与使命。譬如,凌宇先生在从事沈从文研究时,他的学术研究背后,体现了在新时期拨乱反正的历史时期,一个知识分子所感受到的刚刚从极左的思想束缚中解放出来,人再次得到启蒙与觉醒的欢欣鼓舞,体会到时代巨变的意义和价值。正是在这一点上,凌宇先生对于沈从文从边城走向世界的人生追求作了非常精彩的书写,紧紧把握住沈从文在五四启蒙思潮的影响下寻找

[①] 凌宇:《凌宇文集》(第4卷),湖南文艺出版社2016年版,第3页。
[②] 凌宇:《凌宇文集》(第4卷),湖南文艺出版社2016年版,第31页。

到生命自主的人生道路,并勇敢而执着地进行自己独特的艺术追求。正是在这一点上凌宇先生与新时期人的解放与觉醒相契合,由此,凌宇先生的《从边城走向世界》与《沈从文传》一经发表,便引起刚刚经历过思想解放运动的人们的热切反应,在学术界得到了积极的反响。从某种意义上来说,凌宇先生的沈从文研究,推动了新时期的思想解放运动,具有积极的意义。正如凌宇先生后来指出的:"思想大解放运动正在全国范围内蓬蓬勃勃展开,这不可避免地波及到中国现代文学研究领域。换言之,其时发生在中国现代文学研究领域的重新评价中国现代作家及其创作的研究取向,是这场思想解放运动的重要组成部分。"[1] 另外,此时凌宇先生的沈从文研究也打上了那个时代的政治—社会学的一些印记。譬如,凌宇先生努力论证沈从文不是"反动"作家,而是一个进步作家,表现在沈从文始终关心底层人民疾苦(譬如《丈夫》《柏子》《萧萧》《贵生》)、抨击"绅士"阶层的堕落(譬如《绅士的太太》《八骏图》),甚至歌颂革命者勇于牺牲自己生命(譬如《菜园》《黑夜》《过岭者》)方面。凌宇先生对于这些作品进行这样的评论,带有那个刚刚拨乱反正时期的鲜明的历史的特征。应该说,凌宇先生的这种站在当下的现实语境中进行研究的学术思想,既有其特殊的历史价值,当然也必不可免地具有那个时代的某些历史的局限性。对此,凌宇先生有着清醒的认识,他说:"从今天看来,《从边城走向世界》存在着明显的缺陷与不足。最主要的问题,是在当时历史情势下,尚未摆脱长期以来形成的政治—社会学理论模式的束缚。这自然会对沈从文创作的独特性及一些深层次的问题形成遮蔽。"凌宇先生分析了其中的原因:"在众口一词认定沈从文是一个'反动作家'的背景下,如果不推翻这一荒唐的政治定性,便无从获得研究的正当性与合法性。"[2]

三 从研究对象出发与寻求心灵的沟通

凌宇先生在进行学术研究时总是从研究对象出发,而不是从现成的观念或理论出发,他从心灵深处把握研究对象,寻求与研究对象的心灵

---

[1] 凌宇:《凌宇文集》(第3卷),湖南文艺出版社2016年版,第402页。
[2] 吴正锋:《学术赓续与文化传承——凌宇先生访谈录》,《南方文坛》2018年第5期。

的沟通，发掘作品的内在意蕴与艺术特征。凌宇先生指出："任何一种研究方法，都是为了对研究对象的新的认识，只能是先有研究对象的存在，而后有适合的研究方法的出现，而不是研究对象为方法所用。"[1] 凌宇先生的沈从文研究就是从研究对象出发的，他寻求与沈从文的心灵沟通而展开学术研究活动。凌宇先生为什么选择沈从文作为自己的研究对象？这是因为他在对沈从文作品的阅读过程中，寻找到心灵的契合，他的心灵受到强烈的震撼：在中国现代文学史上，沈从文的创作当数一流！正是在尊重自己阅读感知的基础上，凌宇先生对沈从文研究产生了兴趣，他说："正是出于对自己阅读感知的尊重，才有了我后来的沈从文研究。"[2] 凌宇先生在他的学术著作《从边城走向世界》的《题辞》中写道："本书论及的是这样一位作家——他是一个对人生怀有极大热情的人，在内心深处，却是一个孤独者。他常常叹息着不为人理解。我愿意去理解。"凌宇先生非常简洁明了地表现出自己决心从"内心深处"去理解和把握沈从文这一研究对象，而且，凌宇先生的这种理解和把握是带有自己独特个性的，他说："不是为着褒扬，也不是为着贬斥。在高层次的思维里，没有简单的善恶与好坏之分。——这不是无是非观。任何人都将接受人类理性法庭的最终审判。我不想也无能充当审判者。但我愿意说出我所知道的真实。"[3] 凌宇先生这里所说的"我所知道的真实"，就是带有凌宇个人生命内在体验的"真实"，正因为如此，凌宇先生并不认为自己"已经说出了全部真实"。凌宇先生从心灵深处把握研究对象，致使他在《从边城走向世界》的前面两章探讨的是沈从文的人生道路和人生观，譬如，著作的第一、第二章分别为："他走着一条孤独的人生之路""人生奥秘探索者的得与失"。著作在深入探讨沈从文精神世界之后，才对沈从文的创作进行研究。著作的第三章为"对艺术美的潜心研究"，重点探讨沈从文的艺术观。第四章和第五章分别为"沈从文建造的文学世界（上）""沈从文建造的文学世界（下）"，分别对沈从文的小说和散文的思想意蕴和艺术特征进行分析评论。《从边城走向世界》的学术内在

---

[1] 凌宇：《凌宇文集》（第3卷），湖南文艺出版社2016年版，第444页。
[2] 吴正锋：《学术赓续与文化传承——凌宇先生访谈录》，《南方文坛》2018年第5期。
[3] 凌宇：《从边城走向世界·题辞》，生活·读书·新知三联书店1985年版。

逻辑就是，从探讨沈从文独特而传奇的人生入手，因为这影响到沈从文创作意蕴及艺术特色的独具一格，再深入研究沈从文的小说与散文创作。凌宇先生在具体分析论述沈从文创作时，努力用自己的心灵贴近沈从文的内心世界，追求的是心与心的沟通。凌宇先生指出："沈从文一生的感慨便是人与人之间、民族与民族之间相互理解的艰难，渴望寻求人的心与心的沟通。在研究者与研究对象之间，也有一个心灵沟通问题。"[①] 凌宇先生在对于每一部作品的具体分析上，总是深入作品之中，深入沈从文创作这部作品的内心世界中去，进行文本的细读，把握作品的实质内容，对于其内在的精神本质与艺术特征，他总是结合具体的文本深刻地揭示出来，而不是如有些评论家仅仅从一些现成的观念或理论出发，凌空蹈虚，进行浮光掠影的轻率的评论。凌宇先生的这种研究方法就是从沈从文的作品出发，还原其创作本来的历史面貌，对其思想价值和艺术特征进行极有深度而又具有创新性的论述，这就突破了"左"的现成观念和理论束缚，打破了长期以来将沈从文当作"反动作家"的历史偏见，使人们真正认识到沈从文创作的杰出成就，成为沈从文研究绕不开的一道门槛，不断给后来研究者以借鉴和启示，从某种意义上可以说，凌宇先生的《从边城走向世界》等成果是沈从文研究的一座丰碑，具有不可磨灭的永久的价值。

四　无惧无畏的学术勇气与坚守独立的学术判断

凌宇先生在学术追求上，具有无惧无畏的学术勇气和坚守独立的学术判断，正是这一学术追求使他能够冲破一些理论的误区，敢于坚持自己的学术观点，不为外在的权威或者权势所束缚，由此取得重要的学术成果。

20世纪70年代末80年代初，由于长期的极左思潮对于人们思想的束缚和禁锢，沈从文研究当时还是一个非常敏感的课题。因为在中华人民共和国成立之前的1948年，沈从文就受到一些左翼文艺理论家的严厉批判。1948年3月1日，郭沫若在《大众文艺丛刊》第1期发表《斥反动文艺》一文，文章不仅称沈从文为"桃红色"的作家，而且称沈从文

---

① 吴正锋：《学术赓续与文化传承——凌宇先生访谈录》，《南方文坛》2018年第5期。

"一直是有意识的作为反动派而活动着"①，这给予沈从文精神上以巨大的压力。中华人民共和国成立后，沈从文企图自杀便与此有着极大的关系。从此之后，沈从文失去了在北京大学的教职，在故宫博物院当了一名讲解员。沈从文也曾被发配打扫女厕所、下放湖北咸宁劳动，作为作家的沈从文逐渐被人们遗忘。一直到粉碎"四人帮"之后，党中央进行一系列的拨乱反正，揭开新时期的思想解放运动。在现代文学研究领域内，研究者开始重新评价中国现代文学作家，但是沈从文研究依然是要冒一定的政治风险。凌宇先生曾经在一次访谈中指出沈从文研究所面临的政治上的压力，他说："因为1949年以后，有很多事情很难写，这里头它有个政治上的东西，即便是我们这代研究者，在那个80年代中期，沈从文还是中宣部盯着的对象。"②凌宇先生也曾谈到因为政治风险，沈从文曾经劝凌宇先生不要研究他，凌宇先生说："研究沈从文，在当时具有一定的风险，这不是一个想没想过的问题，而是一个直接摆在面前的现实。……从我和沈从文第一次见面起，他就曾劝我不要研究他，可见他对这种风险的感知。我之所以还有勇气坚持下来，就是坚信中国的政治与思想文化，终究要走向进步。"③从这里可以看出，凌宇先生在20世纪80年代进行沈从文研究，要对沈从文进行重新评价，体现出无惧无畏的学术勇气。凌宇先生还谈到与导师王瑶先生因为坚持自己的学术观点而发生争执的事。在凌宇先生毕业论文答辩会上，王瑶先生不赞同凌宇先生的两个基本立场："一是论文中的扬沈抑左翼文学的倾向，二是论证过程中所涉及的'异化论'立场。"④凌宇先生在答辩时大胆地反驳了王瑶先生，最终让王瑶先生在最后投票时也投了赞成票。凌宇先生这种敢于坚持自己独立的学术观点，不管是不是老师，不管是不是权威，体现了"吾爱吾师，吾更爱真理"的学术精神，是非常可贵的。钱理群后来还将此事作为北京大学学术精神的案例宣扬过。凌宇先生曾经在接受笔者访谈中说过这样的话："陈平原曾对我说，在他的博士论文答辩前，王先生

---

① 郭沫若：《斥反动文艺》，载刘洪涛、杨瑞仁编《沈从文研究资料》（上），天津人民出版社2006年版，第289页。
② 凌宇：《凌宇文集》（第3卷），湖南文艺出版社2016年版，第429页。
③ 吴正锋：《学术赓续与文化传承——凌宇先生访谈录》，《南方文坛》2018年第5期。
④ 吴正锋：《学术赓续与文化传承——凌宇先生访谈录》，《南方文坛》2018年第5期。

对他说，答辩时，对一般的问题，能答辩则答，不能回答的可以不答；对涉及论文要害的问题，就得尽其所能为自己的观点辩护。当年凌宇如果不是敢于抗辩，我就不会让他的论文获得通过。"①

综上可见，凌宇先生体现了无惧无畏的学术勇气和坚守独立的学术判断，是值得我们后来的学术研究者努力学习的。

五 "文学研究本身就应该具有文学的特点"

凌宇先生的文学研究具有较为鲜明的文学的特征，既充满了真知灼见，对于所研究的问题能切中肯綮，非常准确、深刻地揭示出来，同时又具有内在的气势和情感，文字优美生动，极富文采，给人以精神的震动、心灵的共鸣以及美的享受。这是一般的文学研究者很难做到的。凌宇先生在访谈中也明确谈到这一点，他说："我始终觉得文学研究本身就应该具有文学的特点，当然文学研究本身是属于理论化的范畴，即学术论文首先应当是论文。但是，就我自己的感觉，文学研究论文必须还是文学论文。在这一点上，就必须注意三点，第一是不能排除想象；第二，也是更重要的，必须要有人文激情；第三，它还应该是美文。可以说，在我的研究过程中，都比较自觉地遵照了这些原则，这些特点在我的研究成果中也能得到体现。"②

凌宇先生在自己的文学研究的学术生涯中很好地将其文学性的追求贯穿其中，形成其鲜明的特点。凌宇先生的《从边城走向世界》这一学术著作就具有比较突出的文学性的特征。我们如果对于著作中的"《边城》论"稍加分析，就可以非常明显地感觉到这一特征。凌宇先生在分析评论《边城》时，展示了非常宽广的知识容量，以及非常深刻的理论辨析，但是文字表达又是行云流水、准确生动，让人感佩不已。譬如，著作对于王团总陪嫁碾坊的论述，既深刻指出碾坊背后的实质内涵，又对于其引起的人生悲剧做出了非常精彩的论述，著作写道："在翠翠与傩送之间，站起了那座碾坊，一种物化的人格力量。在它的上面，凝集了封建买卖婚姻的本质。《边城》的深刻与高明之处，就在于让它始终作为

---

① 吴正锋：《学术赓续与文化传承——凌宇先生访谈录》，《南方文坛》2018年第5期。
② 凌宇：《凌宇文集》（第3卷），湖南文艺出版社2016年版，第444页。

一种隐蔽的力量而存在，而不是简单地将它化为一种概念化的人物形象。但它又是那样有力，结合着人生中的'偶然'与人心的隔膜起着兴风作浪的作用，以至彻底摧毁了老船工生命的航船，他再也无法扎挣（原文如此，似应该为"挣扎"——笔者注）着出航，终于静静地躺倒在与他一生休憩相联结的古老土地上。"① 凌宇先生的这一论述，既非常深刻准确，又非常具有文采。又如，凌宇先生的《沈从文传》也是具有较强的文学性的。为此，凌宇先生有过很好的写作体会，他说："比如，在《沈从文传》的写作过程中，就有意识地将传主极富传奇色彩的外部人生际遇与丰富而复杂的精神世界交相辉映，具有文学性的细节描写、心理描写在这部传记中经常可以见到。传记因此也表现出一种鲜明的诗性特征，这既需要对传主精神世界的深入理解，也需要一种大胆而合理的艺术想象。"② 凌宇先生对当代湖南文学的评论也是充满文学性的，这里仅以《重建楚文学的神话系统》论文的题记和小标题为例，就可以见出其明显的文学性特征，论文的开始便是："题记：借尔一方土地，呼唤八方神灵。"然后五个小标题分别是："一、现代神话的滥觞"；"二、'人'，在不断寻求自身的适切形式"；"三、照亮神话的现代理性之光"；"四、全息性的人生模态"；"五、成败系于方寸之间"③。这篇论文的题记及五个小标题具有比较鲜明的文学性的特征，体现了凌宇先生坚持的文学研究应该具有文学性的学术思想。

凌宇先生的文学研究具有文学性的特点，这是他才气的使然，也是他的作家梦没能实现而在文学研究上的移置，更是他文学研究的自觉的追求，是他的学术思想的重要表现。凌宇先生在接受笔者的访谈中明确地表明了这一点，他说："我的导师王瑶先生曾当着我们几位同学的面说过：钱理群学术功底坚实，赵园和凌宇颇有才气。对我的表扬，大约就是从我的文字风格着眼的。这缘于我从小就是一个文学爱好者，一度做着将来当一个作家的梦，故对文字的文学性有一种自觉的追求，且十分看重文字的情感表达。以创作为主的作家梦没有实现，却成了一个以理

---

① 凌宇：《从边城走向世界》，生活·读书·新知三联书店1985年版，第243页。
② 凌宇：《凌宇文集》（第3卷），湖南文艺出版社2016年版，第444页。
③ 凌宇：《凌宇文集》（第4卷），湖南文艺出版社2016年版，第52—74页。

论分析为主业的研究者。但我以为，文学论文应该不同于一般的科学论文与政论文章（其实，科学论文与政论文章也不排除激情。沈从文的好友、数学家钟开莱先生就曾经说过，数学研究到达相当的境界，就犹如音乐家作曲），而应该具有文学性。"①

　　以上，我们讨论了凌宇先生学术思想，主要表现为：坚持人文主义的学术立场与坚守"文学是人学"的信仰，在历史文化情境与现实语境中进行学术探寻，从研究对象出发与寻求心灵的沟通，无惧无畏的学术勇气与坚守对立的学术判断，以及坚持"文学研究本身就应该具有文学的特点"，等等，这些学术思想对于文学研究者都是十分重要和具有启发意义的。但是，凌宇学术思想是十分丰富而又非常复杂的，这里仅仅只是一个研究的起点，希望能起到一个抛砖引玉的作用，热切期望后来研究者能进一步发掘和丰富，从而推进凌宇学术思想研究的更深入发展。

---

① 吴正锋：《学术赓续与文化传承——凌宇先生访谈录》，《南方文坛》2018 年第 5 期。

关键词二

蔡 测 海

关键词提出背景：蔡测海自20世纪70年代末80年代初期开始文学创作，40余年来，笔耕不辍，著述一千多万字。出版小说集《母船》《今天的太阳》《穿过死亡的黑洞》《蔡测海小说选》，长篇小说《地方》《三世界》《套狼》《非常良民陈次包》《家园万岁》，等等，获1982年全国优秀短篇小说奖，第一、二、三届全国少数民族文学创作奖。作品选入《当代文学大系》。部分作品被译为英文、法文、俄文、日文等。他的小说深深扎根于湘西这块神奇的土地，笔下湘西生活的轻盈与沉重，各色人物生命的美丽、欢喜与忧伤又演绎着湘西的风云变幻和社会发展变迁，构成了对沈从文笔下诗意湘西的继承、丰富和发展，为中国文学百花园增添了一道独特而亮丽的文学风景。

诗意中的隐忧：蔡测海小说中的精神乡土与主题蕴涵

刘师健

蔡测海是一位热烈的梦想家，他在文学这块热土上，孜孜不倦地追求着人类进化旅程中那些珍奇的尊严、正义、真理、良知、智慧、善良、爱、忠诚等美德。他执着地书写着湘西民众的喜怒哀乐与生死变化，再现他们原始淳朴的本真生活形态，生动展示了一个文化的湘西、人性的湘西与情感的湘西，具有鲜明的民族特色和浓厚的地域色彩的同时，亦具有人类的共性话题和鲜明的时代意义。

一 "湘西世界"的诗意构建

蔡测海出生于湘西山村,尽管后来走出了湘西,但他仍然时刻密切关注着湘西的一切;虽定居城市,却依旧喜欢"回到有着草木生灵家族的部落,他喜欢那里和颜悦色的山水,喜欢那里的生死无界、善恶相生相济"①。出于对故乡湘西的眷恋和深厚情感,他不断地在小说中对湘西地域文化进行书写和表现。他说乡村"永远是我们灵魂的栖居地,湖湘之西是我家。我是一个有故乡的人。我再一次告别故乡,我要再一次回去"②。《地方》的开篇"守世"、《家园万岁》开篇叫"回来"的游戏,在某种程度上都是蔡测海心灵从都市返回湘西的文学表达,寄予的是蔡测海对故乡湘西的深厚情意,是他在历经诸多人生境遇之后对湘西地域文化的诚挚书写。他马不停蹄地翻越一座座高山回到湘西山村,回到生养他的"三川半"③。在三川半古老而缓慢的时光中,他摩挲着那些散落在石头上的文明碎片,试图将它们永远留在诗意的想象之中。

恬静怡人的意境、相对封闭却静谧的空间,构成蔡测海小说创作的典型背景。《母船》里神秘的卯洞,《非常良民陈次包》《家园万岁》里的三川半,这些故事发生的地理空间都或显或隐地带着湘西(具体说湘鄂川边境)的地域色彩:宁静、神秘中又带有某种生机与冲动。这种独特的地理空间的设置与描绘,正是蔡测海小说创作中乡土意识的安放地和归属地。乡愁的确是他作品传达最多的一个文化信息,他把融合了孔孟庄严、楚骚浪漫、巫傩神秘的文化人格负载在三川半的人物和山川之上,无处不见文化的隐喻。学者赵园就论述过:"扩大了的乡土感情,非由本乡本土,而是由中国知识者的共同文化心理结构决定,系于共同

---

① 刘建勇:《蔡测海:文学是无休无止的期待》,《潇湘晨报》2020年3月16日。
② 蔡测海:《湖湘之西是我家》,《湖南日报》2020年10月30日。
③ 作为地理名词的三川半实有其名,20世纪初已存在,这个名词从何而来,至今没有确切可信的解释。有说法是,某地因为地处三省交界,居云南之半、贵州之半、四川之半,故被称为三川半。比如作为云南北大门的昭通,当地人就习惯将家乡称为"三川半"。联想到"川"字,或许还存在另一个起源,西南多山水,也许是三川流经之地。"三川半三部曲"中的三川半,实无此地,是作者蔡测海虚构的地名,我们不妨理解为蔡测海文学意义上的故乡,是杂糅了作者个人回忆、经验、见闻想象与理想的故乡。

'文化乡土'、'精神家园'的文化感情。"① 蔡测海在创作中所流露出来的乡土意识正是在新的经济社会所代表的"现代文明"冲击下作者对"乡土湘西"的文化审视。由此，其笔下以最真实的姿态行走在这个空间背景里的人们的生存状态即构成了蔡测海乡土意识中的第一层诗意：淳朴、真挚中又带有一点忧伤的善意。

这种忧伤的善意既是天然的又是不自然的，它的天然性在于人物情感的真实流露，《白河》中的四婆婆，做梦灵验，小镇的人生病都去找她治，她的预言也似乎真实可信，端午节当天大牛的死亡间接证实了她的可信和神秘性，地域崇神信巫的精神信仰得到表现。以村长、老桂木匠等为代表的现实世俗的人物的身上有着自然的生死哀乐、生存际遇，展现了湘西民众的善良人性和文化品格。《地方》中，中秋节村长走一百四十多里的路，只为给城里下乡的学生买月饼，他力所能及地为他们提供好的吃食和生活，在他身上，是一种舍己为人的不计较，映射出的是湘西民众对待他人的真情和善良。

而它的不自然正在于从人物的情感流露中已经可以慢慢窥见"乡土"所代表的审美开始发生某种变化，一些世俗人物又成为封闭保守与愚昧的象征。《远处的伐木声》中的老桂木匠掌管着五尺墨斗，笔直的墨线成了他呆板的象征，他身上蕴藏着湘西民众身上不易察觉的封闭愚昧的文化心理。《茅屋巨人》中的巨人在原始闭塞的山寨是有用的，在一切需要力气的地方都有其存在价值，但随着大船带来的发电机、打米机等物件，茅屋巨人的作用被取代，只能架船出走。在这出走中，蔡测海似是从乡土中听到了某种内部生命的躁动不安与无声的呼唤。在这种呼唤中，我们看到曾经的卯卯——"母船"上的九姨，带着小屋子地方的船队，穿过卯洞，"把里面的世界运出去，又把外面的世界运进来"②。对此，对"远方"的向往变成了蔡测海在早期创作中的第二重诗意：在未知中充满希望。

如果把创作的过程比喻为作家的人生观照的话，那么，蔡测海正是通过对这样一个半虚构、半真实的湘西社会（地理空间）来完成他的哲

---

① 赵园：《北京：城与人》，北京大学出版社2002年版，第17—18页。

② 蔡测海：《母船》，作家出版社1986年版，第50页。

学构建和美学构建的。诚如费孝通所言："文化是依赖象征体系和个人记忆而维持着的社会共同体验。这样说来，每个人的'当前'，不单包括他个人'过去'的投影，而且是整个民族的'过去'的投影。"① 述说三川半历史进程的沧桑变化，即是表现了对湘西地域民众的关注，对三川半普通民众日常生活的叙述蕴含了作者深厚的人文情怀。蔡测海小说的主人公，大都是一种敏感、躁动、自由而放任的永不安分的生命体。他们可能受感于任何一个文化部落，却不会承受任何一种文化秩序的规范和羁縻。他们追寻或逃离的精神原动力，在本质上都不来源于某一种新的文化目标的吸引，而是来源于一种鲜活而强劲的生命对那凝滞和郁闷的文化环境的本能反抗。他们不是为了接近而是为了逃离某一种文化目标。"他所写的人物，如他一样地奔走着，仿佛命定要逃离什么又命定要追寻什么，起初是山里人义无反顾地往山外走，后来是城里人别无选择地朝山里走。在这山里山外进进出出的文化迁徙中，他的小说整个儿构成了一个流浪者的大家族。"②

二 出走与回归：精神原乡中的生命追问

由上可知，乡土在蔡测海的笔下又并非一味地呈现出诗意与向往，相反，随着对乡土生命透视的逐步加深，其创作中对"乡土"的书写呈现出更为复杂的面貌：一方面由于意识到乡土世界的封闭蒙昧，他与其他乡土小说家们一样，都以主动的"逃离"来表达他们对外来文明与理想世界的向往；另一方面，在"逃离"的过程中，作者却又发现其实"远方"也并非充满诗意的所在，而只是生命的另一种漂泊，甚至是放逐。正是在这种意义上，蔡测海开始在创作中探索"出走"与"回归"之中的人性的失落与回归。

《三世界》即是蔡测海创作的关于"出走"与"回归"的一则寓言。主人公龙崽从原始乡村的少年标语人成长为混迹于北京这个大都市的诗人、文化人阿珑，却在疯狂的政治术语中扭曲，在虚伪的城市文化中备感失落，于是内心仿佛有一种召唤："这长江的支流的支流，它的大青鱼

---

① 费孝通：《乡土中国》，生活·读书·新知三联书店 1985 年版，第 17 页。
② 龚曙光：《生命的告白——读蔡测海小说的感受》，《民族文学研究》1991 年第 2 期。

和鲤鱼,漫山遍野的油桐树和三峡玉米,这景色,这气象,它就这样一直在等待我的归来吗?"① 然而,事实证明,诗人阿珑在已经改名为"绿富山庄"的"故乡"的叉木架屋中并没有找到他的归属:"故乡成为一个诗化的景象,心总会像残阳一样坠落在那块长满了老玉米的土地上。那些霉玉米侵蚀了世世代代的胃,结成了癌细胞。"② 在这块已经变异了的叫作"故乡"的土地上,诗人阿珑最后也变异为白痴信息人,并完成了最后一次身体和精神的放逐:走向森林,变成山洞中的野人。在这则寓言中,人的"出走"被人世的欲望裹挟着,它不来自内心的纯粹的生命的渴望,而是涂抹了太多的生命之外的欲求,所以当这一场"出走"终于以疲惫和厌倦告终的时候,代表着宁静的内心的自然"故乡"便也退守到生活之外,成为一个无法"回归"的所在,人与自然最终分道扬镳:"人的足迹和兽的足迹,在森林的边缘混在一起,像一些涓涓细流,汇聚在一起,然后又截然分开。兽迹遁入森林,人迹走向村庄。"③ 在充满欲望、幻想的世界里,人的生命仿佛是一棵无根的浮萍,可以流向任何地方,可以游历人世间,可以在各个身份间转换自如,但最终发现自己其实不属于任何地方,也回不去任何一个地方,甚至没有一个确定的名字。

不同于《三世界》的反讽与议论,《家园万岁》的语气已显出十足的抒情化倾向。《家园万岁》中,作者以三川半为象征对湘西社会从清朝"改土归流"到 21 世纪初期近三百年历史进行描写。通过非聚焦型的全知全能叙事视角的选择和以空间为主的时空塑造,将叙事中心转移到三川半这个民间的、边缘的、个人的社会之中,关注在各个时期历史大变革之下三川半普通民众的生老病死与社会变迁,展现三川半百姓在面对苦难和生存压力时表现出来的善良、勇敢和同情心,大历史敷衍成为三川半百姓生存生活"变"与"常"的历史。在政权的更迭、社会的变迁中,我们看到的是卸去了血腥的争斗的智慧,看到的是内心深处的"原乡"虽然在现代文明的冲击中已经显示出许多失落的迹象,但"沿河两岸,油菜花开得热闹,遍地青苗",它仍然是现实或者内心缅怀的"故

---

① 蔡测海:《三世界》,作家出版社 1995 年版,第 327 页。
② 蔡测海:《三世界》,作家出版社 1995 年版,第 339 页。
③ 蔡测海:《三世界》,作家出版社 1995 年版,第 413 页。

乡"。至此，看似作者在创作层面上完成了精神上的"回归"：对家园的坚守与情怀，但这种回归与坚守又有着十足的隐忧与伤痛。

《家园万岁》开篇即说："有一种游戏，叫做回来……这个游戏也叫做自由。一种感官的自由……如鱼得水，如鸟展翅。"① 主人公赵常从小就会玩这个游戏，"玩久了，你也像一件事物，扔出去，又回来，从快乐到厌倦"。如果把"扔出去"这个动作解读为行动层面上的"出走"，而把"回来"视作精神层面上的"回归"，那么不难看出《家园万岁》的开篇就把小说带入了一个困惑的情境悖论：一方面，大家热衷于玩这个叫作"回来"的游戏，因为能获得"快感"；另一方面，这个游戏玩久了，它的娱乐性和快感就慢慢消失了，于是获得"厌倦感"。从这略带寓言性的叙述中不难发现，导致"回来"产生从"快感"到"厌倦感"变化的原因在于，"回来"在这里已经不是传统意义上的精神上的归依，而是变成了一种极具解构意味的"游戏"。在一个自我封闭的文化部落中，外来的科学文化是不可能建立起某种新的精神秩序的，其所能导致的只能是人们心灵的极度混乱和堕落。"这块土地，雪峰山脉、武陵山脉为南墙，遮蔽往里的山地，往里的山地再遮蔽山寨。人畜和家畜在山的褶皱里。腹地是三峡。"② 这里山连着山，遮蔽了村寨，与外界形成阻隔，人与动物的生生死死都囊括在其中。诚然，他的好些小说，都展示了一种文化进入另一种文化所必须经历的浴血痛苦，以及那些文化承诺者们无法承受这种浴血痛苦而导致的荒诞骇人的悲剧。

蔡测海刚刚走向创作时，即面临一种"焦虑"的精神文化上的处境。20世纪80年代的文化语境：改革开放的大潮打开了国门，经济复苏、文化艺术的繁荣背后，中国人所感受到的，一方面是"拿来主义"的兴奋与激动，另一方面则是空前的失落与茫然。事实上，"自从'五四'以来中国现代文化一直未最终完成的启蒙使命所带来的整整一个世纪的'焦虑情结'……他们无法不在一种强烈的启蒙情结、功利目的与理性观念的支配下去营造现代人精神中的历史幻象"③。"那些活在自己'念头'

---

① 蔡测海：《家园万岁》，北京大学出版社2013年版，第1页。
② 蔡测海：《家园万岁》，北京大学出版社2013年版，第19页。
③ 蔡测海：《母船》，作家出版社1986年版，第104页。

中的良民把贫贱的生活经营得有滋有味,真实、自由、快乐而幸福的生活方式让人感动,这是苦难生存背景下别具一格的生存个性。但作者不仅仅是在歌颂生的坚强,而是在三川半这个人畜共处的地方,有意以人畜互为、人性畜性互通甚至一体两面的冲突和对比,让人们体验在商品时代普遍性的人活着的'意义'和'人'存在的悲哀,写出了对人的精神和命运的深度关怀和建构。"[1]

进入新时期以来,中国社会面临的是新的世界背景下的历史主义与伦理主义的二律背反。如何在时代的大潮中确立自己对社会人生的把握方式?这是蔡测海在新的历史时期所面临的问题。在谈到长篇小说《非常良民陈次包》时,蔡测海用"善政,良民"来概括自己创作中所构建出的理想政治社会。身处文化多元、社群开放、信息海量的新时代回望过往,我们昔日将乡村认作桃源式的封闭社会结构是一种错觉,整齐划一的习俗仪规也是错觉,一切合理的习以为常的事中隐藏的荒诞性还有待揭示。《地方》最后一篇"盗名"即是对第一篇"守世"的呼应,可以理解为作者特意设计的缘起和终结。《守世》仿佛在叙述洪荒之时,万物初生,所有事物都在等待指认和命名。"盗名"则具有卡尔维诺寓言式的荒诞和意味深长。世界起源于命名,终结于失名,"地方"之所以存在于记忆中,除了人物风景给予眼睛的记忆、气味给予鼻子的记忆,更在于名字、名词给予大脑的记忆。三川半这个"地方",它的存在和历史,也是一个命名与改名、失名失而复得的过程。

如何在充满反思、批判、审视意味的当代文化的理性准则中去寻找个人化的审美体验与情感价值,这是蔡测海在小说中所给出的回应。不过,蔡测海企图使他的人物永久地驰骛于生命哲学领空的执着努力,最终并未在小说中建立起一种纯粹的生命价值尺度,而只是造成了生命哲学与历史哲学两种理论视角和价值体系的并存和对立。

三 生命意义的哲思与审美超越

蔡测海是一名土生土长的湘西作家。湘西这片水土所固有的风俗民情、地域文化特色,以及在历史文化积淀中所形成的民族文化心理与审

---

[1] 《编者语》,《云南日报》2004 年 6 月 2 日。

美趋向，都成为蔡测海构筑湘西世界的"底色"。而对于一名知识分子，如何把理性意识和情感矛盾推到小说的前台，着力展示经过世代相传的民族文化因子传承在新的文化语境与政治环境中具有的独特审美意义和生命意义，是蔡测海在小说创作中构建"湘西世界"所思考的核心问题。

面对生命与文化的哲学对立，蔡测海是一位理智上极为清醒的现存文化的悲观论者。生命哲学与历史哲学的抵牾和冲突在其小说中所造成的精神紧张是显而易见的。如《三世界》中的叉木架屋却是一个充满躁动的地方：政治与争斗中生出的欲望与荒谬掩盖了"乡土"原有的淳朴与纯净。本该作为承载人类童年记忆的"原乡"实际上已经发生了变异：虚构出的叉木架屋不再是"诗意的所在"，而是一个政治的衍生物。《三世界》中的"城"设置在北京，更具体一点是以北京大学为中心。从红地毯、红富士、法国大餐到毕加索、德里达、诺贝尔、奥斯卡，在学术、文化的包装与掩盖下，一场更光怪陆离的欲望与荒谬在"城"中上演。于是，我们看到，无论是"城"还是"乡"，一旦充满政治的气息，则都会丧失适合"人"安居的根本，成为一个概念化的所在。

蔡测海的确曾想以抽象的、观念的命题来抵御那些活生生的伦理故事，以纯粹的生命价值观来逃避那种情感上的道德牵扯。这种抵御和逃避，构成了蔡测海小说内在结构上的情感张力，增强了人物承受主题的负载量和传达主题的隐蔽性，但是始终未能将那种现实忧患和道德倾向彻底消除。出于对生命个性的肯定与张扬，蔡测海必然在生命哲学的意义上对文化作为一种现实存在状态表示不满与同情，他又必然在历史进化的意义上对文化取一种优胜劣汰的选择观念。这种自身文化处境的矛盾性，使蔡测海盘桓在历史理性和生命感性两大价值体系间，怎么也找不到一个可靠的支点。在这种现实批判与道德同情、哲学否定与历史选择的深深缠夹中，蔡测海小说的精神意蕴变得更广大也更驳杂、更深刻也更隐晦了。在一片峥嵘嶙峋的形而上命题的礁石间，沁出一道不绝如缕、纯净浏亮的乡愁和乡愿，构成了其小说中最为迷人的精神景观。

"生于斯，长于斯"的个人独特经历和深厚的恋乡情结促使他将湘西地域文化融入自己的小说当中，理性地辩证看待现代性发展进程中湘西地域文化与现代文化之间的矛盾冲突，肯定各自的优劣。他始终将目光聚焦在湘西那片底蕴丰厚的土壤之上，致力于对湘西地域文化进行描写，向我们展现了一幅异于中原文化的湘西地域文化风景图。当面临现代文化时，他敏锐地察觉到湘西地域文化的封闭愚昧，通过对湘西险恶封闭的自然环境和浓厚的神巫信仰的描写，凸显湘西地域文化封闭的一面，让一批湘西青年走出地域，走向更高文明。《远处的伐木声》中的阳春、《背猪》中的水寄等，他们在自己内心和外界现代文明的呼唤下，离开了湘西和湘西地域文化。叙事者借洛杉（《白河》）之口，肯定了这种出走行为。但是当现代文明的弊端侵蚀着湘西美好人性时，叙事者又作为湘西地域文化的拥护者对湘西地域文化优势进行挖掘。在"三川半三部曲"中，小说着重表现了湘西地域文化具有的文化自治能力和其中蕴含着的善意人性与顽强性格。面对以牲口贩子为代表的现代文明对三川半的文化污染，陈次包作为本土力量展示了民间文化的智慧，表现了湘西地域文化对外来文化的抵御和消解力量（《非常良民陈次包》）。而三川半也始终在大历史之下自足地发展，大历史成为地域发展的背景（《地方》）。从中可见，面对外来现代文化，叙事者对湘西地域文化的态度从开始的贬低到逐渐追寻和弘扬，表现出参与湘西地域文化现代建构的趋势。沈从文曾说："神圣的伟大的悲哀不是一把眼泪一摊血，一个聪明作家写人类痛苦或许是用微笑表现的。"这种温和和淡然同样表现在蔡测海的身上。蔡测海的作品中描画的是停滞封闭的湘西社会生活，在其宁谧静穆表象下有着种种冲突，现代文明从外部冲击旧生活旧观念并使之急遽蜕变，文明与野蛮的冲突最明显地表现在人们对传统习俗的恪守与批判上。

现代文学史中，从湘西边城走向文坛的沈从文以清新冲淡的笔调诗意地呈现出"湘西形象"的静穆、高贵与野性，可称得上最为成功的湘西书写。而在当代文学中，将湘西世界作为自己书写对象的土家族知名作家，有蔡测海、孙健忠。孙健忠的《五台山传奇》《醉乡》等作品更侧重表现湘西土家族的现实生活，着意表现湘西地区土家族社会的历史进程与土家人在时代潮流中的精神成长与纠结，小说中"有一股扑面而来的浓郁的湘西乡土气息和土家族民族风味"[1]。而蔡测海最初作品中也深切关注着本民族的现实，但生命中有着焦灼热切的想要走出原乡的冲动，因此他笔端流露出的对于湘西的缱绻眷恋之情没有沈从文、孙健忠那般

---

[1] 龙长顺：《孙健忠作品的乡土气息和民族特色》，《求索》1982年第6期。

浓烈，他小说中的民族、地域等特征在后期的小说中是被逐渐淡化的，而开始凸显的是对以生命体验为核心的社会人生的整体观照与深邃思考，着力凸显的是人，人作为一个存在的符号、一种生命过程在他的作品中被具象，或被象征，从而力图达到一种人类精神世界的普遍特征的抽象。由此，其对湘西地域文化的表现不仅仅是为了将它们展现在世人面前，更是为了传承被淡忘的湘西地域文化，引起人们的关注，探寻湘西地域文化现代性发展的可能。

关键词三

欧阳友权

关键词提出背景：欧阳友权是湖南省网络文学基地首席专家，主持了该领域 3 项国家社科基金课题研究，取得了一系列标志性研究成果，其研究处于全国领先水平，创下了多个第一，被评价为"我国网络文学研究的开拓者"（《文艺报》报道欧阳友权长篇通讯的标题），开创了网络文学研究新学科。

勇立潮头的网文研究探路者

罗亦陶

欧阳友权，中南大学文学与新闻传播学院二级教授，博士生导师，国家教学名师奖获得者，全国模范教师，国家社科基金重大招标项目首席专家，中南大学中国文化品牌研究中心主任，中国作协网络文学委员会中南大学研究基地主任、首席专家，《人文前沿》主编，《中国文化品牌发展报告》年度蓝皮书主编，享受国务院政府特殊津贴。2000 年起担任文化产业博士生导师，培养了我国第一个文化产业博士。牵头创办中南大学中文系、新闻系和数字出版 3 个本科专业，获批 2 个一级学科硕士点（12 个硕士点）和 3 个博士点。前后 20 年艰苦创业，让中南大学文学院声名鹊起，在网络文学、文化产业两个新兴领域走在学科前列。

欧阳友权已主持完成国家社科基金项目 5 项（其中重点 1 项、重大 1 项），主持国家社科基金重大招标项目子课题 2 项，主持教育部、国家广电总局、中国作协等部委级项目 7 项，省级重大、重点和一般项目、委托项目 15 项，主持地方政府和企业各类项目 20 余项。发表学术论文 360 余篇，在《中国社会科学》（中、英文版各 1 篇）、《文学评论》、《文艺研究》、《北京大学学报》、《人民日报》、《光明日报》等重要学术报刊上发表论文多篇。有 5 篇论文被《新华文摘》全文转载，60 余篇论文先后被《中国社会科学文摘》《高校文科学术文摘》《人大复印报刊资料》转载或摘转。出版学术专著 22 部，主编大学教材 12 部，出版译著 2 部，主编理论丛书 6 套："文学名著精品赏析丛书"（4 部）、"网络文学教授论丛"（5 部）、"文艺学前沿丛书"（5 部）、"网络文学新视野丛书"（6 部）、"新媒体文学丛书"（6 部）、"网络文学 100 丛书"（7 部）等。作为我国第一个文化产业博士生导师，主编的《文化产业概论》连续被评为"十一五"和"十二五"国家级规划教材。从 2006 年开始，连续 10 年遴选、编撰并在深圳文博会发布《中国文化品牌年度报告》，在业界、政界、学界产生了广泛影响。

欧阳友权相关成果曾获第四届鲁迅文学奖·文学理论评论奖，连续四届教育部高校人文社科优秀成果奖（二等奖 1 次，三等奖 3 次），中国文联文艺评论一等奖、湖南省"五个一工程"一等奖，四次获湖南省社科成果二等奖（第六、八、九、十届）。被评为湖南省"德艺双馨"文艺工作者、新世纪文化湘军代表人物、湖南十大文化人物等。

一　筚路蓝缕，开网文研究之先河

毫无疑问，欧阳友权的众多荣誉成果是其守正笃实、久久为功的勤奋积累，然而将时间倒回 1978 年，恢复高考的第一个春天，那是欧阳友权踏上学者之路的起点。欧阳友权告别了务农、办墙报、喊劳动号子、教书的生活，进入了梦想中的大学校园，成为一名"天之骄子"。大学时期的欧阳友权像海绵一样不停地吸收着知识，珍惜着来之不易的学习机会。大学毕业后，欧阳友权顺利考取武汉大学，期间给《长江日报》和《书刊导报》两家报社供稿，撰写热门小说评论。此外，读研期间他每年都在《当代文艺思潮》等学术刊物上面发表长篇论文，并获得了科研奖项。2001 年，身为博士生导师的欧阳友权带头考博，顺利考取四川大学文艺学专业。正是在读博前后，欧阳友权将学术视野从传统文艺转向网络文艺，开始踏上一条彼时"鲜有人走的路"。

20世纪90年代兴起的网络文学因大众性和商业性一直难登大雅之堂，相应的，网络文学研究亦在很长时间内被主流学术圈拒之门外。面对他人质疑，欧阳友权认为正因网络文学确有诸多不足，才需要更多"关爱"，这样它才有机会变得更好。扎实的理论基本功和对网络文学的敏感在欧阳友权身上迸发出了创造性的火花。事实上，欧阳友权早在1996年便开始关注科技理性蕴含的美学精神，日新月异的科技带来的文学场的变化成为欧阳友权的学术兴趣点。2001年，欧阳友权在《湘潭大学学报》（社会科学版）发表论文《网络文学：挑战传统与更新观念》，引起学界震动。截至2022年7月，该文被引数达93次，成为网络文学早期研究的代表性成果之一。同年发表的长篇研究报告《互联网上的文学风景——我国网络文学现状调查与走势分析》被引数高达107次，《新华文摘》刊选了论文片段，《人大复印报刊资料》全文刊登。这两篇极具影响力的论文不仅将网络文学带到了更大的学术舞台，也为欧阳友权下定决心深耕网络文艺注入了一针强心剂。因此，2001年或许可以被视为欧阳友权进行网络文学研究的开局之年，自那以后，欧阳友权以极大的学术热忱和极强的勤奋精神快马扬鞭，为新生的文学现象"把脉诊断"，奠定了网络文学研究的学理基础。

从2001年广受赞誉的论文"开门红"到如今依旧笔耕不辍、勤勉有加的"廉颇未老"，欧阳友权对网络文学追踪30余年，产出颇丰而质量不俗，被称为"我国网络文学研究的开拓者和奠基人"。学术论文方面，据统计，迄今为止，欧阳友权公开发表学术论文360余篇，发表在《中国社会科学》《文学评论》《文艺研究》《北京大学学报》《人民日报》《光明日报》等重要学术报刊，5篇论文被《新华文摘》全文转载，60余篇论文被《中国社会科学文摘》《高校文科学术文摘》《人大复印报刊资料》转载或摘转。按照论文被引次数统计，欧阳友权的网络文学研究代表性论文如下：2007年发表在《中国社会科学》的《数字媒介与中国文学的转型》（被引数157），2003年发表在《三峡大学学报》（人文社会科学版）的《网络艺术的后审美范式》（被引数107），2004年发表在《文学评论》的《网络文学本体论纲》（被引数78），2002年发表在《文艺研究》的《论网络文学的精神取向》（被引数71），2004年发表在《中南大学学报》（社会科学版）的《论网络文学的平民化叙事》（被引数 63），2007 年发表在《当代文坛》的《新世纪以来网络文学研究综述》（被引数 62），2002 年发表在《北京大学学报》（哲学社会科学版）的《现代科技文明的人文哲学》（被引数 52），等等。此外，在欧阳友权所著论文中，转引数在 10 以上的论文数量高达 99 篇，这无疑是其巨大影响力的直接体现。学术著作方面，欧阳友权的代表性著作有《文学创造本体论》（中国文学出版社 1993 年版）；《网络文学论纲》（人民文学出版社 2003 年版）；《网络文学本体论》（中国文联出版社 2004 年版）；《网络文学发展史》（中国广播电视出版社 2008 年版）；《网络文学的学理形态》（中央文献出版社 2007 年版）；《数字化语境中的文艺学》（中国社会科学出版社 2005 年版）；《比特世界的诗学——网络文学论稿》（岳麓书社 2009 年版）；《数字媒介下的文艺转型》（中国社会科学出版社 2011 年版）；《网络文艺学探析》（中国社会科学出版社 2018 年版）；等等。科研项目方面，其代表性项目有，国家社科基金重大招标项目"我国网络文学评价体系的理论与实践研究"（2016—2021）；国家社科基金重点项目"网络文学文献数据库建设"（2011—2014）；国家社科基金项目"网络对文学发展的影响与对策研究"（2002—2004）；国家社科基金项目"数字媒介下的文艺转型研究"（2006—2008）；国家社科基金重大招标项目子课题"当代中国网络文学批评史"（2015—2019）；教育部人文社会科学十五规划项目"网络文学对文学基础理论的影响研究"（2001—2005）；国家新闻出版广电总局重点项目"网络文学网站社会效益评价体系研究"（2016—2017）；中国作协网络文学理论支持计划资助项目"中国网络文学年鉴"（每年新版）（2018）；中国作协网络文学理论支持计划资助项目"中国网络文学二十年"（2018）。

　　以上列举的成果相比于实际数量只是沧海一粟，然而我们可以从中瞥见欧阳友权网络文学研究的旨趣和重心。首先是研究理论的选择。欧阳友权以马克思主义文艺理论为"主体"，以东西方经典文论为"两翼"，实事求是、辩证科学地进行创新研究。欧阳友权的博士学位论文《网络文学本体研究》（2004 年，四川大学）是其运用哲学方法观照网络文学的典型案例。欧阳友权借鉴"回到事物本身"的现象学方法和"存在先于本质"的本体论追问模式，聚焦网络文学"如何存在"又"为何存在"的提问方式，选择从"存在方式"进入"存在本质"的思维路径，从现象学探索其存在方式,从价值论探索其存在本质。从哲学理论切入网络文学研究,而且是在早期的一片蓝海的网络文学研究中切入,需要巨大的魄力和坚实的基础,显示了欧阳友权对研究理论的孜孜以求和推陈出新。除了文艺学与哲学的切入角度,面对网络文学这一新现象,欧阳友权还尝试从美学、传播学、文化学、社会学、管理学等角度丰富网络文学研究方法,尽可能地接近网络文学现象背后的本质与规律。同时,欧阳友权提出,建构科学的网络文学评价标准,才能形成正确的舆论导向和价值规范。"以传统文学评价标准对待网络文学的研究路径,已经产生了明显的不适应征兆。如果将西方文艺理论全盘照抄,按照西方文艺理论的模式制定一套衡量网络文学价值的理论模式,就会丧失理论的鲜活性、现实性与在地性。"[1] 其次是研究立场的确定。如前所述,网络文学兴起初期主流学术界的漠然与否定并没有动摇欧阳友权的学术决心,他站在人文主义的角度,以科学论证为研究精神,不在没有调查研究的情况下对新生事物做出仓促判断,对网络文学始终"高看一眼",给予一定的自由与关爱。这样的人文立场与科学精神使得欧阳友权的研究能够在相对客观的前提下得出全面的、尊重史实的、以人为本的结论,其成果也能更好地促进学术建设与生态发展。传统文学与网络文学的复杂关系一直是学界关注的重点,学界重"传统"而薄"网络"的倾向并未得到实质改变,但欧阳友权等人倡导的对网络文学既包容又严厉的学术立场给予了网络文学研究更多的发展空间。2014年10月,习近平总书记在文艺工作座谈会上就提到"网络作家"。2015年10月,《中共中央关于繁荣发展社会主义文艺的意见》发布,专门提出要"大力发展网络文艺"。2020年,中国社科院文学研究所网络文学研究室成立,意味着网络文学研究进入了国家学术机构的视野,标志着网络文学学科建设迈出一大步。可以看出,正是以欧阳友权为代表的研究者们对网络文学的一片赤诚与不改"初心",网络文学研究才能在不被看好的情况下一路"逆袭",成为当代文学研究的主体内容。最后是研究重心的转变。欧阳友权的早期研究主要侧重在网络文学基础学理层面,分析网络时代文学的转型和文

---

[1] 刘江伟:《网络文学何以进了文学研究"国家队"》,《光明日报》2020年11月6日第1版。

艺理论的转向，如论著《网络文学论纲》《比特世界的诗学——网络文学论稿》《网络文学本体论》《数字化语境中文艺学》《网络文学的学理形态》，还有在知名学术期刊发表的诸多论文。究其原因，除了有弥补该领域基础理论薄弱的动机外，欧阳友权潜意识中还是希望用有一定学术含量的论文和著作引起学界同行关注，更好地促进学科发展。随后，欧阳友权开始建设网络文学数据库，以计量统计和原文收录的方式建立了网络文学文献数据库，该数据库也许是世界上最完备的汉语网络文学文献数据库，内容以软件形式存放在网站供网友使用。2010年开始，欧阳友权把研究重心转向具体的网络文学现象和网络作家作品研究，进网站、读作品、做调研、重实证，承接全国的"网络文学十年盘点"活动，完成《网络文学五年普查》，出版了"网络文学研究成果集成""新媒体文学丛书""网络文学100丛书"等丛书。近年来，欧阳友权承担了国家社科基金重大课题，专注研究网络文学评价体系与批评标准。这是国家社科基金首次在网络文学领域设置的重大招标课题，欧阳友权以首席专家身份中标，下辖五个子课题。可以看出，以上提到的多个转向有"试错"和"纠偏"的因素，但更多的还是基于"理论回应现实"的学术立场。

二　特色立身，筑网文学科之基础

欧阳友权1994年调入中南工业大学（今中南大学）并肩负创立中文系的重任时，他并没有按部就班地进行院系的筹备，而是有的放矢，确立了"特色立院"的策略。当时恰好赶上了互联网兴起和网络文学快速发展的时代机遇，以欧阳友权为首的中南大学文学院及时抓住了这个机遇，组建网络文学研究团队并取得了丰硕成果。

据统计，以欧阳友权为首的研究团队有专、兼职研究人员与行政人员27名，其中专职研究员8名（具有高级职称与博士学位者7人，享受国务院特殊津贴专家2名，"国家级教学名师"1名，湖南省"优秀社会科学专家"1名）。团队已出版5套网络文学研究丛书，有25位老师发表相关论文340余篇，出版著作71部。基地挂牌以来，获国家级课题项目14项，省级课题项目21项，其成果获得了包括鲁迅文学奖、教育部人文社科成果奖、中国文联文艺评论一等奖、湖南省社科成果一等奖在内的各种奖项。

在团队成员的共同努力下，2005年，中南大学成立省级人文社科重点研究基地——"湖南省网络文学研究基地"。2013年，"中国文艺理论学会网络文学研究分会"落户中南大学。2016年，"中国作家协会网络文学委员会中南大学研究基地"揭牌，标志着我国第一家国家级网络文学研究基地落户中南大学。2019年，中南大学网络文学研究基地入选全国CTTI来源智库。中南大学网络文学研究基地始终坚持把握学术新方向，屡次在国内网文界开启新声，开创了多个"第一"。例如，2001年第一个获得教育部网络文学方面的人文社科规划课题；2002年在成立了第一个网络文学研究所时，第一个拿到国家社科基金的网络文学研究项目；2003年出版了我国第一部网络文学理论专著《网络文学论纲》；2004年，举办了第一个网络文学专题论坛——"网络文学与数字文化"全国学术研讨会，创办了第一个网络文学研究基地——湖南省重点基地"网络文学研究基地"，主编了第一套丛书"网络文学教授论丛"（5部）；2003年第一个在高校中文系开设网络文学本科课程，2005年开始招收网络文学研究生；2006年第一个在网络文学领域获得湖南省精品课，2007年荣获湖南省优秀教学团队——新媒体文学教学团队；2008年出版了我国第一部网络文学高校教材《网络文学概论》；2012年，第一个在网络文学领域获得教育部国家精品视频课，同年出版了我国第一部《网络文学词典》；2014年，建立了第一个汉语网络文学文献数据库；2015年出版了第一部《中国网络文学编年史》；2016年出版了我国第一部《网络文学年鉴》，并在这一年拿到国家社科基金第一个网络文学重大招标课题"我国网络文学评价体系的理论与实践研究"；等等。还有，欧阳友权的《数字化语境中的文艺学》获2005年第四届鲁迅文学奖·文学理论评论奖，这是网络文学研究成果第一次斩获国家级文学大奖。获奖评语称，该著"面对新科技对文艺的挑战，回答当前文艺事业面临的新问题……是一部兼有前沿性、现实性、批判性的建设性的文艺学著作"。同时，欧阳友权的获奖也实现了湖南省在鲁迅文学奖奖项上零的突破。[1]

欧阳友权及其团队多年来在网络文学研究领域的辛勤耕耘不仅使得

---

[1] 参见禹建湘、欧阳友权《扎实研学 砥砺前行——记中南大学网络文学研究基地》，《光明日报》2022年2月28日第5版。

中南大学与北京大学、安徽大学、杭州师范大学、苏州大学等一同成为网络文学研究的重镇，更为推动网络文学的学科发展积蓄了更多的"资本"。近些年来，呼吁大学建立"网络文学"学科的呼声越来越高，有学者建议，尽早将"网络文学"单独成立二级学科，隶属于"中国语言文学"一级学科之下。虽然网络文学很早就进入了学界视野，很多高校也成立了网络文学研究中心，但网络文学研究仍整体偏弱。站在欧阳友权及其他学者的"肩膀"上，我们希望更多学者加入研究队伍，网络文学研究能够得到更多资源与支持，网络文学二级学科尽早成立，这样，网络文学研究便有希望摆脱"另类"标签，向内挖掘文学与产业潜力，向外讲好"中国故事"、实践"网文经验"，将网络文学的研究与发展融入国家进步和世界变化的节奏之中，从读者的需求出发，以社会的发展为目标，探索网络文学更多的可能性。

三 居安思危，展网文发展之愿景

第 49 次《中国互联网络发展状况统计报告》显示，截止到 2021 年 12 月底，我国网络文学用户总规模达到 5.02 亿，占网民总数的 48.6%，读者数量达到史上最高水平。伴随网络文学的进一步发展，十九届五中全会提出的 2035 年建成文化强国的远景目标将成为网络文学前进的奋斗方向。作为网络文学研究的"元老"，欧阳友权对网络文学的市场表现十分欣慰，同时也保持着对网络文学愿景的审慎。网络文学的发展并没有既定路线，从 20 世纪 90 年代的萌芽到 2000 年后的商业化再到文字与影视的 IP "联姻"，网络文学在一步步试错中艰难前行，这个过程充满中国智慧却也累积了不少问题。以欧阳友权为代表的学者就如同网络文学这株盆栽的园丁，在其幼小时奔走呼号为其争取更多的营养输入，在其发展壮大后中立客观地直指不足以助其发展。总的来说，欧阳友权针对网络文学现状提出的主要观点如下。第一，网络文学数量与质量不匹配，有"高原"而缺"高峰"。网络文学数量十分庞大，总体质量不高是一个客观的事实，即所谓"星星多月亮少""量大质不优""星多月不明"。欧阳友权针对网络文学走向"高峰"提出了三点建议，首先，作者须以"工匠精神"慢工出细活，在慢速中求精品；其次，网络文学的创作力求理性地反思历史、现实和人生，接地气（贴近人民、贴近实际），架天线（继承传统、学习他人),打深井(沉入内心、深入生活);最后,作者和业界都需静下来,拒绝浮躁,抵制诱惑,争取在时间的浪潮中留下"真金白银"。① 网络文学的第二个显著现象是过度商业化,导致效益追求与人文审美出现明显落差。在很多作者眼中,创作大多只为赚钱,有的甚至沦为金钱的奴隶,文学创作是一种悦心快意、自娱娱人的轻松游戏,网络作者不过是网上灌水的"闪客"和"撒欢的顽童",其作品也就成为用过即扔的文化快餐。网络文学特殊的"生产"机制使得它与传统文学有着显著差别。自从2003年成功实施VIP收费制度以来,网络文学场更像是围绕着市场和利益的"斗牛场",作者、网站等网文参与者将读者、收入、点击量置于文学性和文本质量之前,这样的模式自然折损了网络文学的质量,使得艺术与利益的天平难以平衡。网络文学的第三个特点是,网络作家面临创作困境。网络文学作品发表易而作家成名难,日日"催更"成倒逼,是网络作家"苦不堪言"的职业常态。此外,网络写作工作强度大,身体透支与所得报酬不匹配,网络写手成为"压力山大"的群体。还有,网络盗版猖獗,侵犯知识产权行为成本低而获利丰,给作家和网站造成了严重伤害。

面对网络文学发展的诸多"顽疾",欧阳友权也提出了自己的预测与设想。第一,网络文学在多方共识下将由"野蛮生长"转向政府规制。第二,网络文学将从规模扩张转向品质至上。第三,网络文学将从市场导向转向价值导向。② 虽然网络文学免不了各种各样的"成长的烦恼",但欧阳友权2018年3月接受橙瓜专访时仍坚定认为,网络文学是朝阳文学,网络文学研究是朝阳学术。在朝阳升起的过程中,它将经历漫漫长夜,穿过云层绽放光芒。

结　语

欧阳友权曾在采访中说,"好时代的发展趋势并不以个人的意志为转移,我们踏上了这个时代的列车,谱写了时代应有的画卷"③。时代发展

---

① 妍妍:《橙瓜专访 | 欧阳友权:网络文学是朝阳文学,网络文学研究是朝阳学术》,https://culture.china.com/book/11159895/20180321/32209514_all.html,2018年3月21日。
② 欧阳友权:《我国网络文学热的"冷"思考》,《华夏文化论坛》2021年第2期。
③ 彭妍茹:《欧阳友权:踏上时代的列车》,https://news.csu.edu.cn/info/1007/148587.htm,2020年12月15日。

带来的技术红利培育了我国独一无二的互联网产业，庞大的阅读需求与技术创新使得网络文学成为 21 世纪最具中国特色的文学文化现象。欧阳友权在网络文学尚未诞生之前便倾心于人文艺术与技术发展的关系研究，而网络文学更是成为其学术生涯最重要的关键词。从可有可无的"草根"现象到不可忽视的"房子里的大象"，网络文学与网络文学研究走过了艰难的发展历程，以欧阳友权为代表的研究者们的坚定与执着也成了行业与学科发展的宝贵财富。如今，欧阳友权依旧笔耕不辍，高产高质地继续着网络文学相关研究。同时，欧阳友权网络文学研究团队的相关研究者、欧阳友权门下的博士生与硕士生以及与欧阳友权素有学术来往的青年学者正循着欧阳友权开辟的路径，在其丰富的学术成果基础上创造新的辉煌。

关键词四

王 跃 文

关键词提出背景： 王跃文是湖南当代文艺的一员老将，创作迄今已逾三十载，其持久、稳定、优秀的写作实绩为当代湖南文艺乃至中国文艺的全面繁荣做出了杰出的贡献。2021年9月，其随笔精选集《喊山应》出版，当中王跃文集中、系统地回顾了自己的文学之路。而这也为我们重新观察这样一位当代湖南文坛的领航者提供了一个契机。

文士之间王跃文

龙昌黄

王跃文无疑是当代湖南文学发展史上的一座"重镇"。自1999年成名代表作长篇小说《国画》发表至今，其创作持续时间已逾23年；从1995年全国获奖中篇小说《秋风庭院》算起，长达27年；若从更早的初试牛刀之作散文《书房小记》1989年发表在《湖南日报》上来看，其文学年龄已逾三旬。在漫长的三十余年间，其看似不由自主、实则有迹可循的文学转向，不能不说是湖南当代文学的幸事。今天，他独特敏感的关注题材，具有鲜明特色的小说"味道"，早已在中国当代文坛上独树一帜，成为专属于他个人且具有鲜明湖湘地域文化精神的艺术标杆。

这一独特性和个人性，首先就来源于他倾力投注的关注对象——官场这一特殊的人物群体。尽管王跃文本人十分反感别人给他戴上当代"官场作家"、"官场小说家"或"官场文学教父"等诸如此类的帽子，

关键词四　王跃文

却不可否认，虽则他一再坚称自己是"顽固的现实主义文学者"①，但也不容忽视的是，迄今奠定其文学影响的恰恰便是他呈现官场生态、刻画官场人物形象的小说。而这，和他自己声言的现实主义并不矛盾。正如正式命名其小说为"官场小说"的张韧先生所指出的那样，王跃文的小说创作，之所以引起全国范围的关注，就在于他拓展了一个独特世界——官场，"长于描绘县、地级官员形象和复杂的心态"。② 正因王跃文本人曾出入官场，同官场上各色人等、官场上各色事物都有过深刻、密切的交集，所以当代文学才给予了王跃文一个也许唯有他才能完成的任务——为当代官场及其官员刻画众生相。如此，他所厌恶和反感"官场小说""官场文学"之谓，恰恰给予了他执拗坚守的现实主义。

王跃文对自己被冠以"官场作家""官场小说家""官场文学教父"之谓的不满，或许同此称谓背负的讥诮之声，以及由此牵涉的通俗、市场、商业、非文学性之类的外延有关，但更有可能是，在王跃文本人的内心世界里，文学属于某种不可玷污的存在，是自己倾注于文格和人格于其间的某种东西。就像他在评介自己的长篇历史小说《大清相国》的畅销问题时所说的，自己虽不清楚它为何畅销，但"唯一清楚的是我绝不违背艺术良心"，或者是他在评述自己的杂文写作时所道出的："只要有道德良心在，总有文章要写的。"③ 良心或书写正义，的确称得上王跃文身上的某种洁癖。这种洁癖自是由来已久又历久弥新，也即通常所谓的知识分子，或者传统中国意义上的士人身上应有的风骨和气节。如是，我们也便能更好地理解王跃文及其小说，更好地理解他笔下刻画的一个个官场人物艺术形象及其演绎的众生相对于当代文学的意义。

一　激愤中的坚守：从基层公职人员到"官场作家"

要想理解王跃文的文学之路，不能不由其官场到文坛的身份转变谈起。

王跃文与文学的结缘，根据他自己的讲述，纯是兴趣使然。当然，

---

① 王跃文：《喊山应》，湖南文艺出版社2021年版，第72页。
② 张韧：《序》，载《官场春秋》，广西民族出版社1999年版，"序"第1页。
③ 王跃文：《喊山应》，湖南文艺出版社2021年版，第115页。

部分也因为他青少年成长时代没有太多可以娱乐消遣时光的东西,只有孩提懵懂时"听奶奶讲故事",和年龄渐长之后的阅读。当阅读再渐次成为学习的一部分时,因此催生的文学写作也便成了一种势所必然的爱好。在怀化师专求学期间,他开始发表自己的小说。小说或不成功,故而也算不得他"真正的文学创作之始",但不可否认这种爱好却隐含着未来的某种可能。① 可以几乎肯定的是,恰恰是早年的文学阅读和写作操练,让王跃文为终有一天转向文学具备了不可或缺的前提。

当然,王跃文没有提及另一个可能促使他走上文学之路的历史背景。20 世纪 80 年代,正是中国当代文学发展史上少有的复兴时代。思想解放与开放,使得当时国内"文学充满了生机勃勃的创新精神和活跃气氛"②。另一位当代文学史家则从文学的及物性方面,指出当时,尤其是 1985 年之前,文学创作同社会政治、公众生活和情感之间存在着密切关系。并且,随着国门开放所带来的新的文艺思潮和文学写作范式的输入,中国当代作家在感受自身不足之余,也萌生了强烈的探索、创新意识,这种意识甚至成了整个 20 世纪 80 年代中国文学界的一种普遍共识。③ 与之相伴随的,是其时文学期刊和图书出版事业的全面恢复与繁荣,新的文学期刊、文学副刊不断涌现,各省市纷纷单独成立专门的文艺出版社。这些,都极大地促进了当代文学的发展与繁荣,为后续文学市场的培育和壮大提供了产业发展的可能,自然也为像王跃文这样为市场所追捧的当代小说家提供了肥沃的现实土壤。

不过在当时,已经是地方小吏的王跃文,却还没有矢志于文学的机遇和勇气。他的文学之梦尚在酝酿和积极储备当中。他曾说:"我虚心跟着前辈学写机关文章,三年之后就成单位的主笔了。……当时,我才二十五六岁,尽管工作兢兢业业,但感觉前途迷茫。"很显然,彼时他的工作才能得到了体现,但他又明显不喜欢这种生活。迷茫之际,曾经爱好的文学悄然间为他打开了另一扇照进现实的窗户。他先是在报纸副刊上

---

① 参见王跃文《喊山应》,湖南文艺出版社 2021 年版,第 51、52 页。
② 陈思和:《中国当代文学史教程》,复旦大学出版社 1999 年版,第 9 页。
③ 洪子诚:《中国当代文学史》,北京大学出版社 2010 年版,第 252、268 页。

发表散文，接着自觉玩不了散文的空灵，转而投身"及物"的小说写作。①

业余文学写作，于是成了他自感枯燥的机关生活之外的一种安慰。这种安慰，以及事实上对机关误落尘网式的生活理解和感悟，又何尝不是一种有意或无意的疏离和逃避？貌似有些吊诡的是，他所厌恶者却提供了他赖以转向文学的理由，他所欲逃离的"官场"生活，却为他文学声名的真正鹊起铺垫了最初或许也是最坚实的一块基石。写于1991年，发表于1992年的短篇小说《无头无尾的故事》，可以被称作他的"官场小说"处女作。小说里，一波因市长夫人借八元钱泛起的涟漪，一阵又一阵地冲击着胆小怕事、患得患失、庸碌自傲、前途渺茫的主人公——市办公室科员黄之楚的日常生活，令他不得不绞尽脑汁地周旋于自己的妻子、借给自己钱的个体户女邻居和借自己钱的市长夫人之间。在因市长夫人借钱不还而暗地腹诽，与甘心无偿接受市长私务安排之间，是身居官场底层的小官僚黄之楚在利益与欲望之间难以名言的纠葛与煎熬。这么一桩无奇、平淡的小事，经小说家近似白描的勾勒，将为权力和财富所困的机关底层小职员看似光鲜、亮丽的表象，撕扯得粉碎，复原为灰色和荒诞。

对小说人物黄之楚及其生活状态，王跃文显然是反感的，并且想必也惧怕自己遭遇同样的沉沦。不过，它似乎没有影响到他的政治生涯。在此后的七八年间，王跃文甚至接连收获了为黄之楚之流势所必钦羡与忌妒的快速擢拔。从偏隅的老家县城到地市首府，再到省会长沙，王跃文的仕途谈不上平步青云，但也算得上顺风顺水，32岁就成为湖南省政府办公厅正科级干部。② 彼时，他甚至可能还怀着大干一场的政治理想。然而6年后，他却在机关分流中提前结束了自己的政治前途。对于这次"分流"，王跃文认为是有人"有意为之"，而其根本者就是"我不懂味"，写了不该写的东西，故而为嫌隙者所嫉恨。不该写者，官场小说也。③ 恰在头一年，他的长篇小说《国画》由人民文学出版社出版，甫一

---

① 王跃文：《喊山应》，湖南文艺出版社2021年版，第53—55页。
② 廖述务、杨宁：《王跃文文学年谱（1962—2020）》，《南方文坛》2020年第6期。
③ 张弘：《王跃文：官场小说让我丢了"金饭碗"》，《廉政瞭望》2009年第9期。

面世，就成为市面上炙手可热的畅销书。对于书中刻画的人物，身为现实主义者的王跃文，虽然极口否认于身边人取材，自认纯出于虚构，却没有注意到原来"虚构的东西和生活有惊人的巧合"①。

说不该说的话，写不该写的人，不论出于有意还是无意，的确让王跃文自感有几分因言获罪断送仕宦前程之感。但这又何尝不是没"味"人的有"味"处？自言打小就已接受母亲"紧闭嘴，慢开言"②六字箴言的王跃文，恰恰是太懂官场的"味"，也即其内部各色不言自明的规矩和潜规则，所以有意地拒止之，暴露之。他不甘自己为这种莫名却真实存在的"味"所染墨。知行合一，言行一致，而不是相反，不求轰轰烈烈，但求问心无愧，在他看来，才是自己这样怀抱"修齐治平"理想的读书人所应具备的基本品格。③自矜为士，不求闻达，确乎为他任官、从文的底线。再几年后，他以清相陈廷敬为笔下人物，不惜浓墨重彩，重现这位康熙朝肱骨重臣体国分忧的事功，或许也同后者"恪慎清勤，始终一节"④的仕宦品格有关。重节轻利，体恤人民，多少成了王跃文同陈廷敬跨越三百多年隔空对话的内在契机。换言之，借助陈廷敬这一历史人物艺术形象的塑造，王跃文以艺术重现的方式，间接实现了自己曾经梦寐却未能达成的为政理想，并由此完成自我人格的精神超越和重新确证。

二 摹真的诱惑：权力与乡土叙事的自我逻辑

气节，自古以来被视为读书人所应秉承的处世立身之道。依照朱自清先生的解释，"气"相对积极进取，意为"斗志""浩然正气"，或当下通常所谓的"正义感"；"节"则相对消极保守，也即循"中道"，合规矩，守底线。"气是敢做敢为，节是有所不为。"⑤如果说，官场王跃文重节，那么文坛王跃文重气。重节故事事慎微，不越雷池；重气则意气风发，有所作为。某种意义上，他的所谓官场小说，多是他借助鲜活、饱满的人物艺术形象，将身在官场本只可意会不可言传的秘密呈现出来，将其

---

① 张弘：《王跃文：官场小说让我丢了"金饭碗"》，《廉政瞭望》2009年第9期。
② 王跃文：《喊山应》，湖南文艺出版社2021年版，第53—55页。
③ 张弘：《王跃文：官场小说让我丢了"金饭碗"》，《廉政瞭望》2009年第9期。
④ 王跃文：《喊山应》，湖南文艺出版社2021年版，第118页。
⑤ 《朱自清全集》（第3卷），时代文艺出版社2000年版，第923、924页。

关键词四　王跃文

中人物（尤其是大多数中基层公务员）琐屑、平庸的人生，暴露在文学的聚光灯下。对他而言，那只是他所看到的曾经生活于其间的熟悉场域当中的一些经过层层筛选的片段，或是精心截取的其中的一些已经过滤了的切面，它们是他艺术显微镜下的标本，是生活折射于艺术之中的真实。

真实，对王跃文而言，不光是自己理应遵循的现实主义原则，而且缘起于对现实生活的观察和思考。对此，王跃文说：

> 我写现实题材的小说，当然首先是因为熟悉，有很深的感触，不吐不快。我见多了满嘴理想信仰的人物，做的全是偷鸡摸狗的事。我的作品不过是真实表达而已，谈不上锋芒。同真实的生活相比，小说不足冰山一角。[1]

当然，这种真实的再现，仰赖于小说家本人"知识分子的良知"[2]。如是，真实不光有现实主义的艺术追求，同时也有小说家修辞立诚的本心存在，让自己的文字成为一面镜子，照进某个灰蒙暗淡的角落，唤醒人之为人的素朴的真实。在王跃文看来，这是小说最基本的"及物"价值。文艺写作理所应当地认同作家社会责任，"应该在关注现实、记录时代、直面艰难、呼唤公平正义等方面有所作为"[3]，而这，显然是王跃文以文志道的内在人格。真实而不虚伪，真诚而不造作，真切而不狎昵，真性且求上进，既是其人也是其文的共同品格。如此，也就不难理解他所感兴趣者，"是探求生命的本质和人性的真实，探求人类生存状态的真实"[4]。

长篇小说《国画》无疑就是这样一种直面社会现实、直击官场本真面目的尝试。写作时，王跃文尚身在官场。那一年，他已在湖南省办公厅待了6年。此前已经写了好几个关于官场生活的中短篇，并有《秋风庭院》《今夕何夕》《夜郎西》接连获得期刊年度文学奖。但文学道路上的意气风发，没有给他的仕途带来些许改变。"一股沉闷压抑之气，越来

---

[1] 王跃文：《喊山应》，湖南文艺出版社2021年版，第175页。
[2] 王跃文：《喊山应》，湖南文艺出版社2021年版，第175页。
[3] 王跃文：《喊山应》，湖南文艺出版社2021年版，第70页。
[4] 王跃文：《喊山应》，湖南文艺出版社2021年版，第191页。

越逼得我透不过气来。"① 我们无法揣测当时王跃文到底怀着一种怎样的心理来书写这部他自认"真诚血性"的作品，不过很显然，他郁积着不得不一吐为快的块垒。

小说以荆都市官场为中心，刻画了周游其间的朱怀镜、张天奇、方明远、皮市长等一众官员的众生相。他们或身处权力边缘拼命地向中心靠拢，又或是身处中心耽溺于来自边缘人物谄媚的虚荣。为官者似乎不再具有为人民服务、甘做人民公仆的奉献精神，而是将官场本身活成了人生的大舞台，为着提拔升迁曲意逢迎、溜须拍马、拉帮结派，并在此过程中失去为人的根本。其中所描述和刻画者，显然不是小说家乐见和向往的，但这似乎看不到些许亮色的仕宦生活，却是他有意拼凑、聚合，借着语言的虚构形式呈现给世人的。其中人物，可能难有极善或极恶的完美，大多缺点与优点、猥琐与善良并存。小说所欲针砭的，恐怕不仅是某一个人、某一类人的私德与污行，而是小说所欲反映的那个时代可能存在的社会突出问题——官场潜规则。而这，恰是小说家掐住这部小说命门的关键之处，所欲揭露的是真相，所欲鞭挞的是丑恶。

沿袭《国画》余风，王跃文此后又陆续出版了相近题材的长篇小说《梅次故事》（《国画》续集）、《朝夕之间》、《苍黄》，以及同样颇为可观的中短篇。它们一次又一次深抠和掘进，如手术刀犀利地刺破崇高和尊贵背后中国政治生活领域鲜血淋漓般的真实。它是世风日下的真实写照，又是士人精神一次次的有意唤回和重新激发。《大清相国》可以算是这样的一种有力尝试。尽管王跃文再次在小说中重现了清康熙朝仿佛大染缸的官场生态，但小说的主角不再是自甘染墨的腐吏与谄臣，而是小说家"心目中近乎完美的中国古代知识分子"②陈廷敬。后者驾轻就熟、审时度势的朝堂相处之道，和捭阖时局的才干，让王跃文找寻到了完美的榜样。能吏与贤臣的合一、事功与品德的臻善，是他寄望于现实和未来的美好憧憬。他对人世始终怀有温情，就如他所说："好的文学应该向着美好的方向去思考人类，体现理想主义的光芒。"③

---

① 王跃文：《喊山应》，湖南文艺出版社 2021 年版，第 61 页。
② 王跃文：《喊山应》，湖南文艺出版社 2021 年版，第 111 页。
③ 王跃文：《喊山应》，湖南文艺出版社 2021 年版，第 176 页。

不过，在他笔下更具有温情的，是他远离的故乡——令他始终难以割舍的乡土。故乡，对王跃文及其同龄中的大部分人来说，它既是贫穷、偏远的生活过的角落，同时又是自我根源何所从来的本初，是人生迈向远方、走进城市的原点。小说家渴望以自己的方式，向世人打开故乡的门扉，因为借此他可以再次回归不再需矫饰的纯真和本来。借用熟悉的乡音写作，摹绘如在目前的音容笑貌，王跃文在小说集《漫水》里返回了自己的原乡。乡野中的一切都历历在目，不事雕琢的自然，没有矫情的虚与委蛇，自来熟的亲切和友善，都是小说家感受到的"乡村人身上最本真、最美好的东西"[①]。那里及那里的自然与纯真，才是王跃文难以割舍的文学原乡。无论走出乡野，混迹官场还是笔走文坛，王跃文依旧是那个从溆水河畔走向远方，唱着天真之歌的赤子。无论文学笔墨中有多少技艺和诀窍值得逐一推敲，但对真实（不论生活真实还是艺术真实）的探索都是王跃文持守自己作为一个读书人的原性、本心。

三 灰色虚构的诗意：在恶的泥淖深渊里渴求美和温暖

王跃文说过："作家要有想象和虚构能力，当然这要扎实的生活底子。"[②]他之所以能够在当代政治文学的书写当中占据突出的位置，并公认为所谓"官场文学""官场小说"开宗立派的人物，其实无他，就是因为他曾经是此道中人，对其中生活再熟悉不过，且能感念于心，熟稔于手。谈及《国画》，王跃文就曾说，写作似乎没有什么明显的动机，"只是爱着文学，就写自己最熟悉的生活"[③]。他自己颇为看重的乡村题材小说的写作，也多源于"对乡村生活的记忆"[④]。但这不意味着文艺创作就是对简单的生活的照搬，在生活到艺术之间，需要作家本人的再造。

王跃文对此有着清醒的认识，他不止一次提及生活中的精彩，搬进小说却不一定合适的种种细节，也述及不少与历史、生活不符，在小说里却显得格外真实的艺术处理。他甚至以为，"真正的真实只有在彻底放

[①] 王跃文：《喊山应》，湖南文艺出版社2021年版，第98页。
[②] 王跃文：《喊山应》，湖南文艺出版社2021年版，第184页。
[③] 王跃文：《喊山应》，湖南文艺出版社2021年版，第62—63页。
[④] 王跃文：《喊山应》，湖南文艺出版社2021年版，第99页。

弃对现实中真实的狂热追求后才能得到"。他还特以郑板桥眼中之竹、胸中之竹、手中之竹取譬,阐述自己所理解的生活真实到艺术真实的转化。转化的成功与否,在他那里,主要不是看艺术反映与"现实生活的相似度,而是看它是否完成了对生活无限可能性的一种呈现,是否揭示出了生活本质的真实"①。显而易见,王跃文明晓艺术真实的获得,并非简单的我手写我口、我手写我心。写作有时固然需要说真话的勇气,但文艺是否能够反映出生活真实,实有赖于作家笔下文字的表达能力,有赖于"作家对现实的提炼与祛蔽"。王跃文说:"故事讲好了,也许人物也活跳跳地出来了。"② 而这,也是他的作品和时下"艺术品质不高""流于简单暴露"③ 的其他官场文学区隔开来的地方。他所擅长者,不光是题材和思想的精准把握,同时也有语言和形式的精心拿捏。

　　王跃文甚至认为,自己的小说"并不以故事取胜"④,事实上也大体如此,例如,他的早期中篇小说《漫天芦花》(1998)。这部在他所有作品当中多少显得有些另类的作品,讲述了一个青年沉沦与毁灭的故事:一中校长苏几何的小儿子白秋,原本品学兼优,有着美好前程,却不幸卷入一桩和自己没什么关系的聚众斗殴致人伤残的事件。为了替遭受霸凌的同学兼好友的王了一打抱不平,白秋邀集同学对霸凌者三猴子施予报复。其他同学出手过重,换来的却是被父亲亲手送进监狱,以及随之而来人生前途的彻底陷落。出狱后,白秋游走于社会边缘,并因讲义气成了一个社会团伙无名却有其实的首领。但义气也再次将他推入险恶的深渊,他借助社会势力帮助同学父亲找回丢失的枪支,换来的却是恩将仇报和死亡。小说的情节谈不上生动,甚至还有不少语焉不详的不合理之处,却支撑起了小说的叙述者娓娓道来白秋人生悲剧的貌似冷峻实则凄婉的语调。

　　这个因义而始、因义而终的故事,整体的格调是灰暗的。打抱不平却代人受过,送子教惩却害子入狱,因义聚友却因友害子,替人消灾却

---

① 王跃文:《喊山应》,湖南文艺出版社2021年版,第193—194页。
② 王跃文:《喊山应》,湖南文艺出版社2021年版,第189—190页。
③ 王跃文:《喊山应》,湖南文艺出版社2021年版,第218页。
④ 王跃文:《喊山应》,湖南文艺出版社2021年版,第61页。

自寻死路……种种初衷良善，结果却是一个原本有着光明未来的年轻生命，在不公的厄运中被戕害。小说家将义气这一中国传统美德，抛掷到严令依法治国，法治却不完善的社会现实面前。介于文明（城市）与蒙昧（乡野）之间的白河县城，在此又扮演着光明与黑暗之间的某种状态，是黑白之间的灰度，是不白不黑或既白又黑。同样它也地处现代（城市）与传统（乡野）之间，现代法律制度已经在此建立，但似乎又不够符合现代法治；同时传统忠义精神在此尚未完全消失，被另一种不为法律认同却依旧顽固地游走于边缘的社会团体执拗地崇尚和坚持。尽管作家对江湖义气兴废的对错无法给出完全正确且合理的答案，却能将它曝光于读者面前，供世人反思和警醒。

同样以灰色滤光镜去观察的，自然是他更为人熟识的官场题材小说。《秋风庭院》（1995）里，退休的地委书记陶凡与接任的地委书记张兆林之间表面上波澜不惊、内里已惊涛骇浪的紧张关系，女婿关隐达无辜仕途受阻，以及陶凡此后接二连三遭遇的烦心事，都在讲述权力旁落之后，人情关系也若庭院秋风一般席卷而去。《今夕何夕》（1996）里，地委书记张兆林表面上是一位锐意进取、真抓实干的改革闯将，实则个人生活腐化堕落，官商勾结，并且弄虚作假，好大喜功，大搞面子工程，以换取升迁的政治资本；手下秘书孟维周全然以服务好张兆林为中心，甘作后者的裱糊匠和白手套，在权力和美色的灰色交易中丧失自己的党性和良知。《夜郎西》（1997）里，县委副书记关隐达原本只想安分守己地做好本职工作，但日渐浇薄的仕意进取之心，不得不在违逆官场潜规则的暗斗中激发，树立起了敢同黑恶势力和不正之风斗争的形象，因此选举中替代原定人选当选县长，却得不到上级组织的通过，并遭威逼性调查。紧迫之际，一封偶然获取的密信促使他选择告密投诚，最终逆天改命成为新任县委书记。正当他踌躇满志打算大干一番时，一纸调令让转任地市教委主任。

此类小说中的人物多活动于一张复杂、晦暗的官场关系网当中，他们或是身居高位，或是权要者身边的秘书，又或是拼命挣扎上位的基层干部。他们并非大奸大恶之人，身上多多少少有这样或那样的毛病，但也懂人情世故，大多也有为政底线。真正迫使他们"内卷"甚至以邻为壑的，是权力欲望的异化和腐蚀。王跃文在谈到《苍黄》（2009）的书名时，就曾表示以染丝譬喻官场人的异化："染于苍则苍，染于黄则黄。"①而这，大体上也可用来阐发他所理解的官场人生的灰度。也就是说，在他的眼里，人非天生的权力动物，而是官场这个大染缸异化了人性，腐化了人心。

然而，即便是面对灰色乃至黑暗，王跃文的小说里始终充满着某种温情和理想。就像他在塑造一个个灰色乃至黑色格调的官场人物形象的同时，其中也常常会有陈廷敬、佛伦、陈永栋、陶凡、关隐达、李济运这样相对正面和值得弘扬的人物形象。王跃文虽然致力于呈现拨开现实迷雾之后的"人性之真，人与人、人与世界之间的关系之真"，但这"比现实还真"的描摹与刻画，最终所要追求的，还是这真之中"美善的一面"。②即便以悲剧残忍煞尾的《漫天黄花》，白秋临死前依旧有着来自芳姐的温柔和爱，更不必说他在小说集《漫水》里亲近故乡山山水水的每一丝眷恋与深情。

四 新士人品格：权力的叙事与叙事的权力之间

综观王跃文的写作，涉及小说、散文、杂文，偶尔也有诗作面世。但就其文学影响而言，闻名者主要还是在小说，尤其是其官场叙事题材的小说。尽管王跃文的小说还有其他方面的涉猎，比如书写知青凄美爱情故事的《亡魂鸟》（2001）、城市中年知识分子爱情与婚姻状况的长篇小说《爱力元年》（2014），以及他本人颇为看重的乡土小说集《漫水》（2012），但对当代文学来说，他的更大贡献恐怕还是在官场文学领域。某种意义上，他将一个长期中断的传统重新复苏于当代。而这，恐怕是他在题材开拓方面对当代文学所做出的重要贡献。

对于这一自有传统的衍续，王跃文自己也深有了解。他说："叙述官场人和事，实乃中国文学的一个传统。"甚至在他看来，《诗经》《左传》《战国策》《史记》，以及《三国演义》《水浒传》《金瓶梅》《红楼梦》等都算得上官场文学。③虽则他的解释多有自我诠释、自我确证的用意，

---

① 王跃文：《喊山应》，湖南文艺出版社2021年版，第83页。
② 王跃文：《喊山应》，湖南文艺出版社2021年版，第189、190页。
③ 王跃文：《喊山应》，湖南文艺出版社2021年版，第198页。

但描述官场、表现官场的文学的确古已有之，并非近现代的发明。就连官场小说，目前来看，《儒林外史》《官场现形记》，甚至素有清代社会生活大百科全书之誉的《红楼梦》，肯定称得上古典时代官场小说中不可逾越的经典。现代以来的启蒙与革命使命，长期影响到了文学对官场生态的关注，但20世纪三四十年代，张恨水的长篇小说《五子登科》、张天翼的短篇小说《华威先生》、沙汀的《代理县长》，以及陈白尘的话剧《升官图》等，仍旧算得上那一时代官场文学的翘楚。

王跃文显然自认站在先贤的臂膀上前行。不同的是，相比于此前古典及现代时期多重在讽刺并因此对夸张、变形等艺术技巧的多有借重，王跃文更倾向于写实的还原，更喜欢照相，将官场生态真实地予以复现。在此意义上，他的写作更接近于《儒林外史》，而非《官场现形记》。王跃文本人也更认同《儒林外史》，还有《红楼梦》。[①] 这种倾向，也就是他本人一再宣称的现实主义批判的态度。他更看重官场文学的批判态度，而非官场题材本身。换言之，和其他当地官场小说家的写作或有不同的是，他的小说超越辞气浮露的暴露，其中蕴藉着鲜明的批判思想，并大多"借助小说人物的塑造过程来呈现"[②]。而这，他显然认为，正是自己超越其他大多数同题材创作的小说家们的地方。

他显然不甘心自己的小说写作，沦为特定读者对象效法或广大普通读者猎奇的对象。他同样也不甘心自己的作品，沦为纯为稻粱谋的商业写作。对此，他说："作家必须抱持不为市场写作、不为媚俗写作的态度，才能安静下来、沉潜下来。不求快，不求多，安妥地放好每一个字"，并且又说："什么是好的文学？我认为最基本、最重要的一条，就是文学要有理想主义精神。有理想的文学，才是好文学。"[③] 这种熔炼批判精神和理想精神的文学写作，显然有其浓烈的干事精神。这种精神的根柢，自然在于他个人"不惹事，不怕事"的耿介精神，自然也在于他对文学见证现实与历史的精神。[④] 耿介故而敢于犯颜，尊重历史故而写实

[①] 王跃文：《喊山应》，湖南文艺出版社2021年版，第198页。
[②] 王跃文：《喊山应》，湖南文艺出版社2021年版，第218、219页。
[③] 王跃文：《喊山应》，湖南文艺出版社2021年版，第187、176页。
[④] 王跃文：《喊山应》，湖南文艺出版社2021年版，第174、159页。

秉笔，这种精神显然不是一个简单的为文者所应具备的品格。在勇于选择官场作为文学写作的题材，和敢于直面官场生态、秉笔直书官场世态之间，是于权力的叙事（官场故事）与叙事的权力（文学精神）之间自我人格的展现。他所体现的，是一种文学能力与读书人精神的新的结合。孔子曾以"志于道，据于德，依于仁，游于艺"[①]，来述古代士人之可为。如此，王跃文坚持以文学的批判精神和理想精神，达成干世的目的，又何尝不是士之所为？

[①] 程树德：《论语集释》（第2册），中华书局1990年版，第445页。

关键词五

汤 素 兰

关键词提出背景：汤素兰是继黎锦晖和张天翼之后湖南最有影响力的儿童文学作家。汤素兰已出版儿童文学作品60多部，2021年因长篇童话《南村传奇》第三次获得全国优秀儿童文学奖。鉴于她在儿童文学领域的成就和影响力，2022年3月被任命为中国作家协会儿童文学委员会副主任。汤素兰的儿童文学创作师法经典、文体多样，根植于个体生命经验与传统文化，关注儿童生存现状，具有鲜明的时代特色，是当代中国儿童文学最具代表性的作家之一。

汤素兰的童年叙事与童年关怀

李红叶

2021年，湖南儿童文学作家汤素兰荣获第十一届全国优秀儿童文学奖，该奖项自1986年由中国作家协会设立以来，即成为中国儿童文学最权威和最高级别的奖项。这是汤素兰第四次获得该奖。汤素兰的童年叙事和童年关怀值得关注。

一 汤素兰：当代童话创作的领军人物

现代意义的中国儿童文学从19世纪末20世纪初在中西文化碰撞中激发生成，历经一百多年，中国儿童文学已然成为世界儿童文学大国。可以说，无论在儿童阅读领域还是在文学研究领域甚或思想文化研究领域，儿童文学现象均难以被忽视。儿童文学是儿童最早接受的文学，于儿成长具有潜移默化的教化作用，因而创作者巨大的责任感和使命意识总是在这种文类中得到最突出的表现，这种文类便天然地与儿童问题包括儿童观、教育观紧密相连，但儿童文学同样可以抒发个人感情，反映社会现实，因而常常表现为一种别有趣味、别有意蕴的叙事策略和美学选择。儿童文学的发展不仅受制于家国想象与教育设计，也受制于具体的美学风潮和文化思潮，但儿童文学创作绝非被动的观念适应，因儿童文学直接沟通童年精神世界，它往往表现出非同寻常的创造力和艺术感染力。儿童文学已经受到越来越多的关注。

湖南儿童文学是有渊源的。五四新文化运动以来，每个历史时期都出现了一大批关注儿童成长、从事儿童文学创作的作家，他们的创作极大地丰富了20世纪以来的中国文学。其中，黎锦晖的儿童剧和张天翼的童话早已成为现代儿童文学经典。汤素兰是继黎锦晖、张天翼之后最知名的湖南儿童文学作家，是新时代湖南儿童文学领头羊，也是中国"第五代"儿童文学作家的领军人物。在中国儿童文学的版图上，著名儿童文学评论家王泉根在《百年中国儿童文学的三次转型与五代作家》中将汤素兰等作家划归至中国第五代儿童文学作家行列，这一代作家"带着更为青春、滋润的灵气，更富先锋张力的姿态，更加紧贴、把握新世纪少儿世界的行动，成为新世纪儿童文学创作的生力军"[①]。汤素兰无疑是中国第五代儿童文学作家中最具有代表性的作家之一。

汤素兰自1986年发表童话《两条小溪流》，在近四十年的时间里，出版儿童文学作品60余部，涉及童话、幻想小说、成长小说、校园小说、科幻小说、儿童散文、儿童故事、人物传记、图画书等众多体裁。其童话代表作《笨狼的故事》发行逾千万，深受孩子们的喜爱，汤素兰亦被孩子们亲切地称为"笨狼妈妈"。童话《小朵朵和半个巫婆》《笨狼的故事》《奇迹花园》《南村传奇》分别获得第四届、第五届、第八届、第十一届全国优秀儿童文学奖，该奖由中国作家协会于1986年设立，是中国儿童文学最高奖项。汤素兰还曾获得宋庆龄儿童文学奖、陈伯吹儿童文学奖、冰心儿童文学奖、信谊幼儿文学奖、张天翼儿童文学奖，以及"中国好书"、"大白鲸"幻想儿童文学奖、谢璞儿童文学奖等诸多奖

---

① 王泉根：《百年中国儿童文学的三次转型与五代作家》，《长江文艺评论》2016年第3期。

项，并有诸多作品走出国门，如：长篇童话《笨狼的故事》被译成韩文、僧伽罗语和阿拉伯语出版；长篇小说《阿莲》被译成尼泊尔语，在尼泊尔出版；童话集《甜草莓的秘密》入选"中国儿童文学走向世界精品书系"；"汤素兰图画书系列"已经输出版权到英国、澳大利亚、斯里兰卡等十余个国家和地区。汤素兰是一位学者型作家，一并在高校从事儿童文学教学与研究，出版了儿童文学学术著作《我与童话一见钟情——汤素兰童话论集》、《新媒体时代中国儿童文学发展趋势研究》、《湖南儿童文学史》（与谭群合著）等。作为中国现当代文学专业儿童文学方向博士生导师以及第一任湖南儿童文学学会会长，汤素兰在儿童文学人才培养方面也做出了许多努力。2016 年，汤素兰当选中国儿童文学研究会副会长，同年被推举为亚洲儿童文学大会北京分会会长。2022 年 3 月，被推选为中国作家协会儿童文学委员会副主任。儿童文学关注教育、关注儿童生存状态，汤素兰同时也以一个社会活动家的身份为儿童文学的发展摇旗呐喊，极大地推动了儿童文学的学科建设，提高了其在社会生活中的影响力。

汤素兰的创作成就得到了当代批评家的充分肯定，著名儿童文学作家曹文轩认为，"说到汤素兰，我们更多想到的是她的童话——她的童话是属于中国童话最高水平的那一部分"[1]。著名儿童文学评论家朱自强认为，"汤素兰已经成为 90 年代成长起来的儿童文学作家中的当之无愧的扛鼎作家，她的童话作品以及幻想小说，标识出中国儿童文学所达到的艺术高度"[2]。评论家崔昕平称"汤素兰是当代童话创作的领军人物，她的童话品质已为业内所公推"[3]。

汤素兰于 20 世纪 80 年代接触儿童文学，于 90 年代出道，正赶上当代儿童文学界学术界所言的"黄金时代"。何谓中国儿童文学的"黄金时代"？正如朱自强所言，自 1978 年以来，"中国社会在政治、经济、文化

---

[1] 曹文轩、汤素兰：《〈阿莲〉：在讲故事中创造美学价值》，载黄贵珍主编《诗意与想象：汤素兰的儿童文学创作评论集》，湖南少年儿童出版社 2019 年版，第 262 页。
[2] 汤素兰：《树叶船》，湖南少年儿童出版社 2016 年版，第 5 页。
[3] 崔昕平：《以"元童话"叙事复苏民间童话韵味——评汤素兰〈南村传奇〉》，载黄贵珍主编《诗意与想象：汤素兰的儿童文学创作评论集》，湖南少年儿童出版社 2019 年版，第 309 页。

第三部分　年度人物关键词

等各个领域发生了巨大而深刻的变化。中国儿童文学也在这个时期里取得了前所未有的蓬勃发展，创造了一个史无前例的'黄金时代'"[①]。儿童文学研究专家朱自强和方卫平曾分别出版中英双语著述《中国儿童文学四十年》(2018)、《黄金时代的中国儿童文学》(2014) 以描述这生机勃勃的"四十年"。汤素兰正是这"黄金时代"的生动个案，是改革开放以来中国儿童文学的亲历者和参与者。以汤素兰的儿童文学创作为个案研究，可观察新时期以来中国儿童文学的发展、演变与成就，亦为中国儿童文学（包括湖南儿童文学）的未来发展提供启示。

二　春华秋实：汤素兰的四十年儿童文学之路

汤素兰的儿童文学创作历程作为一个个案充分展示了新时期以来中国当代儿童文学的发展、演变。她的创作大体可分为四个阶段来考察。

1. 20 世纪 80 年代：展露创作潜质

汤素兰小时候并未接触过大量儿童文学作品，曾从收音机中听到一个关于猪的童话故事，令她惊讶不已，从此喂猪时就会猜想猪如果会说话它将说些什么。这是对汤素兰童话思维的一种开启。她正式了解到童话这种文学类型却要等到大学阶段了。大三时她无意中旁听了一堂儿童文学选修课，刚从浙江师范大学研修回来的李湘老师在黑板上写的"童话"二字引发了汤素兰无限的遐想。汤素兰寻着这个线索找来《儿童文学概论》《儿童文学作品选》等，后者选入了安徒生、叶圣陶、葛翠琳、严文井等著名童话作家的作品。汤素兰读过这些童话后产生了创作的冲动，并模仿严文井的《小溪流的歌》写了《两条小溪流》，次年发表在《小溪流》(1986 年第 6 期) 上。大学毕业后汤素兰在湖南郴州支边，并准备报考研究生，在填选专业时无意中发现浙江师范大学设置了儿童文学方向，便临时起意选择儿童文学方向。1988—1991 年读研期间创作了《白脖儿和白尾儿》《伤心的红狐狸》《乌汉国的故事》，这些故事中，有的传达了作家对儿童心理的全新理解，有的则是对个人生命体验的书写，还有的在热闹有趣的故事背后寄寓哲思和讽刺。

从偶然旁听儿童文学选修课到试笔《两条小溪流》再到就读浙江师

[①] 朱自强：《中国儿童文学的黄金时代》，中国少年儿童出版社 2014 年版，第 5 页。

范大学儿童文学方向研究生，冥冥之中上天为汤素兰的"童话人生"安排了这样一个美好的开端。各种历史细节融合在一起激发了汤素兰的儿童文学创作潜质。与成人文学一样，20世纪80年代的中国儿童文学也进入复苏、革新阶段，这才有可能在大学课堂里出现儿童文学选修课，《小溪流》已于1980年创刊，并成为湖南儿童文学作家的重要园地，浙江师范大学也已于80年代初期在蒋风先生的带领下推动儿童文学学科建设，招收儿童文学研究生，于是，汤素兰便成为继王泉根、吴其南、汤锐、方卫平等之后的儿童文学研究生。这批研究生后续成为中国当代儿童文学理论批评界的中流砥柱。汤素兰读研期间读了大量经典儿童文学作品，又有创作悟性，在连续发表几个短篇后，引起了出版界的关注。

2. 20世纪90年代：追寻经典品格

汤素兰一起笔便找到了儿童文学特有的"语感"，在连续发表几篇习作后，她深受鼓舞。1991年研究生毕业，落脚湖南少年儿童出版社从事童书编辑工作，她产生了自己来"试一试"的创作冲动。1993年创作了首部长篇童话《小朵朵和魔法师》，并于同年11月出版。1994年，"笨狼"故事问世了，《半小时爸爸》《笨狼上学》等五篇作品获得第七届信谊幼儿文学作品入围奖，7月，信谊基金出版社出版《笨狼的故事》。同年，短篇童话《狩猎奇遇》获得了海峡两岸童话征文佳作奖。1995年，由信谊基金出版社出版的《笨狼画画》，收入了《笨狼画画》《把家弄丢了》《坐到屋顶上》等故事。"笨狼"系列故事开始了。1997年，小朵朵的系列故事第二部《小朵朵和半个巫婆》出版，并获得第四届全国优秀儿童文学奖。1998年，长篇系列童话《笨狼的故事》出版，接连获得了信谊幼儿文学奖、第五届全国优秀儿童文学奖、第五届宋庆龄儿童文学奖、上海《好儿童》新芽奖、首届张天翼童话寓言奖宝葫芦奖。1999年，深受好评的童话精品《驴家族》问世，中短篇童话集《奶奶和小鬼》出版，科幻小说《时间之箭》出版。2000年，创作了"马"系列作品，这些故事后收入童话自选集《住在摩天大楼顶层的马》，并创作了短篇童话《女孩和栀子花》。

在这十年里，中国儿童文学在80年代的激情探索与艺术积淀的基础上，经由市场经济的内外参与，"使儿童文学的艺术表现迅速冲破了长久以来所受到的意识形态话语的制约，从而打开了一个更为真实、广阔和自由的表现空间"①，正是在这样一种开放而活跃的时代背景中，汤素兰的创作激情被充分激发，也留下了许多具有经典品格的精品力作。《笨狼的故事》塑造了个性鲜明、童趣盎然的童话人物形象，已成为中国原创童话品牌。短篇童话《驴家族》以及紧随其后于 2001 年发表的《红鞋子》结构精致、意蕴悠长，堪称中国原创童话精品，其余作品也都表现出了很高的艺术价值。

3. 2001—2010 年：多样化创作

21 世纪以来，随着国家对于文化事业和体制市场化改革的强力推动，中国儿童文学的创作、出版、发行进入繁盛状态。外国经典儿童文学海量引进，本土原创亦受到极大的鼓励。汤素兰的创作也开始进入多样化时期。该时期作品数量较多，文体涉及短篇童话、长篇童话、幻想小说、校园小说、成长小说、散文、图画书、人物传记等，2010 年童话集《奇迹花园》获得第八届全国优秀儿童文学奖。幻想小说《阁楼精灵》、"笨狼"系列新作最值得关注。该时段汤素兰大量吸收新的观念，创作上呈现出鲜明的探索、实验色彩。就作家个人的经历来说，非常值得关注的是，作家从童书编辑转型为大学教授。自 2007 年起，汤素兰告别 16 年的童书编辑生涯任教湖南师范大学文学院，为文学院汉语言文学专业开设儿童文学与文化选修课，并培养中国现当代文学专业儿童文学方向硕士研究生。角色的转换意味着作家对自己笔下的文字有更自觉的审视。汤素兰的创作步伐慢了下来，从此对创作也有了更自觉的思考。从某种意义上说，她开始构建自己的童话诗学。

4. 2011 年至今：沉淀期及童话诗学的建构

近十年来，汤素兰保持了旺盛的创作生命力，创作更趋圆熟、丰厚，其本土化特征亦越来越鲜明。汤素兰的创作进入了沉淀期。该时期她创作了《春夜奇遇》《老祖母的故事》《南村传奇》《犇向绿心》《时光收藏人》《阿莲》等一批具有鲜明的个性特征和本土文化特征的上乘之作。汤素兰的许多童话故事也改编成图画书出版。近年来与画家合作，创作了一批反映中国传统文化和新时代变迁的图画书，如《山海经绘卷》《我的

---

① 方卫平：《商业文化精神与当代童年形象塑造——兼论中国当代儿童文学的艺术革新》，《上海师范大学学报》（哲学社会科学版）2013 年第 4 期。

家乡十八洞》等。

随着创作实践的不断丰富，汤素兰开始思考一个核心问题：为何大部分的中国童话作品完全看不出是谁写的，也完全看不出"中国特色"？作为标志性的本土优秀童话作家的代表人物，其主体身份意识的觉醒和寻找新的文化资源的焦虑使得她的创作越发显示出某种主体理性自觉。

汤素兰的人生经历的确充满"童话色彩"。在偏远乡村、童谣俗语和大自然的怀抱中长大，儿童文学专业科班出身，见证儿子从出生到长大成人，16年童书编辑经验，16年儿童文学教学研究经历，这样一个敏感而丰富的心灵，正逢儿童文学发展的"黄金时代"，还有谁比汤素兰更可能成为一个出色的童话作家呢？

汤素兰是一个极具探索精神的作家，她的创作实践和理论思考给出了突出中国儿童文学发展的两个重要维度，这就是师法经典和植根本土。

三 创新路径之一：师法经典

新时期以来，中国儿童文学取得了令人瞩目的成就，儿童文学创作阵营日益壮大，精品力作频出，国际交流能力和参与度越来越高，曹文轩斩获国际安徒生奖，张明舟当选国际儿童读物联盟主席，中国多次主办亚洲儿童文学会议，汤素兰当选亚洲儿童文学学会北京分会会长。在这四十余年的时间里，中国儿童文学始终在一种自由开通的渠道中向前迈进，既大量引进、吸收外来经典的给养，又关注脚下土地，立足现实，以期写出既具有经典品格又富有新时代新气象的佳作。汤素兰近四十年的创作历程，是她与经典往返对话的过程。

1. "先有阅读，后有写作"

创作之初，汤素兰对童话创作的各种风格都表现出极大的热忱，也不断尝试童话之外的其他儿童文学体裁。可以说，汤素兰一直在寻找"恰好"的方式传达她对儿童精神世界的理解，以及她的人生感悟和她对现实的理解。童话是外来的文体，是五四前后伴随着"西学东渐"的潮流逐渐融入百年中国本土原创中的重要文学类型。童话创作有自身独特的文体规范，从某种意义上，对于一个童话作家来说，"如何写"比"写什么"更重要。如何深入儿童思维方式，如何建构具有"内心真实"和美学自洽的"第二世界"，如何通过人格化、形象化的意象引发小读者的审美愉悦,如何建构象征隐喻系统传达人生真相,如何在简单明了中传达深长的意味,所有这些,都需要一个童话作家的天赋和创作理性做保障。作为现代个体写作的文学新范型,自安徒生时代起,在世界范围内,已经产生了一大批经过时间检验的经典童话作品。对中国童话作家来说,重要的功课之一便是向各种经典学习童话创作的"文法"。

世界经典童话包括本土原创经典以及其他文化经典给予了她源源不断的灵感、素材和新的创作理念,并不断提升她的创作品质。早在2001年,长期跟进、关注汤素兰的童话创作的批评家孙建江即指出汤素兰作品的经典意识和经典努力是显而易见的。[①] 汤素兰始终保持开放的心态,密切吸纳新的创作技法,思考何谓童话精神,师法经典成为她的创作走向丰富和成熟的重要创新之路。

汤素兰在各种创作谈中反复强调,"先有阅读,再有写作。没有一个人会告诉我们写儿童文学要有什么样的标准,每个人都可以有自己的标准。所有的经典的儿童文学作品都为我们提供了这个标准"[②]。经典阅读极大地拓展了汤素兰的视野,为汤素兰的创作提供了样范,也时刻提醒她保持应有的艺术品格。

读研期间,汤素兰把能够找到的儿童文学作品都读了一遍。做童书编辑也是一个不断向经典靠近的过程,比如她1993年责编的《长满书的大树》——我想这样的书一定给了汤素兰异乎寻常的启示。这本书收集了国际安徒生奖得主的获奖感言和每年世界著名作家给国际儿童读书节写的献词,传达了极为丰富的关于儿童文学的精彩论述。2007年,汤素兰从童书编辑转身为儿童文学教授,对于一个成长中的儿童文学作家来说,她需要的正是大学讲坛带给她的那份安静的力量。由此,她慢慢成长为一个学者型作家。她年复一年带领研究生开读书会,在教学中,亦不断更新教学内容,并将教研重点放在对经典儿童文学作品的品读上。她也更多地出现在各种学术研讨会上,所有这些,对于汤素兰而言,是一种巨大的成全。创作是需要沉淀的,这种密集的充满问题意识的研究性阅读使作家深为受益。充分地反映了她的儿童文学观和童话观的理论

[①] 孙建江:《经典意识与经典努力》,《文艺报》2001年10月23日第2版。
[②] 高洪波:《什么是好的童年书写》,湖南少年儿童出版社2017年版,第235页。

文章《安徒生童话的当代启示》(2012)便是该时期的重要成果。

在汤素兰的经典谱系中，安徒生、罗尔德·达尔、米切尔·恩德、圣埃克絮佩里、林格伦、格雷厄姆、安房直子、于尔克·舒比格、托芙·杨松、《爱丽丝漫游奇境记》、《青鸟》、《小熊温尼·普》等应该占有非常重要的位置。本土原创作品，如严文井童话、张天翼童话、葛翠琳童话等也都给了汤素兰不同程度的影响，现代文学作家中，对其影响最大的要数鲁迅和沈从文。在所有这些作家作品中，对汤素兰影响最大的却还是安徒生。

2. 以安徒生童话为核心范本

王泉根曾说："学习安徒生童话，是中国童话作家文学修养的一个重要内容。"[①] 汤素兰在不同场合毫不掩饰地表达她对安徒生童话的喜爱。她说："安徒生是我最喜欢的作家，《安徒生童话》是我一读再读的书。"[②] 又说："至今还没有一本书教作家如何写童话，我想以后也不会有一本这样的书。对于写作童话的我来说，《安徒生童话》就是教科书。"[③] 汤素兰的态度里包含了一个儿童文学作家对儿童文学经典品质的敬重和渴慕。安徒生为汤素兰树立了童话创作的标杆，也极大地激发和促进了汤素兰童话诗学的建构。

汤素兰对安徒生多有论述，包括对其单篇作品的解读，在这些论文中，最具代表性的是《安徒生童话的当代启示》[④] 一文。汤素兰在该文中全面阐述了安徒生童话的艺术价值及其给当代童话乃至当代儿童文学创作的启示。这是一场汤素兰与安徒生的深度对话，也是汤素兰的童话宣言书。

汤素兰的核心观点是：优秀的童话故事都是人生故事；物性与人性的矛盾交集，产生独特的安徒生童话；天真的童心世界和深刻的人生智慧，使安徒生的童话老少皆宜；将创作植根于民间童话的传统之中；不

---

① 王泉根：《中国现代儿童文学文论选》，广西人民出版社1989年版，第938页。
② 汤素兰：《我与童话一见钟情——汤素兰童话论集》，安徽少年儿童出版社2016年版，第121页。
③ 汤素兰：《安徒生：永生在童话里》，《文艺报》2015年10月23日第5版。
④ 汤素兰：《我与童话一见钟情——汤素兰童话论集》，安徽少年儿童出版社2016年版，第143—154页。

断探索与开掘童话表达的新途径；对孩子的爱是安徒生童话的灵魂。汤素兰对安徒生的解读是到位的，这些解读也是一把进入汤素兰童话世界的钥匙。汤素兰怎样从借鉴走向独创、从传统走向现代，这篇文章也为我们提供了线索。

汤素兰关注安徒生对孩子的爱，关注安徒生的语言表达方式，关注其童话形象中物性与人性的统一，关注其民间文化传统，关注其童话创作的多元风格和变幻多样的创作技法，关注其童话的个性特征和现实内容——优秀的童话故事都是人生故事，汤素兰也因此找到了安徒生童话的突出美学特征：天真的童心世界与深刻的人生智慧的融合——这些不正是汤素兰童话创作的主导特征吗？当然，汤素兰的创作绝不是对安徒生童话的简单模仿，她的短篇童话代表作如《红鞋子》《驴家族》《老祖母的故事》等，均可看成对安徒生的致敬，它们是独立的艺术精品，而不是安徒生童话的衍生物。

汤素兰强调，安徒生确立了文学童话文体，完成了从民间童话到创作童话的过渡，创造了一种叙述方式——口语与书面语相结合、讲述与描写相结合。安徒生的叙述方式极大地启发了汤素兰。这种叙述方式采用现场讲述的口吻，尊重儿童读者的审美接受能力，又沟通民间艺术，深得汤素兰的青睐。她将这种叙事方式贯穿于创作始终，这也是她的作品如此好读的重要原因。当然，并不是所有的作家经由阅读安徒生而能获得这种叙述效果，汤素兰之所以深得安徒生讲述方式的精髓，还在于她在天性上亲近民间、亲近儿童的缘故。安徒生对现代童话文体的确立首先表现为对童心的呵护和对儿童读者的尊重。安徒生使用了清新幽默与口语相结合的语言，也采用了"任性"与"物性"相结合的拟人手法，"赋予动物、植物与什物以生命，创造出动物、植物、什物与人类特征之间的相通性"[1]，从而既沟通了童心思维与童心世界，又传达了个体人生感悟，创作了《丑小鸭》《坚定想的小锡兵》《补衣针》《一枚假币》等经典童话故事。汤素兰亦深得这种"写物"才华，她的《红鞋子》《驴家族》《住在摩天大楼顶层的马》《红线的心愿》《蚌孩子》《蜻蜓》《一

---

[1] 汤素兰：《我与童话一见钟情——汤素兰童话论集》，安徽少年儿童出版社2016年版，第124页。

朵花的命运》等，无不展现出汤素兰赋予"物"以灵魂的童话叙事能力。她同时将天真童心与深刻智慧的融合视为一个标高，从而启发她——童话既要往"低处"走，亲近孩子，沟通童心世界，又要往"高处"走，绝不降低审美标准，希望孩子们在快乐阅读的同时，获得润物细无声的引领和教益。

必须看到的是，相较于安徒生，汤素兰表现了多么自觉的"为儿童"写作的意识和多么丰富的文本样态。她不仅写童话，她也写儿童小说、儿童散文、科幻小说、图画书等。她的童话也绝不止于安徒生风格，恰恰相反，她是以"不断探索和开掘童话的新路径"的方式学习安徒生的。安徒生说："多年来，我试着走过了童话圆周的每一条半径，因此，如果碰到一个想法或者一个体裁会把我带回我已经尝试过的形式，我常常不是把它们放弃掉，而是试一试给予它们另一种形式。"汤素兰深以为然，她常常借安徒生的这段话鞭策自己做多方面的探索和尝试。这就是她不断阅读新的经典，不断从新的创作范式中汲取营养并在笔下做各种尝试的缘故。可以说，安徒生是她的第一导师，也是永远的导师，其他经典童话作家的作品则以一种与之对话的方式，在不断丰富、修正汤素兰的艺术品格与艺术风貌。参与汤素兰童话艺术构成的作家，还有安房直子、米切尔·恩德、林格伦、刘易斯·卡洛尔、圣埃克絮佩里、罗尔德·达尔等，这些都值得深一步跟进。

此外，还可留意汤素兰的互文性写作。汤素兰不仅用心揣摩经典童话的讲述方式、童话人物的塑造以及结构方式，还将各种经典文本直接作为某种艺术元素或童话素材组织进自己的文本当中，使得她的童话文本充满后现代拼贴、戏仿、嫁接、"元叙事"等艺术特征。《笨狼和小红帽》是她对经典民间童话《小红帽》《三只小猪》《狼和七只小山羊》的致敬，《挤不破的房子》与《手套》异曲同工，《南村传奇》以元叙事方式阐释汤素兰的童话观，等等。

四　创新路径之二：植根本土

随着创作实践的深入，汤素兰的本土身份焦虑开始凸显出来，她在发问："中国作家写出来的童话与外国作家写出来的童话有什么不一样"①，她在思考什么样的童话才是好的中国童话，中国儿童文学应该为中国孩子提供什么样的儿童文学作品？我们在向经典童话学习的同时，如何彰显自我个性和文化自信？在《安徒生童话的当代启示》中，她给出的答案是："安徒生的童话正是因为植根于北欧民间故事的土壤中，才能这样历经两百年依然根深叶茂。同时，安徒生也启示我们：我们需要回顾与检讨我们的童话创作传统，需要向我们自己的民间童话借鉴与吸收，才能创造出具有中国风格与气派的中国童话。"② 她在安房直子的童话中也印证了这一看法。安房直子童话具有鲜明的日本审美趣味和鲜明的个性化特征，但安房直子同时是世界的，她的童话具有穿越时空界限的经典品格。这正是汤素兰的理想。

汤素兰开始大胆地在童话作品中运用本土文化元素，讲述本土文化经验和个人生命体悟。"汤素兰在反复阅读安徒生、安房直子等人创作的童话后意识到一个优秀的童话作家应该尊重自己的文化传统。基于此，汤素兰将民间故事中的神怪形象或者故事情节运用到自己的童话创作中，这不仅让她的童话作品具有了中国风格，也增加了读者对童话故事的熟悉度，拉近了与读者的距离。"③

早在1999年出版的童话集《奶奶和小鬼》中，汤素兰即开始关注传统民间文化资源，尝试从传统文化中寻找童话元素。文学创作童话是民间童话发展而来的，民间文学与童话有着天然的血缘关系，因而引发了汤素兰的追问：我们的民间文学在哪里？我们为什么不应该努力在我们自己的创作中通过童话故事的方式重新讲述丰富多样的民间传说，或在我们自己的文化脉络中去寻找激发我们创作的灵感，传播我们的民族文化？于是，用童话写出中国经验和个体经验就成为汤素兰的自觉追求。这种艺术追求里包含了汤素兰对故土乡村、对传统文化及对民族未来的深沉的爱。

---

① 汤素兰、陈晖、李红叶：《儿童文学三人谈——关于汤素兰的创作及其他》，《创作与评论》2014年第9期。

② 汤素兰：《我与童话一见钟情——汤素兰童话论集》，安徽少年儿童出版社2016年版，第150页。

③ 袁兆霞：《论安徒生童话对汤素兰童话创作的影响》，硕士学位论文，湖南师范大学，2021年，第42页。

汤素兰出生在湖南湘东南一个普通的乡村家庭，在那里度过了终生难忘的童年岁月。她聪慧、敏感、勤劳，与土地贴得很近。成为一个自觉的作家之后，又时不时重返乡村，对乡村经验有一种更自觉的反刍。传统乡村的一切农事、习俗和自然风景随着岁月的流逝而产生了越来越鲜明的印象。这种乡村记忆和自然情怀几乎贯穿了她所有的创作，并给了她无穷无尽的灵感和情感的滋养。在她笔下，每一棵树都有它自己的名字，每一种小昆虫都有它自己的习性，四季轮回，日升日落，都有其自身的壮丽景象。她的乡村经验和她对自然界动静的敏感赋予了她的文字以全部的诗意。于她，乡村文化经验是一笔取之不尽用之不竭的源头活水和富矿。孩子天然爱自然，被大自然长养，离开了自然，孩子便不能好好地活。孩子亦生活在丰富的文化传统之中，被丰富的文化传统长养，离开了这个文化传统，他就成了无根之人。

汤素兰是一个非常典型的、注重汲取外来经典同时注重本土身份的表达，并形成了自己独特的创作风格的作家。汤素兰与经典的对话关系体现为对外来经典的不着痕迹消化与超越。《驴家族》《红鞋子》承续的是安徒生式的以童话写人生经历与生命体悟的传统，《笨狼的故事》有着《小熊温尼·普》式的质朴、童趣与幽默。这些故事达到了非常高的艺术水准。对这些故事，我们能看到它在经典谱系中的位置，及与其他经典的内在关系，却已经看不出任何模仿的痕迹。它是汤素兰的童话，而不是其他人的童话。从短篇童话《春夜奇遇》、短篇童话集《时光收藏人》，到长篇童话《犇向绿心》《南村传奇》等，我们也看到了汤素兰童话创作本土化的努力，它自然生成，一气呵成，充满个人经验和本土文化色彩，同时，又是普适性的。而要追溯每篇童话的范式渊源，我们仍然能看到外国经典儿童文学作品是怎样启发了她通过童话创作传达个性特征和身份特征。在这方面，她有越来越明晰的思路，也有越来越多的自信。也许正是这样一个意义上，她将自己的创作路径概括为：从一个不自觉的创作者到自觉的创作者到自信的创作者的过程。

结　语

汤素兰的创作锐意创新、风格多样，大多数作品达到了很高的艺术水准，并深受孩子们的喜爱。她的童年叙事饱含对童年生命深沉的爱和对童年生命的强大理解，以儿童文学特有的审美的力量和情感的力量给儿童的成长带来积极的影响。汤素兰的儿童文学创作是中国当代儿童文学的重要收获，汤素兰以其丰富的创作实践和她对儿童文学创作的理论思考为中国当代儿童文学以及湖南儿童文学的发展提供了多样化的启示。

关键词六

刘　　年

关键词提出背景： 2021年，湘西诗人刘年出版了自选诗集《世间所有的秘密》。其诗歌成就也借此再次引起文艺界的注意。对于这位出身湘西却又长期穿梭于现代都会城市之间的当代诗人，故乡湘西始终是其诗意捕捉过程中无可回避的元素。如何理解刘年诗歌当中的乡土元素，以及乡土如何成就刘年的诗歌，或是个有意思的话题。

虚掩的柴门和自救的灵魂

——刘年诗集《世间所有的秘密》述评

田应明

黎巴嫩作家纪伯伦曾经说过这样一句话：诗不是一种表白出来的意见，它是从一个伤口或是一张笑口涌出的一首歌曲。读了刘年的诗歌自选集《世间所有的秘密》后，这种感觉尤其强烈。"世界吻我以痛，我却报之以歌"，刘年的诗歌，无论是引吭高唱，抑或是悲悯低调，都让人循音正襟，击节而和。

一

作为诗人的刘年，出生于武陵山腹地的永顺农村。可以想象，透过自己的老屋，他看惯了乡下的风景，熟络了左邻右舍，沉淀了许多的往事。所有这些，在诗人的心海里，有如精酿的包谷烧，慢慢发酵，越来越浓，而且每花开一次，酒度就高了一点，这老屋之中的岁月就厚重了些。面对这些越发多样的背负，诗人又会生发怎样的心愿呢？他在《独居谣》里袒露心声："还是大一些好/鱼大一些，可以几天不做菜/窗子大一些，装的山就多一些/雨大一些，会把整个世界变成一件乐器/床大一些，可以放更多的书。"看来，诗人需要可以驰骋他思绪的广阔。

刘年将自己这部新近出版的诗集定名为《世间所有的秘密》，至少说明了诗人的这样一种意识自觉，那就是：世界在不断地产生秘密，先不论好坏；每个人都有自己的秘密，肯定包括你我；有的秘密永远是秘密，有的秘密迟早会被揭开。

或许，秘密也是寂静的，在人不知晓的时候，一定是波澜不惊、了无痕迹。经历了多年情感流浪和万水千山的踏遍，诗人仿佛乐享于这份寂静。在自己的老屋，他并不忌讳可能的命运，并设想了如此的情景："……我也会聋的/多年以后路过我的院落/一定要拍一拍我的肩/拍重一点/轻了，我会以为是落下来的梨花。"（《寂静》）读了这首诗，怎不让人陡生与诗人梨花落肩、共享寂静的冲动？诗人这份内心的柔、独有的悟和安静的美，定然已悄悄爬上了你我的眉梢，温暖了我们的过往。

二

在我看来，诗人刘年一直就处在他记忆里的老屋之中，这老屋的柴门始终是虚掩的。因为身处这座精神之屋的他，时时要面对群山、田野、码头、树木、大漠、雪山、草地、江水、云朵等这些"活物"（在诗人眼中这些都是活的），与它们相看两不厌，心血相通、生死与共。而且，他要不断进出、来回寻找那些失落的念想、纠葛、痛楚和爱恨，寻找大姐、幺妹、唐玉娥她们，呼喊会雪崩的念青唐古拉山，"以紧贴大地的姿态"和农民肖二哥一起站在雨里，帮牺牲了的那八名女地质队员重新起名，还有那个下了船、提着拉杆箱在王村码头问路而使自己迎风流泪的女孩……总之，这虚掩的柴门，需要世间所有的秘密都能自由地进进出出。

刘年这样说过："不同的季节，有不同的感觉；不同的天气，有不同的发现；不同的心情，有不同的理解。"这种"感觉""发现""理解"，应该说全是诗人个人的实践体验和内心把握。

熟悉他的人都知道，刘年是骑着摩托车与世界碰撞的灵魂诗人。他出版过的诗，可以毫不夸张地说，摩托车至少有三分之一的功劳。"三万公里后/摩托车产生了意志/风雨中/铝合金的意志/驮着虚弱的你/一路向南/你所需要做的/只是控制方向、速度/和思念而已。"（《摩托车赋》）刘年与他的摩托车风里雨里、江南塞北、春夏秋冬地来来往往，可知他疲惫的身体和沉重的思念是如何艰难地撑起了这顶诗人的桂冠！即便是有了条件，他也表现了出奇的倔强：有高铁不坐/有便车也不坐/就是要骑摩托/骑了十二小时/骑到凌晨四点/把摩托骑成了老马/把回乡骑成了出塞/把长株潭经济圈骑成了大漠/把雨骑成了雪/把老马骑成了骆驼/把自己骑成了苏武/在岩泊渡停下来加衣服/有只狗/叫出了狼的孤独（《骑摩托从长沙回永顺记》）。

三

其实，人人都怀有逆反的情绪心理，只是表现出的程度有轻重之分，也是再正常不过的事。通过刘年的诗集，我们能够看到他阅历的足迹。那乡下安静的老屋和半掩的柴门，在意向上，可理解为即便诗人在外受了再多的烦恼，都是他眼里的温柔和暖意的港湾。同时，诗人也仿佛一只翱翔天际的雄鹰，就算是柴门之内的歇息，眼睛也还是盯着高高的天空。也许只有这样，诗人才能快意于红尘江湖，感受到困境中的顺境、痛苦中的痛快、绝望中的希望！

由此可见，我将诗人居所的柴门定义为虚掩，实则是诗人自身对实际生活和怎样生活的选择与构想。一个诗人的情感底色到底是什么好？这得依人而定。有人说"愤怒出诗人，孤独出哲人"，但不管是何种情感状态，能成为诗人者，其个体情感通过诗之载体所袒露出的审美趣向，一定能引起众多的共鸣。那些流传千年、耳熟能详的中外名诗，无一不是最好的注脚。

诗人老屋之中、柴门之内的孤独自适，并不证明诗人只有孤独、只会孤独，对所有相识已久或者神交意会的友人，他也会收到这样的《邀请函》并快乐以告：明日最好/溪谷樱花盛极/虽仅一树/但姿态绝美/七日亦可/可赏花落/切莫再迟/樱花落尽/吾将远行。正是这样门里门外地东奔西走，刘年诗歌的世界才会越来越大、越来越远、越来越美、越来越真。

四

我认为，忧愤悲悯、孤独多情的特质在刘年的诗歌中普遍存在，这也是诗人过去的生活实情而形成的个人秉性。难得的是，这一秉性保证了其诗歌的艺术性和哲理性的相对统一。

骑着摩托车，从老屋的柴门出发，从年纪轻轻的二十岁出发，从还没有懂得谈情说爱的懵懂里出发，从硬要和外面的世界来一场明明白白纠缠的念想出发，经过"千山万水，千辛万苦，不管不顾，不舍不弃"十数万千米的"挣扎"，结果，刘代福变成了刘年，刘年变成了诗人和父亲，而一直没有变的是一颗悲悯善良的心。

人之初，灵魂无所谓干净不干净，是世间万千事物的清与浊，让它变得善或恶。从牙牙学语到寿终正寝，每个人都得面对人世间的一切来临：酸甜苦辣、悲欢离合、生老病死等，生活中的矛盾不可回避，灵魂何处安放，需要认真以对。

五

刘年是一名"看水者"，他在《水赋》里写道：什么都看不透，去看看水；什么都看透了，去看看水。他越过了老屋门口的小溪，历经了酉水、沅水、湘江、怒江、雅鲁藏布江、黄河、长江……用他自己的话说就是：水的灵动、水的变幻、水中的哲理，能给他很多的教诲和启发。

翻读刘年的诗歌，如同进入了他的内心，那种映入纸间的雪山、高原、寺庙、草地、森林，甚至家乡的小村，都有种实实在在的辽阔、苍凉、悠远与宁静。受现代多元因素的影响，现实社会中的浮躁不安、困惑焦虑等心结时时影响着人们的生活和判断，悲喜交叠，各执一端。在此情形下，如何悠然平和地思考、生存，从而实现灵魂自救和自我提升，是当下每个人绕不开的命题。

刘年诗歌留下的痕迹很明显：一方面，他给了自己提醒，在不断的行进中，灵魂和身体没有脱节。"当我出走/大地又成了我的医院/那些大山，是我的医生/那些河流，是我的护士/那些湖泊，是更柔和更耐心的护士/再往远处走，大地会成为教室/日月星辰，风沙雨雪，都是我的导师/教我谦卑，教我忏悔，教我热爱/并指给我回家的路。"（《大地赋》）

以此看来，他先拯救了自己。

另外，正如当代诗人王单单所言："70后"被称为尴尬的一代，但我相信，刘年的出现，在某种程度上缓解了这代人尴尬的氛围，他让诗歌写作变得更有尊严。我的理解是，不止于此，只要时间允许，只要读者有心，读了刘年的诗歌，可以让人不至于那么麻木、那么矫情，还"可以在最深最黑的夜，望见最远最暗的灯"！

六

诗人审美心理结构中的价值感，源于他实在真切的人生际遇。刘年喜欢粗糙而结实的衣装，就是许多民工在工地干活时的那种装束，他说自己往日四海为家飘荡时与民工无异，这也是他给自己的定位，以保证自己能平视、细看这个人头攒动的烟火人生。因之，他常常愿进入生活的最底层，感受到不一般的艰辛场景，并且能保证与他们拥有完全相同的呼吸和心跳，忧众人忧，乐众人乐，甚至乐中带忧，以沉默寡言来呈现自我的关切，这样的关切应该是诗人风雪之中送给底层的、有价值的薪火。

"三年来，王永泉每周进两次城，给周立萍做透析/摩托车越来越旧，周立萍越来越瘦/病友批评他，别让母亲坐摩托了，日晒雨淋，一大把年纪了，谁受得了/他说，没办法，要赶回去烤烟，又没班车/他压低了声音，又说，他是我的老婆，不是母亲。"（《王永泉》）

这病房里的一幕，这戛然而止的尴尬，不仅仅是刺痛了王永泉和他的老婆，也刺痛了病房中素昧平生的病人。既然话语无法接下去，那就让它沉寂下去吧。或许，如此的沉寂，我们如能读到诗中哪怕一点点的疼痛感，于诗人而言，其良苦用心都是值得的。

精神一旦上升了一个高度，其静默的思想也会火花四溅。看看《夕阳之歌》里的夕阳，竟也是这么人情味十足：等蜻蜓选定落脚的稻叶/等花头巾的女人，取下孩子背上的书包/等牛羊全部过了木桥/夕阳才沉了下去。如此之类寥寥数句、景情两全的小诗，在这本诗集里还有《汪家庄的白杨》《风溪》《农民颂》《小鹿歌》《八阵图》……这些诗读着读着，我们就看见了缕颗干净的灵魂。

七

"每首诗的境界都必有'情趣'和'意象'两个要素……情趣是可比喻而不可直接描述的实感。"（朱光潜《诗论》）所谓情趣，也就是诗人的审美趣味，具体体现在不同的审美主题与审美方式上。所谓意象，则是在主观意识中，被选择而有秩序地组织起来的客观现象。刘年诗集中体现其诗作境界的情趣和意象，个人认为从溯本求源上前面已谈了不少，只是耕读不深，很可能挂一漏万了。

另外，这本寄寓了诗人志趣、好恶和灵魂的诗集，在阅读中让我们感悟了诗人的"情趣"和"意象"后，也需要对其加以理性审视，尽管很多人像我一样对本诗集爱不释手，但肯定的，我们也需要一点批判性思维，并尽可能地做出理性而符合实际的评判。

诗的语言和句式可以说是诗人审美观最直接的呈现。刘年诗歌在语言上，甚至不避讳词语的重复使用，这在规整的学院派、学术派中是大忌，而从农民诗人中崛起的刘年如此写来，说实话让人还不觉得别扭。当然它仍可包含不同的层次、意义，可也欠了点抑扬顿挫的跳跃、跌宕起伏的舒畅。句式方面他没有固定体式，而多以散文化格式表达，重在讲好本人所见所闻的世间奇遇、沧桑和个人的念想、期待，这种展现形式在观感上还是美中不足，缺乏一定的美感。

八

从某种意义上来说，刘年是不幸的，同时，又是幸运的。任何人，在任何时间、任何地方、任何事件中，都会经历无数或多或少的坎坷疾苦，概莫例外。我们要直面疾苦，转化疾苦，用疾苦作为争渡的舟，去获得人世彼岸的胜景。

数字时代里，一切物象、海量信息变幻莫测，来去如风，颠覆了我们的认知，带上了不同的节奏，让大家心生迷茫。而书籍是智者千锤百炼的圭臬，一本好书，让人受益终身。读书，定能拂去心灵的尘垢，《世间所有的秘密》值得一读。

每个人都有自己的坐标，有如天空中的繁星，只要尽了努力，默默发光发热，自当受人敬仰。不论你我相隔多远，彼此都可无缝感应。对于那些踔厉奋发的实践者，更是星辰大海的永恒守候。

诗歌之于刘年，如同瓜秧之于瓜。刘年以无论如何的局面、下辈子都还当诗人的决绝，表明了自己的情怀担当，这种纵使生活清贫而仍精神不坠的独立硬朗，是"虽千万人吾往矣"的自我写照，无疑也是诗人灵魂自救的醒世恒言！

关键词七

李春龙

关键词提出背景：李春龙在《诗刊》《人民文学》《光明日报》等数十家报刊发表的"大兴村"系列诗歌，在中国诗坛具有鲜明的辨识度和一定的影响力。2022年1月以诗集《我把世界分为村里与村外》获得第二届湖南省文学艺术奖；4月份，《诗刊》公众号推出"新湘派乡土诗选"，李春龙和他的"大兴村"成为"新湘派乡土诗"的重要内容之一。

李春龙和他的"大兴村"

杨靖雯　向志柱

1993年10月1日，李春龙在《中师报》上发表了他的第一首诗歌《飘零》，便由此开启了创作之路，十余年的无意识写作使他辗转于多种文体与题材的尝试，结果不甚理想。直至2005年，他才开始专注于胞衣地"大兴村"系列诗歌写作。其作品多见于《诗刊》《诗选刊》《扬子江》《湖南文学》《北京文学》《芙蓉》《湘江文艺》等刊物，并出版有诗集《白纸黑字的村庄》《我把世界分为村里与村外》。大兴村位于湘中邵东双凤乡，这里山水秀丽、民风淳朴，但也并未显示出不同于其他众多村庄的特别之处。对生于斯长于斯的李春龙来说，村庄里的一花一木、一事一物都建立起了他与大兴村的情感纽带，他化浓郁的乡情为创作动力，用平实质朴的文字谱出和谐的乡村序曲，以冷静从容的语调将他与大兴村的故事娓娓道来。在李春龙的笔下，"大兴村"已然成为一个不可替代的精神支柱与文化符号。

关键词七　李春龙

一　"我把世界分为村里与村外"

李春龙出版了第一本诗集《白纸黑字的村庄》的十年之后,他的第二本诗集《我把世界分为村里与村外》才在2016年11月由现代出版社出版,其中收录了近年来他在各大刊物上发表的以"大兴村"为母题的诗作180首,并分为"牵着我的童年到处跑"与"送你一座纸上的村庄"两部分。由此可见,李春龙算不得一位丰产的诗人。李春龙在邵阳师范毕业后便在乡村教书,之后又改行做了公务员,在乡镇与机关工作,所以李春龙非职业诗人,诗歌写作不过是他在工作之余所选择的一种记录生活与承载情感的方式。此外,李春龙从未将作诗当作刻意之事而为之,即使是闲暇时间他也会优先叫上三五好友游山逛水。最为重要的是,李春龙的主要书写对象是他用情至深的"大兴村"。大兴村是李春龙的第一故乡,对大兴村的眷恋之情是推动李春龙诗歌创作的原动力,大兴村无疑贯穿了李春龙的精神生命,面对这个柔软且情深的地方,他赤诚且谨慎。因此,他每年只有三十首左右的创作也就不足为奇了。

"大兴村"是故乡的代名词,李春龙对其倾注了特殊的情感,这亦使得他的目光所至、笔中所写皆有"大兴村"。而且,与众多乡土诗不同,李春龙诗中对"大兴村"的艺术建构没有采用浪漫的抒情与田园牧歌式的艺术想象,而是用客观冷静的笔触还原出村庄的真实面貌,唤起原始的乡土记忆,以期在读者群体中产生情感共鸣,就像"每天清早/要把牛牵到高石头岭/它吃饱了我才能回去自己煮早饭/黄帆布书包里两三本书/走四五里路/我一身轻便/放学回来/扯猪草翻红薯藤砍柴/没有一样让我为难/就着煤油灯/母亲纳鞋底/我拨一下灯花就把作业做完"①,没有华丽的藻饰,亦无气氛的渲染,朴实的大兴村生活便随着平缓流畅的叙述一跃而出。当然,若要展现"大兴村"的真正魅力亦不能只将它放置在一幅仅供观赏的静态写实画卷中。对于李春龙来说,他的童年是"大兴村",他的现时是对"大兴村"的惦念与牵挂,可以说,"大兴村"几乎填满了诗人的整个生活。于是,李春龙将过去与现时、村里与村外的镜

---

① 本文所引李春龙诗,均出自李春龙的诗集《我把世界分为村里与村外》(现代出版社2016年版)。仅夹注诗题,不再注出具体页码。

头并置，用"童年"与"成人"的双重视角来完成过去与现时的转接，以农村与城市的双重生活经验来实现村里与村外的互构。

在"童年"视角下，诗人向我们呈现的是他与大兴村的美好回忆："煤油灯光里／母亲双手里／米筛欢快地跳起了圆舞曲／米筛优美地转呀转／就是不晕／真是厉害／／密密麻麻／细细碎碎／白白亮亮／数不清的新米／一起跳起了圆舞曲／我坐在矮凳上望呀望／那是银河的漩涡／那是满天的星光。"（《米筛里是满天星光》）孩童的世界烂漫而纯真，"圆舞曲"、"银河"与"星光"即是他们最真挚的憧憬。但在"成人"视角下，诗人逐渐开始进入对现实生活的思考，尤其是面对同一书写对象时，"童年"视角与"成人"视角便会在鲜明的对照中产生巨大的落差。如"童年"视角中的"落花生"是："麻屋子／红帐子／里面睡着两个白胖子／母亲说两个白胖子／一个是你／一个是弟弟／我反对／弟弟不但打被磨牙还尿床／我想一个是我／一个是五朵"（《落花生》），小小的"落花生"是童年记忆中那轻松而欢快的童谣，以及"我"与"五朵"之间的纯洁与美好。之后，诗人再见到"落花生"则是"像要把两间小小的麻屋子挤破／与大学毕业后的小舅／一直四处谋生活时租住的／小小的一室一厅差不多／根本无处落脚"（《落花生的一室一厅》），儿时的天真与烂漫已在现实生活环境的挤压下消失殆尽了。

此外，"童年"与"成人"的双重视角亦对应着农村与城市的双重生活经验。诗人的童年在大兴村完成，之后他走出村庄去县城求学、工作，开启了不同于大兴村的另一种城市生活。就在我们以为诗人会向城市文明阵营靠拢时，他却用切实的行动证明了他对乡土精神建构的决心，城市生活经验反向成为诗人向乡村文明深入的推进器。诗人做出的这一抉择在某种程度上可以说是受城市化进程后遗症的驱使："满街汽车尾气／漫天建筑尘灰／满目产业转移淘汰来的滚滚浓烟／在县城里我时不时就要憋着／大气都不敢出一口／有时候我回大兴村／不为别的／就为一口／深呼吸"（《深呼吸》），城市环境在工业建设与经济发展的口号下被迫牺牲，那么城市文明建设的意义也瞬间土崩瓦解。同时，乡村文明在城市化进程中也只获得了一个狭小的生存空间，大兴村已经被大肆追捧经济效益的社会圈孤立，村庄里的劳动力如洪水般向城市涌去，在大兴村这只"倒扣的碗"里只留下了年迈的老人与幼小的孩童，"还有被生活这双筷子/时不时就夹出碗外的我们"(《一只倒扣的碗》)。"生活"这个字眼曾在李春龙的诗中多次出现,它就像一把利刃时时刺痛着诗人的心,因为无论是诗人自己还是其他乡民,对于他们来说,"生活"都是阻碍他们与大兴村相依相守的重要原因。

诗人的创作是其生命体验的结晶。李春龙将他的日常生活与"大兴村"紧紧地捆绑在一起,他不断发现"大兴村",赋予"大兴村"新的注解与意义。同时,李春龙对"大兴村"的生命书写亦渗透了生活,所以他说,"生活把我/复杂地分为村外与村里/我把世界/要简单地分为村里与村外"(《我把世界分为村里与村外》)。在"大兴村"的价值确立上,李春龙没有用抒情的方式去歌颂,而是用写实的方式去还原、去呈现。诗人笔下的"乡土"不在对过去的缅怀中,也不在对未来的憧憬中,而在现时的"生活"中,他用个人的生命体验诠释着"乡土"的精神内涵与文化意义。

二 "大兴村"与精神原乡

"大兴村"本是一个没有温度的地域符号,但它潜藏着一种魅力,这种魅力来自这一方水土与"人"之间所发生的各种联系,对李春龙来说,他出生在这里就足以让他动情至极,就像他在《假如我不是出生在大兴村》中所说的那样:"假如我不是出生在大兴村/而是出生在别的什么地方/我毫无疑问会像爱大兴村一样/爱别的什么地方/为她写诗为她歌唱/为她做力所能及的事/有时候我还天真地想/如果每个人都像我一样/爱自己出生的地方/那这个世界不成了美丽的天堂。"李春龙在大兴村出生并成长,童年岁月的生活虽然艰辛,但他穿梭于每条田间小道与自然亲密接触,从劳动中获取生活经验,倒也显得趣味横生。在诗人建构的乡土记忆里,让他魂牵梦萦的不是刻着"大兴村"的石碑,而是带有他童年回忆的精神原乡。

李春龙的精神原乡是他对故乡的高度认同感与归属感,因此他的诗中反复闪现着一个"大兴村"的关键词,这亦是他对自我身份的确认。在李春龙的诗中,他没有将"大兴村人"的名牌直接挂在自己身上,却又无处不在彰显着他是"大兴村人"的身份,这种情感联结的背后是他与大兴村割舍不断的血缘亲情。所以他写祖辈:"解放前/爷爷在堂屋门口/栽下一棵大鸡蛋枣树/1984年/我在灶屋门口/栽下五棵小鸡蛋枣树/一棵与五棵的血缘传承关系/很明确/不用做DNA检测"(《枣树寄》),爷爷与"我"的血缘使得他们亲手种下的枣树之间也产生了传承关系。还有娶了寡妇的二伯父:"'虽然我身份证是炎陵县三河镇石潮村人/但我实际上还是邵东县双凤乡大兴村人'"(《清早出门,归来黄昏》),可见,深入骨髓的血脉并不是一张简单的身份证就能说清的。此外,诗人将"村外"的儿子也拉了进来:"李尤其现在还没有回过一次大兴村/我一直在想哪天带他回去一趟/他的户口不在村里/但他毫无疑问是大兴村人。"(《村外的李尤其》)无论是爷爷、二伯父还是儿子,他们都在用血缘来替诗人说出"大兴村人"的身份。诗人的根扎在大兴村,他在大兴村度过了一个美好的童年,那是诗人的童年记忆,也是一代人的乡土记忆:"采蘑菇摘茶泡回来/看到亲手种的小鸡蛋枣树/在春风中一天天长高高到屋檐/割禾插秧斗晌午'双抢'/不脱几层皮不搅浑方塘水/走不出夏天/挖泥鳅打松果到双凤场上卖辣椒/买冰棍,买连环画/全靠自己一双手挣钱/一夜大雪纷飞/为明天留下第一串脚印的事/辗转难眠。"(《告诉你一个不一样的童年》)三十年前,没有电、没有手机、没有电子游戏,但有简单而纯粹的快乐,采蘑菇、摘茶泡、种枣树、割禾插秧、挖泥鳅、打松果,尽情地享受劳动、亲近自然。三十年后,生活条件有了大大改善,儿子却只坐在一屋子玩具中间孤孤单单、郁郁寡欢。一时代有一时代的文化记忆,时代已发生改变,诗人的童年不再,只有当他回到大兴村的时候,他才能真正消除内心的游离感,找到情感的归属。对李春龙来说,重回精神原乡是从美好的童年回忆中寻求精神慰藉,并以此来填补现代文明所带来的精神空虚。

童年回忆的集结地"大兴村"在李春龙对日常生活经验的诗性书写中获得了独特的精神价值与文化意义。其创作以呈现"大兴村"为中心向四周辐射,如他写大兴村的椅子山:"椅子山的一只前脚/伸在张家冲水库里洗/这一洗就是好多年/另一只脚露在外面/上面长了好多树//我家的五亩山/就在椅子的靠背上/两年开一次山/父母帮椅子山挠10天痒/椅子山就温暖我们家一两年//采蘑菇 摘茶泡 看牛/我几乎天天在椅子山/跑来跑去爬上爬下/就是没有找到椅子山的两只后脚"(《椅子山》),让诗人反复书写的"椅子山"不是我们想象中的巍峨之山,在丘陵地区的群

关键词七　李春龙

山围绕中它亦是平平无奇，但是父母在这里开山劳作，"我"在这里采蘑菇、摘茶泡、看牛，椅子山与诗人的童年生活息息相关，诗人对大兴村的椅子山也因此产生了特殊的情感。在大兴村还有很多这样的地方：张家冲水库、高石头岭、弯弯溪、大兴亭、方塘、圆塘等，诗人都没有刻意地对它们进行艺术渲染，因为深入生活的细微更容易使人动容，所以诗人说："我非常看重那些'刺动'我的人与事与一个一个细节，会随时随地随手记下，一首一首诗就这样诞生了。"① 除了呈现"大兴村"，诗人还由此延伸到了死亡、苦难、母爱等宏大命题，如《扔掉》："一个红苹果上面/有一个小黑点/黑越来越大/红就越来越小/母亲还是/舍不得扔掉//对门刘家院子的刘勇军/20岁就得了骨癌/就被生活/早早扔掉了"，诗人一如往常的风格，将书写对象的意义附着在日常生活的细节上，他从母亲舍不得扔掉一个坏苹果联想到因骨癌早早离世的邻居，现实的残忍与生活的无奈皆在"扔"这一动作上体现得淋漓尽致。

当诗人走出大兴村之后，城市文明的挤压与游子的漂泊之感让他更加渴望回归精神家园："上是高高雪山/下是滚滚金沙江/中间窄窄的砂石路被逼得/左冲右突左右为难/方向盘高度紧张/被逼出一身冷汗//从稻城亚丁到香格里拉/方向盘和我一样/还没有想好/如果开进了金沙江/要如何才能一路曲折流回/遥远的大兴村"（《金沙江如何流回大兴村》），诗人何尝不像那中间窄窄的砂石路一样，在逼仄的现实中左右为难，而地理的距离与生活的困苦都在让诗人对故乡的眷恋之情愈演愈烈。值得一提的还有诗人新近发表的组诗《大兴郁花园二里》，"大兴郁花园二里"是诗人在北京工作的暂居地，"大兴"二字的重合让诗人的笔尖在南北两个时空中来回穿梭，他从日常生活中获取诗意，搭建起异乡与故乡之间的精神桥梁，无论他身陷何处，"大兴村"永远是其精神的归宿，所以诗人认为他唯有在写"大兴村"的时候，才"觉得写什么都顺手，越写越深入越透彻，越写越有话写越能打动自己"。② 精神原乡在李春龙的诗歌

---

① 李春龙：《在那个"刺动"我的一瞬间》，《我把世界分为村里与村外》，现代出版社2016年版，第196页。

② 吴投文：《我只想写用情最深的那个地方——李春龙访谈录》，《创作与评论》2016年第11期。

创作中充分显示了它的审美价值与意义。

三 "新湘派乡土诗"的集结

诗刊社公众号于 2022 年 4 月 27 日推出了 10 名湖南籍诗人的乡土诗歌，并以"新湘派"集结命名，李春龙亦在其列。湖南地方色彩鲜明、乡土气息浓郁，为孕育乡土文学提供了得天独厚的条件，同样诞生于湖南本土的"新湘派乡土诗"是继"新乡土诗派"之后的又一诗学命名，它进一步强调了乡土书写的文学空间，着力刻画出湖南乡土文学的地域特色。"新湘派乡土诗"是以湖南乡土文化为中心的诗性书写，它在宣扬地方文化与表达民族情感上有着传统乡土诗歌的共性，也在具体的乡土想象与艺术构建中显示了独特的艺术个性。

乡土文学是在现代文明出现以后对乡村原始记忆的追寻和文学书写，它记录了创作主体在现实生活中的自我观照以及在精神上的自我慰藉。21 世纪之初，进城浪潮的开启带来了乡村凋敝与萧条的景象，乡村文明一度遭到排挤与孤立，见证了两个时代变化的李春龙对乡村文明有着自己的体验与理解："一样喜欢到田垄中/一片半干的水田里捉泥鳅/一个小洞/一样藏有一条惊喜/一个下午一身泥/一样成了一条泥鳅//不一样的是/30 年前我捉了泥鳅/迫不及待就放进锅里/儿子现在把泥鳅/放在桶里游"（《捉泥鳅》），诗人以捉泥鳅为叙事主体，让两代人的童年形成了鲜明的对比。与土地的亲密接触以及劳动的收获仍然是孩子纯真的快乐，唯一不同的是随着生活环境的变化所产生的思想观念的差异。在农村生活长大的"我"经历了生活的困苦，劳动的快乐基于生活需求得以满足，而对于在城里生活长大的儿子来说，条件的富足让他暂时不需要为生活考虑，面对未曾体验过的活动，好奇与兴奋是他最先获得的情绪刺激。诗人没有对这种变化做出任何评价，他只是以客观冷静的态度叙述事实，在平淡的字句中隐隐流露出他对童年生活的眷怀。乡土文明的书写者一般拥有城市与乡村的双重生活经验，只有站立在城市与乡村之间的创作者才能将乡土书写得更加深刻。"新乡土诗派"的发起人之一陈惠芳拥有乡村与城市的交叉经验，他将自己定位成在乡村与城市之间游离的"边缘人"与"两栖人"，这种特殊的精神意识被其放置于诗歌创作实践之中，以期漂浮的灵魂能在诗的世界中站稳脚跟。李春龙亦是徘徊于乡村与城市之间的"两栖人",他将城市的工作生活与农村的耕种生活置于同等地位,并希望能将这两种生活融合在一起,"这样我就会觉得同时拥有了两样生活/我甚至会觉得这样是/把一辈子翻倍成两辈子过"(《五天上班两天种地》)。但是,当农业文明与工业文明发生利益碰撞时,诗人亦会通过反思的方式来表明自己鲜明的立场。城市化进程加速带来了一系列不良反应,乡村文明被蚕食,面对工业化建设带来的环境污染,落后且长满荒草的大兴村也要"比县城地里长出来的/那些产业转移淘汰来的滚滚浓烟/不知要有生机多少"(《荒芜》)。乡村与城市的双重生活经验构成了诗人完整的生命体验,也为他的乡土书写提供了更为丰富的创作素材。

乡土气息浸染了诗人的写作,这不仅体现在诗人所选择的表现对象上,还体现在诗歌的艺术建构上。李春龙的诗歌就像大兴村的乡情民风一样,清新而朴实,这很大程度上得益于他所采用的语言材料——通俗的口语与方言。20世纪80年代,朦胧诗派的晦涩诗风挑起了第三代诗人的不满和反叛,他们的先锋意识驱动着语言的变革,诗歌的"口语化"写作由此进入了大众视野。但是,乡土诗人的"口语化"写作与第三代诗歌有所不同,"他们在地方主义的维度上的语言行动,与其说是一种先锋意识使然,不如说是一种语言意识的自觉,因此,回到个人,日常,以叙事为语言策略,和第三代诗人一样,成为他们的共识,只是他们聚焦乡土,成为新世纪诗歌叙事的一个新向度"[1]。乡土诗人对口语的采用是为了能够顺利进入乡土话语空间,有时他们还会加入方言以期与这个话语空间进行更好的融合。方言承载了不同地域的文化,为诗歌创作注入了新的活力,同时也推动了诗人的情感表达,本土的读者面对熟悉而亲切的方言更容易产生情感共鸣,从而拉近了诗人与读者之间的距离。李春龙在诗中使用了"摘茶泡""打眼""玻璃亮瓦""禾场坪""检瓦""拿么子"等具有湘中地区特色的方言,这些方言与普通话体系的距离较近,亦不至于让其他地区的读者读不懂,这些贴近生活的语言表达反而加强了他们在诗中的体验感。除了方言语词的使用,诗人还直接化用了

---

[1] 草树:《一次语言学的另起炉灶——论新湘派乡土诗》,载于中国诗歌网,https://www.zgshige.com/c/2022-05-01/21339109.shtml,2022年5月1日。

方言的语法句式，如："快 90 岁的外公说：/明年还要种几棵樱桃树/好把你们大家以后来摘"（《外公的果园》），其中"好把你们大家以后来摘"是方言体系中的句式表达，它的语意不如普通话来得顺畅，却是与外公这一人物形象紧密贴合。又如："来大兴村就有你好果子吃/你不来泡红了又紫了就落了多可惜"（《泡是一种好果子》），诗人通过语境的营造，将一些家常俚语也翻出了新意。李春龙的诗不追求宏大的结构，也无刻意的语言雕琢，他不受制于外在的技巧，而要求情感的至真至深，以做到"准确、干净、直抵人心"。

"新湘派乡土诗"的形成非李春龙一人之力，还有同样属于"70后"诗人的刘羊、王馨梓，以及以也人、梁书正、刘娜、熊芳为代表的"80后"诗人，以贺予飞、朱弦、王琛为代表的"90后"诗人，因为这三代人有着不同的时代记忆与生命体验，所以他们在诗歌中对"乡土"的艺术表现亦呈现出了差异，他们的作品一起构成"新湘派乡土诗"的重要内容。此外，乡土诗的集结与重聚是现代社会进行精神重构的文学表征，亦是与国家"乡村振兴"战略的契合，乡村是人类活动的主要空间之一，推进乡村文明建设具有重大的现实意义与深远的历史意义。"新湘派乡土"诗人在时代的号召中聚集在一起，他们需要深入历史语境，在创作中对人类生存困境进行自觉探索与深刻呈现，这样他们的路才能越走越远。

关键词八

郑 小 驴

关键词提出背景：郑小驴是第四届茅盾新人奖获得者，作为"80后"青年作家，近年来受到文坛和学界广泛关注。创作灵感的持续迸发、独树一帜的创作风格让他成为"80后"实力派作家。其文学创作呈现多重面向，从新历史主义小说、"计生"题材小说、乡土小说到底层青年叙事，驳杂多变而充满生机。自由独立的思考精神、对社会现实的清醒认识以及疏离抵抗的写作姿态，使他逐渐成长为一个思想型的写作者。

回到"我的村庄"叙事
——论郑小驴的小说创作

贺秋菊

在谈到自己的创作时，郑小驴曾经说："我要用文字还原记忆中的真相。"[1] 往事不能重返，却可以通过文学创造再现。笔者以为，"还原"可能只是郑小驴一厢情愿的想法，他的文学作品正是在想象中再现往事。这个时候的往事自然不是史实意义上的往事，而是经过过滤的具有真实性的记忆。郑小驴饱含深情地回到"我的村庄"，构建起了一个文学意义上的叙事空间。他的文学创作从"回到我的村庄"[2] 开始。他在"村庄"叙事中，通过语言的冒险、隐喻和对情绪的渲染进入肉体和灵魂深处，

---

[1] 郑小驴：《西洲曲》，人民文学出版社2013年版，第263页。
[2] 郑小驴：《我是怎样开始写作的》，《名作欣赏》2013年第10期。

让个体在"村庄"受难,接受乡村道德伦理的审判,在"村庄"的道德伦理范围内进行精神救赎。

一 回到"我的村庄"打开小说之门

2006年的那个夏天,郑小驴刚满20岁,在炎热的长沙租住在阴暗潮湿的地下室,毕业、就业、到处碰壁,巨大现实压力让理想幻灭,在现实与理想的夹缝中苦苦挣扎,内心的煎熬与乏力感,无力的呐喊无人搭救,他万念俱灰。在孤独、无奈与绝望的现实境况里,郑小驴找到了创作的秘密通道,打开了小说之门。他是这样记载写小说的那个夜晚的:"那个令人难忘的夜里,我坐在寂静的教室里,打开练习本,尝试这第一篇小说,他让我那么激动,所有苦难、幻想、忧愁都被激活了。"[1]

郑小驴生于1986年的湖南乡村,他的乡村的记忆塞满了"八十年代的流氓犯""深夜来我家躲计划生育的堂姐""浩浩荡荡的交公粮的队伍""严打时期被枪毙掉的小青年"。[2] 20世纪八九十年代如雨后春笋般出现的个体户及其创业史没有进入郑小驴的文本,他饱含深情地回到"我的村庄"。"我的村庄"自然不是地理空间意义上的村庄,而是指心理时间意义上的,仍活在作家印象、记忆和经验里的精神故园。在这个"村庄"里,他把现实的苦闷化为叙述的狂欢。郑小驴的"村庄"叙事不是普通意义的"乡愁"叙事,而是审视"村庄",对家族成员、村庄秩序、乡村流窜的流氓犯、到处躲计划生育的女性以及被枪毙掉的小青年逐一进行审判。在生命如蝼蚁一般苟且轻贱的村庄,生存艰难的人们为保全生命、寻求生存,遭受苦难,仿佛成了"终生犯人"[3]。

"村庄"里的人为求生存而相互残杀,人逐渐迷失本性而成为兽。饥饿是生存最大的敌人,郑小驴以极端的方式书写人在饥饿面前回归到了野蛮状态,仿佛在生存面前,人活着就有罪。《坐在雪地上张开嘴》写小罗章一家在寒冬季节艰难地维持着基本的生存,野菜、树叶吃光了,就开始射杀飞鸟、寻找死鸟,死鸟没了踪迹后,听说仓库发现了老鼠,又

---

[1] 郑小驴:《我是怎样开始写作的》,《名作欣赏》2013年第10期。
[2] 郑小驴:《你知道的太多了》,作家出版社2015年版,第202页。
[3] 残雪:《永生的操练》,湖南文艺出版社2019年版,第3页。

开始捕捉老鼠，最终把腐鼠也都吃了个精光，罗书生第一个全身浮肿饥饿而死之后又有人相继因饥饿死去。为了维持生命，饥饿难耐的罗晓本挖了新埋的死尸给家人吃，但仅仅在一次成功之后屡屡落空，原因只是有人先下了手，最后他们想到了自己的两个孩子。为了不多爷爷一张嘴，一家人都要背着爷爷罗本城吃东西，罗本城为了自救，在偷走了家中最后一点口粮后，躲进了深山，死后被发现时他嘴里叼着自己的一块肉。《白虎之年》写青花滩的百姓在灾难之年把生了死胎、出现饥荒等罕见的灾难归因于阿宁家的怪胎，于是把怪胎活埋了。活埋怪胎以后，村民中出现了返祖现象，他们又将一切归罪为那个不祥的预兆。为了防止被认为是异类而遭到残杀，他们要不断证实自己的同类身份，以至于原本的人性迷失，退化成了四条腿走路的兽类，最后他们竟然联合起来把唯一的两条腿走路的人杀掉，扭断了他的脑袋，挖走了他的眼睛，拖着他肚里的肠子激烈地争夺着。这是村庄的群体之恶，面对生存危机，人类表现出一种原始的兽性，传统的伦理道德荡然无存，以至于作者以主人公"我"的口吻发出了"一群疯狂的野兽"的近乎绝望的呼喊。郑小驴让现代社会的语言暴力、人群围观及其冷漠发生在"村庄"里，以文学的方式刺入社会深层的痼疾和复杂幽暗的人性困境，社会转型期个体的欲望失控，社会行为失范，无法言说的时代之痛化为叙事的激情。

现实挫败所造成的苦难构建起灰暗的"村庄"。在挫败的青春和压抑的环境相互交织中，村里的年轻人怀揣着都市生活的梦想进城务工，原本以为能逃离乡村，不再受苦受难，不再过着食不果腹的生活，然而现实是残酷的，他们终究无法逃离那个"村庄"的宿命，即使是少数所谓的"成功者"在物质上得到了一定的满足，身体融进了城市，但精神上却依旧遭受挫败的苦痛和失魂失根的折磨。郑小驴笔下的主人公普遍对社会不公表现出了强烈的敏感，仇恨让他们一次次逃离、一次次抵达、一次次唤醒，又一次次绝望，"村庄"仿佛被施了恶咒，陷入以恶制恶的死循环。《少儿不宜》里高中生游离开始学着成年人抽烟，对失事车主投去恶毒的笑，还把高考的报名费用来泡温泉、找小姐，并试图逃离"村庄"。可是，"村庄"人眼中优秀的哥哥终究也不能逃离"村庄"的魔咒跳楼自杀。进入城市的一代青年身份无法得到城市的确认，城市并没有真正接受这些离乡者，反而成了更加灰暗、庞大的"村庄"，无边无际。

他们始终在绝望地流浪、漂泊。《去洞庭》里，青年小耿来自一个叫雷击閦的小村庄，家境贫寒早早地辍学外出打工，父亲又患上尿毒症急需钱用，在困境中铤而走险绑架了情感失意、精神失常、工作屡屡受挫的单身女性张舸，途中意外的车祸让他走向无可挽救的罪恶深渊。①《消失的女儿》里，护林员鲁德彪曾经是非常优秀的枪手，但他爱家暴，老婆跟他离了婚，唯一的心肝宝贝女儿离奇失踪，他只得踏上了遥遥无期的寻女之路，从此过上了流浪漂泊的生活。②《盐湖城》的主人公刘明汉一心想要翻过贾山这座让自己戴绿帽子、一生背负压力的大山，却因为内心的自卑而屡屡犹疑、被发现，以至于无法跨越。男人们仿佛有着他们天生的恶，或者说是天然的原罪，他们就该世代孤苦。

女性以卑贱柔弱的躯体承受无尽的苦难而变得崇高。郑小驴笔下的女性或如北妹、母亲一般隐忍，或是果果、黎黎般单纯美丽，就连妓女阿倾也是扎马尾辫、戴眼镜、不施粉黛、不染头发、浑身上下焕发着超脱的清秀，和妓女的身份格格不入。她们是美和善的化身，却也是苦难的默默承担者。重男轻女的陈旧观念主宰着"村庄"，在必须生男孩的执念下，女性的安危健康并不重要，她们被视为传宗接代的工具。女性在承受生育之苦、传宗接代之苦的同时，还承担了更为沉重的时代之苦。北妹生了两个女儿，病痛缠身，身心俱疲，但还被要求必须生一个男孩，完成家族传宗接代的任务，即使躲在地窖里因缺氧而昏厥，也难逃被抓引产的命运，在没保住胎儿以后，她选择了跳河来结束苦难。姐姐左兰是"村庄"中少有的知识女性，但她先被已婚男欺骗感情未婚先孕，犯了"村庄"不能宽恕的"大恶"，面临巨大的乡村道德伦理审判，即使这样命运依旧没有放过她，她被强奸流产失去了孩子，最后只得接受父亲的安排，嫁给道士李良。"村庄"中的女性不听话就要被绑去医院强行结扎，"他们用拖拉机把她们集中送到医院里，自带被褥。人群惶恐不安。世界末日"③。"世界末日"不只是"村庄"女人的受难日，在这个男权肆虐的空间，泡在苦水中的北妹、左兰等女性遭受了苦难又以加倍的广

---

① 郑小驴：《去洞庭》，北京十月文艺出版社2019年版，第86页。
② 郑小驴：《消失的女儿》，北京十月文艺出版社2019年版，第5页。
③ 郑小驴：《你知道的太多了》，作家出版社2015年版，第242页。

关键词八　郑小驴

度与力度反噬到男人身上。童年伙伴罗奎成了无辜受害者。失去妻儿的谭青在周边流窜复仇，成了可怕的杀人犯。罗副镇长儿子被杀，妻子疯掉，自我放逐流浪到了城市边缘。值得关注的是，作为伟大女性的母亲在郑小驴的笔下却没有名字。直到今天，中国南方地区很多乡村女性的名字不上族谱，墓碑上也不标刻全名，皆以某某氏代替。与北妹命运不同的是，左兰后来离开了"村庄"去到城市，开了一家小店，自谋生计，也可以自己做主决定是否生二胎。离开"村庄"的女性是否真正逃离了"村庄"的宿命？这也许是作者留给读者的一些思考。

懵懂的性冲动作为让少年们的灵魂无处安放，只能在偷窥或自闭中迷失。少年是"村庄"最具生命力的群体，少年的成人礼大多蕴含着力量与冲动。比如，余华曾在《十八岁出门远行》中送给了主人公一场暴力作为成人礼。郑小驴给"村庄"少年的成人礼则是性冲动。《少年与蛇》里，八月十五日中秋节这天本是少年的十六岁生日，但母亲并没有记住这个在少年看来十分重要的日子，少年仿佛也习惯了这样的日子。无聊与失落的他约上伙伴一起去水田抓泥鳅，这里也是蛇类常来纳凉避暑的地方。《圣经》中，蛇引诱亚当夏娃偷食禁果，在中国南方的巫楚文化中，蛇具有淫性的寓意。两位少年在捕捉、售卖蛇的过程中，获得对"淫蛇"的感知。他们偷窥买蛇女人的丰满身体，主动搭讪，进而不断地勾起性欲并达到高潮，完成了性启蒙。性作为两位少年的成人礼，让他们告别了单纯的少年时代，一头闯进藏污纳垢、苦难深重的成年社会。《在望下去是地球》中，十三岁的赵小蒙在石门河滩的灌木丛、裸体画册以及亲手在电线杆上画的乳房上发现了性，并由此产生联想，内心获得暂时愉悦的自我实践。不像少年和南訾的坦诚相见，赵小蒙将内心封闭起来，在隐蔽处幻想成性发泄，以至"面红耳赤地在微风拂起的夏天午后，躲在灌木丛的电线杆下情不自禁地干了这件坏事"[①]。《八月三日》里，少年表达懵懂的爱情是攒钱买下流行的石英表送给小菊，他一方面想象着和小菊在梦中相遇、拥抱，另一方面却在小菊的课桌上刻下"你去死"，小菊在被误认为偷了家里的钱后喝了农药，少年将一切归因于自己的过错，因此承受一生的痛苦。受到青春期的欲望觉醒，少年们却又

[①] 郑小驴：《少儿不宜》，安徽文艺出版社2014年版，第229页。

找不到正确的释放方式，只能以一种冲动乃至邪恶的方式来完成成长。

二 在"村庄"进行叙述的狂欢

詹姆斯·伍德认为，忠实反映生活的欲望——完成精准看透"事物本来样子"的艺术，是一种普遍的文学动机和计划，"生活性"是一切之源。① 生活激活了创作，作家用语言的冒险来完成创作。在郑小驴的小说中不难读到他的叙事激情，或可以理解为郑小驴营造了一种叙述情绪，一种足以开展道德审判的情绪。这就是巴特所说的"语言的冒险，为语言的到来而举行永不停歇的庆典"②。叙述中"发生的事"根本什么都没有发生，真正"发生"的只有语言。郑小驴的小说叙述正是通过语言的冒险、巧妙的隐喻和对情绪的渲染来实现的。

在郑小驴的小说中，"村庄"的狂欢大多从夏天开始。夏日的躁动、不安、苦闷、彷徨与现实的遭际让少年们感到迷惘无力，其中潜藏着巨大的危机也蕴含着诱人的生机。郑小驴说："2006年夏天，对我来说，因为家庭的一系列遭遇，这个夏天显得格外沮丧。"③ 他把这种沮丧情绪写进了文学，首先捕捉到的是夏天的烈日以及烈日炙烤下酷热的各种形态，无聊、乏味在夏天成倍递增，对于处在青春期的少年们来说，躁动不安的青春正无处安放。比如，《我不想穿开裆裤》写七月正午"猛烈的阳光直扑扑地投向我"，"我"百无聊赖地踩着自己的影子，像只小玩具一样在四合院里孤单游弋。相似的情景也出现在《赞美诗》里，依旧是炎热的七月，正午"猛烈的阳光"直扑扑而来，"我"百无聊赖地"踩着自己的影子"。女性的到来让夏天具有了特殊的意义。《入秋》里写她搬过来的那天，刚好是立夏，"天气已经燠热起来了，热浪涌来，让人隐隐地躁动不安"。他们在夏天热恋了。南方的夏季是漫长的，等待也变得漫长，尤其是对于情人来说。除了烈日，令人印象深刻的还有暴雨。《少儿不宜》写连日几场暴雨过后，便是晴空烈日，万里无云，"禾苗晒得有些

---

① ［英］詹姆斯·伍德：《小说机杼》，黄远帆译，河南大学出版社2015年版，第176—178页。
② ［英］詹姆斯·伍德：《小说机杼》，黄远帆译，河南大学出版社2015年版，第169页。
③ 郑小驴：《你知道的太多了》，作家出版社2015年版，第31页。

恹恹了，有些甚至晒得卷了"。暴雨可以理解为一种情绪，夏天下雨前蝉声密集，天气闷热难耐，雨后却依旧是烈日当空，甚至更为暴烈。燥热天气的背后是精神的困顿和无处安放的欲望，欲罢不能而感到无比苦闷，苦闷的少年们总是想要逃离"村庄"。

蛇成为人物内心的告密者，显示了郑小驴善用意象和隐喻的叙事特点。蛇是一种变温动物，对时节非常敏感。它们在夏季变得活跃、狂躁起来，具有了危险性。中国传统文学中，蛇因其外表冰冷、反应灵敏、通灵性且让人心生恐惧，常用于表达相思的寂寞、热烈、苦闷、期盼等错综复杂的情感、情绪。郑小驴写到了人们对蛇的惧怕与敬畏。《路上的祖宗》里姑妈出门的时候"叫我穿上凉鞋，小心路边碰上蛇"。《大罪》写在稻田发现尸身的同时还看见了一条蛇，看到蛇后的孩子吓得惊慌失措，连连倒退，然后一脚踩到那死人的手。与对蛇的敬畏构成对比的是，郑小驴在小说里多处把山水、河流、道路等生活物象比喻为蛇的各种神态，仿佛这些蛇就是万物的精魂，蛇以各种形态、各种灵动，与人类相依相伴、互为依存。《少儿不宜》里的少年游离"看到那条尚未铺上柏油的灰白色马路……像一条蜕了皮的黑蛇，被晾在河边"。《天花乱坠》写灰白色的小路像条冻僵的蛇，伸向远方。《没伞的孩子跑得快》描写一阵大风把麦田里的麦苗连根拔起，就像是"从麦田涌来无数条游动的黑蛇"。《像人》写整座火车似乎一点动静都没有了，像一条巨大的毒蛇，潜伏在南方的冬夜里。《枪声》写挤在狭窄的马路上的黑压压的人群像条巨大的响尾蛇。《骑鹅的凛冬》里，立夏的鹅"伸着长脖，像高度警惕的眼镜蛇"。《青灯行》中刀子像一条吐着芯子的毒蛇，在他手上翻转。"蜕了皮了黑蛇""冻僵的蛇""游动的黑蛇""巨大的毒蛇""巨大的响尾蛇""高度警惕的眼镜蛇""吐着芯子的毒蛇"构成了一个丰富繁杂且情绪多变的蛇世界，也是人物的内心世界。

蚂蚁象征着弱者不堪的命运。夏天是蚂蚁活动与繁殖的黄金时期，在我们关注到"蛇"的时候，一定会发现郑小驴笔下的"蚂蚁"。与蛇不同，蚂蚁更弱小，是少年们可以生杀予夺而丝毫不需惧怕的对象。暂时无力对抗社会，也无法对抗家庭的少年却可以踩死、捏死几只蚂蚁。蚂蚁与叛逆、恶作剧、无所事事的少年形成了鲜明的对比。少年捉弄蚂蚁，甚至残忍地以给它们带来灾难为消遣。比如，《光》写少年水壶晚饭后坐在毛桃下,看着桃树流溢出像蜜一样晶莹剔透的晶体物,想到一切即将消亡时,看到了蚂蚁,"只有蚂蚁们喜欢这些东西,它们在桃树上落脚,将家安在洞眼里,一群接着一群,来来往往,好不热闹",焦躁的少年不是成全蚂蚁,而是给它们制造生存的苦难,他"提来一桶水,一边捣鼓着蚁巢,一边舀水将它们置于汪洋大海之中",给蚂蚁带来灭顶之灾。少年却颇为得意地看着"蚂蚁们在滔天洪水中惊慌失措","几只聪明的爬上了一片树叶,顺着水流漂着",直到看见"那片树叶,顿时成了诺亚方舟"。在少年看来,弱者就是被欺负的,弱者必须承担,只能承担,仿佛这就是生存的伦理。郑小驴在《天花乱坠》里极尽工笔细描,写几只蚂蚁正在抬蚂蚱的尸体,使了吃奶的劲儿也奈何不得,决定去搬援兵,少年却轻而易举地捏死其中两只留下来看守的蚂蚁,等着浩浩荡荡的部队赶来集体赴死,这场屠杀只因它们挑起"我"心中的怒气。《等待掘井人》里,石榴和阿象守在路口已经半天了,起先他们躲在一株榆钱树下玩五子飞棋,"来了几只黑蚂蚁,攀爬上他们黑糊糊的脚趾甲后就迷了路,掉头又落到地上",两个少年不是帮着黑蚂蚁找到迷失的路,而是"一人捏死一只"。这些都可以看作现实的投射,弱肉强食的生存法则下,人类如此,动物界亦然。少年与南訾一段对话令人印象深刻:"我想做只蚂蚁!""那会被人踩死的!""我看还是变作人的好。人可以踩死蚂蚁,吃掉鱼、砍倒树!他妈的人想干吗就干吗!"[①] 郑小驴文学里的成长,充斥着强弱、长幼的角逐与欺压,弱者毕其一生的努力,却抵不过强力瞬间的摧毁。

在"我的村庄"里,郑小驴构建了一个巨大的文学地理空间,南棉、石门、青花滩成为重要的地理标志,人物处在这个地理空间里,便具有了独特性。无论是《1966年的一盏马灯》《1921年的童谣》《一九四五年的长河》《鬼子们》等历史题材的小说,还是《西洲曲》《少儿不宜》《少年与蛇》《我不想穿开裆裤》等少年成长与计划生育题材的小说,郑小驴早期的小说大多以石门、南棉、青花滩为发生地,人物讲述同一种方言,面临同样的乡村传统和时代苦痛,在这里出生、成长并试图逃离。这个地理空间一旦建立就是相对稳定的、发展的、有生命力的。但值得

[①] 郑小驴:《少年与蛇》,《西湖》2009年第3期。

注意的是，在郑小驴近年的小说中，出现了枫林镇、水车镇等地理标志，小镇上的故事主人公已经不再是纯粹的农民，而是介乎乡村与城市之间的城镇居民。在另一些小说里郑小驴还尝试了少数民族地区、大城市的故事。又或许，我们可以把这种拓展看作村庄少年心中"南方"的不同表现。"南方"既作为乡村少年和农民对城市生活的遥望与理想期待，又作为现实的空间转移，还成了对"村庄"的背叛。但郑小驴的文学作品里，背叛"村庄"的人仿佛都被施了魔咒，最终都要接受乡村道德伦理的审判。正尝试拓展叙事空间的郑小驴，一方面希望从伤感的少年情绪中摆脱出来，另一方面又试图从固化的乡村道德伦理中摆脱出来。

三 基于乡村自然道德伦理的"村庄"式救赎

郑小驴的村庄叙事表现了现代社会欲望膨胀导致的异化在"村庄"固有的伦理道德面前显得格格不入。本雅明认为，拯救异化的现代人，不是寄希望于未来，而是寄希望于"追忆"，追求过去那种人与自然、人与世界、人与人紧密联系的美好关系。年青一代从乡村逃离，在城市的底层艰难挣扎，遭受着金钱、情色的诱惑，内心空寂迷茫，从乡村边缘人到城市边缘人，已经无处可逃，而"村庄"卑贱的生命在战胜苦难中却表现出了强韧性格与生存信念，郑小驴不自觉地肯定了乡村自然的生命形态，尝试着以乡村自然伦理道德救赎异化的精神危机。救赎让郑小驴的"村庄"叙事超越了回望意义上的乡愁叙事，也从泛滥的底层苦难叙事中突围出来，具有了独特的精神价值。

在生命创伤和精神守望中，叙述者首先进行自我定罪。荣格说："原始意象可以被设想为一种记忆蕴藏，一种印痕或记忆痕迹，它来源于同一种经验的无数过程的凝缩。在这方面他是某种不断发生的心理体验的积淀。"[1] 郑小驴在《西洲曲》《不存在的婴儿》《1986：春天的咒语》等多篇作品中饱含深情又极为痛苦地、一遍又一遍地写下了母亲在茫茫夜色里艰难生育的过程。为了守护生命的诞生，一个腆着大肚子的女人，在一片无边无际的狂野上，在寒风肆意的夜里，挑着一盏马灯，在荒凉、

---

[1] ［瑞］卡尔·荣格：《荣格文集——让我们重返精神的家园》，冯川、苏克译，改革出版社1997年版，第490页。

崎岖、逼近死亡的绝境中艰难跋涉,茫然中走向一个不明确的去处,在漆黑的、除了水还是水的世界里,她想起了传说中的难产鬼,仿佛看到了千年屋,听到了超度亡魂的锣鼓声以及乌鸦在山岗上"发出野性而凄惨的悲呼",于是开始自我定罪,"一个孩子的出生,是乌鸦召唤的结果",出生不是欢欣鼓舞的幸事,"更像是一个春天的咒语"。出生之罪在那个疯狂的年代就像一个魔咒笼罩在"村庄"的上空。所有的孩子都将受到诅咒。1986年,村庄诞生了九个婴儿,他们有的成了汽车修理工,有的去广东进厂,有的则游手好闲成了赌棍,后来又都成为郑小驴笔下精神困顿的少年以及逃离乡村的城市务工者,他们的身上深埋着出生之罪。自我定罪后,在人鬼共存的时空里,郑小驴赋予人与鬼神沟通的超能力。《鬼节》写死去的罗小青阴魂不散,母亲身体的淤青被乡邻们认为是鬼的伎俩,"每年鬼节,这些野鬼便按期回来向后人索要阴财。有些回不了家的孤魂和野鬼便只能在路边乞讨或多少捞一些"[①]。《不存在的婴儿》通过不存在的婴儿婴灵的所见所感来述说人间的悲情,又通过计生组的暴力执法以及母亲在黑暗的地窖中忍受着生育前的痛疼、煎熬,男人因丧子而产生的痛苦、绝望,揭示了"人就是鬼、鬼却比人更像人"的现实困境。当个体被一种近似于死亡的痛苦笼罩,无论如何也无法回去生活时,唯一的精神生活就是一遍又一遍地重返、咀嚼那痛苦。苦是叙述的底色,只有在黑暗的旋涡里挣扎,精神挣脱肉体的束缚,个体才能从如噩梦般的世俗中挣脱出来。

最后一个道士死了,唯一的基督教徒在不被理解中孤独地死去,菩萨仿佛成了"村庄"最后的精神依托,但也遭到了质疑和叩问,乡村道德伦理破败,信仰危机在"村庄"持续升级,救赎只能另辟蹊径。郑小驴成长在一个有着特殊宗教背景的家庭,祖父是乡村远近闻名的道士,一辈子给无数人超度过亡灵,方圆百十里都有他的生意。小说《蛮荒》《最后一个道士》祭奠了记忆中的祖父。《乡村基督徒》记录外祖父因为赶场时得到一本别人送的《圣经》成了一位虔诚的基督教徒,没有见过教堂,没有摸过十字架,没有受过洗礼,没有向牧师进行过忏悔,却独自祷告、独自禁食,在那个年代孤独地坚守着自己的信仰。在他们身上,

---

[①] 郑小驴:《鬼节》,《山花》2010年第7期。

关键词八　郑小驴

我们可以窥见乡村正在发生着的信仰危机。信仰危机也反映在少年对菩萨的不敬和质疑上。面临重大现实问题时，少年请求菩萨"显灵"，菩萨对于一切无动于衷，作者开始表现出不敬，"他拍拍屁股站起来，将手里的半截烟放在菩萨的手里。青烟慢慢升腾，漫过菩萨的脸。游离忍不住轻轻地笑了起来"，他坐到了菩萨身上，将吸剩的半截烟放在菩萨手中。得知满身铜臭的商人老板在车祸中幸免于难，游离将半截香烟插到"菩萨"手中。在看到阿倾死在南岳庙里时，游离愤怒了："做菩萨的，从未保佑过我们，要你又有什么用？"作为隐含的叙述主体，这里也可以理解为作者在通过少年游离之口对菩萨进行怀疑、质问与解构。游离最终决定，"想当个无忧无虑的小和尚儿，云游四方，不娶妻、不生子、不建房，什么也没有，什么也不用去想，就这么晃荡来晃荡去"。这是一种解构之后的精神超越。值得关注的是，《蛮荒》写爷爷去世的时候，"我趿拉着爷爷那双过于宽大的棉布鞋，冰凉的小脚像伸进了一只大船"，在散文里同样的场景是"我趿拉着他生前的那双巨大笨拙的棉布鞋，脚像伸进了一条小船，一路趔趔地跑在披麻戴孝的队伍之中。那双鞋如此之大，乃至一路上我都在想，要长大到什么时候，我穿祖父的这双棉布鞋才合脚"。爷爷（祖父）的鞋终究不适合"我"，但毫无疑问爷爷影响了郑小驴。

在人鬼共存的时空里，进行向死而生的精神救赎。有研究认为，直面残酷的现实，郑小驴采取的是一种爆发式的而非温和式的抗击姿态，死亡被视为解决问题的出路。[1] 小说中的主要人物从生死抉择中仿佛都不约而同地选择了死亡，以死求生或在苦难中毁灭，或在命运的捉弄中生存，死亡仿佛是一种新生的仪式。只有肉体死去，灵魂才能获得救赎。救赎并不是加重痛苦，而应阻止痛苦走向悲观厌世，对现实的无奈无助和梦想的破灭进行导引。人之所以救赎是因为人有善良的一面与神性的光辉。求生的本能帮助个体闯出了一条奇异的救赎之路，对现实的救赎走向悲悯。出逃乡村去到城市的郑小驴关注底层生活，通过生存困境展现一个个看似失败者的青少年形象，在生命创伤和精神守望中走向理性、

---

[1] 王学谦、李张建：《向内挖掘的力量和魅力——郑小驴小说的爱欲书写》，《当代作家评论》2017 年第 6 期。

走向人文关怀。他一次次以文学的方式重回"村庄",现实中却在一步步远离"村庄"。从刚开始写作时怀着感伤主义的苦难叙事到理性的回望,他一方面继续给那些有"村庄"标志的人物以惩戒,另一方面开始精神救赎。多年后他回到乡镇挂职锻炼,在《芭茅溪日记》里记录下乡村留守小学生的生活,除了年迈的爷爷奶奶,唯一可信任的,就是乡村教师,于是想到"回去后,给她买副好的球拍"。他也写下了对留着长发的十岁女孩黄海平的担忧,母亲患有精神病,五十多岁的父亲长期靠背烤烟叶和干苦力供养一家人,而小小年纪的她"可能还尚未懂得这个家庭带给她的影响"。在城市有了相对稳定的生活后,再回到乡村,郑小驴内心保持着一份悲悯和同情。在对世俗中事件或同情,或悲哀,或鼓舞的鞭策之下进行忏悔与自我救赎,悲悯和同情将人导向崇高理性。

  总之,郑小驴建立在对生命中隐秘而痛苦的现实经历基础上的文学创作,承受着肉体和精神的双重苦难,他建构起一个相对稳定的、充满着复杂性和可能性的"村庄"。"村庄"足以承受一切的悲欢离合,也能完成道德伦理的审判和精神救赎。"村庄"叙事让郑小驴的文学创作亲近经典,远离时尚,具有了独特的艺术魅力。值得关注的是在近年来的创作中,郑小驴的"村庄"叙事似乎在远离知识分子意义上的流亡和流放。萨义德在《知识分子论》中把知识分子刻画成流亡者和边缘人(exile and marginal),他以为流放不只意味着远离家庭和熟悉的地方多年漫无目的地游荡,而且意味着成为永远的流浪人,永远离乡背井,一直与环境冲突,对于过去难以释怀,对于现在和未来满怀悲苦。① 远离"村庄"的郑小驴试图在日渐熟悉的城市生活中开辟新的叙事空间。笔者以为,在地理空间上远离"村庄"的郑小驴仍然应该不断回访"村庄",延续他的村庄叙事,发掘那些真正属于"村庄"的精魂,生发出一个更为厚重的文学世界来。

---

① [美]爱德华·W. 萨义德:《知识分子论》,单德兴译,生活·读书·新知三联书店2002年版,第6页。

第四部分

年度文学机构关键词

关键词一

《芙蓉》杂志

关键词提出背景：芙蓉杂志创刊于 1980 年，现已成为湖南亮丽的文化名片。近年来，《芙蓉》杂志升级为中南出版传媒的二级机构，以"时代语境、人文立场、现实关怀、个性审美"为办刊宗旨，以"跻身文学刊物头部方阵、打造中国当代文学高地、擦亮湖南文化名片"为战略目标，大刀阔斧推行改革，全面改版提质，影响力和延展度大大提升，体现出新时代、新气象。

《芙蓉》花开，风雅自来

向志柱　杨晓澜

"秋风万里芙蓉国，暮雨千家薜荔村。"这是五代诗人谭用之笔下的湖南芙蓉国度景象。芙蓉是湖南的省花，毛泽东"芙蓉国里尽朝晖"一诗，尽显湖南气质。而作为湖南文化名片之一的《芙蓉》杂志，也是中国当代文学大观园里一朵娇艳多姿的"芙蓉花"，她生长于湖南这片土地，却香远益清，历久不衰。自 1980 年创刊以来，《芙蓉》凭借连绵不断的精品力作迎来自己的盛情绽放，推出来《山道弯弯》《甜甜的刺梅》《在没有航标的河流上》等大批耳熟能详的作品。近年来，《芙蓉》杂志升格为中南出版传媒集团二级机构，以"时代语境、人文立场、现实关怀、个性审美"为办刊宗旨，以"擦亮湖南文化名片、跻身文学刊物头部方阵、打造中国当代文学高地"为发展目标，大刀阔斧进行改革，全面改版提质，影响力和延展度大大提升，体现出新时代、新气象、新范本。《芙蓉》进一步参与建设新时代优质文学生活，成为中国文学期刊风向标，为中国文学的发展提供了湖南维度。

一 一张亮丽的湖南文化名片

文学期刊是一个国家、一个地区的文学名片、重要窗口，直接反映着一个国家、一个地区的文学创作状况。如同广东的《花城》、江苏的《钟山》、海南的《天涯》，《芙蓉》是湖南最重要的文化名片之一，是展现"文学湘军""出版湘军"实力的有机组成，是建设文化强省、铸就文学湘军的重要平台。

2020年，《芙蓉》杂志成为中南出版传媒集团二级机构，品质品相全面提升，湖南文化名片越擦越亮。作为出版社办刊物，一般杂志社属于出版社的一个部门，如《花城》属于花城出版社，《十月》属于十月文艺出版社，《小说界》属于上海文艺出版社，为更好发展《芙蓉》杂志，做大《芙蓉》品牌影响，湖南各级领导高度重视，省委宣传部领导多次在全国和《芙蓉》杂志开展调研，省委宣传部出版处多次直接指导。中南出版传媒集团多次召开会议专题研讨，于2021年7月将《芙蓉》杂志从湖南文艺出版社独立出来，升格为中南传媒集团二级机构，成立湖南芙蓉杂志社有限责任公司。杂志社独立后，主管部门在人力财力上给予大力支持，成立杂志编辑部、活动执行部、营销推广部、财务部等部门，人员配置逐步完善，对《芙蓉》杂志的活动策划、营销宣传和书刊互动，有了组织和制度保障；主管单位中南传媒集团每年给予杂志社财政扶持，确保了办刊人员工资和稿酬、活动费用等办刊经费。为更好促进刊物改革升级，省宣传部、出版集团在邮政发行、活动策划、人员培训上还给予一定政策扶持，进一步推动了刊物发展。

为更好推动《芙蓉》改革，形成发展合力，2020年7月《芙蓉》杂志社成立编辑委员会，聘请著名作家、文学评论家、湖南省出版集团原董事长龚曙光为杂志编委会主任；著名作家、学者、湖南省作协名誉主席唐浩明，著名作家、湖南省作协主席王跃文，湖南省文联党组书记、副主席夏义生，中南大学文学院教授、博士生导师欧阳友权，著名评论家、湖南省作协副主席龚旭东，湖南出版集团党委副书记、副董事长、总编辑、总经理杨壮，湖南出版集团党委委员、董事舒斌，中南出版传媒集团总编辑刘清华，湖南出版集团党委宣传部部长佘璐，《芙蓉》杂志社主编兼湖南文艺出版社社长陈新文，湖南文艺出版社总编辑崔灿（现岳麓书社社长），湖南教育报刊集团党委委员、总编辑吴新宇为《芙蓉》杂志编委，组成了强大的编委会。编委会定期召开会议，讨论《芙蓉》整体发展战略、年度工作规划，对《芙蓉》杂志的时下状况、未来发展进行明确研究，对《芙蓉》杂志发表的重要作品进行讨论、把脉，并利用自身资源、人脉助推《芙蓉》，为杂志发展提供了强大支撑。

近年来，《芙蓉》杂志的文化名片越来越靓。

1. 入选"新时代文学攀登计划"发起单位

2022 年 7 月底，在中宣部指导下，中国作家协会决定实施"新时代文学攀登计划"，联合全国重点文艺类出版社和文学期刊、图书公司、影视公司、网络文学网站以及文化类网络平台，成立新时代文学攀登计划联席会议，各成员单位集中优势资源，强强联合，全过程扶持优秀作品的成长，从作家创作、编辑出版、宣传推广、成果转化、对外译介等多方面统筹协调，形成联动机制，为文学精品的产生加压赋能，推动文学精品的传播、转化，有力彰显新时代文学的价值，力推文学从"高原"迈向"高峰"。"新时代文学攀登计划"的发起单位总共为 31 家，包括 21 家出版社和 10 家刊物（《人民文学》《十月》《中国作家》《当代》《江南》《收获》《芙蓉》《花城》《作家》《钟山》）。《芙蓉》能入选，充分说明《芙蓉》在主管单位，主流文学阵地和作者、读者心中的地位，《芙蓉》文化名片深入人心。

2. 成为湖南唯一的文学类全国中文核心期刊

北大中文核心期刊是目前唯一收录文学刊物的重要榜单，《芙蓉》杂志曾多次入选，但此前都在 15 名开外，甚至多届榜上无名。2021 年 3 月，《中文核心期刊要目总览》2020 年版发布，《芙蓉》杂志再次成功入选文学类核心期刊，是湖南唯一的文学类全国中文核心期刊。该榜单文学刊物只有 15 家，《芙蓉》在大型文学双月刊中排名前四，整体排名第九，排名在《十月》等杂志前面。入选核心期刊是杂志进入一流品牌期刊，专业水平得到高度认可的标志，说明杂志进入一线文学期刊方阵。入选核心期刊，为进一步提升各项工作能力、为打造一线品牌期刊及原创文学平台提供坚实基础。

3. 转载率创历史新高

国内针对文学期刊的奖项较少，转载率往往成为一个刊物办得好与不好的重要指标，也是衡量一个刊物质量的重要因素。近三年，刊物在做好各个栏目、积极组稿选稿基础上，进一步加强和选刊沟通，所刊作品被《新华文摘》《小说选刊》《小说月报》《中篇小说选刊》《中华文学选刊》《思南文学选刊》《长江文艺·好小说》《北京文学·中篇小说月报》《散文选刊》《散文海外版》《诗选刊》等权威选刊选载近150篇次，平均每年被选载近50篇次，创刊物历史新高，位居全国前列。尤其是《中篇小说选刊》《散文海外版》等经常一期选《芙蓉》两篇，《小说选刊》《小说月报》时常连续两期选《芙蓉》同一期两篇小说，这在全国文学刊物都比较罕见。高选载率引起广大作者、读者关注，作家们纷纷供稿支持，锦上添花，刊物的影响力、知名度、曝光度大大提高。

二 中国文学期刊的风向标

《芙蓉》改刊提质后以"时代语境、人文立场、现实关怀、个性审美"为办刊宗旨，将社会效益放在首位，围绕"芙蓉纸刊、书刊互动、线上平台、线下活动"，通过搭建融媒体矩阵，构建不同服务体系，使刊物影响力在这两三年极速提升，有重返20世纪80年代《芙蓉》期刊地位态势，为中国文学期刊的发展提供了新气象，成为中国文学期刊的聚焦点和风向标。

1. 装帧设计精美精致，引领视觉品相

"人靠衣装，佛靠金装。"一本书或者一本刊物以什么样的第一印象闯入读者眼球，可能直接决定读者购不购买这本刊物。目前全国公开发行的文学期刊大概有150多家，杂志品相都比较陈旧老气，有的杂志的封面几十年如一日；有的杂志设计粗糙、用纸粗劣；有的杂志装帧设计高度雷同，同质化严重，可以说国内大部分期刊的封面都难以第一时间吸引读者眼球。现在文学期刊的读者越来越精英化、年轻化，要求越来越高，为此杂志积极提升装帧质量，刊名"芙蓉"两字选用何绍基书法，大气鲜活；封面插画请知名画家手绘，厚重大气，视觉冲击力强。封面大版块印银设计，古朴清雅，又颇具现代感。整体版式设计注重细节，简练又丰满，清爽又有质感，内文篇名请知名书法家题签；封二封三及

内文首尾页彩印相连，有格调与节奏之美。杂志整体塑封而立，采用非常好的内文纸张，注重阅读的视觉效果，印制精美，若"出水芙蓉"，受广大读者一致认可，荣获 BIBF 2021 中国精品期刊、首届"方正电子"杯中国期刊优秀版式设计奖、第三届湖南省出版政府奖装帧设计提名奖等荣誉。

2. 凝聚大量一线名家，引领作家阵容

出作家出作品是杂志的始终目标，刊物办得如何全靠所发作品和作家队伍质量说话。杂志提质改革后，编辑部主动出击，划定作家地图，建立作家数据库，一对一精确跟踪，为杂志凝结了大批优质作家资源。2020—2022 年上半年，杂志聚集了蒋子龙、韩少功、张炜、阎连科、于坚、刘庆邦、王跃文、陈世旭、范小青、朱秀海、次仁罗布、邱华栋、徐则臣、东西、张柠、陆颖墨、陈应松、老藤、温亚军、朱辉、石舒清、石钟山等名家，团结了李修文、李骏虎、葛亮、李浩、叶舟、鲁敏、石钟山、乔叶、祝勇、陆春祥、潘灵、荆歌、陈希我、张惠雯、塞壬等实力派作家，每届全国优秀中短篇小说奖、鲁迅文学奖、中宣部"五个一工程"奖等重要奖项得主作家达到七八位，作者阵容在全国文学刊物里非常出众。

3. 团结大批文学新人，引领刊物未来

《芙蓉》杂志一直注重青年作家培养，曾专门开辟"七十年代人""点击 80""90 新声""新湘军五少将"等扶持各个年代新人的专栏。如 2016—2017 年，开设的"90 新声"专栏里，采用专辑形式重磅推出"90 后"小说作家，栏目每期一人，采取两篇小说＋创作谈＋作品评论的形式，由著名评论家贺绍俊主持，青年评论家金理、吴天舟定期点评观察，集中推出了王苏辛、国生、李唐、周恺、庞羽、重木等 12 名"90 后"作家的小说专辑，反响强烈，所发小说被《新华文摘》《小说选刊》《小说月报》等选刊转载，引起广大评论家、作家和读者的关注。近三年，杂志延续刊物扶持文学新人传统，积极鼓励新生代创作，为"80 后"青年作家胡竹峰开设散文专栏"惜字亭下"，且集结成书；策划"青年女作家小辑"，推出草白、白琳、王海雪、李晓晨等"80 后"女作家新作；策划"青年作家小说特辑""90 后小说小辑"，推出陈春成、王占黑、周㮊、丁彦、三三、智啊威、小托夫等新生代作家；诗歌栏目，打破名家堆积壁垒，主推宗昊、周文婷、穆卓、蒙晦、黄鹤权等"80后""90后""00后"诗人，刘娜、梁书正、也人等"80后"诗人从《芙蓉》入选"青春诗会"；众多新人从《芙蓉》刊发处女作，从《芙蓉》走向全国，为刊物可持续发展打下坚实基础。

4. 精心策划特色栏目，引领刊物活力

纯文学刊物怎样才能办得有特点？尤其作为一家不在北上广城市的地方刊物，和其他同道刊物相比，怎么样才能办得有特色、有活力？栏目策划很关键。近几年，除中短篇小说、散文、诗歌等常规栏目外，为更好引领时代新声、关注重大核心主题、关注文学前沿风向、关注助推文学新人、接续文学湘军力量，杂志设立"特辑"栏目，重点推出特别策划、特别重要、特别新颖的稿件。2019—2021年的三年时间里，"特辑"栏目特别推出"庆祝新中国成立70周年作品特辑""抗疫特辑""庆祝中国共产党成立100周年特辑""乡村题材小说特辑"等专辑，推出众多献礼建党百年、描摹时代变化、反映人民心声的佳作力作，描绘英雄图谱，传承真善美，影响广泛，深受读者喜爱；特别推出"90后小说小辑""青年作家小说特辑"等扶持新人特辑，众多新人从《芙蓉》成长；特别推出"幻想小说小辑""海外华人小说小辑""实验小说小辑""科幻小说特辑"，关注当前文学现状，探索文学文本，引领文学潮流；特别推出《北京传》《在故宫书写整个世界》《希腊记》《扶贫志》等"非虚构系列"，赢得广泛赞誉。"特辑"栏目的精心策划和强烈反响，既突出重点，又集中宣传，形成了良好的社会效益。《扶贫志》获"湖南期刊主题宣传好文章"，《北京传》入选《收获》杂志年度排行榜，《乌兰牧骑的孩子》入围"全国儿童文学奖"，《天总会亮》获"梦圆2020征文一等奖"，"庆祝新中国成立70周年作品特辑"入选中国期刊协会"新中国成立70周年精品期刊展"，"庆祝中国共产党成立100周年特辑"入选BIBF 2021中国精品期刊主题展，等等。

5. 打造新媒体矩阵，引领融合发展

网络新媒体时代，纯文学杂志怎样适应新媒体，必须有所作为，积极探索融合发展之路。《芙蓉》近几年在新媒体融合发展上，做出了一些有益的尝试和探索。一是开设芙蓉杂志视频号。为了既有文学品质，又能让年轻人喜爱，为《芙蓉》聚拢年轻作家和读者群体，高效快速宣传

《芙蓉》作家作品，2021年杂志开设芙蓉杂志社视频号，设有《杂志宣传片》《周四下午茶》《新书抢先看》《作家时刻》《麓友》《编辑说》等栏目，多条视频流量破10万+，已成为行业内流量、运营较好的视频号平台之一。二是丰富《芙蓉》杂志微信公众号。及时推出杂志刊发的作品，每篇作品版面设计精美。积极关注文学经典、文学前沿和时事选题，在新媒体平台策划专题，丰富杂志内容，如策划实验文本专题讨论，开辟"芰荷旧影"，回望《芙蓉》四十年文学经典，等等。推出微信公众号"世界读书日"等系列活动。三是强化媒体互动合作。利用"学习强国"、红网等平台，定期推送杂志精品，和国内多家媒体达成深度合作，策划线上直播等推广活动。四是推动杂志成果转化。开发系列文创产品，将《芙蓉》品牌深挖，积极引入文创产品，包括文化T恤、帆布袋、工艺品等。2022年《芙蓉》杂志有声版正式上线，每期杂志都可在喜马拉雅同步收听，用当下年轻人喜欢的形式传播《芙蓉》，推广文学。积极联系《芙蓉》作品影视、小剧场等改编平台，促进作品成果转化，在宣传杂志之后，促进双效。

6. 多载体做好线下活动，引领品牌宣传

《芙蓉》非常注重品牌维护和活动宣传，线下活动是延伸《芙蓉》影响、整合作家资源的重要方式。《芙蓉》从四个角度，多渠道发力。一是打造重点活动品牌，将"原创之春"新书发布会、芙蓉文学对话、芙蓉新书分享会等系列活动做大做强，全力宣传芙蓉作家、芙蓉图书，对每次重点活动，多角度报道，助推芙蓉图书入榜、获奖。二是搭建丰富交流平台，在全省、全国挂牌多处芙蓉创作基地，举办青年创作训练营、作家笔会、研讨会等丰富多彩的落地活动。如"湖南作家看醴陵"等。三是加强各级资源联动，多方调动资源，加强与政府、高校合作，推进与省文联、省作协、省各高校合作及市县政府合作。目前与湖南师大和省作协有关的"芙蓉文学对话""名家讲坛"等活动卓有成效。四是启动"芙蓉文学双年榜"，打造标杆性文学活动。经过多次筹划、调研、论证，杂志社2022年秋将启动"芙蓉文学双年榜"，分为"芙蓉文学图书榜"和"芙蓉杂志榜"，每两年举办一次，将成为国内标杆性品牌文学活动。活动具体分为启动仪式、评议环节、芙蓉文学盛典三大版块，预计2022年底在汨罗市举行首届"芙蓉文学盛典"。

三 中国文学发展的湖南维度

《芙蓉》作为湖南文化名片和湖南出版至关重要的原创文学品牌，是中南传媒宣传文学主张、贯彻"催生创造，致力分享"出版理念的主阵地和合拢优质原创文学资源的聚集地。杂志立足湖南，面向全国，以夯实原创基础、聚合原创资源、打造原创品牌为己任，关注当下、着眼长远、面向未来，参与建设新时代优质文学生活，深入中国文学现场，打造中国当代文学高地，致力于形成独具特色的中国当代文学评价体系，给中国当代文学呈现了丰富的湖南维度。

1. 展现湖南文学期刊的担当

碎片化时代，甚至"粉尘化"时代，各种信息轰炸，充斥我们的日常生活；各种流量，淘洗我们的朋友圈。在这种背景之下，一本发行量越来越少的纯文学期刊活着的意义是什么？存在的价值又是什么？《芙蓉》一直在努力。《芙蓉》杂志是湖南省文化名片，是全国中文核心期刊，是中国文学的标杆性刊物之一，是中国特色社会主义文艺事业的重要组成和特殊阵地，担当着聚民心、育新人、兴文化、展形象的重要使命，担当着传播社会主义核心价值观和优质文化的重要职责。《芙蓉》杂志坚持正确的办刊方向和政治导向，近几年，杂志坚持社会效益第一原则，围绕建党百年、乡村振兴、红色文化、科技强国、文学湘军等主题，杂志策划了"庆祝新中国成立 70 周年作品特辑""庆祝中国共产党成立 100 周年特辑""乡村题材小说特辑""青年作家小说特辑""海外华人小说小辑""科幻小说特辑"等特色栏目，刊发了卢一萍《扶贫志》、邱华栋《北京传》、鲍尔吉·原野《乌兰牧骑的孩子》、纪红建《湖南援鄂第一人》、余艳《清溪村记》等接地气、合时代、有温度、有深度、有广度的现实主义力作，讲好了中国故事，唱出了时代新声。

2. 呈现湖南作家风貌

《芙蓉》作为湖南本土刊物，有肩负培养本土作家的使命和责任，大凡在全国有一定影响的作家都在《芙蓉》发过作品。20 世纪 80 年代，《芙蓉》曾推出谭谈、孙健忠、叶蔚林、水运宪等老一辈名家；21 世纪初，《芙蓉》推出田耳、马笑泉、谢宗玉、沈念、于怀岸等文学"湘军五少将"，推出何顿、盛可以、陈启文、毕亮、艾玛等实力作家。近三年，杂志特别关注湖南作家新作，建立湖南作家数据库，划定湖南作家地图，在作品质量同等的情况下，优先推出湖南作家，拿出近20%的版面刊发韩少功、残雪、王跃文、水运宪、蔡测海、聂鑫森、龚曙光、盛可以、万宁、纪红建、马笑泉、沈念、陈启文、艾华等本土实力作家新作，扶持了蒋志武、李定新、文珍、俪歌、李砚青、王爱等文学新人。刊物几次策划"湖南作家小辑""湖南作家专号"，大批量推出文学湘军，不少还是"00后"的处女作，这些湖南作家既有住在湖南本土的，又有住在外地的，还有湘籍海外华人，"50后"至"90后"各个年龄层次兼顾，较好展现了当下湖南作家面貌，有力促进了湖南文学事业发展。

3. 讲好三湘大地故事

作为湖南文化名片，《芙蓉》是向世界展示湖南的文化窗口，是为湖南高质量发展和现代化建设鼓与呼，为湖湘奋斗者明德、立传、画像，写好新时代湖南的"山乡巨变"，加快建设现代化新湖南提供强大精神动力的主阵地，所以《芙蓉》始终牢记围绕中心服务大局，着重推出反映湖南的文学作品，推出"湘"味浓厚的湖南故事，描绘新时代的"三湘巨变"。杂志精心策划专辑，2021年第2期推出"乡村题材小说特辑"，刊发《谁不说俺家乡好》《勾蓝》等反映湖南本土扶贫工作的力作；2022年第1期推出"青山碧水新湖南"专辑，刊发王族、梁瑞郴、马笑泉、沈念、张灵均、胡小平等讴歌湖南"守护一江碧水"的散文诗歌。根据热点事件和重大主题，杂志以特稿形式于2020年第5期刊登卢一萍描绘湘西扶贫纪事的长篇纪实文学《扶贫志》，2022年第1期刊登余艳描绘周立波故乡清溪村山乡巨变的《新山乡巨变》，且在小说、散文、诗歌等栏目，重点推出《天总会亮》《长岭记》《湘水谣》《话说洞庭湖》等系列反映湖南时代变化的精品，向全国展现了生动的湖南故事。

4. 打造中国原创文学高地

作为知名文学刊物，几乎所有的严肃文学创作者、读者、评论家、高校和相关文艺单位都很熟悉《芙蓉》，刊物是掌握作家信息动态，联系作家队伍的最前沿阵地，是与作家、读者沟通的桥梁，湖南出版的很多原创文学图书就直接由刊物作者生成，如获得鲁迅文学奖的李修文散文集《致江东父老》、鲍尔吉·原野散文集《流水似的走马》；获得"大众喜爱的50种图书"的陶纯长篇小说《浪漫沧桑》；获得中国出版政府奖提名奖的卢一萍长篇纪实文学《扶贫志》；获得湖南省"五个一工程"奖的陈启文纪实文学《袁隆平的世界》、蔡测海长篇小说《地方》；获得湖湘优秀出版物奖的陶少鸿长篇小说《百年不孤》、杨少衡长篇小说《风口浪尖》、新锐作家焦冲《微生活》、唐棣《西瓜长在天上》；等等。2021年湖南文艺出版社推出的获得良好的社会反响系列散文集，如韩少功《人生忽然》、王跃文《喊山应》、胡竹峰《惜字亭下》、傅菲《元灯长歌》等，都是《芙蓉》作者的散文结集。《芙蓉》已成积累作家资源的重要阵地，是湖南出版集团书刊互动、催生湖南原创文学、打造中国原创文学高地的重要平台，为中国原创文学的发展贡献了湖南力量。

5. 提供湖湘气质审美主张

敢为人先，心忧天下。湖湘文化源远流长，文学湘军于斯为盛。能吃辣椒会出书，湖南人在文化上有非常独特的审美主张。《芙蓉》自创刊以来，始终致力于形成独具特色的中国当代文学评价体系，坚守文学的严肃、纯正品质，在变化多端的社会转型与变革中，激荡起人们对真善美的向往。近几年，为重新夺回杂志在中国文学期刊的话语权，结合自身办刊优势，经过多次调研，《芙蓉》确定了以"时代语境、人文立场、现实关怀、个性审美"为办刊宗旨，向中国文学期刊界，向广大作者、读者重新宣传《芙蓉》主张、《芙蓉》立场和《芙蓉》审美，丰富呈现一本40多年老牌文学期刊的新风格、新经验、新面貌。"时代语境"指的是要紧扣新时代，刊物的装帧设计要新，能够贴近年轻读者；刊物的题材和内容要有时代定位，关注时代、关注当下，描绘新时代新征程；办刊手段要新，主动融入新媒体新技术。"人文立场"指的是办刊人和刊发的内容要有人文精神立场，坚守人民立场，秉持真善美，秉持人文精神。"现实关怀"指的是刊物要着重刊发现实主义题材作品，关注现实，关注人类的未来与命运，积极反映社会发展变化。"个性审美"指的是百花齐放、百家争鸣，充分尊重作家的创作规律和个人创作特点，坚持"好作品主义"。总之，《芙蓉》希望以打造"新时期文学"般的情怀来打造"新时代文学"，体现作品的时代定位、历史品格和美学深度，引领中国文学期刊的发展潮流，为中国文学期刊的发展探索新的可能，提供新模式、新气象和新维度。

关键词二

《散文诗》杂志

关键词提出背景： 2020年12月7日，首次亮相湖南省第五届网络原创视听节目大赛的《散文诗》（有声版）脱颖而出，荣获网络视听专题节目类三等奖。这标志着《散文诗》杂志由纯文学期刊向"一本可以听的杂志"的融媒体转型再次得到了读者的认可。创办于1985年的《散文诗》由"一本小拖车拉出来的刊物"成长为诗坛的圣殿、读者心中的绿洲，光环与传奇一直同在。

文学的净土：可视听的《散文诗》

刘师健

《散文诗》创办于1985年，是我国当代首家国内外公开发行的散文诗刊，也是国内第一本全本可视听、可交流的融媒体新杂志。《散文诗》作为历史悠久的地方性文学刊物，经历了文学的繁荣发展时期，也经历了市场经济和通俗文学迅速扩张的时期，始终致力于追求纯正的风格、高雅的品质，最终以惊人的毅力坚守住了纯文学的方向。

一 浮出地表的《散文诗》

文学期刊的生长与发展与文学期刊的生态环境密不可分。法国著名文艺理论家丹纳在《艺术哲学》中即提出了影响文学艺术发展的三个因素："种族、环境、时代"①，文学的发展离不开它所处的时代以及这个时代的政治、经济、文化背景。20世纪80年代，改革开放初期，中国文学领域迎来了繁荣和开放的时代，在当代文学蓬勃发展的"新时期"，1985年底，《散文诗》试刊号经过近一年的筹备，在益阳应运而生。

1. 坚守净土：《散文诗》被小拖车拉进了中国当代文学史

创刊伊始，在当时遍地流行通俗文学、地摊读物的市场中，《散文诗》的发展异常艰难。1988年，为了开辟外埠发行渠道，前两任主编邹岳汉、冯明德利用出差机会，拖着一辆行李小拖车，装着一千多册杂志，走遍三湘四水，逐一向当地邮局、报刊、零售公司和火车站销书点联系寄销。后来他们还辗转于北京、保定、石家庄等地，不断开拓《散文诗》的市场。在纯文学刊物普遍不景气的时代背景下，《散文诗》的编辑就成了推销员、搬运工。诚如主编冯明德所言"为了诗，我们可以不吃不睡"。正是凭着这股干劲，《散文诗》很快就站稳了脚跟，走进了读者的心灵，并以其精品化、大众化、礼品化的发展方略，展现了《散文诗》的风骨。1992年5月，国家新闻出版署批准《散文诗》公开发行，其时单期发行量最高达7万册，居当时全国诗刊前列。

2001年，冯明德走马上任，在已有基础上推出一系列新举措，奠定了《散文诗》在当代诗刊的地位。首创一年一度的"全国散文诗笔会"；2004年增加《散文诗·校园文学》（下半月版，后改版为《散文诗·青年版》），扩大刊物容量，发展作者队伍；2010年设立"中国·散文诗大奖"，成为全国散文诗最具影响力的奖项。在当时，散文诗杂志社是全国数千种期刊机构中主办城市最小、在职人员最少、办公条件最简陋的，但它逐步形成了作品求精短、形式求精美、印制求精良的"三精"独特风格，在冯明德主编等人的努力下，《散文诗》相继获得"第二届国家期刊奖百种重点期刊""第三届国家期刊奖提名奖""首届湖南出版政府奖"等多项荣誉称号。《散文诗》脱颖而出，备受瞩目。先后出席了北京中国报刊业发展成就博览会、香港第六届国际书展、莱比锡国际书刊博览会。《人民日报》、《中国新闻出版报》、《文艺报》及全国各大诗刊诗报、网站曾予以报道或有专文评介，并被载入《中国当代文学史纲》。

---

① ［法］丹纳：《艺术哲学》，傅雷译，江苏凤凰文艺出版社2017年版，第7页。

《散文诗》杂志取得的辉煌成绩与其高雅的艺术追求密不可分。为了办好杂志，他们不登广告，追求卓越。诚如主编所言："杂志的版面充斥着广告，那就势必会降低杂志的档次，所以，我宁愿不要钱……我们千万不能为了增加几个钱而使杂志有半点损伤啊！"高扬艺术的旗帜，坚守高雅文学的净土是杂志社不懈的追求。

2. 守正创新：《散文诗》首创"可以听的杂志"

新的历史发展时期，《散文诗》在革新中曲折前行，一方面，努力适应形势；另一方面，在文学艺术的追求中，去影响读者、去适应读者，在对传统的回归、对现实的挖掘和视野的开拓中，逐渐明确了自己的宗旨，找寻到了自己的方向和未来。2019年，传统纸质杂志《散文诗》迎来了一次守正创新的大转变。积极探索纯文学期刊事业数字化发展的切入点，积极融入现代传播新格局，与国内最大音频分享平台喜马拉雅签署战略合作协议；2020年，《散文诗》全面启动新媒体矩阵建设，进行了自1999年至今20余年以来规模最大的一次改版，以新的开本、版式、栏目与多媒体融合，成功推出"一本可以听的杂志"。《散文诗》的大胆创新，源自第三任主编卜寸丹，她把原来小开本的《散文诗》扩容，并导入融媒体手段，使每篇作品可读、可听、可看、可交流，并先后入驻抖音、一点资讯、微博、B站、快手等新媒体，创建《散文诗》（有声版）、散文诗杂志社官方微信公众号及视频号、散文诗杂志社声音频道，《散文诗》杂志获得了全新媒介身份，成功构建立体、多元的阅读与传播矩阵，形成传统文学纸媒与新兴媒体一体化发展格局。迄今，喜马拉雅《散文诗》（有声版）专辑已发布1769集，评分高达9.3分，今年播放量有望突破100万；官方公众号已编辑发布536期内容，关注人数3万余人，总阅读量2000余万；视频号单个最高点击量达7万多；与中国知网、龙源期刊网、博看网等数字平台合作的网络传播阅读点击排名一直靠前；开通的网上订阅专线及微店，均比较活跃。传播渠道和读者群的扩大，极大地夯实筑牢了杂志的社会基础。现在杂志社已初步完成"多端一体"的融媒体矩阵的搭建，大力推进渠道再造，实现文化产品的多元生成、多渠道发布、多平台互动，初步实现全媒体集群互融，实现了纯文学期刊从老品牌引领到新动能赋能的再跨越，极大地拓宽了纯文学期刊的社会基础。

第四部分　年度文学机构关键词

《散文诗》现有两个版本。《散文诗》（上半月版）全方位展示了当代散文诗坛最高水平，着重散文诗优质文本及理论学术研究的推介与推进；《散文诗》（青年版·下半月版）定位为青年群体诗歌与艺术优质综合读本，主要刊发1970年以后出生的中青年诗人、艺术工作者的作品。每月按时编辑出版上、下半月《散文诗》杂志。截至2021年12月31日，已总出版566期，总字数2700多万字。一分耕耘一分收获。2021年，《散文诗》荣获入选中国期刊协会"2021BIBF精品期刊展"证书，同时成为"首届'方正电子'杯中国期刊设计艺术周入展期刊"，并荣获首届"方正电子"杯中国期刊设计艺术周优秀版式设计、优秀封面设计两项证书。散文诗微电影《英雄颂》荣获湖南省第6届网络原创视听节目大赛三等奖；《散文诗》建党百年专辑头条作品《英雄颂》还获评第4届"湖南期刊主题宣传好文章"奖励；《散文诗》入选第2届"我是期刊领读者"优秀期刊等多个奖项荣誉。

二　搭建开放互动的文学平台

陈平原在查建英的《八十年代访谈录》中谈到80年代文学的特点："就是一种理想主义的情怀，一种开放的胸襟，既面对本土，也面对西方，还有就是很明确的社会关怀和问题意识。"[①] 其"开放"二字作为80年代文学特征的关键词，贴切又真实。《散文诗》作为一种文学载体和传播媒介，置于开放性的时代，紧跟时代潮流发展，秉持开放包容的姿态，同样也构建起了一个开放互动的文学平台。从接受美学的视域出发，文学期刊与文学作品存在共通性，即它们都需要读者来实现其生产环节的最终价值与意义。读者在文学期刊中起着很重要的作用，是一个难以忽视的群体。文学期刊是联系作者、读者的桥梁，把握好刊物与作者、读者的关系对于刊物的长久发展有着重要作用。《散文诗》从创刊至今，始终与读者保持着密切的联系。开展了讨论会、笔会、讲习班等形式多样的文学活动，让省内外作家队伍，特别是诗歌创作队伍得以薪火相传，为全国各地新人作家的成长做出了自己的贡献和努力。

全国散文诗笔会是中国最具影响力的散文诗品牌活动，是散文诗杂志

---

① 查建英：《八十年代访谈录》，生活·读书·新知三联书店2006年版，第136页。

社自 21 世纪以来着力打造的专属于散文诗的盛典，旨在倾力发现与扶植散文诗人，大力推介散文诗艺术，迄今已连续 21 年于湖南、山东、贵州、四川、新疆、青海、湖北、浙江、甘肃、山西、宁夏等地成功主办 20 届，并从第十届起，同时颁发高规格、高水准的"中国·散文诗大奖"，现已颁发 11 届。2021 年度，除颁发"中国·散文诗大奖"外，另增设了"中国·散文诗大奖之青年诗人奖""中国·散文诗大奖之理论建设奖"，旨在发现新人，奖掖诗艺探索者，大力助推散文诗事业的全面发展和繁荣。历届笔会中，参与者成千上万，诸如 2021 年，散文诗杂志社联合甘肃省作家协会、中共合作市委、合作市人民政府、甘南州文学艺术界联合会共同举办的"青藏之窗·雪域羚城"全国散文诗大赛颁奖会、"第 20 届全国散文诗笔会"暨"第 11 届中国·散文诗大奖"颁奖会，在甘肃省甘南藏族自治州合作市召开，来自全国各地的诗人代表及甘肃省作协、甘南州委、甘南州文联、合作市委、市政府领导等 500 余人欢聚一堂，盛况空前，新华社、《人民日报》、人民网、中国网、《文艺报》、《文学报》、中国作家网等 30 余家国内主流媒体相继对这一品牌活动进行了全面报道。散文诗笔会会聚了全国大批优秀的散文诗人，见证了时代，彰显了文学的崇高价值与意义，被誉为"中国散文诗的黄埔军校"。

除此，杂志社还积极创建湖南省文艺惠民服务基地散文诗艺术中心，启动青年公益文艺项目，构建高端艺术社区社交平台——《散文诗》Baudelaire 青年艺术家会客厅线下沙龙，启动并实施"千校万班·诗教启蒙"微光计划，全力打造对外文化交流矩阵。《散文诗》"千校万班·诗教启蒙"微光计划走进益阳市第一中学、益阳市箴言中学、益阳市六中等重点中学，走进湖南大学"岳麓讲坛·艺术人生"，举办"与中学生谈谈语文、文学及个体写作""与孩子们漫谈文学、文学的精神及其他""散文诗的流变与审美"等系列公益讲座。诗教即美育，由主编带队，与年轻编辑走进校园，开展讲座，把诗歌的种子撒向稚嫩的心田。

《散文诗》用阅读点亮心灵，用诗歌培植绿林，开展了"我与《散文诗》""读书月系列读书""编辑课堂""我是期刊领读者"等活动。策划主办"美丽新田园，诗意新生活；大手牵小手，共庆元宵节"乡村田野音乐朗诵诗会。走进益阳市第十四中学举办"刊企联手·助力乡村文化振兴"活动，向学校捐赠了价值 5000 元的《散文诗》刊物。自始至终关注西部贫困山区孩子的阅读与学习，2021年还给四川省阿坝藏族羌族自治州若尔盖县夏热尔村学校"暖巢一号"、四川省阿坝藏族羌族自治州阿坝县安羌乡中心学校"暖巢二号"及部分留守儿童捐赠杂志3000余本。将文学的力量植根于祖国广袤的大地。

除了开展多种文学活动外，《散文诗》也开设了相应的文学栏目，如"在现场""青春书""银河系""交叉地带"等。这些专栏的开设为作者、诗人提供创作园地，编辑们以园丁之心积极耐心地培养文学新苗，推介新人创作。理论栏目"诗话"与头条专评注重诗学及审美的健康、良性、有序、深度发展，对文本生态的调和与促进已成效凸显。《散文诗》上下版"译介"栏目重点推介国外散文诗与新诗，构建高端、开放、广阔、互动的当代国际诗坛交流和阅读平台，同时也为青年诗人的个体创作提供参照、借鉴、启悟与突破，全方位推动中国当代散文诗及新诗的繁荣与发展，深受读者与专家的关注与赞誉。"会客厅""艺术志"两个栏目则从整体出发，将诗人放在一个完整的人文与艺术的语境里来发现与培养，来关注一个作者的成长、关注散文诗的创作。

文学期刊是满足读者精神需求的园地，《散文诗》通过笔会、文学活动、栏目策划等方式与读者进行互动，构建起了一个了解彼此、相互影响的文学平台，在这个平台之上，编者因为读者的意见和建议更好地改进了编辑工作，读者也因为编者的"搭桥"得到了作家的帮助，《散文诗》这一文艺根据地在与读者的互动交流中开拓了读者的精神世界，他们以思想的交流促进了文学艺术的发展和繁荣。《散文诗》以"诗写时代"的目光和胸襟，紧跟时代步伐，发现和团结全国广大的散文诗作者、读者，同时关注益阳本土年轻诗人，使其成为一方文学爱好者施展才华的平台、一个充分展示湖南文学艺术成就的窗口。同时，它也凭借自身实力获得了全国文坛的青睐，在文学史上留下了难以忽略的痕迹。

三 传承文学力量，为新时代山乡铸魂

鲁迅认为，每个文学刊物都应有其独特的个性，不应雷同。一个没有个性或者特色的刊物，其前途渺茫。刊物的个性或特色等同于刊物的风格，刊物风格的形成标志着刊物的成熟。

《散文诗》立足未来与大众，立体、多元、融合、高效，全力推动散

文诗文本创作与诗体研究，全力推动媒体融合与文化综合体构建，全力推动艺术启蒙及艺术融合，并进一步朝着"精品化、大众化、礼品化、审美化"的方向发展。

作为中国第一本聚合专业性、权威性、先进性的散文诗期刊，《散文诗》管理严谨、流程细化，一直被广大读者、诗友及专家学者誉为"生活的一方净土，心灵的一泓清泉"。诚如卜寸丹主编所言："做杂志，我们是把它作为一个文化产品来做的，是把它作为一个产业集团来做的，是把它作为一种理想的生活方式来享受与建设的。"杂志社严格遵循《期刊出版质量管理规定》《期刊出版形式规范》的要求，相继出台《散文诗杂志社五年（2019—2023）发展规划纲要》《散文诗杂志社人才引进规划（2021—2023）》《散文诗杂志社三审三校管理制度》，始终坚持"内容第一、唯质是取"的选稿原则与标准，编校质量合格，围绕"精"字做文章，在印刷环节，加大每一期生产的抽检力度，在编辑、版式、设计和印制过程中，严把质量关，牢牢把控内容优质、装帧精美、印制精良的出版生命线。

作为公开发行的主流文学期刊，《散文诗》是社会主义精神文明建设的重要阵地，是弘扬先进文化的前沿，是国家精神与民族精神的文学担当的一部分，是全国唯一不打任何广告的诗刊，一直坚守纯净、高雅的格调与思想，坚守诗人是时代的书写者，一直严守内容导向明确、选稿用稿紧贴时代脉搏的要求。《散文诗》高度重视主题出版工作，主题出版使《散文诗》成为当代纯文学期刊的一面旗帜。纪念中华人民共和国成立70周年，杂志社举行了"那些光辉岁月里的诗章——向建国70周年献礼"首届全国《散文诗》作品音视频再创作征集大赛。推出"'抗击疫情，有我在场'散文诗征稿启事"，出版"诗歌的力量·《散文诗》抗疫特辑"。庆祝中国共产党成立100周年，杂志社以多种形式精心策划并组织推出系列出版与纪念活动，包括纪念专辑纸版与有声版的出版发行、纪念记事本的设计与印制、《英雄颂》MV制作与发布。杂志社积极响应省委宣传部号召，在官方微信平台发布了"青山碧水新湖南"文艺创作征稿函，推出"青山碧水新湖南"栏目，并在2021年上半月版第12期开设一期"青山碧水新湖南"专栏。这是《散文诗》以"小众化诗歌，大众化推广"为原则与初心的充分体现。文风正大，文气纯正。正如当代散文诗泰斗、"中国散文诗终身艺术成就奖"获得者耿林莽认为《散文诗》是"有情怀、有品位、有风范的文学期刊精英"。他说:"我觉得刊物办得很好,很大气,总体质量是高的,推出了不少新人和面貌一新的佳作,这既反映了当代散文诗可喜的进步,也体现了刊物编者们的眼光和水平。"《散文诗》坚守诗人是时代的书写者,紧贴时代脉搏。

新时期,经历过历史的风云变幻,《散文诗》依然坚守着对于社会现实的重视和对于文学创作规律的追求,同时不断与时俱进,开放包容,不断拓展与定义全新文化视野、文学语境与阅读价值,重组媒介联动新秩序,成功构建了传统文学纸媒与新兴媒体一体化发展格局,极大地巩固与提升了杂志的影响力、美誉度、受众量。如今,这"一方净土"在《山乡巨变》这部当代文学史上的重要作品原型的完美蝶变,这"一泓清泉"经资江,汇洞庭,融入了波澜壮阔的新时代洪流中,利用自身的影响力,对益阳文化事业的发展做出了突出的贡献。其产生的潜移默化的专业的影响力是巨大的。著名作家叶梦老师称赞,"一本可以听的杂志"横空出世,成功"开启了中国诗歌刊物立体阅读元年"!河南文艺出版社王幅明老社长称赞:"《散文诗》坚定不移地以传统品牌的优势,打造独具新的公信力的媒介及媒介产品,这对于传统文学期刊的转型、破局与走向,都将具有里程碑的示范意义与价值。"散文诗泰斗、94岁高龄的耿林莽先生称许其赢得了广泛的"社会基础"。《散文诗》(有声版)是纸本文学名刊《散文诗》在新的文学及媒介语境里的延展与突破,"融媒体,阅无界",是对于传统文学刊物的创新举措。

在新时期文学视域下,《散文诗》不仅主动参与和顺应了当代文学思潮,为当代文学发展贡献了一系列优秀的作品,引起了较为广泛的社会影响,而且推动了湖南文学的发展,通过对文学新人的扶持以及各种笔会、评奖活动的策划,带动了良好文学氛围的形成。虽历经社会的风云变幻,依旧坚守着自己的文学使命。它承担起了地方性文学期刊该有的社会文化责任和担当,对湖南文学队伍的建设和构建开放包容的文学平台都发挥了重要的作用,是湖南文学史上不可忽视的浓墨重彩的一笔。《散文诗》是多彩和包容的,也是与时俱进、不断超越的。